中國語言文字研究輯刊

五 編

許 錟 輝 主編

第19冊

《敦煌社會經濟文獻眞跡釋錄》研究

吳 蘊 慧 著

花木蘭文化出版社

國家圖書館出版品預行編目資料

《敦煌社會經濟文獻真跡釋錄》研究／吳蘊慧 著 — 初版 —
新北市:花木蘭文化出版社,2013〔民102〕
目 2+266 面;21×29.7 公分
(中國語言文字研究輯刊 五編;第 19 冊)
ISBN:978-986-322-525-6(精裝)
1. 漢語 2. 敦煌學
802.08 102017938

ISBN-978-986-322-525-6

9 789863 225256

中國語言文字研究輯刊
五 編 第十九冊 ISBN:978-986-322-525-6

《敦煌社會經濟文獻真跡釋錄》研究

作 者 吳蘊慧
主 編 許錟輝
總 編 輯 杜潔祥
出 版 花木蘭文化出版社
發 行 所 花木蘭文化出版社
發 行 人 高小娟
聯 絡 地 址 235 新北市中和區中安街七二號十三樓
電話:02-2923-1455／傳眞:02-2923-1452
網 址 http://www.huamulan.tw 信箱 sut81518@gmil.com
印 刷 普羅文化出版廣告事業
初 版 2013 年 9 月
定 價 五編 25 冊(精裝)新台幣 58,000 元

《敦煌社會經濟文獻眞跡釋錄》研究

吳蘊慧　著

作者簡介

吳蘊慧，女，1977 年 6 月生，江蘇南通人。2003 年畢業於蘇州大學漢語言文字學專業，獲文學碩士學位；2006 年獲文學博士學位。師從王繼如先生研習訓詁學，在韓國、香港以及大陸省級以上刊物發表相關學術論文近二十篇。曾主要參與江蘇省社科基金《敦煌文獻通讀字研究》；參與《辭海》（第六版）、《大辭海》、《辭源》（第三版）等大型語文工具書的編纂及修訂工作。現就職於蘇州市職業大學（蘇州學院（籌））。2006 年被評爲江蘇省「青藍工程」優秀骨幹教師培養對象；2012 年被評爲「青藍工程」中青年學術帶頭人培養對象。

提　要

　　本書從校勘入手，在核實敦煌文書原卷的基礎上，指出《釋錄》在校勘方面主要存在以下問題：（1）由於錄文不愼混同形近之字，或由於誤識俗字而誤釋（2）遺漏一些敦煌文書原卷實有且沒有任何刪節號的文字（3）對原卷進行不必要的校改（4）由於抄錄者水平頗爲懸殊，俗字、誤字大量存在，再加上《釋錄》所依據的縮微膠卷和《敦煌寶藏》的圖版不夠清晰，有些錄文尚需仔細斟酌。此外，在句讀的判斷等方面亦存在可商之處。

　　在校勘的基礎上，本書較爲系統地研究了《釋錄》中的通讀現象，指出其存在的三種誤區：（1）不諳文義，誤說通讀（2）本該通讀，誤而不用（3）本義自通，不必通讀。由此總結出敦煌文獻中通讀的一些特殊現象：如敦煌文獻中具有通讀關係的本字和通假字，其聲韻甚至會對廣切韻系統有所突破，反映了唐五代西北方音的某些特點；手抄卷中的異文（尤其是同篇異卷的異文）、旁注是對某些通假字用法的很好證明。

　　此外，本書還較爲全面地找出了《釋錄》中的新詞和新義。新詞是指《釋錄》所輯敦煌文書中的詞語用例早於《漢語大詞典》（下簡稱《大詞典》）中該詞語首例的時代，以及《大詞典》失收而傳世文獻中有例可援的詞語。新義是指《釋錄》所輯敦煌文書中的詞語義項早於《大詞典》中該詞語義項的首例時代，或不同於《大詞典》中該詞語的諸種義項。

目 次

凡　例

1、本書所引敦煌文獻錄文以現已出版的敦煌文獻釋錄本爲基礎，並核之敦煌寫本原卷圖版。爲求行文簡潔，《敦煌社會經濟文獻眞跡釋錄》簡稱《釋錄》，《敦煌變文校注》簡稱《校注》（附篇目時不省，如《敦煌變文校注·廬山遠公話》不作《校注·廬山遠公話》）。爲便於讀者檢索，所引例句後標明各自的出處、頁碼和行數。

2、本書所引例句凡文字有待商権者，其後用（？）表之，底本闕字用□表之，如能據殘卷或文意補出者，在該字上加□表之，如不能確定所缺字數者用 ☐☐☐☐ 表示。用（　）表示夾注，用〈　〉號表示刪去（此種情況其下沒有〔　〕出現）或待下校改（此種情況其下必有〔　〕出現），用〔　〕表示增添（此種情況其上無〈　〉號）或校改（此種情況其上有〈　〉號）。

3、本書所引例句前標明敦煌寫本的卷號（「V」表示背面文字）：

法藏敦煌文獻編號前用「伯」表之，如伯 2685；

英藏敦煌文獻編號前用「斯」表之，如斯 0343 10V；

俄羅斯科學院東方研究所聖彼德堡分所藏文獻編號前用「俄藏ДX」（敦煌編號）和「俄藏Φ」（符盧格編號）表之，如俄藏ДX1391，俄藏Φ96；

北京圖書館藏敦煌文獻編號前用「北」表之，如北 8418；凡《敦煌遺書總目索引新編》未收卷目仍按千字文編號，如北圖殷字四十一（《敦煌社會經濟文獻眞跡釋錄》注：此件未查到原件，錄文據敦煌雜錄過錄）；

上海博物館藏敦煌文獻編號前用「上博」表之，如上博 8958（2）；

其他卷號還有：

Ch969-72（《敦煌社會經濟文獻眞跡釋錄》注：此件錄文轉錄自中國古代籍帳研究 348～350 頁）；

李盛鐸舊藏；

伯希和非漢文文書。

4、本書所注通讀字和本字之音以《廣韻》爲准，如《廣韻》未收或所收字音未能較好地體現出通讀關係，則取《集韻》之音補充；如《廣韻》、《集韻》均未收，則查諸其他字書。

5、本書所引佛經中例，如無特別說明，均取自臺北中華佛經電子協會的《大正藏》電子版（英文簡稱 CBEAT）。其他諸例，如參考文獻中無說明，則採用上海人民出版社出版的文淵閣《四庫全書》電子版。

6、敦煌文獻手抄卷中多有俗字、僻字，錄入電腦頗爲不便。爲求字形精確，採取對原卷影印件進行掃描處理的方法，在文末附「字形表」，以「#」加阿拉伯數字進行編號，如「#1」「#2」……依次類推。如爲同一字的不同寫法，則用分級編號來表示，如「#1-1」「#1-2」表示 1 號字的兩種不同寫法。

7、本書《漢語大詞典》簡稱《大詞典》，採用羅竹風主編、漢語大詞典出版社出版的十二卷本（1986～1993 年）。

8、本書第二章（《〈釋錄〉校勘記》）、第三章（《〈釋錄〉通讀研究》）以及第五章（《待質錄》）各條目按《釋錄》第一輯至第五輯的順序依次排列，每輯又按頁碼先後順序排列，同一頁則按所在行數的先後順序排列；第四章（《〈釋錄〉新詞、新義研究》）各條目按漢語拼音音節順序編排，首字相同的多字條目，按第二字的音序排列，以此類推。讀音相同的字，按部首順序編排。

9、本書除第二章（《〈釋錄〉校勘記》）外，如所據敦煌文獻讀本誤錄，則徑改之；如系敦煌寫本有誤，則出校語。如：伯2187《破魔變文》：「男則朱嬰（纓）奉國，筐（匡）負聖朝；小娘子眉奇（齊）龍樓，身臨帝闕。」（《校注》，頁 531/19）「男」字《校注》錄作「兒」，原卷實作「男」。又如斯 6981年代不明《諸色斛斗破曆》：「酒壹瓮，翟闌（似當爲闍）梨收姟骨時造頓用。」（第三輯，頁 144/38）原卷「闌」字當爲「闍」之誤。

10、爲節省篇幅，文中所引諸家之說只出姓氏而不再稱「先生」，尙望諒之。

第一章 引 言

一、敦煌社會經濟文獻研究的簡史和現狀

敦煌文獻的內容涉及天文、曆法、歷史、地理、政治、經濟、文學、語言、文字等方方面面，幾乎無所不包，其書寫文字，除漢文之外，還有突厥文、梵文、吐蕃文等久已失傳的民族古文字，學術價值無與倫比，被譽為「中古時代的百科全書」、「古代學術的海洋」。因此，對敦煌文獻進行分門別類的研究，頗有必要。就敦煌社會經濟文獻方面而言，其研究大致分為三個階段：

第一階段（1909～1949 年）

有關敦煌社會經濟文獻的整理和研究因受材料的限制和當時學術取向的影響，起步較晚，始於 1924 年羅福葆所輯《沙州文錄補》刊布的數件戶籍、手實和戶狀等戶籍類文書。其後《敦煌掇瑣》（劉復 1925 年）、《敦煌石室寫經題記與敦煌雜錄》（許國霖 1937 年）、《貞松堂藏西陲秘笈叢殘》（羅振玉 1939 年）等所輯錄的經濟文書都是以資料的整理、公布為主。1936 年，陶希聖主編的《食貨》第 4 卷第 5 期是《唐戶籍簿叢輯》的專刊，收集了當時見於中日文書籍、雜誌的二十件敦煌戶籍、差科簿（時稱丁籍）。曾了若《隋唐之均田》（《食貨》4 卷 2 期，1936 年）是最早嘗試利用敦煌戶籍研究均田制的專題論文。〔註 1〕

〔註 1〕郝春文《敦煌文獻與歷史研究的回顧與展望》，《歷史研究》1998 年第 1 期：第 116

· 1 ·

第二階段（1949～1976 年）

在敦煌社會經濟文獻整理中具有劃時代意義的是中國科學院歷史研究所資料室編輯的《敦煌資料》第 1 輯（1961 年），其內容包括戶籍、名籍（差科簿）、地畝文書、寺院僧尼丁壯眷屬名牒、契約等 170 多種社會經濟方面的文書原卷錄文，它是用新式標點方式對所錄敦煌文書進行整理、分類和定名的第一本書，後來的同類著作都受到其影響。〔註2〕學者們利用敦煌文獻對封建社會的土地制度（均田制）、租佃關係、徭役制度與農民的生活狀況等問題以及敦煌、吐魯番文獻中租佃契約的性質、差科薄中出現的職務和徭役名稱、物價和農民生活、逃亡人戶法令等方面進行了研究，初具自己的理論特色，但深度和廣度不及日本學者。〔註3〕

第三階段（1976 年至今）

對敦煌經濟文書的整理和研究，在這一階段取得許多重要成果。唐耕耦、陸宏基彙編了綜合性的敦煌文書資料——《釋錄》，爲研究者分類對社會經濟文獻做進一步的精細錄校奠定了基礎。王永興《敦煌經濟文書導論》（1994 年），介紹了敦煌文獻中保存的戶籍、差科薄及有關田制、徭役的文書，並結合史籍對文書涉及的問題進行了探討。這一時期，對歸義軍社會經濟的研究取得了很大進展，利用敦煌文獻研究均田制仍是經濟史研究中的重要課題，而對敦煌契約文書的整理和研究，成爲這一階段的重要課題。〔註4〕

二、《釋錄》概述和簡介

唐耕耦、陸宏基主編的五冊《釋錄》（其中第一輯由書目出版社 1986 年出版，後四輯由全國圖書館文獻縮微複製中心 1990 年出版）目前仍然是最便於研究者使用的綜合性的敦煌文書資料彙編。該書收錄了敦煌文獻中除佛經以外的

〔註2〕 張國剛《二十世紀隋唐五代史研究的回顧與展望》，《歷史研究》2001 年第 2 期：第 167 頁。

〔註3〕 郝春文《敦煌文獻與歷史研究的回顧與展望》，《歷史研究》1998 年第 1 期：第 120～122 頁。

〔註4〕 郝春文《敦煌文獻與歷史研究的回顧與展望》，《歷史研究》1998 年第 1 期：第 129～130 頁。

與社會經濟有關的重要文書和歷史文獻 1391 件，共分 34 大類。每類又分若干細目，按年代先後順序排列。其所收文書包括定名和錄文，部分文書附有注釋，編排上採取影印與錄文對照的形式，上部為文獻圖版，下部為錄文，頗便讀者比照。該書具有容量大和附有圖版、錄文等優點，至今仍是學人研究敦煌社會經濟文獻的重要參考書，但「不免在資料搜集、文字釋錄、文書定名、定性、分類、歸類、編排等方面存在一些問題」〔註5〕。又由於其「所依據的縮微膠卷和《敦煌寶藏》的圖版不夠清晰，有些文字仍需再斟酌，而俄藏敦煌文獻的資料在當時根本見不到，因此大多數未予收錄」〔註6〕。

(一)《釋錄》第一輯收錄文書種類（共 234 件）

1. 地志和瓜沙兩州大事記及巡行記（共 17 件）

2. 姓望氏族譜名族志家傳（共 6 件）

3. 籍帳（共 15 件）

4. 差科簿（共 2 件）

5. 社邑文書（共 149 件）

　　壹　立社條件（16 件）

　　貳　請求入社退社狀（8 件）

　　三　社司牒狀及處分（8 件）

　　肆　各種轉帖（87 件）

　　伍　納贈曆（13 件）

　　陸　收支帳與憑據（7 件）

　　柒　其他（10 件）

6. 沙州燉煌縣行用水細則與渠人（社）行人轉帖（共 31 件）

7. 燉煌會計曆等財政文書（共 14 件）

(二)《釋錄》第二輯收錄文書種類（共 413 件）

1. 契據（共 186 件）

〔註 5〕郝春文《敦煌文獻與歷史研究的回顧與展望》，《歷史研究》1998 年第 1 期：第 129頁。

〔註 6〕榮新江《漢唐中西關係史：對新舊史料的一個概觀》，《中外關係史：新史料與新問題》科學出版社 2004 年：第 4 頁。

壹　買賣、典押、博換土地宅舍契（24 件）

貳　租佃土地契憑（10 件）

三　買賣、僱用驢駝車具等契（15 件）

肆　賣兒、賣婢、典兒、典身、雇工契（34 件）

伍　借貸契與請便牒（66 件）

陸　析產和處分遺產文書（7 件）

柒　養男立嗣文書（4 件）

捌　遺囑、分書、放妻、放良書樣式（22 件）

玖　其他契據（4 件）

2. 便物曆（共 75 件）

3. 關於奴婢、地宅、遺產、債務、稅役糾紛等牒狀及公驗（共 32 件）

4. 關於營田、勳蔭田、退田、受田、租田、請地、田畝、戶口、徭役、稅收、磑課等牒狀及籍曆（共 91 件）

5. 法律文書（共 29 件）

（三）《釋錄》第三輯收錄文書種類（共 295 件）

1. 什物曆（共 28 件）

2. 施入疏（共 39 件）

3. 諸色入曆（共 32 件）

4. 諸色破用曆（共 70 件）

5. 諸色入破曆計會（共 78 件）

6. 堂舍房基帳（共 5 件）

7. 驢馬牛羊等籍及有關牒狀和憑據（共 29 件）

8. 歸義軍軍資庫、內庫、內宅、柴場、宴設司等牒狀及判憑（共 14 件）

（四）《釋錄》第四輯收錄文書種類（共 281 件）

1. 買賣、座設、財禮、納賀、榮葬、榮親等雜文書（共 18 件）

2. 僧官告身和寺職任免（共 14 件）

3. 度牒（共 5 件）

4. 戒牒及其相關文書（共 38 件）

5. 寺院行事及有關牒狀等文書（共 47 件）

6. 追念、設供等請僧疏（共 23 件）

7. 僧尼籍及其相關文書（共 18 件）

8. 詔勅、告身、信牒、公驗（共 23 件）

9. 表、書、狀（共 53 件）

10. 軍事、驛傳、治安等文書（共 42 件）

（五）《釋錄》第五輯收錄文書種類（共 168 件）

1. 雜牒狀和書啓（共 46 件）

2. 墓碑、邈真讚、別傳、功德記等（共 106 件）

3. 書儀、書啓等文書（共 15 件）

4. 中印文化交流（共 1 件）

三、研究意義和框架

　　從上述介紹中可以看出《釋錄》在敦煌學研究中重要地位和影響以及其存在的缺憾和不足。因此，對《釋錄》進行全方位的、深入的研究頗有必要。

　　現從語言文字學的角度切入，繼承前賢的研究成果，在比勘原卷確保錄文準確的基礎上，對《釋錄》中的通讀現象及新詞、新義進行全面研究。研究共分五部分：

第一部分：引言

第二部分：《釋錄》校勘記

第三部分：《釋錄》通讀研究

第四部分：《釋錄》新詞、新義研究

第五部分：待質錄

第二章　《釋錄》校勘記

　　本章在核實敦煌文書原卷的基礎上，校訂了《釋錄》錄文某些方面的疏誤，商榷了原卷的不當之處，並利用現有工具書考證出部分俗字。

第一節　誤　錄

　　《釋錄》由於錄文不慎混同形近之字，或由於誤識俗字進而誤植原卷，從而影響文意。

1・伯 2005《沙州都督府圖經殘卷》：「夕疑無地，朝己干霄。」（第一輯，頁2/17）

　　按：「己」原卷作已，從文義上看，作「已」是。伯 2695《沙州都督府圖經殘卷》：「甘露：右武德六年七月巳酉，甘露 ⬚⬚⬚⬚⬚（降，彌漫）十五日（里）。」（第一輯，頁 24/1）中的「已」字與之類，可參。

2・伯 2005《沙州都督府圖經殘卷》：「嘉納堂。右按西涼錄，涼王李暠庚子五年興立泮官，增高門學生五百人，起嘉納堂於後園，圖讚所志。」（第一輯，頁 14/292～295）

　　按：「官」原卷作宮，形近而誤。「泮宮」指西周諸侯所設的大學。如《漢書・郊祀志上》：「周公相成王，王道大洽，制禮作樂，天子曰明堂辟雍，諸侯

曰泮宮。」後泛指學宮。

又，伯 3593 唐開元二十五年（公元七三七年）《律疏——名例律疏殘卷》：「其關者，爾雅釋官云，觀謂之闕。」（第二輯，頁 534/29～30）「官」原卷亦作宮，誤同。

3・伯 2695《沙州都督府圖經殘卷》：「刺史李無虧表奏：云：王者仁智明恕，即至，動准（準）法度，即見。」（第一輯，頁 25/42～44）

按：「即見」之即原卷作則。

又，斯 5448《燉煌錄一卷》：「後來若人多即水多，若人少即水少，若郡（群）衆大噉，水即猛下，至今如然。」（第一輯，頁 45/9～11）「水即猛下」之「即」原卷亦作則，誤同。

4・伯 2511《諸道山河地名要略殘卷》：「事跡：秦莊襄二年，蒙驁攻趙，空（定）太原」（第一輯，頁 70/28）

按：「驁」原卷實作鷔，形近而誤。蒙驁，秦將也。如《史記・秦本紀》：「使蒙驁伐韓，韓獻成皋、鞏。秦界至大梁，初置三川郡。二年，使蒙驁攻趙，定太原。三年，蒙驁攻魏高都、汲，拔之。」

5・伯 2511《諸道山河地名要略殘卷》：「後周置潞州於襄垣縣，隨移之壺關，今州之里（理）所。」（第一輯，頁 76/182～183）

按：「隨移之壺關」之「之」原卷作「#1-1」（見文末所附字形表，下同），當爲於字。同卷上文「圖經大韮多生於山野及平川」（第一輯，頁 76/175）、下文「刑（形）似壺古（口），乃於此置關」（第一輯，頁 76/191）中的「於」原卷均作「#1-2」，可參。

6・伯 2625《敦煌名族志殘卷》：「果子嗣玉，志敦經史，博覽天聽，奉國忠貞，承家孝娣。」（第一輯，頁 101/49～50）

按：「娣」原卷作悌，是。「孝悌」即孝順父母、敬愛兄長也。同卷下文「五代義居，承家孝悌，忠誠奉國，各受其斑」（第一輯，頁 102/54），可參。

7・斯 6537 3V～5V《立社條件（樣式）》：「若有立莊（莊）修舍，要衆共成。各各一心，關者帖助。更有榮就男人女事合行事，不在三官之中，衆社思寸。」（第一輯，頁 282/28～30）

　　按：「男人女事合行事」一句費解，原卷實作「男女人事合行事」。「男女人事」恐為「男女婚姻」、「人事」之省稱。同卷下文有：「若有立莊造舍，男女婚姻人事少多，亦乃莫絕。」（第一輯，頁283/13～14）又伯3730背《某甲等謹立社條（樣式）》：「若有立莊造舍，男女婚姻，人事小多，亦乃莫絕。」（第一輯，頁280/16～17）「小」讀作少。可參。

8・斯6537 7V～8V《立社條件（樣式）》：「其主人看待厚薄，不諫輕重，亦無罰青（責）。」（第一輯，頁284/8～9）

　　按：「待」原卷作侍，是。斯527後周顯德六年（公元九五九年）正月三日《女人社再立條件》異文即作「看侍」（第一輯，頁274/7～8）。「看侍」〔註1〕即款待、侍奉也。

　　又，伯2642年代不明〔公元十世紀〕《諸色斛斗破用曆》：「同日粟壹碩看待後座用。」（第三輯，頁209/2～3）伯2992背《兄大王〔沙州歸義軍節度使〕某致弟甘州迴鶻順化可汗狀》：「天使以本道使，蒙賜館驛看待兼改頭並不減損，允過西來。」（第四輯，頁395/12～14）「待」原卷均作侍，《釋錄》均誤。

9・斯5629《燉煌郡等某乙社條壹道（樣式）》：「逐吉追凶，應有所勒條格，同心壹齊稟奉，一春秋二社，每件局席，人各油麨麥粟，主人逐次流行。一，若社人本身及妻二人身亡者，贈例人麥粟及色物，准數進（？）要使用，及至葬送，亦次痛烈，便供親兄弟一般輕舉，不許憎嫌穢汪。」（第一輯，頁285/（一）10～286/（一）20）

　　按：「穢汪」，不辭。察原卷，「汪」字實作「#2-1」，當為「污」字，即「汙」也。伯3721《瓜沙兩郡大事記并序殘卷》：「太守怒曰：神若不現，我即將污穢之物，施入泉中，兼遣三軍推砂石填却此泉。」（第一輯，頁81/43～44）「污穢」之「污」原卷作「#2-2」，可比照。

　　「穢」字涉「嫌」偏旁而誤，當為穢字。「穢污（汙）」即不潔、骯髒也。如《大正藏》No.468〔南朝梁〕僧伽婆羅譯《文殊師利問經》卷二：「住家者有穢污，出家者無穢污。」No.173〔宋〕施護譯《福力太子因緣經》卷三：「時福

〔註1〕詳見第三章《〈釋錄〉通讀研究》第一節《不諳文義，誤說通讀》第4條。

力太子，夢見自身處穢污上，又見自身穢污所染，又見自以舌舐虛空，又見自身蓮華中立，又見自身上起山峯，又見衆人頂禮於己。」

10．伯 3198《投社人狀（樣式）》：「右厶乙，貧門賤品，知淺藝疎。」（第一輯，頁 296/2）

按：「知」原卷作智，是。

11．伯 3692 背壬午年十一月二日《社司轉帖》：「友（右）緣年支小（少）事商量，幸請諸公等，帖至限今月三日卯時於靈圖寺門前取前，如有後到者，罰酒一角，全不來者，罰酒半瓮。」（第一輯，頁 326/1～4）

按：「取前」之「前」原卷實作齊字，錄文涉「門前」之前而誤。「取齊」敦煌社司轉帖中常見。伯 2738 背唐咸通十年（公元八六九年）前後《社司轉帖》：「幸清（請）諸公等，帖至並即今月廿六日神（辰）時，於宮孃（樓）蘭若門取齊。」（第一輯，頁 310/2～4）伯 3071 背唐乾寧三年（公元八九六年）《社司轉帖（抄）》：「右緣年支李再興，合有曾（贈）迷（送），人各色〔物〕兩疋、粟斗、幸清（請）支（諸）公等，帖至，限今月十〔日〕朱（未）時取齊。」（第一輯，頁 313/（二）2～4）伯 4017《行人轉帖（抄）》：「已上行人，今次着上眞（直）三日，并弓箭搶排白棒，不得欠少一色，帖至，限今〔月〕十九日卯時於東門外取齊，如有後到，決丈（杖）七下，一人不來者，官重責」（第一輯，頁 411/1～5）

12．伯 3779 乙酉年四月廿七日《徒衆轉帖》：「……已上徒衆，次着八角拽磑，人各阿藍壹，鍬鑺壹事，須得本身，不用廝着替。」（第一輯，頁 357/6～7）

按：「鑺」爲古兵器名，於文意稍隔。察原卷，該字實作钁。「钁」同鐝，鍬鍤之類也。形近而誤。

又，伯 5032（14）甲申年（公元九八四年）二月廿日《渠人轉帖》：「上件渠人，今緣水次逼近，切要通底河口，人各鍬钁壹事，白刺三束，枝兩束，拴一莖。」（第一輯，頁 404/4～5）伯 3412 背壬午年（公元九八二年）五月十五日《渠人轉帖》：「已上渠人，今緣水次逼近，要通墅（底）河口，人各鍬钁壹事，白刺壹束，檉一束，掘壹筅，須得庄（壯）夫，不用斯（廝）兒。」（第一

輯，頁 408/2～4）伯 4017《渠人轉帖》：「已上渠人，今緣水次逼斤（近），切要通底河口，人各枝兩束，亭（衍）白刺壹不（衍）束，掘兩筌，餕鑵一事，兩日粮食。」（第一輯，頁 409/1～4）「鑵」原卷均作钁，誤同。

13・伯 4040 背金山國時期《修文坊巷社再緝上祖蘭若，標畫兩大聖功德讚并存》：「專心念善，精持不二之言；探賾桑門，每嘆苦空之義。牙相諫謂，都無適寐之憩。」（第一輯，頁 385/17～386/20）

按：原卷「牙」作「#3-1」，實爲互相之「互」字。斯 5629《燉煌郡等某乙社條壹道（樣式）》：「況一家之內，各各惣是弟兄，便合職（識）大敬少，互相□重。」（第一輯，頁 285/（一）7～9）「互」亦作「#3-2」，可參。

14・伯 2991 背《燉煌社人平詘子十一人籾於宕泉建窟一所功德記》：「華飾儼然，粉繪將畢，門臨月窟，以危山咢而當軒戶，枕仙巖而靈縱竝秀。」（第一輯，頁 387/6～8）

按：「縱」原卷實作蹤，是。「靈蹤」指佛的莊嚴妙相。如〔唐〕王勃《梓州通泉縣惠普寺碑》：「由是鹿園層敞，象教旁流，宣妙獎於希夷，範靈蹤於顯晦。」《大正藏》No.1636〔宋〕法護、日稱等譯《大乘集菩薩學論》卷二十三：「如來塔廟衆靈蹤，一一稱揚伸供養。」

15・伯 3128《社齋文》：「加以傾心三寶，攝會無生，越愛染於猢（稠）林，悟眞如之境界，替榮花之非實，攬人事之虛無。」（第一輯，頁 388/6～7）

按：「會」原卷作「#4-1」，當爲念字。斯 6417《仰沙佛文》：「功德寶（？）念念慈繁；智惠善牙，運運曾（增）長。」（第一輯，頁 391/12～13）原卷「念」作「#4-2」，可參。伯 4536 背《社齋文》異文即作「攝念」（第一輯，頁 388/3～5）。本卷「厥今坐前，齋主持爐，啓願所申意者，奉爲邑義，保願功德之加（嘉）會也。」（第一輯，頁 388/3～4）「會齋凡聖，連坐花臺；崇敬三尊，希求勝福。」（第一輯，頁 388/8）「建豎壇那，守修法會。」（第一輯，頁 388/9）中「會」作「#5」，與之區別。

「攝念」即收斂心神之義。如伯 3718 歸義軍曹氏時期《憂道寫真讚並序》：「攝念冰清，宛然公道。」（第五輯，頁 273/13）」《大正藏》No.2003〔宋〕圓悟克勤編《佛果圜悟禪師碧巖錄》卷十：「典座曰：『若如是，座主暫輟講旬日，

於靜室中端然靜慮，收心攝念，善惡諸緣，一時放却，自窮究看。』」

16·斯663（2）《印沙佛文》：「又持勝福，伏用莊嚴，施主即軀，唯願身而玉
樹，恒淨恒明，軀若金剛，常堅常固，今世後世，莫絕善緣。」（第一輯，
頁 392/10～12）

按：「軀」原卷實作躰。「躰」即體也。斯 5957（11）《邑文》：「惟願以資
社設齋功德，迴向勝因，惣用莊嚴，社邑即躰。惟願災殃殄滅，福慶咸臻，天
仙降靈，神龍湊會。惟願菩提種子，結集積於身田，智惠萌芽，永芬芳而意樹。
又持勝福，次用莊嚴，施主即躰。」（第一輯，頁 389/9～12）「躰」字可參。

17·伯4017《渠人轉帖》：「已上渠人，今緣水次逼斤（近），切要通底河口，
人各枝兩束，亭（衍）白刺壹不（衍）束，掘兩筐，餁鑺一事，兩日粮食。」
（第一輯，頁 409/1～4）

按：「餁」字原卷作金旁，實爲鍬字。「鑺」爲钁誤（詳第 12 條）。敦煌渠
人轉帖中常見。如伯 5032（14）甲申年（公元九八四年）二月廿日《渠人轉帖》：
「上件渠人，今緣水次逼近，切要通底河口，人各鍬钁壹事，白刺三束，枝兩
束，抡一莖。」（第一輯，頁 404/4～5）伯 5032《渠人轉帖》：「已上渠人今緣
水此褐隨，妾（切）▭底何（河）口，人各鍬钁一事，白□三
束□▭」（第一輯，頁 407/3～4）。

18·伯4017《行人轉帖（抄）》：「已上行人，今次着上眞（直）三日，并弓箭
搶排白棒，不得欠少一色，帖至，限今〔月〕十九日卯時於東門外取齊，
如有後到，決丈（杖）七下，一人不來者，官重責」（第一輯，頁 411/1
～5）

按：「搶」原卷作槍，是。如伯3070〔乾寧三年？（公元八九六？）〕《行
人轉帖》：「帖至，限今月十三日南門取齊，官友罰，弓箭槍排不欠，小官量
罰。」（第一輯，頁 411/4～5）伯2877 背乙丑年正月十六日《行人轉帖》：「已
上行人，次着上直三日，并弓箭槍排白棒，不得欠小壹色」（第一輯，頁 412/4
～5）

「槍排」，《大詞典》釋義爲：「方言，打水禽用的一種小船。」與此處意思
不合。

「槍」實爲長杆一端有尖頭的刺擊武器。如《墨子・備城門》：「槍二十枚，周置二步中。」「排」指盾牌。如《周書・劉雄傳》：「大將軍韓歡與孝先交戰不利，雄身負排，率所部二十餘人，據塹力戰。」敦煌文書中，「槍排」常與「弓箭」、「白棒」〔註2〕連用，後二者均爲武器名，因此，「槍排」亦爲武器名。

19・斯1350唐大中五年（公元八五一年）《僧光鏡賒買車小頭釧契》：「大中五年二月十三日，當寺僧光鏡，緣闕車小頭釗（釧）壹交停事，遂於僧神捷邊買釧壹救，斷作價直布壹伯尺。」（第二輯，頁43/1〜2）

　　按：「釗」原卷實作釧。《釋錄》誤錄。

20・伯4638丁酉年（公元九三七年）《陰賢子買車具契》：「丁酉年正月十九日漠（莫）高鄉百姓陰賢子伏緣家中爲無車乘，今遂於兵馬使氾金鋼面上〔買〕脚壹具并釧，見過捌歲顙耕牛壹頭，准絹（後缺）。」（第二輯，頁45/1〜3）

　　按：「鋼」原卷作剛，是。斯1781庚辰年（公元九二〇年）正月二日《僧金剛手下斛斗具數曆》：「庚辰年正月二日，僧金剛會手下斛斗具數如後：……」（第二輯，頁205/1〜2）可參。

21・斯1398壬午年（公元九八二年）《郭定成典身契（抄）》：「若不得拋工，故行故坐□□□□鐮刀器袋牛羊畜生，合宅若畔上非理失却打破，裴（賠）在定成身上，□□□□□□□活，若牛羊畜生非命打熬，不關主人之事。」（第二輯，頁53/4〜6）

　　按：「熬」原卷作「#6」，當爲煞字。「煞」爲殺俗字。《釋錄》誤錄。

22・伯3649背丁巳年（公元九五七年）《賀保定雇工契（抄）》：「忽若偷他人牛羊麥粟瓜果菜茹，忽又（若）捉得，陪在自身祇當。」（第二輯，頁65/4〜5）

　　伯3649背丁巳年（公元九五七年）《賀保定雇工契（抄）》：「更若畔上失他（却）主人農具鏵鑄鐮刀鍬钁袋器什物者，陪在作兒身上。」（第二輯，頁65/5〜6）

〔註2〕白棒亦作白棓，即大棍、大杖也。

按：「陪」原卷作倍。「倍」（《集韻》蒲枚切，平灰，並）同賠也。如《新唐書‧南蠻傳下‧兩爨蠻》：「犯小罪則杖，大事殺之，盜物者倍償。」《宋史‧食貨志上三》：「陝西運粮，民間倍費百餘萬緡，聞之駭異。」

23‧斯 1475 14V～15V 卯年（公元八二三年？）《阿骨薩部落百姓馬其鄰便麥契附僧義英便麥契與便勘記錄》：「同日，當寺僧義英無種子床，於僧海清邊便兩番 馱，限至秋。依契慎納。如違，任前陪（倍）納。」（第二輯，頁 91/（二）1～2）

按：「慎」原卷作塡，是。「塡納」猶補繳也。如斯 1350 唐大中五年（公元八五一年）《僧光鏡賒買車小頭釧契》：「其布限十月已後於儭司塡納。」（第二輯，頁 43/2～3）《舊唐書‧懿宗紀》：「其已前積欠，候物力稍充，積漸塡納。」

24‧斯 0343 10V《放良書（樣式）二件》：「山河日月，並作證明；桑田遍（變）海，此終不改。」（第二輯，頁 160/（一）6～7）

按：「明」原卷作盟，是。「證盟」猶證明、見證也。如伯 3448 背辛卯年（公元九三一年？）《董善通張善保雇駝契》：「將駝去後，比至到來，路上有危難，不達本州，一看大禮（例），若駝相走失者，雇價本在，於年歲却立本駝，或若道上瘖出病死，須同行證盟。」（第二輯，頁 39/6～9）斯 6300 丙子年二月十一日《僧隨願共鄉司判官李福紹結爲兄弟契》：「一人看端正，二乃兄弟名幸，有甚些些，不得倍逆，便仰昔問同心，便歡悅之地（？）此師兄□弟，不憑文字，願山河爲誓，日月證盟，地轉天迴，執憑爲驗耳。」（第二輯，頁 201/4～7）

25‧斯 5578《放妻書（樣式）》：「夫若舉口，婦便生嗔；婦欲發言，夫則搶棒。」（第二輯，頁 176/22～23）

按：「搶」原卷作「#7-1」。斯 6537 1V《放妻書（樣式）》異文作「拾棒」（第二輯，頁 177/13～14），「拾」原卷作「#7-2」。此二字皆當爲「捻」字。「捻」有握持義。如〔唐〕杜甫《陪鄭廣文游何將軍山林》詩之四：「盡捻書籍賣，來問爾東家。」仇兆鼇注：「捻……指取物也。」「捻棒」即握棒也。

《敦煌契約文書輯校》亦作「捻」。

26‧斯 6537 2V～3V《遺書（樣式）》：「因緣房資貧薄，遺囑輕微，用表單心，

情函納受，准前支給。」（第二輯，頁 180/6～7）

按：「函」原卷作「#8-1」，當爲「垂」字。《碑別字新編》收〔隋〕張伜墓誌「垂」作「#8-2」（頁 54），可參。「垂」可以用作敬辭，用於上對下的動作，且常與「納受」連文。如《梁書・諸夷傳・丹丹》：「是故至誠敬禮天子足下，稽首問訊，奉獻金芙蓉、雜香、藥等，願垂納受。」《大正藏》No.1〔後秦〕佛陀耶舍、竺佛念譯《長阿含經》卷二：「時，女手執金瓶，行澡水畢，前白佛言：『此毘耶離城所有園觀，我園最勝，今以此園貢上如來，哀愍我故，願垂納受。』」No.2121〔南朝梁〕寶唱等集《經律異相》卷二十四：「時王慈育民物如父愛子，國民慕王如子仰父，所有珍奇盡以貢王，願垂納受。」No.1451〔唐〕義淨譯《根本說一切有部毘奈耶雜事》卷三十：「聞君生男，情甚欣悅。今送衣服，願垂納受。」No.2122〔唐〕道世撰《法苑珠林》卷四十三：「王之國土珍奇盡以貢王，願垂納受，在意所與。」又卷八十：「今以白象奉還太子，願垂納受，以除罪咎。」

《敦煌契約文書輯校》亦作「垂」。

27・斯 6537 5V～6V《慈父遺書一道（樣式）》：「如若不聽母言教，願三十三天賢聖不與善道，眷屬不合，當惡壞憎，百却（劫）他生，莫見佛面，長在地獄，兼受畜生。」（第二輯，頁 182/10～12）

按：「壞」原卷作壞，「憎」原卷作增。該句《敦煌契約文書輯校》校讀作「眷屬不合當惡，壞增百却（劫），他生莫見佛面」，可參。

28・斯 6537 8V《阿郎放奴婢書壹道（樣式）》：「蓋聞天地造化，遣（貴）賤有殊，貧令流前緣所配，某專甲，生居張掖（？）慈能濟命，遂取重價，沒在高門，待奉久（？）効，供承事力，累年」（第二輯，頁 184/1～3）

按：「待」原卷作侍。「侍奉」即伺候奉養也。如伯 3502《張敖撰新集諸家九族尊卑書儀一卷》：「唯憂家內如何存濟，怒（努）力侍奉尊親，男女切須教訓。」（第五輯，頁 307/120～121）

29・斯 4374《分書（樣式）》：「如立分書之後，再有宣悖，請科重罪。」（第二輯，頁 186/17）

按：「宣」原卷作喧，是。「喧悖」即喧鬧、吵鬧也。如〔宋〕王溥《唐會

要・雜處置》：「神功元年十月勑：選司抑塞者，不須請不理狀，任經御史臺論告，不得輒于選司喧訴。有凌突選司，非理喧悖者，注簿量殿；尤甚者，仍於省門集選人決三十，仍殿五六選。」

30・斯 5816 寅年八月十九日《李條順打傷楊謙讓爲楊養傷契》：「如不稱便，便待至營事了月都算，共人命同計會。」（第二輯，頁 198/6～7）

按：「稱」原卷作穩，是。「穩便」即恰當、方便、穩妥也。如伯 3331 丙臣歲（公元八九六年或九五六年）《宋欺忠賣宅舍契》：「中間或有兄弟房從及至姻親忏悔，稱爲主記者，一仰主宋欺忠及妻男鄰近穩便買舍充替，更不許異語東西，中間或有恩赦，亦不在論限，人從私契。」（第二輯，頁 4/7～8）伯 2155《歸義軍節度使曹元忠致迴鶻可汗狀》：「緬惟程限，起發不遙。比至四月上旬，必是穩便。」（第四輯，頁 403/7～8）

31・伯 3935 丁酉年（公元九九七年？）《洪池鄉百姓高黑頭狀（稿）》：「況黑頭棵粒更無覓處，欲擬一身口承新城。」（第二輯，頁 311/13～14）

按：「棵」原卷似作稞，「稞」讀作顆也。「顆粒」指糧食，一顆一粒也。如伯 3257 後晉開運二年（公元九四五年）十二月《河西歸義軍左馬步押衙王文通牒及有關文書》：「若收得麥粟，任自兄收，顆粒亦不論說。」（第二輯，頁 296/（二）3～4）斯 1438 吐蕃佔領時期《沙州守官某請求出家狀等稿四十多件》：「表以精誠，無遺顆粒。」（第五輯，頁 314/10～11）

32・伯 3212《辛丑年五月三日惠深牒（？）》：「其惠深寺（原文右旁有□）多有不及洗立機，惠深且交達家漢兒洗去來，其洗了就送家中也，無人，是他漢兒石家店內典酒五升，被至小師績（贖）……」（第二輯，頁 312/1～4）

按：「績」原卷作續，「續」或爲贖誤。

33・大谷 2835 長安三年（公元七〇三年）三月《括逃使牒並燉煌縣牒》：「今奉明勑，逃人括還，無問戶第高下，給複（復）二年。」（第二輯，頁 326/9～11）

按：「逃人」原卷作逃生。

34·伯 3608、伯 3252《唐律——職制、戶婚、廄庫律殘卷》:「諸監臨之官，受所監臨財物者，一尺笞卌，一匹加一等，八匹徒一年，八匹加一等，五十匹流二千里；與者，減五等，罪止杖一百；乞取者加一等；強乞取者，准枉法論。」(第二輯，頁 504/76～78)

按:「卌」原卷作卌，是。「卌」，數詞，四十。

35·伯 3608、伯 3252《唐律——職制、戶婚、廄庫律殘卷》:「其遺棄小兒，年三歲以下，雖異性，聽收養，即從其姓。」(第二輯，頁 507/113～114)

按:「性」原卷實作姓，是。

又，伯 4640《住三窟禪師伯沙門法心讚》:「則有金光明寺苾蒭僧，俗性張，法號潛建，與普光寺妹尼妙施，共鐫飾也。」(第五輯，頁 104/16～17)「性」原卷亦作姓，誤同。

36·伯 2942 唐永泰年代（公元七六五～七六六年)《河西巡撫使判集》:「終須設法，以葉（協）權宜。」(第二輯，頁 623/65～66)

按:「葉」原卷實作叶。「叶」同協，和洽、相合也。如伯 4660《康通信邈真讚》:「盡忠奉上，盡孝安親。叶和衆事，進退俱真。」(第五輯，頁 113/7) 伯 4638《右軍衛十將使孔公浮圖功德銘並序》:「機變叶於六韜，武略斗（？）於七德。」(第五輯，頁 217/13)《敦煌願文集·願文範本》:「功濟巨川，心扶景運。自統藩鎮，惠化叶和。」(頁 149)〔註3〕

同卷下文「儻葉（協）權宜，各請遵守。」(第二輯，頁 625/115)「葉」字原卷亦作叶，誤同。

37·伯 3638 辛未年（公元九一一年）正月六日《沙州淨土寺沙彌善勝領得曆》:「拾碩櫃壹口，像鼻屈鉞並全在李上座。柒碩櫃壹口並像鼻全。針線櫃壹口，像鼻屈鉞並全在李老宿房。又拾伍碩新櫃壹口，像鼻屈鉞並全。」(第三輯，頁 116/3～5)

按:「像」原卷作象，是。據曾良《敦煌文獻字義通釋》，「象鼻」爲箱櫃上的搭扣。

又，伯 4660《故法和尚讚》:「整龍像之威容，潔冰霜之淨戒。」(第五輯，

〔註3〕本書所引黃征、吳偉《敦煌願文集》(岳麓書社，1995 年）中例均核實過原卷。

頁 150/3）「像」原卷亦作象。「龍象」即高僧也。如伯 3718 後唐《河西敦煌府釋門法律劉和尚慶力生前邈眞讚並序》：「罕窮內外，辯若河玄。森森龍象，侃侃威全。」（第五輯，頁 265/22）伯 3718《敦煌程和尚政信邈眞讚並序》：「龍象威容，實膺半千之哲；體隆二八，敎業富於三多。」（第五輯，頁 275/3～4）伯 3541《歸義軍釋門僧正賜紫沙門張善才邈眞讚並序》：「況且臨隳壞寺，化成雁塔；祁園廢業，疲徒合衆，全爲龍象。」（第五輯，頁 293/20～21）

38・斯 6306《歸義軍時期破曆》：「……七月六日修大查白刺一車、枝十五束、栓八笙、樸十束、羊皮四張。」（第三輯，頁 291/2～3）

按：「栓」原卷作栓，是。「栓」同橛，短木也。

39・斯 4657 年代不明〔公元九七〇年？〕《某寺諸色破曆》：「十日豆壹㪷大衆分梨用，又豆伍㪷，圖就僧正亡納：（旁注：〔贈用〕）豆貳㪷還閻員保用；麥捌㪷沽酒木上泥圖時喫〔用〕」（第三輯，頁 530/13～15）

按：「梨」字原卷作藜。「分梨」與「分藜」意思相距甚遠。「藜」同藜，蒺藜也。如伯 2695《沙州都督府圖經殘卷》：「野穀：右唐聖神皇帝垂拱四年，野穀生於武興川，其苗藜高二尺已上，□□似蓬，其子如葵子，色黃赤，似葵子肥而有脂，抄之作麨，甘而不熱。收得數百石，以充軍糧。」（第一輯，頁 24/5～7）

40・伯 2641 丁未年（公元九四七年）六月《都頭知宴設使宋國清等諸色破用曆狀並判憑四件》：「又鐵匠拾人，早上鑄飥，午時各胡併兩枚，供壹日，食斷。」（第三輯，頁 611/（二）14～15）

按：「鑄」原卷作餺，是。「餺飥」即湯餅的別名，古代一種水煮的麵食。如伯 3490 辛巳年（公元九二一或九八一年）《某寺諸色㪷斗破曆》：「油半抄馳淤日造餺飥炒臛衆僧時用。」（第三輯，頁 187/23）〔北魏〕賈思勰《齊民要術・餅法》：「餺飥，按如大指許，二寸一斷，著水盆中浸。宜以手向盆旁按使極薄，皆急火逐沸熟煮。非直光白可愛，亦自滑美殊常。」《入唐求法巡禮行記校註》卷二：「〔八月〕十五日寺家設餺飥餅食等，作八月十五日之節。」（頁 178）

另，伯 4906 年代不明〔公元十世紀〕《某寺諸色破用曆》：「麵貳㪷，沒飥。」（第三輯，頁 233/4）同卷下文：「白麵壹斗，造沒飥。油三合，砂饢及造小胡

併子用。」（第三輯，頁 233/11～12）「沒飥」均當讀作餺飥也。沒，《廣韻》莫勃切，入沒，明。餺，《廣韻》補各切，入鐸，幫。二字旁紐。

41・斯 2575 後唐天成四年（公元九二九年）三月六日《應管內外都僧統置方等戒壇牓》：「戒條切制囂華，律中不珮錦繡。」（第四輯，頁 135/20～21）

按：「珮」原卷作佩，是。

42・斯 2575 6V 己丑年（公元九二九年）五月廿六日《應管內外都僧統爲道場納色目牓》：「右奉處分，令置受戒道場，應管得戒式又沙彌尼等，沿法事，准往例合有所稅，人各麥油一升，掘（橛）兩笙，訶梨勒兩顆，麻十兩，石灰一升，青灰一升，苴麻兩束。」（第四輯，頁 145/5～6）

按：「勒」原卷作勒，是。「訶梨勒」亦作訶黎勒，植物名，常綠喬木，果實可入藥。

43・伯 3620《諷諫今上破鮮于叔明、令孤峘等請試僧尼及不許交易書並批答》：「所在君侯勿須亂（旁注：惱），發意害彼，不知自傷，世世招得惡名，當來必酬苦果。」（第四輯，頁 320/7～8）

按：第一個「世」原卷作「#9-1」，當爲此字。伯 4638《大番故敦煌郡莫高窟陰處士修功德記》：「塞門八陣，掠地中（終）身；野載十年，留連已此，至今爲敦煌縣。」（第五輯，頁 221/14～15）「此」作「#9-2」，可參。「當來」指將來，佛教指來世，「此世」與「當來」相對。

44・伯 2811 唐廣明元年庚子歲（公元八八〇年）《侯昌葉直諫表》：「近日已來，災祥變動。」（第四輯，頁 332/15～16）

按：「變」字於此不通，察原卷，實作「#10-1」，當爲變字。伯 2555《寶昊爲肅州刺史劉臣壁答南蕃書》：「擁旄四載，一變五涼；愍戰仕之勞，不忍征伐。護明主之國，謹守封疆。」（第四輯，頁 356/38～39）伯 3718 後唐《河西釋門正僧政馬和尙靈俊邈真讚並序》：「花萎（旁注：凋）寶樹，葉變衹圓。門人動哭，泣淚潸澐。」（第五輯，頁 268/29）原卷「變」均作「#10-2」，可參。《釋錄》誤錄。

45・伯 2811 唐廣明元年庚子歲（公元八八〇年）《侯昌葉直諫表》：「明取尹令

遇指揮暗稱王士。志誠進狀，強奪波斯之寶，抑取茶店之珍，渾鑶櫃坊，全城般運，使千門悲悼，万戶銜冤。」（第四輯，頁 333/24～26）

按：「茶」原卷作「#11」，當為茶之俗字。伯 2054《十二時普勸四眾依教修行》：「役心神，失茶飯，溪壑之心何日滿，逢人只道沒功夫，何處更曾修福善」之「茶」以及伯 2718《茶酒論》中之「茶」字均作茶。「強奪波斯之寶，抑取茶店之珍」即強取波斯的寶貝和茶店中陳設的珠寶。據范文瀾、蔡美彪等《中國通史》第三編第二章第五節「唐時商業多至二百餘行，每行總有較大的商店。據現有材料看，最大的商業當是放高利貸的櫃坊……次於櫃坊的大商業有鹽商、茶商及波斯珠寶商」（頁 334～335）。由此可知當時「茶店」之富。

46・斯 4473《集賢相公厶遭母喪盡七後起復表六件並批答》：「仰天俯地，愧影慈形。」（第四輯，頁 346/86）

按：「慈」原卷作慙，是。「慙」與「愧」對舉。「慙形」即自慙形穢也。如《藝文類聚》卷五十三引江淹《為齊高帝讓相國齊公九錫表》：「御龍勤夏，未聞冠俗之爵，大彭翼商，豈見超世之典，況呂梁不鑿，而器重玄圭，越裳未獻，而賦擬千乘，鏡前修而慙形，覰往德而聳慮也。」

47・伯 3633《西漢金山國張安左生前邈真讚並序》：「自塹才非通命，業寡慊湖。」（第四輯，頁 385/16）

按：「塹」原卷作慙，是。形近而誤。「慙」同慚。

48・伯 2814 背後唐天成年代《都頭安進通狀稿二件》：「都頭、知懸泉鎮遏使、銀青光祿大夫、檢校國子祭酒、兼御史大夫、上柱國、安△乙，乃覲古跡、神廟圯坼，毀壞年深，若不修成其功，恐慮靈祇無効。」（第四輯，頁 500/（二）1～4）

按：「△」原卷作厶，敦煌手抄卷中即「某」之俗字。

49・斯 5402 歸義軍時期《百姓薛延俊等申請判憑狀》：「是則互會孤疑，□□不定，伏乞台慈，照非分欺憨劫少，不致右等違察，鐺婢儅值，高低平均處判，伏乞不吝神毫，特賜處分。」（第五輯，頁 3/4～7）

按：「孤」原卷作狐，「值」作直。《釋錄》誤錄。

50‧伯4638 清泰肆年（公元九三七年）《都僧統龍辯等牒稿》：「大開四路（旁注：八表），朝聞投欵之聲；內育（旁注：覆撫）蒼生，万姓長承乳哺（旁注：人民有攀援之處）。」（第五輯，頁 17/4～5）

按：「欵」原卷作欵，是。「欵」同款，「投款」謂以誠相待也。如《晉書‧慕容儁載記》：「既而投款建鄴，結援苻堅，並受爵位，羈縻自固，雖貢使不絕，而誠節未盡。」

51‧伯 2640《常何墓碑》：「王充恃金湯之固，未伏天誅；寶德總漳淦之師，來援凶虐。」（第五輯，頁 59/73～75）

按：「淦」原卷實作滏，是。「漳滏」即漳水和滏水的並稱。如〔晉〕左思《魏都賦》：「南瞻淇澳，則綠竹純茂；北臨漳滏，則冬夏異沼。」

52‧伯 2640《常何墓碑》：「趨奉藩朝，參聞霸略，承解衣之厚愚，申繞帳之深誠。」（第五輯，頁 60/92～93）

按：「愚」原卷作遇，是。「厚遇」指給以優厚的待遇。如《史記‧高祖本紀》：「漢王之出關至陝，撫關外父老，還，張耳來見，漢王厚遇之。」

53‧伯 2640《常何墓碑》：「馬陵魚腹之奇，暗諧神淵；增營減竈之術，洞曉靈臺。」（第五輯，頁 67/167）

按：「淵」原卷作明。「神明」即神靈也。

54‧伯 2640《常何墓碑》：「昔指黔江，丹襜蔽日；今還沙海，素袱翻風。」（第五輯，頁 68/185～186）

按：「袱」原卷作旐，是。「旐」即喪事用的一種魂幡。

55‧伯 4640《陰處士碑稿》：「既乃躍鱗水上，一梃龍門，下說窖中，三冬豹變。」（第五輯，頁 69/12～13）

按：「窖」原卷作窖，是。

56‧伯 4640《陰處士碑稿》：「熊羆愛子，拆襁褓以文身；鸂鸂夫妻，解鬟鈿而辮髮。」（第五輯，頁 71/30～31）

按：「鸂」原卷作鴇，是。「鸂鴇」即鴛鴦也。伯 4638《大蕃故敦煌郡莫高窟陰處士修功德記》異文即作「鸂鴇夫妻」（第五輯，頁 222/23～24）。

57・伯 4640《陰處士碑稿》:「深山蘊玉,空中聞梵響〔之〕螺;剗獻階前,
　　戶外踴降魔之杵。」(第五輯,頁 74/65～66)

　　按:「獻」原卷作巘,是。「巘」指山頂,一說爲上大下小之山。伯 4638《大
番故敦煌郡莫高窟陰處士修功德記》異文即作「剗巘階前」(第五輯,頁 225/62
～63)。

58・伯 4640《陰處士碑稿》:「瓜田廣畝,虛心整履之人;李樹長條,但豎移
　　冠之客。」(第五輯,頁 74/69～70)

　　按:「豎」原卷作「#12」,當爲望字。伯 4638《大番故敦煌郡莫高窟陰處
士修功德記》異文即作「但望移冠之客」(第五輯,頁 225/66)。

59・伯 4640《陰處士碑稿》:「知中庸之未悟,勸引將先;念眷屬之可憐,聲
　　陪道首。」(第五輯,頁 76/86)

　　按:「道」原卷作導,是。「導首」即前導也。如〔唐〕王維《西方變畫贊》:
「願以西方爲導首,往生極樂性自在。」伯 4638《大番故敦煌郡莫高窟陰處士
修功德記》異文即作「聲陪導首」(第五輯,頁 226/84～85)。

60・伯 4640《陰處士碑稿》:「俄思步步,行行舍珠;鹿苑青青,應應如是。」
　　(第五輯,頁 76/90)

　　按:「舍」原卷作「#13」,模糊不清,似爲「含」字。伯 4638《大番故敦
煌郡莫高窟陰處士修功德記》異文即作「隱隱含珠」(第五輯,頁 226/88～
227/89)。

61・伯 4640《李明振氏再修功德記》:「於是乃慕秦晉,遂申伉儷之儀;將奉
　　承祧,世乍潘陽之美;公其時也。」(第五輯,頁 80/14～15)

　　按:「乍」原卷作祚,「祚」讀作作也。

62・伯 4640《李明振氏再修功德記》:「殄勍冠於河蘭,醎獫戎於瀚海。」(第
　　五輯,頁 80/19～20)

　　按:察原卷,「冠」實做「#14」,即寇字,「寇」爲寇之俗字。《釋錄》誤錄。
「醎」當爲鹹之省。「鹹」即鹹之誤。伯 4638《瓜州牒狀》:「有陳安撫養
之能,懷介子鹹戎之效。」(第四輯,頁 374/7～8)「鹹」原卷即作「鹹」。《龍

龕手鏡·戈部》:「馘,俗音摑,正作馘字。」《玉篇·膽部》:「馘,截耳也。」

《六藝之一錄》卷一百二十三《沙州千佛洞唐李氏再脩功德碑》:「殄勍寇於河蘭,馘獫戎於瀚海。」可參。

又,伯3720《張淮深造窟記》:「軍食豐泰,不憂寇數。」(第五輯,頁188/10)「寇」原卷作「#14」,亦當為「寇」字。「數」同攘,「寇攘」即劫掠、侵擾也。如《書·費誓》:「無敢寇攘,踰垣墻,竊馬牛,誘臣妾,汝有常刑。」

63·伯4640《翟家碑》:「於是鎏鎚競奮,映圠磅轟,礦碻岾山,宏開靈洞。」(第五輯,頁88/35)

按:「映」原卷作块,是。「块圠」亦作块軋,漫無邊際貌。如《史記·屈原賈生列傳》:「大專槃物兮,块軋無限。」裴駰集解引應劭曰:「其氣块軋,非有限齊也。」

64·伯4640《翟家碑》:「清涼聖境,聖寶住持。」(第五輯,頁89/50)

按:「聖寶」之「聖」原卷作僧,是。「僧寶」即佛教三寶之一,原指僧團,後泛指繼承、宣揚佛教教義的僧衆。如《大正藏》No.414〔南朝宋〕功德直譯《菩薩念佛三昧經》卷四:「既聞法已,守護是義,尊重佛法,恭敬僧寶,近善知識,遠離惡友。」No.2123〔唐〕道世撰《諸經要集》卷二:「金檀銅素,漆紵丹青,圖像聖容,名為佛寶;紙絹竹帛,書寫玄言,名為法寶;剃髮染衣,執持應器,名為僧寶。」

65·伯4640《吳僧統碑》:「善財童子,求法無厭,得道天仙,散花不倦。」(第五輯,頁93/41～42)

按:「天」原卷作求。

66·伯4640《沙州釋門索法律窟銘》:「皇考頓大乘賢者,諱定國,英旄隽彥,早慕幽貞。」(第五輯,頁96/19～20)

按:原卷「頓」後有一「悟」字,作「頓悟」是。

67·伯4660《河西都僧統悟真邈讚並序》:「從辯泉而江河噴浪,騁舌端而脣際花飛。」(第五輯,頁114/9～10)

按:「從」原卷作縱,與「騁」相對。

68・伯4660《敦煌都教授兼攝三學法主隴西李教授闍梨寫真讚》：「大哉法主，
　　門世英首。」（第五輯，頁148/3）

　　按：「門」原卷作間，是。據《大正藏》No.1936〔宋〕宗曉編《四明尊
者教行錄》卷七：「間世者，名德之人間生也。」「間世」即有名望德行之人
也。如《南齊書・江敩傳》：「尙書參議，謂『間世立後，禮無其文。荀顗無
子立孫，墜禮之始。何琦又立此論，義無所據。』」《大正藏》No.1644〔陳〕
眞諦譯《佛說立世阿毗曇論》卷十：「蓋如來之事，非聖者孰能明之，總統雪
巖翁英姿間世，聽授過人，久侍師之法席，默譯此論，見傳於世。」No.1973
〔元〕普度編《廬山蓮宗寶鑑》卷四：「長爲儒，十六歲獻吳越王《齊天賦》，
衆推間世之才。」

69・斯 530《索法律和尙義曇窟銘》：「願捉桑梓，未遂本情。」（第五輯，頁
　　157/57）

　　按：「梓」原卷作梓，是。《詩・小雅・小弁》：「維桑與梓，必恭敬止。」
朱熹集傳：「桑、梓二木。古者五畝之宅，樹之墻下，以遺子孫給蠶食、具器
用者也……桑梓父母所植。」東漢以來一直以「桑梓」借指故鄉或鄉親父老。
如伯 4640《沙州釋門索法律窟銘》：「願投桑梓，未遂本情。」（第五輯，頁
100/61）

　　又，伯3931《書啓公文——印度普化大師遊五臺山日記和迴鶻上後梁表
等》：「伏惟某官德比冰霜，材同梓漆。」（第五輯，頁336/73～74）同卷下文：
「伏惟某官德並松筠，才侔梓漆。」（第五輯，頁336/98）「梓」原卷亦作梓，
誤同。「梓漆」即梓樹與漆樹。古代以爲制琴瑟之材。《詩・鄘風・定之方中》：
「樹之榛栗，椅桐梓漆，爰伐琴瑟。」鄭玄箋：「樹此六木於宮者，日其長大
可伐以爲琴瑟，言豫備也。」朱熹集傳：「四木皆琴瑟之材也。」《藝文類聚》
卷五十七引顏延之《七繹》：「故列眞玩其微鳴，辭人賦其清懿，若乃梓漆簡
聲，麗容呈才，陳舞態，開吹臺，獵悲風，遡秋埃……」

70・伯3630 後梁《河西管內釋門都僧政會闍和尙邈真讚並序》：「何期早棄凡
　　間，速生極樂；苦辭四衆，一別衆親。」（第五輯，頁160/15～16）

　　按：「衆親」之「衆」原卷作宗，是。「宗親」指同宗的親屬。如伯 3490
背《於當居創造佛刹功德記》：「願使諸佛擁護，府主壽福於千年；賢聖照臨，

百福應時如合會；災央殄滅，邊方無燼火之憂；神理加持，長見年豐歲稔；亡過二親幽識承斯生淨土連宮；己躬及見在宗親得壽，年長命遠。」（第五輯，頁237/21～25）《釋錄》誤錄。

71・伯 2568《南陽張延綬別傳》：「身長六尺有餘，臨陣環甲，驏馬揮槍，獨出人表，平原淺草，活擒虎狼。」（第五輯，頁 163/8～164/9）

　　按：「環」原卷作擐，是。「擐甲」即穿上甲冑，貫甲也。如《宋書・建平王宏傳》：「至於邊城舉燧，羽驛交馳，而望其擐甲推鋒，立功閫外，譬緣木求魚，不可得矣。」《釋錄》誤錄。

72・伯 2568《南陽張延綬別傳》：「長城以北，休聞沓鑡之交；大漠以南，戮斷兩戎之臂。」（第五輯，頁 164/16～17）

　　按：「兩」原卷作西，是。「西戎」為我國古代西北戎族的總稱。如伯 3720《張淮深造窟記》：「西戎北狄，不呼而自歸；南域吐渾，擢雄風而請誓。」（第五輯，頁 188/6～7）《釋錄》誤錄。

73・斯 6161、斯 3329、斯 6973、伯 2762 綴合《張淮深碑》：「退故朽之摧殘，葺玲矓之新樣。」（第五輯，頁 205/112～113）

　　按：「玲」原卷作昤。「昤矓」當讀作玲瓏也。

74・斯 6161、斯 3329、斯 6973、伯 2762 綴合《張淮深碑》：「於初夜分，炊爾崩騰。」（第五輯，頁 206/127）

　　按：「炊」原卷作欻，是。「欻爾」即忽然之義。如伯 3556《南陽郡張氏淮深女墓誌銘稿並序》：「娘子將料，永居香閣，倏然成奔月之人，逝水來侵，欻爾作幽泉之客。」（第五輯，頁 183/30～32）《大正藏》No.1980〔唐〕善導撰《往生禮讚偈》卷一：「欻爾騰空遊法界，須與授記號無為。」No.2060〔唐〕道宣撰《續高僧傳・感通篇中・釋僧安》：「又辭入山，重延三日，限滿便返，諸清信等咸設食而邀之，至時諸家各稱進到，總集計會，乃分身數十處焉，有時與僧出山赴食，欻爾而笑。」《釋錄》誤錄。

75・伯 4638《大番故敦煌郡莫高窟陰處士修功德記》：「洋洋百卷，易簡薄于

贏金；裊裊五株，性靜閑於肱枕。」（第五輯，頁222/22～23）〔註4〕

按：「贏」原卷作籯，是。伯4640《陰處士碑稿》異文即作「籯」（第五輯，頁70/24～71/25）。「籯金」即儒經也。如〔唐〕黃滔《司直陳公墓誌銘》：「詞人疊疊，若陳厚慶陳泛……俱以夢筆之詞，籯金之學，半生隨計，沒齒銜冤。」

又，伯4092《新集雜別紙》：「賀州觀察，伏以端公籯金素擲，麟角早成。」（第五輯，頁418/124）「籯」原卷亦作籯。此處「籯金」謂一籯之金，喻指財富。如《宋書·臧燾徐廣傅隆傳論》：「漢世登士，閭黨爲先，崇本務學，不尙浮詭，然後可以俯拾青組，顧蔑籯金。」

76·伯4638《大番故敦煌郡莫高窟陰處士修功德記》：「化身菩薩，馨馨石鉢之飱；滿願藥師，湛湛瑠瑉之水。」（第五輯，頁225/58～59）

按：「瑠瑠」原卷作瑠瑉。「瑠」同琉也。「瑉」當爲璃字形誤。伯4640《陰處士碑稿》異文作「湛湛琉璃之水」（第五輯，頁74/61～62）。

77·伯3718後唐《河西節度右馬步都押衙閻子悅寫真讚並序》：「都衙之列，堂便對宣。」（第五輯，頁261/40）

按：「堂」原卷作當，是。

78·伯3718後唐《河西釋門正僧政馬和尙靈俗邈真讚並序》：「花萎（旁注：凋）寶樹，葉變祇圓。門人動哭，泣淚潸湲。」（第五輯，頁268/29）

按：「潸」原卷作潸，是。「潸」同潸。《詩·小雅·大東》：「睠言顧之，潸焉出涕。」毛傳：「潸，涕下貌。」「潸湲」即淚流貌也。

79·伯3718後唐《河西歸義軍左馬步都虞候梁幸德邈真讚並序》：「諸男昆季，辟踴郊垧。」（第五輯，頁279/21）

按：「辟」原卷作擗，是。「擗踴」即捶胸頓足，哀痛貌也。如斯530《索法律和尙義晉窟銘》：「門人擗踴，一郡綴春。」（第五輯，頁156/49）

80·伯3502《張敖撰新集諸家九族尊卑書儀一卷》：「空備團梭，輒敢諮邀。」（第五輯，頁306/102～103）

〔註4〕《釋錄》第五輯222頁。標有兩個21-26行，此爲前一個。

按：「糉」原卷作糭，是。「糭」同粽也。如〔宋〕楊萬里《端午獨酌》詩：「團粽明朝便無味，菖蒲今日麼生香。」〔宋〕陸游《江頭十日雨》詩：「村墟櫻筍鬧，節物團糭近。」

81・斯 1438 吐蕃佔領時期《沙州守官某請求出家狀等稿四十多件》：「某行，己苻（附）狀，計次達。」（第五輯，頁 317/51）

按：「苻」原卷作府，「府」讀作附也。

82・斯 1438 吐蕃佔領時期《沙州守官某請求出家狀等稿四十多件》：「大師年雖居高，冀延眉壽，何奄邁凶豐，日月迅速，奄經時序，丁以荼毒，享痛奈何，哀苦奈何。」（第五輯，頁 323/132～134）

按：「享」原卷作哀，作「哀痛」是。

83・伯 2945《權知歸義軍節度兵馬留後使某某書狀稿九件》：「伏以相公嵩華至精，河芬上瑞；冰壺潔己，台兗承家。」（第五輯，頁 327/17～18）

按：「兗」原卷作袞，是。「袞」即古代帝王及上公的禮服。「台袞」猶台輔。如《北史・豆盧甯楊紹等傳論》：「（觀德王）位登台袞，慶流後嗣。」《大正藏》No.2113〔唐〕神清撰《北山錄》卷五：「故文武之臣，進思盡忠，退思補過，雖當時應金陵之氣，偶時邑之運，台袞不聞於廟算，征帥匪思於取勝。」「袞」同袞。

84・伯 3931《印度普化大師遊五臺山日記和迴鶻上後梁表等》：「伏自近日，途路艱難，查絕音耗，動經年序，莫知真的，可想事機。」（第五輯，頁 340/147～148）

按：「查」原卷作杳，是。「杳絕」即消失也。如《太平廣記》卷五十四《韓愈外甥》：「唐吏部侍郎韓愈外甥，忘其名姓，幼而落拓，不讀書，好飲酒。弱冠，往洛下省骨肉，乃慕雲水不歸，僅二十年，杳絕音信。」〔唐〕段成式《酉陽雜俎・貝編》：「歷城縣光政寺有磬石，形如半月，膩光如滴，扣之，聲及百里。北齊時移於都內，使人擊之，其聲杳絕。卻令歸本寺，扣之聲如故。」

85・伯 3931《印度普化大師遊五臺山日記和迴鶻上後梁表等》：「今後，或是

經過，請袪讎隙。」（第五輯，頁 342/180〜181）

按：「或是」原卷作凡是。

86・伯 2539《沙州令公書等二六件》：「伏以日躔東井，神馭南方。」（第五輯，頁 392/64）

按：察原卷，「馭」實作「#15」，即「馭」字，駕御、控制之義。

「躔」字不見於字書。察原卷，該字作「#16」，疑爲「踵」字。《龍龕手鏡・足部》：「踵或作躔，正，踵，今，音纏，脚所踐處也。《切韻》又日月行也。」故「踵」爲「躔」之俗。此處「東井」爲星宿名，即井宿，二十八宿之一，因在玉井之東，故稱。據文意，「躔」指日月星辰在黃道上運行。《方言》卷十二：「躔，循也。」又：「躔，行也。日運爲躔，月運爲逡。」郭璞注：「躔，猶踐也。運，猶行也。」《廣韻・仙韻》：「躔，日月行也。」《呂氏春秋・圓道》：「月躔二十八宿，軫與角屬，圓道也。」《梁書・武帝紀上》：「再躔日月，重綴參辰。」

如上述，「日躔東井，神馭南方」，對仗工整。

87・伯 2539《沙州令公書等二六件》：「又某自當留務，予展（？）家皆，勿蒙天恩，特賜冊贈。」（第五輯，頁 396/127）

按：「勿」原卷作忽，是。《釋錄》誤錄。

88・伯 4092《新集雜別紙》：「朒朓屢變，曠絕琅函。」（第五輯，頁 433/227）

按：「朒朓」原卷作朒朓，是。「朒朓」即舊曆月初月見於東方和月末月見於西方。如伯 2539《沙州令公書等二六件》：「自間冰霜，俄更朒朓。」（第五輯，頁 439/261〜262）

第二節　闕　錄

《釋錄》錄文時有漏錄現象，即遺漏一些敦煌文書原卷實有且沒有任何刪節號的文字。

1・伯 3128《社齋文》：「惟諸功（公），乃並是高門勝族，玉葉瓊枝，蘭芳桂馥。」（第一輯，頁 388/4〜5）

　　按：原卷「族」後有「百郡名家」四字，《釋錄》闕錄。伯 4536 背《社齋文》異文：「合邑人等，並是高門勝族，百郡名家，玉葉瓊枝，蘭芬桂馥。」（第一輯，頁 388/1～2）可參。

2・斯 5816 寅年八月十九日《李條順打傷楊謙讓爲楊養傷契》：「又万日中間，條順不可，及有東西營苟破用着多少物事，一一細算打牒共鄉閭老大計算收領，亦任一聽。」（第二輯，頁 198/4～6）

　　按：「用」下有合字。《釋錄》錄之不確。

3・伯 3186 宋雍熙二年（公元九八五年）《牒（稿）》：「乙酉年六月十六日某專甲，有腹生男厶乙，於三五年間，不敬父母，及活業並不著。」（第二輯，頁 306/（一）1～2）

　　按：原卷「及」前有「兼」字。「兼及」即並及、同時關聯到也。如斯 38772V 唐乾寧四年（公元八九七年）《張義全賣宅舍地基契（抄）》：「其舍一買已後，中間若有親姻兄弟兼及別人稱爲主己者，一仰舊舍主張義全及男粉子、支子祇當還替，不忓買舍人之事。」（第二輯，頁 5/9～12）

4・伯 4624 唐大中七年（公元八五三年）八月廿六日《鄧榮施入疏》：「今將生前受用依（衣）物，叩觸三尊，謹因此晨，伏願慈悲，希垂迴向。」（第三輯，頁 82/11～12）

　　按：原卷「受用」後有「微尠」二字。「微尠」即微少也。如伯 2814 後唐天成三年戊子年（公元九二八年）二月《都頭知懸泉鎮遏使安進通狀七件》：「前件微尠，謹充獻賀之禮，塵瀆威嚴，伏增戰懼。」（第四輯，頁 496/（四）5～7）《敦煌願文集・尼患文》：「謹將微尠，割捨淨財；投杖（仗）福門，希垂救厄。」（頁 694）

5・斯 376 歸義軍曹氏時期《尚書致鄧法律書》：「又汝文字經兼鉢落並總封印付送。」（第五輯，頁 50/11～12）

　　按：原卷「兼」前有論字。「經論」佛教指三藏中的經藏與論藏。如伯 3630 後梁《河西管內釋門都僧政會恩闍和尚邈真讚並序》：「遍尋經論，探賾幽微。」（第五輯，頁 160/20）《敦煌願文集・願文段落集抄》：「或曾入觀門，久探眞要；或生年誦習，經論幽深；或童子行高，禪戒終學。」（頁 194）

第三節 徑 改

《釋錄》錄文時對原卷作了些校改。某些校改實為異體字的互換，似無必要，當照錄原卷；某些校改或能校訂原卷疏誤，卻因徑改原卷而有錄文不確之嫌，當照錄原卷後再校改。

1・伯 2005《沙州都督府圖經殘卷》：「其城頹毀，其（基）址猶存。」（第一輯，頁 15/313）

按：「址」原卷作趾，當照錄。「基趾」指建築物的地基、基礎，亦作基阯或基址。

2・伯 2005《沙州都督府圖經殘卷》：「於昭武王，承天翦商。誰其下武，聖母神皇。」（第一輯，頁 22/473～474）

按：「翦」原卷作剪。伯 2695《沙州都督府圖經殘卷》異文原卷亦作「剪」（第一輯，頁 26/52～53）。《釋錄》徑改。「翦商」謂剪滅商紂，借指剿滅無道，建立王業。如《後漢書・蔡邕傳》：「太公輔周，受命翦商，故特為其號。」

3・伯 2691《沙州城土鏡》：「和尚神狀善性，天假長才，孔父之宅內縣（懸）頭，高風之前門刺股。筆動呈八般之體，義芝未足而誇功；成詩於七步之中，子建方堪而繼迹。不慕孟春之選，願思佉夏之用；剃削青絲，唯修日業，□□履情端礭，□性恬和，舒以信冠，披乎法鏡，一諦五乘之所，研之而有窮……」（第一輯，頁 44/33～34）

按：「慕」原卷作暮，「暮」當讀作慕。

另，「佉夏」不辭，疑「佉」或為仲之誤。「仲夏」與「孟春」相對。或佉（《廣韻》丘伽切，平戈，溪）讀作袪（《集韻》丘於切，平魚，溪），除去、消除也。

4・伯 2009《西州圖經殘卷》：「丁谷窟有寺一所，並有禪院一所。右在柳中縣界，至北山廿五里丁谷中，西去州廿里，寺其（基）依山構，揆巘疏階雁塔飛空，虹梁飲漢，岩巒（巒）紛糺，叢薄阡眠，既切煙雲，亦虧星月，上則危峯迢遞，下〔則〕輕溜潺湲，實仙居之勝地，諒棲靈之秘域，見有名額僧徒居焉。」（第一輯，頁 55/39～45）

按：「疏」原卷作疎；「棲」作栖；「實」作寔。意思雖無大礙，然《釋錄》錄之不確。

5・伯 2522《貞元十道錄殘卷》：「北都太原府。赤府。并州。去上都一千二百六十里。禹貢冀州之域。釋名云，並者兼也，不以衛水爲號，不以常山爲稱，而云並者，兩谷之間也。」（第一輯，頁 69/19～22）

按：兩個「並」字原卷作并，《釋錄》逕改。

6・北 8418《天下姓望氏族譜殘卷》：「其三百九十八姓之外，又二千一百雜姓，非史籍所戴（載），雖預三百九十八姓之限，而或媾官混雜，或從賤入良，營門雜戶、慕容商賈之類，雖有譜，亦不通。（第一輯，頁 87/40～43）

按：「籍」原卷作藉；「預」原卷作預，增筆字。《釋錄》逕改。

7・斯 6537 6V～7V《立社條件（樣式）》：「勒截俱件，壹別漂（標）各（名），取衆人意懷，嚴切丁寧，別列事段。」（第一輯，頁 283/5～6）

按：「懷」原卷作壞，《釋錄》逕改。

8・斯 466 後周廣順三年（公元九五三年）《龍章祐、祐定兄弟出典土地契》：「廣順三年歲次癸丑十月廿二日立契，莫高鄉百姓龍章祐、弟祐定，伏緣家內窘闕，無物用度，今將父祖口分地兩畦子共貳畝中半，只（質）典己蓮畔人押衙羅思朝。」（第二輯，頁 30/1～4）

按：「三」原卷作参，當照錄。

9・伯 3448 背辛卯年（公元九三一年？）《董善通張善保雇駝契》：「辛卯年九月二十日，百姓〔董〕善通、張善保二人住入京，欠少駝畜，遂於百姓劉達子面上雇拾歲黃駱駝壹頭。」（第二輯，頁 39/1～3）

按：「二十」原卷作廿，當照錄。

10・斯 3877 4V 戊戌年（公元八七八年）《令孤安定雇工契（抄）》：「現與春肆箇月價，餘收勒到秋，春衣壹對，汗衫褌襠並鞋壹兩，更無交加。」（第二輯，頁 55/3～5）

按：「餘」原卷作與，「與」當讀作餘，《釋錄》逕改。

11・伯 2567 背癸酉年（公元七九三年）二月《沙州蓮臺寺諸家散施曆狀》：
「器械一副，鏵一張，越（鉞）鉄一……」（第三輯，頁 72/29）

按：原卷實作「器解一副」，「解」右旁注有「械」字。《釋錄》徑改。

12・斯 1475 11V12V 某年〔公元八二三年？〕《僧義英便麥契》：「□年二月一
日，當寺僧義英於海清手上便佛長（帳）青貳碩捌斗，並漢斗其麥自限
至秋八月內還足。」（第二輯，頁 88/1～2）

伯 2964 巳年二月十日《令孤善奴便刬麥價契稿》：「如若依時吉報不收，
或欠收苅不了，其所將斛斗請陪罰叁碩貳斗，當日便須佃（塡）納。」（第
二輯，頁 94/5～6）

按：「斗」原卷均作斛，「斛」同斗也，當照錄。

13・斯 5647《分書（樣式）》：「今聞家（衍）家中殷實，孝行七傳，分爲部分
根原，免後子侄疑悮（誤）。」（第二輯，頁 166/23～167/26）

按：「侄」原卷作姪，「姪」同侄，當照錄。

14・伯 2754 唐《安西判集殘卷存六道》：「麴積出征，圖弥兇寇，陵鋒敗役，
未見生還，訪問行人，多云不死，雖無音信，何必非眞。」（第二輯，頁
612/38～39）

按：「圖」原卷作圕，「圕」同圖，當照錄。

15・斯 86 宋淳化二年（公元九九一年）四月廿八日《迴施疏》：「葬日臨壙焚
屍兩處，共錄（綠）獨織裙壹腰……」（第三輯，頁 105/3～4）

按：「壙」原卷作曠，《釋錄》徑改。

16・伯希和非漢文文書 336 年代不明《麥粟入破曆》：「又粟兩碩五斗看圓（園）
人粮用□□□□□□□□□麥八斗，於張長史邊納。」（第三輯，頁 132/2
～3）

按：「史」原卷作使，當照錄。

17・伯 2040 背後晉時期《淨土寺諸色入破曆祘會稿》：「麵貳拾陸碩柒斛伍
勝，四月廿七以後至六月十四日已前中間，看博士及局席般（搬）沙壁
車牛人夫及徒衆等用。」（第三輯，頁 401/（一）9～10）

按：「以後」原卷作已後，《釋錄》徑改。

18・斯 6452（3）壬午年（公元九八二年）《淨土寺常住庫酒破曆》：「十三日，酒壹角，李僧正種麥用。」（第三輯，頁 224/5～6）

按：「種」原卷作「#17」，為「種」之增旁字。《釋錄》徑改。

19・斯 4472《集賢相公厶遭母喪盡七後起復表六件並批答》：「追痛雖違孝子之心，扶力徇公，不失忠臣之體。」（第四輯，頁 345/62～63）

按：「徇」原卷徇，《釋錄》徑改。

20・伯 2992 背《歸義軍節度使兵馬留後使檢校司徒兼御史大夫曹上迴鶻衆宰相狀稿》：「伏且朝庭路次甘州，兩地豈不是此件行李，久後亦要往來。」（第四輯，頁 391/2～3）

按：「李」原卷作使，作「李」是。「行李」指出使也，《釋錄》徑改。

21・伯 4640《陰處士碑稿》：「承家高戶，重客盈門；夕惕日新，茵筵靡倦；諮詢禮順，泛愛鄉閭；競謹賢敦，具瞻人仰。」（第五輯，頁 76/81～82）

按：「競」原卷作尅，當為「競」之誤。「競謹」即小心謹慎也，《釋錄》徑改。

22・伯 4660《前敦煌都毗尼藏主始平陰律伯真儀讚》：「群氓導首，苦海舟航。」（第五輯，頁 151/5）

按：「導」原卷作遵，《釋錄》徑改。

23・斯 6161、斯 3329、斯 6973、伯 2762 綴合《張淮深碑》：「姦宄屏除，塵清一道，加授戶部尚書，充河西節度。」（第五輯，頁 205/100～101）

按：「宄」原卷作穴，《釋錄》徑改。作「宄」是。「姦宄」指違法作亂的人。如《大正藏》No.2059〔南朝梁〕慧皎《高僧傳・神異上・竺佛圖澄》：「今沙門甚衆，或有姦宄避役多非其人，可料簡詳議偽。」No.2121〔南朝梁〕寶唱等集《經律異相》卷二十七：「又祀妖神，上下相學，如風靡草，黎民樂亂，競為姦宄。」

24・伯 3490 背《修佛剎功德記》：「竊聞釋宗羲闢寶，勸勵萌芽，二鼠相侵，

四虵定其昇降。」（第五輯，頁238/1～2）

　　按：原卷無「定」字。《釋錄》據斯2113 5V唐《沙州龍興寺上座德勝宕泉創修功德記》：「竊以釋門藏闢法偈，勸勵萌芽：二鼠來侵，四蛇定其昇降。」（第五輯，頁242/4～5）逕補。

25・伯3449、伯3864《書儀小冊子》：「右某狀，伏蒙聖恩，除受（授）某刺　　　史。」（第五輯，頁362/（一）109～110）

　　按：原卷無「狀」字，《釋錄》逕補。

第四節　商　榷

　　由於敦煌手抄卷歷經久遠且幾經輾轉，部分已殘損不全，抄錄者水平頗爲懸殊，俗字、誤字大量存在，再加上《釋錄》所依據的縮微膠卷和《敦煌寶藏》的圖版不夠清晰，有些錄文尙需仔細斟酌。此外，《釋錄》在句讀的判斷方面亦存在可商之處。

1・伯2005《沙州都督府圖經殘卷》：「五色鳥。右大周天授二年一月，百姓　　　陰嗣鑒於平康鄉武孝通園內，見五色鳥，頭上有冠，翅尾五色，丹嘴赤足，　　　合州官人百姓並往看見，羣鳥隨之，青黃赤白黑五色具備，頭上有冠，性　　　甚馴善。」（第一輯，頁20/428～433）

　　按：《釋錄》將「看見」作爲一詞，誤。《大詞典》「看見」一詞首例爲南宋時期的《朱子語類》卷七二：「我却不見雀，不知雀却看見我。」

　　此處句讀當爲「……合州官人百姓並往看，見羣鳥隨之……」類似說法甚多。如〔北魏〕酈道元《水經注・河水一》：「下流有國王遊觀，見水上木函，開看，見千小兒端正殊好。」〔南朝宋〕劉義慶《世說新語・惑溺》：「韓壽美姿容，賈充辟以爲掾。充每聚會，賈女於青璅中看，見壽，說之，恆懷存想，發於吟詠。」《大正藏》No.2122〔唐〕道世撰《法苑珠林》卷七十二：「又百緣經云：佛在王舍城迦蘭陁竹林中時，尊者羅達多著衣持鉢，入城乞食，還歸本處，遙見祇洹赤如血色，怪其所以，尋卽往看，見一餓鬼肌肉消盡，支節骨立……」

2・伯2695《沙州都督府圖經殘卷》：「瑞石：右唐乾封□□，有□□嚴洪□

於城西李先王廟側得上件石。其□翠碧，上有赤文，作古字云，下代卅，卜年七百，其表奏爲上瑞，當爲封嶽並天，咸置寺觀，號爲万壽。」（第一輯，頁 24/8～11）

按：此處闕文依次爲「元年」、「百姓」、「爽」、「色」。可據伯 2005《沙州都督府圖經殘卷》異文（第一輯，頁 19/413～417）補。

3・伯 2695《沙州都督府圖經殘卷》：「白雀：右唐咸亨二年，有百姓□會昌於平康鄉界，獲白雀一雙，馴善不驚，當即進上。」（第一輯，頁 24/12～13）

按：「□」當錄作王。據伯 2005《沙州都督府圖經殘卷》（第一輯，頁 19/419～421）異文補。

4・伯 2695《沙州都督府圖經殘卷》：「綏以大德，盛以佳兵，神謀獨運，天鑒孔明。」（第一輯，頁 26/67～68）

按：「盛」當爲威字之誤，與「綏」對舉。伯 2005《沙州都督府圖經殘卷》異文即作「威」（第一輯，頁 23/498～499）。

5・斯 5448《燉煌錄一卷》：「效穀城，本是漁澤，漢孝〔□〕帝時，崔不意教人力田得穀，因名，後爲縣。」（第一輯，頁 45/2～4）

按：此處闕文當爲「武」字。據伯 2005《沙州都督府圖經殘卷》異文（第一輯，頁 15/314～318）補。

6・伯 2009《西州圖經殘卷》：「新開道。右道出蒲　　　　　　　觀十六年　　　　　　有泉井　　　　　　之阤，今見阻賊不通。」（第一輯，頁 54/5～9）

按：「阻」後當有逗號。

7・伯 2009《西州圖經殘卷》：「寧戎窟寺一所。右在前庭縣界山北廿二里寧戎谷中，峭巘三成，臨危而結，極曾蠻（巒）四絕架迴而開軒，既庇之以崇巖，亦環之以清瀨，雲蒸霞鬱，草木蒙籠，見有僧祇，久著名額。」（第一輯，頁 55/46～50）

按：「環」同環。《龍龕手鏡・玉部》：「環，俗；環，正。」

「架迥」恐為架迥之誤。「架迥」形容高遠之貌也，敦煌文書中常見。如伯 3813 背唐〔公元七世紀後期？〕《判集存十九道》：「梅梁桂棟，架迥浮空；繡栭彫楹，光霞爛目。」（第二輯，頁 605/119～120）伯 4640《翟家碑》：「嶝道遐聯，雲樓架迥，崢嶸翠閣，張雁翅而騰飛；欄檻雕楹，接重軒而璨爛。」（第五輯，頁 89/47～48）斯 530《索法律和尚義瞢窟銘》：「雲樓架迥，聳□崢嶸；嶝道連綿，勢侵雲漢；朱欄赫弈，環拱彫楹。」（第五輯，頁 155/44～45）

又如《全唐文》卷一百五十六《述聖賦》：「魚鳥陵亂，蘋藻沉浮。控飛梁以架迥，列層閣以環洲。漬檀欒之脩竹。映迢遰之危樓，風未生而葉動，景將昃而光收。」《大正藏》No.698〔唐〕義淨譯《浴佛功德經》卷一：「何只黃金白玉，架迥爭暉，火齊水精，浮空競彩。」No.1736〔唐〕澄觀撰《大方廣佛華嚴經隨疏演義鈔》卷十五：「風行雪臥，每清暉啟曙即潛伏幽林，皓月良霄乃奔波永路，飛梯架迥，捫索憑虛。」No.2122〔唐〕道世撰《法苑珠林》卷四十八：「是以育王創造遺身之塔，架迥浮空，巍起通天之臺，仁祠切漢。」No.2036〔元〕念常撰《佛祖歷代通載》卷十二：「信上京之勝地，迹其彫軒架迥，綺閣凌虛，丹空曉烏，煥日宮之泛麗。」

又，《李克讓修莫高窟佛龕碑》：「雁塔浮空，蜂臺架回。珠箔星綴，璿題月鑒。」（第五輯，頁 249/41）「架回」亦或為架迥之誤，繁體「迴」字與「迥」形近易誤。

8·斯 1889《敦煌氾氏家傳殘卷》：「每惟齊客以高歌，作翼重華，以籯粮佐佐命末始，未曾不夙霄慨歎，有懷高風。」（第一輯，頁 106/59～60）

按：「籯」當為籯之誤。「籯粮」即裹粮也，出行時身帶的口粮。如〔元〕王冕《舟中雜興》詩：「籯粮事遠遊，在昔聞斷機。」《大正藏》No.2113〔唐〕神清撰《北山錄》卷八：「學徒籯粮（籯，籠屬），不遠千里而至者三千。」

9·伯 3489 戊辰年正月廿四日《旌（？）坊巷女人社社條（稿）》：「戊辰年正月廿四日，旌（？）坊巷女人團座商儀（議）立條，合（合）社商量為定。各自榮生死者，納豹壹斗，須得齊同，不得怠慢。」（第一輯，頁 276/1～2）

按：「䴑」爲麵之俗字。斯 3793 辛亥年（公元九五一年）《社齋破除油麵數名目》（第一輯，頁 380）「麵」原卷即作「䴑」。《漢語大字典》、《大詞典》均未收。

10・伯 4525（11）宋太平興國七年（公元九八二年）二月《立社》：「今則一十九人發弘後願，歲末，就此聖嵓燃燈齋食，捨施功德，各人麻壹㪷，先須秋間齊遂，押磑轉轉主人。又有新年建福一日，各人鑪餅一雙，粟一斗，然燈壹盞，團座設食。」（第一輯，頁 279/3～5）

按：「鑪」字涉餅字偏旁而誤，當爲「爐」字。「爐餅」即燒餅也。〔宋〕高似孫《緯略・餶餅》：「《緗素雜記》曰：張公所論有鬻胡餅者不曉名之所謂，易其名爲爐餅。」《欽定佩文韻府》卷五十三之二：「籠餅，《倦游雜錄》唐人呼饅頭爲籠餅，亦名湯餅，亦有熱于爐而食者，呼爲爐餅。」

另，伯 2032 背後晉時代《淨土寺諸色入破曆祘會稿》：「麵壹斗，七月十五日造鑪餅定培用。」（第三輯，頁 508（廿）845～846）「鑪」原卷作「鑪」，亦當爲「爐」之誤。

11・斯 6537 3V～5V《立社條件（樣式）》：「盞酒臠肉，時長不當。飢荒儉世，濟危救死，益死榮生，割己從他，不生悋惜。」（第一輯，頁 281/8～9）

按：「臠」字當爲臠之誤。「臠肉」猶言一塊肉，謂其量少也。「盞酒臠肉」即杯酒臠肉也。如《魏書・鄭羲傳》：「（鄭羲）性又嗇吝，民有禮餉者，皆不與杯酒臠肉，西門受羊酒，東門酤賣之。」〔五代〕王定保《唐摭言・怨怒戀直附》：「美景良辰，必然邀賞；斝酒臠肉，何曾暫忘！」

《敦煌社邑文書輯校》亦校作「臠」。

12・斯 6537 7V～8V《立社條件（樣式）》：「一，社內不諫大少，無格席上喧拳，不聽上下，衆社各決丈（杖）卅棒，更罰濃（醴）醓一延（筵），衆社破用，其身賓（擯）出社外，更無容〈始〉〔免〕者。」（第一輯，頁 284/13～15）

按：《釋錄》將「濃」改作醴，似不確。

「濃醓」一詞在敦煌文書中有多種寫法。或作「醴醓」，如斯 527 後周顯

德六年（公元九五九年）正月三日《女人社再立條件》：「或有社內不諫大小，無格在席上暄（喧）拳，不聽上人言教者，便仰衆社就門罰醴釀一莚，衆社破用。」（第一輯，頁 274/9～11）伯 3489 戊辰年正月廿四日《旌（？）坊巷女人社社條（稿）》：「或有大人顚（顚）言到（倒）儀，罰醴釀〔壹〕筵。」（第一輯，頁 276/3～4）斯 5629《燉煌郡等某乙社條壹道（樣式）》：「若有不親近擎舉者，其人罰醴釀壹筵。」（第一輯，頁 286/20～22）斯 5520《立社條件》：「准例，欠少一尺，罰□，□□一結義已後，須有義讓，大者如兄，小者如弟，若無禮□臨事看過慾輕重，罰醴釀一延，□□□□□□□內各取至親父娘兄弟一人輕吊例，人各粟伍升借色物一疋看臨事文帖爲定，若不順從上越者，罰解齋一延（筵）。」（第一輯，頁 289/8～13）或作「膿膩」，如伯 4960 甲辰年五月廿一日《窟頭修佛堂社條》：「或有不稟社禮，不知君臣上下者，當便三人商量，罰目□膿膩一筵，不得違越者。」（第一輯，頁 277/11～13）伯 4525（11）宋太平興國七年（公元九八二年）二月《立社》：「或若團座之日，若有（？）小輩啾唧，不聽大小者，仍罰膿膩一筵，衆社破除，的無容免。」（第一輯，頁 279/11～13）伯 3730 背《某甲等謹立社條（樣式）》：「立條已後，一取三官裁之，不許紊亂條兒，上下有此之輩，決丈（杖）七下，〔罰〕膿膩一延（筵）。」（第一輯，頁 280/17～19）或作「釀釀」，如斯 6537 3V～5V《立社條件（樣式）》：「一，凡爲邑義，雖有尊卑，局席齋延（筵），切憑禮法，飲酒醉亂，胸悖粗豪，不守嚴條，非理作鬧，大者罰釀釀一席，少者決仗（杖）十三□忽有拘撦無端，便任逐出社內。」（第一輯，頁 282/32～35）還有作「醴釀」，如伯 4063 丙寅年四月十六日《官健轉帖》：「捉二人後〔到〕，罰酒半瓮；全不來，罰醴釀壹筵。」（第一輯，頁 331/4～5）

疑「醲醴」爲正體。「濃」、「膿」當讀作醲，「釀」、「醴」均爲醲之誤。「醲」指味濃的酒。如《淮南子・主術訓》：「肥醲甘脆，非不美也。」「釀」、「釀」、「膩」恐爲醴之誤。「醴」指甜酒，亦泛指酒。「醲醴」即美酒也。如〔宋〕洪興祖《楚辭補注・大招章句第十・楚辭》「吳醴白糵，和楚瀝只」注曰：「言使吳人醲醴，和以白米之麴，以作楚瀝其清酒尤醲美也。」〔清〕魏源《默觚下・治篇二》：「曼麋在牀，醲醴在觴。」

13・伯 3889 背《社司轉帖》：「右緣賀保新父身故，准例合有贈送，人各先

（鮮）淨楪（緤）褐色物三仗，柴粟併（餅）油。」（第一輯，頁 342/2
～3）

按：「楪（緤）褐」當作褐緤。「緤」為布名。〔註5〕《太平廣記》卷四百八
十一引《酉陽雜俎》：「每年所賦細緤，並重疊積之，手染鬱金，柘於緤上。」
「褐緤」即褐色緤布。如伯 4991 壬申年六月廿四日《社司轉帖》：「右緣李□□
兄弟身亡，准條合有贈□（送），油粟，先（鮮）淨褐緤色物叁仗（丈）。」（第
一輯，頁 335/3）

14・斯 3793 辛亥年（公元九五一年）《社齋破除油麵數名目》：「十月局席破麥
　　壹碩伍㪷，油伍升，破粟兩碩捌㪷，已上三等破用，壹仰一團人上，如有
　　團家闕欠，飯若薄妙，罰在團頭身上，其政造三等食飯，一仰虞候監察，
　　三等料祢會，一一為定為憑」（第一輯，頁 380/5～9）

按：原卷「妙」字作「#18」，左邊似有涂改的痕跡，似為「火」旁，或為
「炒」字。「薄炒」意思是飯菜做得粗劣。

15・伯 4040 背唐光啓三年（公元八八七年）五月十日《文坊巷社肆拾貳家糼
　　修私佛塔記》：「先亡息苦，一切有靈，惣霑斯福；次願城惶萬姓永故，社
　　稷清平，葇畫畢功已後，子孫男生，不違先人，須與修營。」（第一輯，
　　頁 384/7～12）

伯 4040 背唐光啓三年（公元八八七年）五月十四《文坊巷社肆拾貳家糼
　　修私佛塔記》：「右件社人初從下廝十（日）至畢功，當時競競在為佛道之
　　心，修治私塔葇畫，為及本郡，兼四方邊鎮永故千年。」（第一輯，頁 384/17
　　～20）

按：「葇」原卷作「#19-1」，「彩」之俗字也。

又，伯 2613 唐咸通十四年（公元八七三年）正月四日《沙州某寺交割常住
物等點檢曆》：「故破花羅經巾壹，不堪用。錯葇絹旛拾口。」（第三輯，頁 10/32
～33）「葇」原卷作「#19-2」，亦為「彩」之俗字。

16・伯 4040 背金山國時期《修文坊巷社再緝上祖蘭若，標畫兩廊大聖功德讚
　　并存》：「次願社內先亡烤妣，勿落三塗，往生安樂之國。」（第一輯，頁

386/32～34）

　　按：「烤」原卷作姥，涉「妯」字女旁而誤，當為考之增旁字。

17・伯 5032（13）甲申年（公元九八四年）四月十七日《渠人轉帖》：「已上〔渠〕人，今緣水次逼近，切要修治沙渠口，人各樫一束，白刺壹束，柒尺掘壹笙。」（第一輯，頁 405/3～4）

　　斯 2575 6V 己丑年（公元九二九年）五月廿六日《應管內外都僧統為道場納色目牓》：「右奉處分，令置受戒道場，應管得戒式又沙彌尼等，沿法事，准往例合有所稅，人各麥油一升，掘兩笙，訶梨勒兩顆，麻十兩，石灰一升，青灰一升，苴萁兩束。」（第四輯，頁 145/5～6）

　　按：「笙」字恐為莖之誤。「莖」可作量詞，用於稱長條的東西。如〔唐〕李賀《昌谷北園新筍》詩之三：「家泉石眼兩三莖，曉看陰根紫陌生。」〔宋〕楊萬里《看筍六言》詩：「只愛錦繃滿地，暗林忽兩三莖。」

　　「莖」字何以誤作為「笙」字？伯 5032（14）甲申年（公元九八四年）二月廿日《渠人轉帖》：「上件渠人，今緣水次逼近，切要通底河口，人各鍬钁壹事，白刺三束，枝兩束，拴一莖。」（第一輯，頁 404/4～5）「莖」原卷作「#20」，敦煌手抄卷中竹字頭和草字頭常相亂，該字實為莖之俗字「莖」。此字與「笙」形近。伯 3412 背壬午年（公元九八二年）五月十五日《渠人轉帖》：「已上渠人，今緣水次逼近，要通壓（底）河口，人各鍬钁壹事，白刺壹束，樫一束，掘壹笙，須得庄（壯）夫，不用斯（廝）兒。」（第一輯，頁 408/2～4）伯 4017《渠人轉帖》：「已上渠人，今緣水次逼斤（近），切要通底河口，人各枝兩束，亭（衍）白刺壹不（衍）束，掘兩笙，鍬钁一事，兩日粮食。」（第一輯，頁 409/1～4）「笙」原卷作「#21」，實乃「笙」字，「#20」之訛誤也。

　　另，各卷「掘」原卷多作「#22」。敦煌手抄卷中「手」旁與「木」旁常相亂，此字實為「枑」也。《龍龕手鏡・木部》：「枑，古文。木入土也，今作橛。」「橛」即治水用的木樁也。

18・北 8347 背宋開寶八年（公元九七五年）三月一日《鄭丑撻出賣宅舍地基與沈都和契（抄）》：「若右親因（姻）論治此舍來者，一仰丑撻並鄰〔近〕覓上好舍充替一院。」（第二輯，頁 12/11～12）。

按：「近」字不必補。「並鄰」即近鄰也。如〔宋〕蘇軾《逸堂》詩：「新第誰來作並鄰，舊官寧復憶星辰。」《大正藏》No.555a〔三國吳〕支謙譯《五母子經》卷一：「我與第一母作子時，並鄰亦復生子，與我同日而生。」又作「鄰並」。如〔唐〕賈島《題李凝幽居》詩：「閒居少鄰並，草徑入荒園。」〔宋〕秦觀《次韻公辟即席呈太虛》：「與君隣並共煙霞，乘興時時過我家。」

19・伯 3391 丁酉年（公元九三七年）《租用油樑水磑契（稿）》：「丁酉年二月一日立契，捉油樑戶磑戶二人某等，緣百姓田地窄姿珠捉油樑水磑，取看一周年，斷作油樑磑課少多。」（第二輯，頁 31/1～3）

按：「姿」字於意不通。察原卷，「姿」實作「#23-1」，當為「窔」之誤。如伯 3277 背乙丑年（公元九六五年）二月廿四日《祝骨子合種契》：「乙丑〔年〕二月廿四日立契，龍〔勒〕鄉百姓祝骨子為緣家中地數窄窔，遂於莫高〔鄉〕百姓徐保子面上，合種地柒拾畝，莫拋直課好生維剝種事濠知澆管收刈，渠河口作，農種家祗當，唱之兩共對面平章，不喜（許）翻悔者，罰上羊壹口，恐人無信，雇（故）立私契，用為後憑。」（第二輯，頁 32/1～5）「窔」字作「#23-2」，與之類似，可參。伯 3501 背後周顯德五年（公元九五八年）《押衙安員進等牒（稿）》：「右員進屋舍窄狹，居止不寬。」（第二輯，頁 302/（四）1）「狹」字原卷亦作「#23-3」。

「窔」字《漢語大字典》、《大詞典》、《漢語俗字叢考》、《龍龕手鏡》均未收，此字涉「窄」偏旁而誤，當為「狹」之俗字。

20・斯 5820、斯 5826 拚合未年（公元八〇三年）《尼僧明相賣牛契》：「黑牸牛一頭，三歲，並無印記。」（第二輯，頁 33/1）

按：「牸」字當為牸之誤。「牸」，母牛也，亦泛指牛。如伯 2685 年代未詳〔公元八二八年？〕《沙州善護、遂恩兄弟分家契》：「黑牸牛壹牛。」（第二輯，頁 143/25）

21・北圖殷字四十一（見敦煌雜錄）癸未年（公元九二三年？）七月十五日《張修造雇父駝契》：「癸未年七月十五日，張修造王（往）於西州充使，欠關駝棄（乘）遂於押衙價廷德面上雇六歲父駝一頭。」（第二輯，頁 38/1～3）

《釋錄》後注①：駝棄，當爲駝乘，《敦煌什錄》爲駝畜，未知孰是。

按：據《釋錄》後注，此件沒有原件，錄文據《敦煌資料》第一輯過錄。然從敦煌文書其他抄卷看來，錄作「駝畜」似佳。

敦煌契約文書中，「畜」前一般冠有具體的牲畜名，如「牛」、「駝」等。如伯4083 丁巳年（公元八九七年或九五七年）《唐清奴買牛契》：「丁巳年正月十一日，通頰百姓唐清奴，爲緣家中欠少牛畜，遂於同鄉百姓楊忽律元面上買耕牛壹頭。」（第二輯，頁 37/1～3）伯3448 背辛卯年（公元九三一年？）《董善通張善保雇駝契》：「辛卯年九月二十日，百姓〔董〕善通、張善保二人往入京，欠少駝畜，遂於百姓劉達子面上雇拾歲黃駱駝壹頭。」（第二輯，頁 39/1～3）斯6341 壬辰年（公元九三二年？）《雇牛契（樣式）》：「壬辰年十月生六日洪池鄉百姓厶（某）乙闕少牛畜，遂雇同鄉百姓雷粉堆黃自（牸）牛一頭，年八歲，十月至九月末，斷作雇價每月壹石，春價被四月叁匹。」（第二輯，頁 40/1～3）伯2652 丙午年（公元九四六年）《宋某雇駝契（樣式）》：「丙午年正月廿二日，洪潤鄉百姓宋專甲充使西州，欠少駝畜，遂於同鄉百姓厶（某）專甲面上，故（雇）八歲馱駝一頭。」（第二輯，頁 41/1～3）

「乘」前一般爲交通工具的類別名，如「畜」、「車」等。如伯2825 背唐乾寧三年（公元八九六年）二月《馮文達雇駝契（稿）》：「乾寧三年丙辰歲二月十七日，平康鄉百姓馮文達奉差入京，爲少畜乘，今於同鄉百姓李略（？）延（？）邊，遂雇八歲黃父駝一頭。」（第二輯，頁 36/1～3）伯2685 年代未詳〔公元八二八年？〕《沙州善護、遂恩兄弟分家契》：「畜乘安馬等兩家□□□□□取□□□□□□□壹領拾三增，兄弟義讓，□上大郎，不入分數。」（第二輯，頁 142/2～4）伯4638 丁酉年（公元九三七年）《陰賢子買車具契》：「丁酉年正月十九日漠（莫）高鄉百姓陰賢子伏緣家中爲無車乘，今遂於兵馬使氾金鋼面上〔買〕脚壹具并釧⋯⋯」（第二輯，頁 45/1～3）伯2613 唐咸通十四年（公元八七三年）正月四日《沙州某寺交割常住物等點檢曆》：「咸通十四年癸巳歲正月四日，當寺尊宿剛管徒眾等，就庫交割前都師義進、法進手下，常住播像、幢傘、供養具、鐺鍬、銅鐵、函櫃、車乘、氈褥、天王衣物、金銀器皿，及官疋帛紙布等，一一點活，分付後都唯法勝、直歲法深，具色目如後。」（第三輯，頁 9/1～4）

22・斯 1897 龍德四年（公元九二四年）《雇工契（樣式）》：「春衣一對，裱袖並褌、皮鞋一量，餘外欠闕，仰自排批。」（第二輯，頁 59/4～5）

斯 5578 戊申年（公元九四八年？）《李員昌雇工契（抄）》：「每月麥粟壹馱，春衣汗衫壹禮，襦襠裱袖衣蘭皮鞋壹量共壹對。」（第二輯，頁 63/6～9）

按：「裱」爲長之增旁俗字。「裱袖」即長袖也。

23・斯 5583 某年（公元九四八年？）《雇工契（抄）》：「如若忙時拋工壹日，尅物壹斗。所有醴具鎌鏵鑄（下空）」（第二輯，頁 64/6～8）

按：「醴」當爲膿之形近誤字，伯 3094 背《某某雇工契》：「所有莊上膿具鞦鑹鎌鏵鑄袋器實物等，並分付作兒身上。」（第二輯，頁 73/3～4）可參。「膿」當讀作農。如伯 3649 背丁巳年（公元九五七年）《賀保定雇工契（抄）》：「更若畔上失他（却）主人農具鏵鑄鎌刀鍬钁袋器什物者，陪在作兒身上。」（第二輯，頁 65/5～6）

24・伯 3441 背《康富子雇工契（樣式）》：「官有政法，人從私契。兩共對而平章，書紙爲記，用爲後憑。」（第二輯，頁 66/7～8）

按：「而」當爲面之誤。「對面平章」是說當面、面對面商議。敦煌契約文書中常見。如斯 466 後周廣順三年（公元九五三年）《龍章祐、祐定兄弟出典土地契》：「兩共對面平章爲定，更不喜休悔。（第二輯，頁 30/7～8）北 309：8374 甲戌年（公元九七四年）《竇破蹄雇工契（抄）》：「兩共對面平章，準格不許番悔者。」（第二輯，頁 69/10～11）斯 5647《吳再昌養男契（樣式）》：「兩共對面平章爲定，更無改亦。」（第二輯，頁 173/15～17）

25・斯 5578《放妻書（樣式）》：「男饑耕種，衣結百穿；女寒續麻，怨心在內。」（第二輯，頁 176/20～21）

按：「續」當爲績之誤。「績」即緝麻也。如《詩・陳風・東門之枌》：「不績其麻，市也婆娑。」〔宋〕范成大《四時田園雜興》詩：「晝出耘田夜績麻，村莊兒女各當家。」

26・斯 6537 6V《放妻書一道（樣式）》：「相 辞 之後，更選重官雙職之夫。」

（第二輯，頁 183/8）

按：「#24」原卷作「#24」，當爲隔字。「相隔之後」即放妻書中常見的「相離之後」。《釋錄》不知爲何字而臨摹其字形。

27‧斯 6537《放妻書一道（樣式）》：「械恐捨結，更莫相談。」（第二輯，頁 183/9～10）

按：「恐」當爲怨之誤。「械」當讀作解。「解怨捨結」，是也。類似的說法有斯 0343 9V～10V《放妻手書（樣式）》：「願妻娘子相離之後，重梳蟬鬢，美掃娥媚，巧逞窈窕之姿，選娉高官之主，解怨釋結，更莫相憎。」（第二輯，頁 161/6～7）

28‧伯 4525《放妻書一道（稿）》：「何期二情稱怨，互角增多，無秦晉之同歡，有參辰之別恨，償了赤索非繫，樹陰莫同。」（第二輯，頁 196/3～4）

按：「互角」不辭，疑爲「牙角」之誤。敦煌手抄卷中「互」、「牙」常相亂。伯 4040 背金山國時期《修文坊巷社再緝上祖蘭若，標畫兩廊大聖功德讚并存》「互相諫謂」（第一輯，頁 385/17～386/20）之「互」《釋錄》誤作牙。

「牙角」本指牙齒和角。如《大正藏》No.1728〔隋〕天臺智顗述、灌頂記《觀音義疏》卷一：「從地獄去即有刀山挂骨，劍樹傷身，鋸解屠膾，狼籍痛楚，餓鬼更相斬刺，互相殘害，畜生自有雌雄，牙角自相觸突。」引申爲鋒芒也，如《新唐書‧逆臣傳中‧朱泚》：「泚之來，滔攝後務，稍稍翦落泚牙角。」

「牙角增多」意思是矛盾、衝突增多也。

29‧斯 6452（2）辛巳年（公元九八一年）十二月十三日《周僧正於常住庫借貸油麵物曆》：「三月三日餪餪白麵壹斗，連麵叁斗。」（第二輯，頁 239/16）

按：據《字彙‧食部》，「餪」與蒸同。

又，斯 800 背午年（公元九世紀前期）正月十九日《出蘇油麵米麻毛等曆》：「同日，出麵捌斗伍勝餪餅。」（第三輯，頁 148/5）「餪餅」即蒸餅。

30‧斯 6452（4）壬午年（公元九八二年）正月四日《諸人於淨土寺常住庫借貸油麵物曆》：「僧丑成麵壹枰。清子麵壹枰。龍興寺僧王定麵壹枰，又壹

斗。」（第二輯，頁 242/1～2）

按：「秤」原卷作「祅」，敦煌手抄卷中，「礻」旁與「禾」旁常相亂，「祅」實爲秤字。

又，伯 2049 背後唐長興二年（公元九三一年）正月《沙州淨土寺直歲願達手下諸色入破曆筭會牒》：「粟叁斗，祅麵日酤酒用。」（第三輯，頁 378/215）伯 4092《新集雜別紙》：「以祅爲心，釐毫不忒。」（第五輯，頁 413/94～95）「祅」均當爲秤字。

31・伯 3774 丑年（公元八二一年）十二月《沙州僧龍藏牒——爲遺產分割糾紛》：「內卅斤貼當家破釜鏊寫得八斗釜一口，手功麥十石，於裴俊處取付王棻。」（第二輯，頁 284/37～38）

按：「鏊」原卷實作鏉，「鏉」爲鏊之俗字。

32・伯 2819 唐開元（公元七一九或七三七年）《公式令殘卷》：「左丞相（具）官封名。」（第二輯，頁 559/63）

按：據《釋錄》凡例，「（ ）」表夾注，「〔 〕」表增添，此處當錄作「左丞相〔具〕官封名。」上文亦有「左丞相具官封名。」（第二輯，頁 559/58）

33・斯 3344 唐開元《戶部格殘卷》：「所有忿爭，不經州縣，結集朋黨，假作刀排以相攻擊，名爲打戾。」（第二輯，頁 572/44～45）

按：「刀排」恐爲力排之誤，「力排」即以力相斥，引申爲竭力排斥也。如〔宋〕王安石《寄王逢》詩：「力排異端誰助我，憶見夫子真奇材。」《宋史・楊億傳》：「昔西漢賈捐之建議棄朱崖，當時公卿，亦有異論，元帝力排衆說，奮乎獨見，下詔廢之，人頌其德。」《大正藏》No.2035〔宋〕志磐撰《佛祖統紀》卷四十六：「予嘗怪韓文公、歐陽力排浮圖，而其門多浮圖之雄。」又卷四十七：「然察其愚癡誕言，妄干正道，則識者所當深嫉而力排之也。」

「假作力排以相攻擊」意思是借助武力相互攻擊。

34・伯 3813 背唐〔公元七世紀後期？〕《判集存十九道》：「直云壓死，死狀誰明？空道棄屍，屍仍未檢。」（第二輯，頁 600/36～601/37）

按：「棄」字原卷作「#25-1」，當爲「棄」之俗字。據《碑別字新編》收

〔魏〕李挺墓誌「棄」作「#25-2」（頁 207），可比勘。「棄屍」即拋棄屍首不予收殮也。如《大正藏》No.0211〔西晉〕法炬、法立譯《法句譬喻經》卷四：「於是絞殺棄屍而去，三日之後，王神即作羅刹還入故身中，自名阿羅婆。」No.2087〔唐〕玄奘述、辯機撰文《大唐西域記・摩伽陀國下》：「群臣曰：『大王，德化邕穆，政教明察。今茲細民不謹，致此火災，宜制嚴科，以清後犯。若有火起，窮究先發，罰其首惡遷之寒林。寒林者，棄屍之所，俗謂不祥之地，人絕遊往之跡，今遷於彼同夫棄屍，既恥陋居，當自謹護。」

35・伯 2979 唐開元二十四年（公元七三六年）九月《岐州郿縣尉勘牒判集》：

「況加之以師旅，因之以飢饉，遇之以疫癘，覯（旁注：見也）之以流亡，安得竆爾之鄙，坐同諸縣之例。」（第二輯，頁 619/89～90）

按：「覯」不見於諸字典，察原卷，該字實作「#26-1」，實爲「覯」字。敦煌手抄卷中，「冓」常常寫作「#image」。如伯 2593 唐《判集三道》：「入鳥路以裁規，駕雲衢以篝構。」（第二輯，頁 597/24）「構」實作「#27-1」；又《碑別字新編》收〔唐〕袁弘毅墓誌「搆」作「#27-2」（頁 240），可參。

《龍龕手鏡・見部》：「覯，古候反，覯，視也。」且據「覯」字旁注「見也」，可斷定「#26-1」爲「覯」字。斯 6161、斯 3329、斯 6973、伯 2762 綴合《張淮深碑》：「覯熒或（惑）而芒衰，知吐蕃之運盡。」（第五輯，頁 198/11～12）「覯」原卷作「#26-2」，可比勘。

36・伯 3432《龍興寺卿趙石老脚下依蕃籍所附佛像供養具並經目錄等數點檢曆》：「又故聖僧座叁，絹表布裹，有金線莊飾方圓各壹□。」（第三輯，頁 6/89）

按：「飾」原卷作「#28」，此字或爲「飾」誤。「莊飾」即裝飾也。

37・伯 2706 年代不明《某寺常住什物交割點檢曆》：「雜珠子壹菉子」（第三輯，頁 7/13）

按：「菉」字原卷不清楚，當爲「索」字。「索」可作量詞，用於成串的東西。如斯 5879、斯 5896、斯 5897《子年領得常住什物曆》：「小雜珠子四索內十課真珠」（第三輯，頁 1/（三）1）伯 2706 年代不明《某寺常住什物交割點檢曆》：「雜珠子肆索子」（第三輯，頁 7/12）〔唐〕白居易《夜宴醉後留獻裴侍

中》詩：「翩翩舞袖雙飛蝶，宛轉歌聲一索珠。」〔前蜀〕貫休《題弘顗三藏院》詩：「水精一索香一爐，紅蓮火舌生醍醐。」

38・伯2613 唐咸通十四年（公元八七三年）正月四日《沙州某寺交割常住物等點檢曆》：「咸通十四年癸巳歲正月四日，當寺尊宿剛管徒衆等，就庫交割前都師義進、法進手下，常住旛像、幢傘、供養具、鐺鍑、銅鐵、函櫃、車乘、氈褥、天王衣物、金銀器皿，及官疋帛紙布等，一一點活，分付後都唯法勝、直歲法深，具色目如後。」（第三輯，頁 9/1～4）

　　按：原卷不清楚。「旛」當爲旛之省。《說文・㫃部》：「旛，幅胡也，謂旗幅之下垂者。」段玉裁注：「凡旗正幅謂之縿，亦謂之旛胡。」

39・伯2613 唐咸通十四年（公元八七三年）正月四日《沙州某寺交割常住物等點檢曆》：「佛名經㮰壹，在經家。」（第三輯，頁 10/26）

　　伯2613 唐咸通十四年（公元八七三年）正月四日《沙州某寺交割常住物等點檢曆》：「手巾㮰子壹。」（第三輯，頁 10/34）

　　斯1774 後晉天福七年（公元九四二年）《某寺法律智定等交割常住什物點檢曆狀》：「小桉㮰貳，在北倉。」（第三輯，頁 17/14～15）

　　按：「㮰」當爲架之增旁俗字。如伯2613 唐咸通十四年（公元八七三年）正月四日《沙州某寺交割常住物等點檢曆》：「按架壹，在鄧寺主。」（第三輯，頁 11/54）

　　斯1642 後晉天福七年（公元九四二年）《某寺交割常住什物點檢曆》：「又桉㮰壹，在北倉。」（第三輯，頁 20/33）「㮰」原卷實作「架」。

40・伯3161 年代不明（公元十世紀）《某寺常住什物交割點檢曆》：「漢鑼壹具併鑰匙，又漢鑼兩具，並鑰匙，又胡鑼壹具併鑰匙欠在□淨。又小鑼子壹具併鑰匙在印子下。」（第三輯，頁 39/15～16）

　　按：「鑰」當爲鑰之誤字。「鑰匙」爲開鎖的器具。

41・伯2583《申年比丘尼修德等施捨疏十三件》：「或妄言起語，疾妬慳貪，我慢貢高，衡突師長。」（第三輯，頁 67/（七）13～14）

　　按：原卷模糊不清。《釋錄》所錄「衡」字當爲衝之誤，「衝突」即冒犯

也。如《大正藏》No.1897〔唐〕道宣述《教誡新學比丘行護律儀》卷一：「三十、凡出房院不得衝突尊宿。」

42・伯4046 後晉天福七年（公元九四二年）十一月廿二日《歸義軍節度使曹元深捨施迴向疏》：「癘疾消除，長聞喜慶。」（第三輯，頁 92/16～17）

按：「癘」當爲癘之增旁俗字。「癘疾」即疫病，流行性傳染病。如《周禮・天官・疾醫》：「四時皆有癘疾。」鄭玄注：「癘疾，氣不和之疾。」賈公彥疏：「癘謂癘疾……癘氣與人爲疫。」

43・斯1519（1）辛亥年（公元八九一年或九五一年）《某寺諸色斛斗破曆》：「　　　　　等造食及成就西阮（院）索僧政莊上僧正法律标羊用。」（第三輯，頁 177/2）

按：「阮」字《大詞典》、《漢語大字典》、《漢語俗字叢考》、《龍龕手鏡》均未收，當爲「院」之俗字。「宛」《廣韻》於阮切，「完」《廣韻》胡官切，蓋音近可通而聲旁置換也。

44・伯4906 年代不明〔公元十世紀〕《某寺諸色破用曆》：「麵貳斗、抄䭜油兩合，造局席看鄧鎭使及工匠用。」（第三輯，頁 233/4～5）

按：「䭜」爲臛之俗字。《龍龕手鏡・食部》：「䭜，正作臛，美羹。」

45・伯3763 背年代不明〔公元十世紀中期〕《淨土寺諸色入破曆标會稿》：「秫六斗，生蘖用。」（第三輯，頁 519/107）

按：「秫」字在此處不通，當爲秫之誤。《龍龕手鏡・禾部》：「秫，音述，黏穀也。」「秫」即梁米、粟米之黏者，多用以釀酒。如《史記・匈奴列傳》：「漢與匈奴鄰國指敵，匈奴處北地，寒，殺氣早降，故詔吏遺單于秫糵金帛絲絮佗物歲有數。」〔晉〕陶潛《和郭主簿》：「春秫作美酒，酒熟吾自斟。」

另，「蘖」當爲糵之俗字。《廣韻・薛韻》：「糵，麴糵。」

46・斯4657 年代不明〔公元九七〇年？〕《某寺諸色破曆》：「十日豆壹斗大衆分梨用，又豆伍斗，嵒就僧正亡納：（旁注：〔贈用〕）豆貳斗還閣員保用；麥捌斗沽酒木上泥嵒時喫〔用〕」（第三輯，頁 530/13～15）

按：「泥嵒」當作泥牆。如伯2032 背後晉時代《淨土寺諸色入破曆标會稿》：

「粟貳斗、沽酒，看尼（泥）界牆用蓮麩麵肆斗伍升，油半勝，泥界墙及樹圖眾僧食用。」（第三輯，頁 466/（三）211～212）

47・伯 3569 背唐光啓三年（公元八八七年）四月《爲官酒戶馬三娘、龍粉堆支酒本和祘會牒附判詞》：「至今月廿二日，計卅一日，伏緣使客西庭、璨微、及涼州、肅州、蕃使繁多，日供酒兩瓷半已上，今准本數欠三五瓷，中間緣有四五月艱難之（乏）濟，本省全絕，家貧無可吹餞，朝憂敗關。」（第三輯，頁 622/3～8）

按：「璨」當爲璨誤。如伯 4640 己未年——辛酉年（公元八九九～九〇一年）《歸義衙內破用用紙布曆》：「十日，支與璨微使鈚悉甫潘寧等二人共支粗布壹疋。」（第三輯，頁 254/18～19）又同卷下文：「廿七日，支與璨瀲引路人劉悉歹咄令細紙兩帖。」（第三輯，頁 268/248）伯 3569 背唐光啓三年（公元八八七年）四月《爲官酒戶馬三娘、龍粉堆支酒本和祘會牒附判詞》：「璨微使上下陸人，每一日供酒壹斗陸勝，從三月廿二日，至四月廿三日，中間計叄拾貳日，供酒捌瓷三斗貳勝。」（第三輯，頁 623/22～24）「璨」同璨，「璨微」，據《敦煌學大辭典》，「原爲地名，在石城鎮（今婼羌）東南四百八十里處有薩毗澤，附近有薩毗城（今茫崖鎮附近），系唐初中亞粟特首領康艷典所筑，爲粟特移民聚落之一，常有吐蕃及吐谷渾人在此出沒」（頁 305）。

另，「餞」字義澀。原卷不甚清晰，據殘卷及文意，此處當爲「餀」字。《玉篇・食部》：「餀，餅也。」《龍龕手鏡・食部》：「餀，俗，餀，正，音甲，餀，餅餬饘屬也。」如《大正藏》No.1006〔唐〕菩提流志譯《廣大寶樓閣善住祕密陀羅尼經》卷二：「作種種食散於壇外，所謂餀餅、煎餅、小豆餅、豆黃末和葡萄漿作油麻煎餅。」

此句中「吹」讀作炊，意思是說家境貧窮，無以下炊。

48・伯 3720 唐大中五年至咸通十年（公元八五一年～八六九年）《賜僧洪辯、悟真等告身及贈悟真詩》：「心惟可嘉，跙頻勞止。」（第四輯，頁 29/（一）8）

按：「跙」當爲跨誤。《康熙字典・足部》：「跨，《篇韻》：『跡也』。」同卷下文有：「心惟可嘉，跡頻勞止。」（第四輯，頁 33/（六）8～9）作「跨」字正與異文相吻合。

「頗」、「頲」於原文意隔。《吐蕃時期的河西佛教・吐蕃佔領時期的河西佛教》〔註6〕錄作「跡頗勞止」，可參。

49・伯 3206 太平興國九年（公元九八四年）正月十五日《沙州三界寺授鄧住奴八戒牒》：「欲綱烈而須堅固，塵世出而坐寶華。」（第四輯，頁 92/5～6）

按：「綱」當爲網之誤。「欲網」，佛教用語。如《大正藏》No.99〔南朝宋〕求那跋陀羅譯《雜阿含經》卷四十四：「已斷於恩愛，遠離於欲網。」No.721〔北魏〕般若流支譯《正法念處經》卷三十二：「隨諸天女所至之處，常隨其後，欲網所縛，如鳥在網，如是天子，愛欲所縛。亦復如是。」No.2122〔唐〕道世撰《法苑珠林》卷二十一：「世有婬夫嘗想睹女，思聞妖聲，遠捨正法，疑眞信邪。欲網所裏沒在盲冥，爲欲所使如奴畏主，貪樂女色，不計九孔惡露之臭穢。」《敦煌願文集・然燈文》：「雖昇欲網之內，而攀正覺之盡。」（頁 414）

「烈」當讀作裂。

50・斯 2575 後唐天成四年（公元九二九年）三月六日《應管內外都僧統置方等戒壇牓》：「錦腰錦襟，當便棄於胸前。雜邊繡口納鞋，即目捐於足下。銀匙銀筋，輒不得將入衆行面上，夜後添妝，莫推本來紅白。」（第四輯，頁 135/24～28）

按：《改併四聲篇海》引《川篇》：「邉，遠也。」意思不合。察原卷，該字作「#29」，疑此字爲「邊」字之誤。「雜」有裝飾之義。如《楚辭・離騷》：「爲餘駕飛龍兮，雜瑤象以爲車。」王夫通釋：「雜，飾也。」「雜邊」與「繡口」相對。

51・斯 528《三界寺僧智德狀》：「慈母在日，阿舅家得娚一人。」（第四輯，頁 156/3）

按：「娚」不辭。疑「娚」爲男之增旁字。

52・斯 2679《奏請僧徒及寺舍依定表》：「外郡官寮，因斯推刻，志求考課，自薦己功，洗木求痕，至存枉解。」（第四輯，頁 323/15～17）

〔註6〕陳海濤《吐蕃時期的河西佛教》，蘭州大學敦煌學研究所碩士學位論文（1995 年），本書檢索自 http://www.ebud.net/book（佛教圖書館\佛學研究\中國佛教學術論典）。

　　按：「洗木求痕」恐爲洗垢求痕之誤，比喻過分挑剔別人的錯誤。如〔南朝梁〕劉勰《劉子集校・傷讒》：「是以洗垢求痕，吹毛覓瑕，揮空成有，轉白爲黑，提輕當重，引寸至尺。」

53・伯 2811 唐廣明元年庚子歲（公元八八〇年）《侯昌葉直諫表》：「陛下亦是不納李尉、杜希謷之諫，遂興士卒，以就誅之。」（第四輯，頁 331/8～332/9）

　　按：「李尉」當作李蔚也，「杜希謷」當作杜希敷。《資治通鑑考異・唐紀十六》「廣明元年正月，侯昌業上疏極諫，賜死」引《續寶運錄》云：「司天少監侯昌業上疏，其略曰，『陛下不納李蔚、杜希敷之諫』……」可參。又《舊唐書・李蔚傳》：「懿宗奉佛太過，常於禁中飯僧，親爲贊唄。以栴檀爲二高座，賜安國寺僧徹，逢八飯萬僧。蔚上疏諫曰……」侯昌業所說恐爲此事。

54・伯 2811 唐廣明元年庚子歲（公元八八〇年）《侯昌葉直諫表》：「明取尹令遇指揮暗稱王士。志誠進狀，強奪波斯之寶，抑取茱店之珍，渾鏹櫃坊，全城般運，使千門悲悼，万戶銜冤。」（第四輯，頁 333/24～26）

　　按：該文字句讀有誤。疑「尹令遇」當爲尹希復之誤；「志」爲衍文，「王士誠」當爲王士成也。據《新唐書・宦者傳下・田令孜》：「帝沖騃，喜鬬鵝走馬，數幸六王宅、興慶池與諸王鬬鵝，一鵝至五十萬錢。與內園小兒尤昵狎，倚寵暴橫。始，帝爲王時，與令孜同臥起，至是以其知書能處事，又帝資狂昏，故政事一委之，呼爲『父』。而荒酣無檢，發左藏、齊天諸庫金幣，賜伎子歌兒者日巨萬，國用耗盡。令孜語內園小兒尹希復、王士成等，勸帝籍京師兩市蕃旅、華商寶貨舉送內庫，使者監閱櫃坊茶閣，有來訴者皆杖死京兆府。」「尹希復」、「王士成」均爲唐僖宗時禁苑中供使喚的雜役。

　　該句《資治通鑑考異・唐紀十六》引《續寶運錄》云：「……明取尹希復指揮，暗策王士成進狀，強奪波斯之寶貝，抑取茶店之珠珍……」可參。

55・斯 4472《集賢相公厶遭母喪盡七後起復表六件並批答》：「蓋以才鍾禍釁，方在荒迷。」（第四輯，頁 345/57）

　　按：「釁」當爲釁誤。「禍釁」即禍端也。如伯 3556《南陽郡張氏淮深女墓誌銘稿並序》：「娘子紅顏兮，蓮花奪質；豈料禍釁兮，不與人期。」（第四輯，

頁 184/44～45）《大正藏》No.196〔後漢〕曇果、康孟詳譯《中本起經》卷二：
「太子福成，當爲正君。愚人輕慢，禍豐是生。」

56・伯 3633《謹撰龍泉神劍歌一首》:「今朝明日羅公至，拗起紅旌紅躍西土。」
（第四輯，頁 383/48～49）

按：第二個「紅」字當爲衍文。

57・伯 2482《常樂副使田員宗啓》:「至二更已來，到乎雖磧，半趁他不赵，
當脚留□至弟二日，眼見相逢懸泉兵馬，尋賊蹤改南發去。」（第四輯，
頁 502/16～17）

按：疑「赵」爲返之俗字。「走」旁與「辵」旁有相通之處。如「趨」字，
《集韻》或從「辵」。又「迖」與「趈」同。

58・斯 2973 宋開寶三年（公元九七〇年）八月《節度押衙知司書手馬文斌
牒》:「雖無才華，輒述短辭，聊製七言，乃成四韻。謹隨狀逞（呈）上，
特乞鈞慈，希垂眯覽，謹錄狀上。」（第五輯，頁 24/3～7）

按：「眯」恐爲采之增旁字。「采覽」即采擇觀覽之意。如〔三國魏〕曹植
《上責躬應詔詩表》:「謹拜表並獻詩二篇，詞旨淺末，不足采覽。」《大正藏》
No.2035〔宋〕志磐撰《佛祖統紀》卷五十:「且荷開發妙旨以祛愚蔽，深佩提
獎之意感德無已，有門頌，但隨順古意過蒙采覽。」

59・伯 4525 宋太平興國某年《內親從都頭某某牒》:「又晚者三兩件打鹿圍，
至今未得運，後却作圍。」（第五輯，頁 27/9～10）

按：「晚」原卷作「#30」，左偏旁有涂改，恐爲「昨」字。「昨者」即昔日
也。如〔唐〕杜甫《入衡州》詩:「昨者間瓊樹，高談隨羽觴。」

60・伯 4640《陰處士碑稿》:「每以錢垺久盈，未施撲滿，周親喜戲，桃李往
來。」（第五輯，頁 73/50～51）

按：「垺」當爲埒之誤。伯 4638《大番故敦煌郡莫高窟陰處士修功德記》
異文即作「錢埒」（第五輯，頁 224/42～43）。「埒」，矮墻也。「錢埒」謂積錢
成堵，極言錢財之多。如〔唐〕宗楚客《安樂公主移入新宅侍宴應制》:「星橋
他日構，仙牓此時開。馬向鋪錢埒，簫聞弄玉臺。」《御定歷代賦彙》補遺卷十

四〔明〕顧起元《西園賦》：「丈人戟而示余曰：『子不知乎？此王孫氏之舊園也。昔者，錢埒既除，金谷載啓，追勝平泉，踵美曲水……』」

61・伯 4640《陰處士碑稿》：「隨七擒之飛將，摩壘致師；願二尺之檄書，開
　　封獻捷。」（第五輯，頁 77/95〜96）

　　按：「二尺」當爲尺二之倒。伯 4638《大番故敦煌郡莫高窟陰處士修功德記》異文即作「願尺二之檄書」（第五輯，頁 227/94〜95）。「檄」爲文體名，古官府用以征召、曉諭、聲討的文書。〔明〕徐師曾《文體明辨・檄》：「《釋文》云：檄，軍書也。《說文》云：以木簡爲書，長尺二寸，用以號召。若有急，則插雞羽而遣之，故謂之羽檄，言如飛之疾也。」

62・伯 4640《翟家碑》：「處衆兟兟，獨顯卓然之象。」（第五輯，頁 88/28〜
　　29）

　　按：「兟」疑爲兢字之誤。「兢兢」，小心謹慎貌。如斯 5606《賊來輸失狀稿四件》：「阿郎衙右某月鎮使李某甲奉帖上州去後，鎮縣內外並平安，烽烽又無動靜，防門守護，准舊兢兢，捉道烽鋪不敢怠慢，向東一道，更無息耗，謹具狀奏聞，謹錄狀上。」（第四輯，頁 504/（三）16〜21）伯 4640《陰處士碑稿》：「又有弟僧法律等，行門侃侃，四諦眞明；德範兢兢，三乘鏡淨；軌儀風骨，率性前生；好了眞乘，名稱後哲。」（第五輯，頁 75/83〜85）〔唐〕陳子昂《爲張著作謝父官表》：「夙夜兢兢，祗惕若厲。」

63・伯 4640《翟家碑》：「郢人盡善以鋂鏝，匠者運釿而逞巧。」（第五輯，頁
　　89/37〜38）

　　按：「釿」，斧頭。本作「斤」。「鋂」當作圬，涉「鏝」偏旁而誤。「圬鏝」即塗飾牆壁、粉刷也。如《宋史・陸萬友傳》：「萬友始業圬鏝，既貴達，不忘本，以銀爲圬鏝器數千事示子孫。」

　　又，伯 4040 背金山國時期《修文坊巷社再緝上祖蘭若，標畫兩廊大聖功德讚并存》：「今綴緝上祖蘭若，敬繪兩廓大聖，兼以鋂鏝惣畢，奉我爲拓西金山王永作西垂之主。」（第一輯，頁 386/21〜24）「鋂鏝」當讀作圬鏝也。

64・伯 4640《沙州釋門索法律窟銘》：「蓋乾運三光，羅太虛著象；坤爲八極，
　　溝川岳以爲形。」（第五輯，頁 95/2）

按：「溝」原卷作沟，恐爲「淘」字誤。伯 4660《前敦煌都毗尼藏主始平陰律伯眞儀讚》異文作「淘川岳以象形」（第五輯，頁 152/1）。「淘」有沖刷之義，如〔宋〕蘇軾《念奴嬌・赤壁懷古》詞：「大江東去，浪淘盡，千古風流人物。」

65・伯 4640《住三窟禪師伯沙門法心讚》：「數年之後，師乃謂然嘆曰：樊籠人事，久累沉疴。徇日趨名，將無所益。」（第五輯，頁 103/4～5）

按：「謂」當爲喟之換旁字。「喟然」，感嘆、嘆息貌也。如伯 3720《張淮深造窟記》：「公乃喟然歎曰：移山覆海，其非聖人乎！」（第五輯，頁 189/18～19）《禮記・禮運》：「昔者仲尼與於蠟賓，事畢，出遊於觀之上，喟然而嘆。」

66・伯 4660 唐《河西節度押衙兼侍御史鉅鹿索公邈真讚》：「間生英傑，穎拔恢然。」（第五輯，頁 127/2）

按：「穎」恐爲穎之誤。「穎拔」即突出、超群之義。如伯 3720 唐大中五年至咸通十年（公元八五一年～八六九年）《賜僧洪辯、悟真等告身及贈悟真詩》：「聞爾天資穎拔，性稟精嚴，深移覺悟之門，更潔修時之操。」（第四輯，頁 31/（四）4～5）

又，伯 4640《翟家碑》：「惟忠惟孝，行存軺軒之名；蒞職廉平，穎拔貂蟬之後。」（第五輯，頁 87/20～21）伯 3718 後唐《河西節度右馬步都押衙閻子悅寫真讚並序》：「間生奇傑，穎拔恢然。」（第五輯，頁 261/33）「穎」原卷均作穎，誤同。

67・伯 4660《前敦煌都毗尼藏主始平陰律伯眞儀讚》：「禪枝異秀，律綱奇躅。」（第五輯，頁 151/5）

按：「躅」當爲網之誤字。「綱」、「網」相對也。《敦煌願文集・願文等範本》：「伏惟和尚華山氣像，澄泉寶珠；量闊太虛，德深溟浡（渤）可謂法王柱石，律綱大網；火宅慈雲，一方甘露。」（頁 95）所說相類。

68・伯 4660《前敦煌都毗尼藏主始平陰律伯真儀讚》：「尊禮重樂，靡損於常。斯人尠矣，難測難量。」（第五輯，頁 151/7）

按：「尠」爲尟之俗字。《碑別字新編》收〔魏〕巨始光造象「尟」即作「#31」（頁 237）。「尟」即少也。如伯 3556 後唐清泰三年（公元九三六年）正月廿一

日《歸義軍節度留後使曹元德轉經捨施迴向疏》：「今將寡尠，投杖福門，渴仰三尊，希垂迴向。」（第三輯，頁 90/12～14）

69・伯 3630 後梁《河西管內釋門都僧政會恩闍和尚邈真讚並序》：「遍尋經論，探賾幽微。」（第五輯，頁 160/20）

按：「賾」爲賾之誤。此字左邊實爲「臣」之俗寫，「頤」《龍龕手鏡・頁部》：「頤頤頤頤頤五俗，頤頤二正。」「責」旁與「頁」旁形近易誤。「賾」有幽深奧妙之義。如《易・繫辭上》：「聖人有以見天下之賾，而擬諸其形容，象其物宜，是故謂之象。」孔穎達疏：「賾，謂幽深難見。」「探賾」即探索奧秘也。如〔晉〕袁宏《三國名臣序贊》：「應變知微，探賾賞要。」

又，伯 4640《李僧錄讚》：「賾空去執，盈知大教之門；映雪聚螢，以就四科之義。」（第五輯，頁 102/4～5）「賾」原卷作「#32」，亦當爲「賾」之誤。

70・伯 2913 背《大唐敦煌譯經三藏吳和尚邈真讚》：「洞邇典與，峭然天機。」（第五輯，頁 162/3）

按：「與」當爲奧之誤。伯 4640《故吳和尚讚文》異文即作「奧」（第五輯，頁 106/1）「典奧」指深奧的典籍。如《後漢書・胡廣傳》：「竊見尚書僕射胡廣，體眞履規，謙虛溫雅，博物洽聞，探賾窮理，『六經』典奧，舊章憲式，無所不覽。」〔唐〕黃滔《唐昭宗實錄》：「刑部尚書知貢舉崔凝，百行有常，中立無黨，學窺典奧，文贍菁英。」

71・伯 2913 背《大唐敦煌譯經三藏吳和尚邈真讚》：「㒹率天上，獨步巍巍。」（第五輯，頁 162/9）

按：「㒹」當爲兜之俗字。「兜率天」爲梵語音譯，佛教謂天分許多層，第四層叫兜率天，它的內院是彌勒菩薩的淨土，外院是天上衆生所居之處。如《大正藏》No.452〔南朝宋〕沮渠京聲譯《佛說觀彌勒菩薩上生兜率天經》卷一：「爾時十方無量諸天命終，皆願往生兜率天宮，時兜率天宮有五大神。」No.2084〔宋〕非濁集《三寶感應要略錄》卷三：「釋沿諤，少而出家，有義學喜譽，常願生兜率天，作兜率天宮觀。」

72・伯 3556《應管內釋門都僧統帖》：「近爲春蘭掩馥，秋菊未芳之間；朝景燼輝，夜魄不明之次。」（第五輯，頁 174/11～12）

按：「燗」於義不通。「燗」恐爲爓之省。《說文・火部》：「爓，火光也。」《龍龕手鏡・火部》：「爓爆爓三俗，爓正，音藥，光明貌。」

73・伯 4638《大番故敦煌郡莫高窟陰處士修功德記》：「羈維枝籍，已負番朝。歃血盟書，義存甥舅。」（第五輯，頁 222/22）〔註 7〕

按：「枝」恐爲板之誤。「板籍」即戶籍也。如《南齊書・虞玩之傳》：「今戶口多少，不減元嘉，而板籍頓闕，弊亦有以。」伯 4640《陰處士碑稿》異文作「羈維板藉」（第五輯，頁 71/29～30），「藉」通籍也。

74・伯 4638《大番故敦煌郡莫高窟陰處士修功德記》：「欽渥水之分流，聲添驥響；眹平河之溉濟，蠶賦馬鳴。」（第五輯，頁 223/35～36）

按：「欽」當爲飲字形誤。伯 4640《陰處士碑稿》異文作「飲握水之分流」（第五輯，頁 72/43～44），「握」讀作渥。

75・伯 4638《大番故敦煌郡莫高窟陰處士修功德記》：「故能鷦鴿羽翼，禦侮同來；四鳥安巢，齊聲未去」（第五輯，頁 225/65）。

按：據文意，「未」恐爲來誤。伯 4640《陰處士碑稿》異文即作「齊聲來去」（第五輯，頁 74/68～69）。

76・斯 4860《創建伽藍功德記並序》：「蘭若內素釋迦牟尼尊佛並侍從，縹畫功畢。」（第五輯，頁 230/10～11）

按：「縹」恐爲綵之誤。如伯 2641《莫高窟再修功德記》：「遂請僧氏，綵畫神儀。」（第五輯，頁 235/25）又作「採畫」。如斯 5832 年代不明〔公元九世紀〕《某寺請便佛麥牒稿》：「其藏，都僧統訓官立處令表裏採畫功德。」（第二輯，頁 107/3～4）「綵畫」、「採畫」均當讀作彩畫。如《大正藏》No.1566〔唐〕波羅頗迦羅蜜多羅譯《般若燈論釋》卷四：「若瓶衣等如是樂者常樂，苦者常苦，如壁上彩畫形量威儀相貌不變，一切眾生亦應如是。」No.2896〔唐〕師利撰《示所犯者瑜伽法鏡經》卷一：「爾時世尊，復告常施菩薩言，善男子，未來世中，一切道俗多造惡業，造佛形像及菩薩像，或時雕刻，或復彩畫，將以販賣，一切道俗，爲功德故，買歸供養，行此事者。」

〔註 7〕《釋錄》第五輯 222 頁。標有兩個 21-26 行，此爲後一個。

77・《李克讓修莫高窟佛龕碑》：「雁塔浮空，蜂臺架回。珠箔星綴，璿題月鋆。」（第五輯，頁 249/41）

按：疑「鋆」爲鋆之誤。「鋆」有明亮義。如〔唐〕蘇源明《元包經傳・仲陰》：「昇罔于天，睛鋆于頁。」又《孟陰》：「外芒不從，內芒不鋆。」

78・伯 3718 後唐《故歸義軍節度押衙張公明集寫真讚並序》：「趨趨濟濟，禮不輕人。」（第五輯，頁 253/18）

按：「趨」爲蹌之俗字。「蹌」，趨走貌也。

79・伯 3718 後唐《河西節度押衙知應管內外都牢城使張公良真生前寫真讚並序》：「委牢城務，酬勛安眠。」（第五輯，頁 258/34）

按：「勛」恐爲勣之誤。「酬勣」即按功勞行賞、犒勞也。如伯 3718 後唐《河西歸義軍左馬步都虞候梁幸德邈真讚並序》：「使三軍讚美，衆談酬勣之庸；答効甄昇，乃加都虞侯之列。」（第五輯，頁 279/12）可參。又如〔宋〕宋庠《西上閤門使梧州刺史魏照旴可東上閤門使制》：「奉承官訓，階序禁朝。自酬績于事經，早兼榮于使部。矗資勣力，參典盛容。」又《宋故推誠翊戴功臣彰武軍節度延州管內觀察處置等使金紫光祿大夫檢校太傅使持節都督延州諸軍事延州刺史兼御史大夫上柱國武威郡開國公食邑六千五百戶食實封一千六百戶贈侍中曹公墓誌銘》：「蕃族震攝，款塞就羈。滅烽臥龍，帝曰來歸。計功酬績，大使方伯。乃幹鴻樞，柔惠正直。」「績」同勣也。

80・伯 3718 歸義軍曹氏時期《憂道寫真讚並序》：「譙公秉節，執御筆於彤墀。」（第五輯，頁 273/10～11）

按：「彤墀」當爲丹墀之誤。如伯 3718 後唐《鉅鹿律公寫真讚並序》：「鉅鹿律公，貴門子也。丹墀遠派，親怩則百從無疎；撫定敦煌，宗盟則一族無異。」（第五輯，頁 280/1～2）

81・伯 3718 後唐《河西歸義軍左馬步都虞候梁幸德邈真讚並序》：「恩詔西陲而准奏，而遷左散騎常侍兼使臣七十餘人，意着珠珍，不可籌庪，一行匡泰，逍遙往還，迴程屬此鬼方，忽值奸邪之略。」（第五輯，頁 279/15～18）

按：「庪」原卷作「#33」，當爲度字。「籌度」即謀划也。如《三國志・蜀

志‧楊儀傳》:「亮數出軍,儀常規畫分部,籌度粮穀,不稽思慮,斯須便了。」
《舊唐書‧岑文本傳》:「及將伐遼,凡所籌度,一皆委之。」

82‧伯 3502《張敖撰新集諸家九族尊卑書儀一卷》:「今屬夏中炎熱,暑氣增
　　繁,少有流迤,厄相纏及,自是不能攝理,更勞遠有問書,深所槐仰。」
　　（第五輯,頁 305/80～82）

　　伯 3502《張敖撰新集諸家九族尊卑書儀一卷》:「忽奉來書,深當槐仰,
　　懃勤招迓,何以勝堪。」（第五輯,頁 305/88）

　　按:「槐」恐爲愧誤。「愧仰」即慚愧也,書信用語。如《藝文類聚》卷
八十七引《北齊書》:「李元忠贈世宗蒲萄一盤,世宗報以白縑,遺書:忽惠
蒲萄,良深愧仰,聊因絹百疋,以饟清德。」〔宋〕蘇軾《與陳輔之》:「某啓。
昨日承訪及,病倦,不及起見,愧仰深矣。」又《與林天和長官二十三首》:
「某啓。從者往還見過,皆不歟奉,愧仰何勝。辱書,承起居清勝。」《大正
藏》No.1177A〔唐〕不空譯《大乘瑜伽金剛性海曼殊室利千臂千缽大教王經》
卷四:「是故一切諸大菩薩摩訶薩,四部弟子善男子善女人,聞普明菩薩摩訶
薩,爲大眾等及當來菩薩,說佛眞如法藏眞際觀已,咸皆愧仰,信受奉行。」
又卷五:「其時大迦葉聲聞眾等,見如來說大乘十重大戒之法,心生愧仰,迴
向大乘。」

83‧伯 3502《張敖撰新集諸家九族尊卑書儀一卷》:「節多寒食,冷飯三晨。
　　爲古人之絕烟,除盛夏之溫氣。空貴淥酤醩,鴕外散煩。伏惟同響先靈,
　　狀至,速垂降赴,謹狀。」（第五輯,頁 305/98～100）

　　按:「淥」同醁,醽醁的省稱,美酒名也。「酤」爲酒名。「醩」亦爲酒名,
實爲「釀」之俗字,《龍龕手鏡‧酉部》:「醩,俗,釀,正也,酉釀,酒。」

84‧伯 3931《書啓公文——印度普化大師遊五臺山日記和迴鶻上後梁表等》:
　　「明君臣哲,國富人饒,𨔛古已來,未之有也。」（第五輯,頁 346/266）

　　按:疑「𨔛」爲夐之增旁俗字。「夐古」即遠古也。如《晉書‧后妃傳序》:
「爰自夐古,是謂元妃;降及中年,乃稱王后。」〔五代〕何光遠《鑒誡錄‧判
木火》:「西山八國,夐古已來,爲中國西南之患也。」

85‧伯 3931《印度普化大師遊五臺山日記和迴鶻上後梁表等》:「前件油麵等,

輙申節料之儀，以表丹誠之禮。」（第五輯，頁 349/328～329）

按：「輙」當爲聊字之誤。「聊申」，敬語，苟且表達也。如斯 4609 宋太平興國九年（公元九八四年）十月《鄧家財禮目》：「右前件物至愗寡薄，實愧輕微，聊申親禮之儀，用表丹誠之懇，伏垂親家翁容許領納，謹狀。」（第四輯，頁 6/16～19）伯 3720 後唐清泰六年（公元九三九年）《河西都僧統海晏墓誌銘並序》：「余奉旨命，不敢固辭，枉簡匪然，聊申矩頌。」（第五輯，頁 186/15～16）又如《梁書‧袁昂傳》：「頃藉聽道路，承欲狼顧一隅，既未悉雅懷，聊申往意。」《隋書‧皇甫績傳》：「曩者僞陳獨阻聲教，江東士民困於荼毒。皇天輔仁，假手朝廷，聊申薄伐，應時瓦解。」

86‧伯 3449、伯 3864《書儀小冊子》：「悚惶至深，傾書書翰罔既**窬**審，先歸鳳闕，某亦在楊歧，即冀披霧於軒庭，預切歡心於道路。」（第五輯，頁 375/315～318）

按：疑「**窬**」字涉審偏旁而誤，爲「精」之增旁字。「精審」即精密確實也。如《晉書‧裴秀傳》：「雖有粗形，皆不精審，不可依據。」〔唐〕劉知幾《史通‧書志》：「此昔人所以言有乖越，後進所以事反精審也。」〔宋〕周麟之《宋棐除太府少卿》：「試之兼官綽有餘裕，涖事精審久而益廑，茲皆劇司。」

87‧伯 2539《沙州令公書等二六件》：「百辟荷鈞鎔之賜，萬方懷煦嬿之私。」（第五輯，頁 394/94～95）

按：「嬿」恐爲嫗之誤。「煦嫗」即撫育、愛撫、長養之義。如《宋史‧世家一‧南唐李氏世家》：「況陛下懷柔義廣，煦嫗仁深，必假清光，更逾曩日。」《唐大詔令集》卷六十五陸贄《賜將士名奉天定難功臣詔》：「肅宗以神武戡大難，先朝以仁德紹興運，區域再造，億兆再康，室家離拆而復安，子孫煦嫗而相守，勞徠安集，垂三十年，則我列聖之於天下也，惠澤深矣。」

88‧伯 2539《沙州令公書等二六件》：「佇從紫樊之權，更踐黃樞之貴。」（第五輯，頁 394/105～106）

按：疑「樊」爲機之誤。「紫機」、「黃樞」均指朝廷機要部門。如〔唐〕陳子昂《爲陳御史奉和秋景觀競渡詩表》：「黃屋務閒，紫機時暇。」〔宋〕李廷忠《賀宋提刑除兵部郎中》：「又將光輝，復紫機之舊。」又《賀鄭大諫除僉書兼

參政》：「望黃樞紫機之間，有光臨照，其為懽抃，罔既名言。」

89・伯 2539《沙州令公書等二六件》：「伏以某器太瓶筲，才同梡櫟。」（第五
　　　輯，頁 396/137）

　　按：「梡櫟」恐為樗櫟之誤。「樗櫟」喻才能低下。如〔金〕趙秉文《樞密
左丞授平章政事表》：「如臣者，斗筲小器，樗櫟散材，偶塵科第之微，遂忝縉
紳之列。」《全唐文》卷一百九十五〔唐〕楊炯《隰川縣令李公墓誌銘》：「炯樗
櫟庸材，餅筲小器。」

90・伯 4092《新集雜別紙》：「知聞來往別紙八十八首，正月伏以磔雞令序，
　　　獻鳩良辰，七十二候之初，三百六十日之首。」（第五輯，頁 398/2～3）

　　按：「磔」字當為磔之誤。「裂」與梨形近易誤，「梨」又為桀之俗字。《龍
龕手鏡・木部》：「梨槊，二俗，桀，正。」「磔雞」指舊俗於正月一日殺雞掛於
門以除不祥。如《宋書・禮志一》：「舊時歲旦，常設葦茭桃梗，磔雞於宮及百
寺門，以禳惡氣。《漢儀》，則仲夏之月設之，有桃卯，無磔雞。」

91・伯 4092《新集雜別紙》：「某叨休（沐）仁私，尚容替履，徒增禱祝，闕
　　　詣旌麾。」（第五輯，頁 403/35）

　　按：「替」字不見於字書。疑此字為「簪」之省譌。「簪履」本指簪笄和鞋
子，常以比喻卑微舊臣。如《舊唐書・高士廉傳》：「臣亡舅士廉知將不救，顧
謂臣曰：『至尊覆載恩隆，不遺簪履，亡歿之後，或致親臨。』」此處為謙稱。

92・伯 4092《新集雜別紙》：「節判伏以中丞瑞等九苞，靈同三秀，以忠信為
　　　甲冑，懷道作藩籬，而自允贊文明，克揚休問，蘭省率多於懿績，丹墀忘
　　　獻於嘉謀。（第五輯，頁 408/63～65）

　　按：「墀」或為墀字形近誤字。《龍龕手鏡・土部》：「墀，正，直尼反，楷
墀。又天子丹墀也。」

93・伯 4092《新集雜別紙》：「因此仙槎穩汎，難量漢□之程；巨撒徐開，終
　　　辰察川之力。」（第五輯，頁 410/72～73）

　　按：敦煌手抄卷中，「扌」旁和「木」旁常相亂，因此，「撒」實為檝字，「檝」
同楫，船槳也。如斯 1889《敦煌氾氏家傳殘卷》：「鍾生早世，伯牙絕弦，今氾

生逝矣，吾屬處世，若乘舟之無檝。」（第一輯，頁 106/52～53）「巨楫」即大船也。如〔唐〕李咸用《依韻脩睦上人山居》詩之七：「兼濟直饒同巨楫，自由何似學孤雲。」

94・伯 4092《新集雜別紙》：「散廒金而不懲往哲，砜玉壺而寵滿昔賢。」（第五輯，頁 414/99～100）

　　按：「砜」字或爲佩之誤。「佩」即佩帶、佩掛也。如伯 4092《新集雜別紙》：「伏以常侍，行高顏閔，德邁荀王，衣綵服以奉溫凊，佩金章而侍晨夕。」（第五輯，頁 415/105～107）

95・伯 4092《新集雜別紙》：「伏以司空才術蹤橫，器能深偉，而自顯逢休運，卓立明時，果倅名藩，盡彰懿績。」（第五輯，頁 417/122～123）

　　按：「器能」猶才能也。「深」或爲彩之俗字。

96・伯 4092《新集雜別紙》：「緘封傾瀉，緝堆莫敏，必鑒卑衷。」（第五輯，頁 425/174～175）

　　按：「緝堆」恐爲緬惟之誤。「緬惟」即遙想也。敦煌文書中不乏其例。如伯 2593 唐《判集三道》：「緬惟甲焉，旋聞造舍。瓦舍鴛色，梁隱虹姿。」（第二輯，頁 587/23～24）伯 3016 天福十年（公元九四五年）五月《牒二件》：「昨叩膺渥澤；獲正節旄，緬惟盡瘁之誠，是降敘遷之命。」（第四輯，頁 301/（二）13～15）斯 1438 吐蕃佔領時期《沙州守官某請求出家狀等稿四十多件》：「某使事雲和尚廿年，經論之門，久承訓習，緬惟生死之事，迅若駛流。」（第五輯，頁 315/24～25）伯 4092《新集雜別紙》：「緬惟眷異，來訏因循。」（第五輯，頁 429/200）其他文獻中亦有例可援。如《舊唐書・長孫無忌傳》：「臣等聞質文迭變，皇王之迹有殊；今古相沿，致理之方乃革。緬惟三代，習俗靡常，爰制五等，隨時作教。」《大正藏》No.2051〔唐〕彥琮撰《唐護法沙門法琳別傳》卷一：「朕夙夜寅畏，緬惟至道，思革前弊，納諸軌物。」

97・伯 4092《新集雜別紙》：「觀察端公才睠瓊樹，雨缺銀蟾。」（第五輯，頁 427/184）

　　按：「睠」恐爲瞟取之誤。《龍龕手鏡・目部》：「瞟，初入反，瞟，視貌也。」《字彙・目部》：「瞟，視也。」

98・伯4092《新集雜別紙》:「將申陳之儀,預積忻愉之之懇。」(第五輯,頁
　　433/224)

　　按:「預積忻愉之之懇」衍一「之」字。

第三章 《釋錄》通讀研究

　　考查通假字，主要是從字音、字義和例證三個方面進行。本章在現有最新研究成果的基礎上，繼承前賢之說，通過對《釋錄》中的通讀現象的研究，以期對敦煌文獻中的通假字能有較爲系統而又準確的認識。經研究，發現《釋錄》所說通讀現象主要存在三種誤區：（1）不諳文義，誤說通讀（2）本該通讀，誤而不用（3）本義自通，不必通讀。

第一節　不諳文義，誤說通讀

　　《釋錄》此種情況是由於對上下文意不明或誤讀而導致所說通讀不確或所作校釋迂曲。

1・斯 527 後周顯德六年（公元九五九年）正月三日《女人社再立條件》：「或有社內不諫大小，無格在席上暄（喧）拳，不聽上人言教者，便仰衆社就門罰醴醸一筵，衆社破用。」（第一輯，頁 274/9～11）

　　按：「暄」原卷作脏，該字不見於諸書，恐爲「暄」之誤。《釋錄》認爲「暄」讀作喧，不妥。「喧拳」不辭。「暄」當讀作揎，捋袖露臂也。「揎拳」即伸出拳頭也。《敦煌變文校注・茶酒論》：「阿闍世王爲酒殺父害母，劉靈（伶）爲酒一死三年。喫了張眉豎眼，怒鬥宣拳。」（頁 424）「宣」乙卷作「揎」。〔元末明初〕陶宗儀《輟耕錄・水仙子》：「鋪眉苫眼早三公，裸袖揎拳享萬鍾，胡言亂

語成時用。」《大正藏》No.1988〔唐〕文偃撰、〔宋〕守堅編《雲門匡眞禪師廣錄》卷三：「師乃揎拳云：我共儞相撲一交得麼。」

又，伯3223《永安寺法律願慶與老宿紹建相諍根由責勘狀》：「明知將肘宣棒，而皆了覺幻化。」（第二輯，頁310/8～9）「宣」亦當讀作揎。

2・斯466後周廣順三年（公元九五三年）《龍章祐、祐定兄弟出典土地契》：「其地佃種，限肆年內，不喜（許）地主收俗（贖）。若於年限滿日，便仰地主辨（辦）還本麥者，便仰地主收地。」（第二輯，頁30/5～7）

按：《釋錄》所注「贖」字未見於字書。「俗」當讀作贖也。「收贖」即收回、贖回之義也。如伯3579宋雍熙五年（公元九八八年）十一月《神沙鄉百姓吳保住牒》：「⬚⬚⬚賊打破，般次驅捉，直到伊州界內，⬚⬚⬚却後到十一月沙州使安都知般次⬚⬚⬚押衙曹閏成收贖，……」（第二輯，頁308/3～5）《大正藏》No.2122〔唐〕道世撰《法苑珠林》卷六十二：「若汎爾道俗設齋獻佛及聖僧食，施主情通唱餘食，施後還入施主，不勞收贖及專入侍人。」

3・伯2613唐咸通十四年（公元八七三年）正月四日《沙州某寺交割常住物等點檢曆》：「珍珠壹伯陸課（棵），銀珠貳拾陸，金渡鈴子貳，並在函子內印子下。壹角雜絹傘子伍。」（第三輯，頁13/97～98）

按：《釋錄》以爲「課」讀作棵，誤。「棵」作量詞時多用於植物，且《大詞典》首例爲《西遊記》第七九回：「（豬八戒）掣釘鈀，把一棵九叉楊樹鈀倒。」

「課」當讀作顆。「顆」作量詞，常計小而圓的物體。如伯2005《沙州都督府圖經殘卷》：「右在州東五十里，東西二百步，南北三里，其鹽在水中自爲塊片，人就水裏漉出爆乾，並是顆鹽。」（第一輯，頁7/132～134）伯3721《瓜沙兩郡大事記并序殘卷》：「勅令所司斷其龍舌，却賜張嵩，永爲勳蔭，仍賜號曰龍舌張代，并賜明珠七顆及錦綵、器皿、勅書等，優獎仍輕，不煩申謝。」（第一輯，頁82/53～55）伯2837背《辰年支剛剛等施入疏十四件》：「把豆三顆，龍骨少多，並諸雜藥，施入修造。」（第三輯，頁61/（六）1）斯2575 6V己丑年（公元九二九年）五月廿六日《應管內外都僧統爲道場納色目牓》：「右奉處分，令置受戒道場，應管得戒式又沙彌尼等，沿法事，准往例合有所稅，人各麥油一升，掘（橛）兩笙，訶梨勒兩顆，麻十兩，石灰一升，青灰一升，

苴其兩束。」（第四輯，頁 145/5～6）

4‧斯 6452（1）某年〔公元九八一-九八二年？〕《淨土寺諸色斛斗破曆》：「同日，粟貳斗，沽酒看仕（待）馬都料用。」（第三輯，頁 222/8～9）

按：《釋錄》校「仕」爲待，誤。「仕」當讀作侍也。「看侍」有款待、侍奉之義。敦煌文書中用例頗多。如斯 6452（2）辛巳年（公元九八一年）十二月十三日《周僧正於常住庫借貸油麵物曆》：「十三日酒壹斗，看侍達坦朝定用。」（第二輯，頁 239/11）伯 4674 乙酉年（公元九二五或九八五年）十月《麥粟破用曆》：「又東界看侍大衆買胡餅壹斗。」（第三輯，頁 192/3）斯 6452（3）壬午年（公元九八二年）《淨土寺常住庫酒破曆》：「十六日，粟二斗沽酒看侍僧錄，大師來酒壹斗。」（第三輯，頁 226/41～42）斯 2474 庚辰～壬午年間（公元九八〇～九八二年）《歸義軍衙內麵油破曆》：「看侍肅州家胡餅十五枚，用麵七升五合。」（第三輯，頁 278/16～279/17）伯 2049 背後唐同光三年（公元九二五年）正月《沙州淨土寺直歲保護手下諸色入破曆祘會牒》：「油貳勝半，二月八日齋時看侍佛及衆僧等用。」（第三輯，頁 360/327～328）斯 4453 宋淳化二年（公元九九一年）十一月八日《歸義軍節度使帖》：「右奉處分，今都知將頭隨車防援，急疾到縣日，准舊看侍，設樂支供糧料。」（第四輯，頁 306/3～5）

其他文獻中亦不乏其例。如《冊府元龜‧帝王部‧革弊》：「自今以後，父母骨肉有疾者，竝須日夕專切，不離左右看侍，使子奉其父母，婦侍其舅姑，弟不慢於諸兄，姪不怠於諸父母。」《大正藏》No.1448〔唐〕義淨譯《根本說一切有部毘奈耶藥事》卷十六：「斯人念曰：『主人發遣此女，看侍於我。即以手挽，其索即斷，身手俱散，極生羞恥。便作是念。』」No.549〔宋〕施護譯《佛說光明童子因緣經》卷二：「今此童子，久在宮中，護持養育，八母看侍，乳哺依時。我心愛憐，過甚親子。」《大詞典》未收「看侍」，當補。

5‧斯 4642 1～8V 年代不明〔公元十世紀〕《某寺諸色斛斗入破祘會牒殘卷》：「麵貳斗，陶（淘）麥僧喫用。」（第三輯，頁 551/104～105）

按：《釋錄》校「陶」作淴，誤。「陶麥」當讀作淘麥。如〔唐〕范攄《雲谿友議‧江都事》：「丞相曰：『汝不見淘麥乎？秀者在下，糠粃隨流。隨流者，不必報來。』」敦煌文書中所見甚多。如斯 6452（1）某年〔公元九八一-九八二

年？〕《淨土寺諸色斛斗破曆》：「廿四日，酒壹㪷，周和尚淘麥用。」（第三輯，頁 224/6）又，斯 6452（2）辛巳年（公元九八一年）十二月十三日《周僧政於常住庫借貸油麵物曆》：「廿四日酒壹斗又連麵壹斗淘麥人喫用。」（第二輯，頁 239/13～14）斯 6452（1）某年〔公元九八一─九八二年？〕《淨土寺諸色斛斗破曆》：「□酒壹㪷，大張僧正淘麥用。」（第三輯，頁 224/9）同卷下文：「廿三日，酒壹㪷，李僧正淘麥用。」（第三輯，頁 224/16）「淘」字原卷均作「#34」，當為「淘」之俗字。《碑別字新編》收唐景教流行中國碑「陶」作「#35」（頁 187），其右旁可參。

又，伯 3713 年代不明〔公元十世紀〕《粟破曆》：「八月五日粟二斗，指撝就寺濤麥用。」（第三輯，頁 236/3）「濤」當讀作淘。

6・伯 4660《故沙州釋門賜紫梁僧政邈真讚》：「行路怵惕，鄰里惙（綴）舂。」（第五輯，頁 140/11）

按：「惙」不當讀作綴，而應讀作「輟」。「輟舂」即古代舂築時，以歌相和，以杵聲相送，用以自勸。里中有喪，則舂築者不相杵。後以「輟舂」表示對死者的哀悼。如〔南朝梁〕任昉《出郡傳舍哭範僕射》詩：「已矣余何歎，輟舂哀國均。」《大正藏》No.2157〔唐〕圓照撰《貞元新定釋教目錄》卷十三：「詔使弔贈，聖眷殊深錫賚增優，以旌傳法之功也，輟舂罷相薤慘郊衢，望焉慕焉終于掩坎，建乎反哭痛焉疑焉，門人萬餘或躄或踊。」

另，伯 4660《金光明寺故索法律邈真讚並序》：「鄰人綴舂，聞者傷悼。」（第五輯，頁 108/9～10）伯 4660《敦煌管內僧政兼勾當三窟曹公邈真讚》：「遐邇悲悼，一郡綴舂。」（第五輯，頁 111/12）伯 4660《康通信邈真讚》：「憐人綴舂，聞者悲辛。」（第五輯，頁 113/11）「綴」原卷均作惙，「惙」當讀作輟也。《釋錄》逕改且誤。

7・伯 3449、伯 3864《書儀小冊子》：「並蒙眷私，特出祖錢（餞），銘咸（感）空深，指喻尤難，但增（？）提慈（特）之至。」（第五輯，頁 355/（一）9～10）

按：《釋錄》以「慈」為特誤，恐不妥。此二字形、音似皆無相亂之理。

「慈」當讀作持也。據《佛學大詞典》，「提持」為禪林中師家引導學人之方法。如伯 3449《書儀小冊子》：「此蓋司空潛施煦物，特賜提持，致茲叨

切之榮，實爲殊常之恭。」（第五輯，頁 358/55～58）《大正藏》No.1998A〔宋〕大慧宗杲禪師語、雪峰蘊聞編《大慧普覺禪師語錄》卷十九：「古人提持此事，或就理或就事，或據時節，或向上提持，俱無定準，教中所謂，佛以一音演說法，衆生隨類各得解，是也。」No.2003〔宋〕圓悟克勤編《佛果圜悟禪師碧巖錄》卷二：「今時學者，抑揚古人，或賓或主，一問一答，當面提持。」No.2076〔宋〕道原撰《景德傳燈錄》卷二十二：「師曰：『媿諸禪德已省提持，若是徇聲聽響，不如歸堂向火。珍重。』」No.2077〔明〕圓極居頂編《續傳燈錄》卷三十四：「到這裏三世諸佛向甚麼處摸索，六代祖師向甚麼處提持，天下衲僧向甚麼處名邈。」

第二節　本該通讀，誤而不用

　　《釋錄》在校錄敦煌經濟文獻時已指出了大量的通讀用法。但由於當時部分抄手水平有限，且相當程度上受到西北方音的影響，通讀現象較爲普遍，《釋錄》未能一一列舉。現就「當通而未通」的情況做些拾遺。

1・斯 788《沙州志殘卷》：「東鹽池。縣東五十里，其鹽出水自爲塊。人就水漉出曝乾，並是顆鹽，味啖於河東者，印刑相類。」（第一輯，頁 42/2～3）

　　按：「啖」讀作淡，清淡、味薄也。如《史記・劉敬叔孫通列傳》：「今太子仁孝，天下皆聞之；呂后與陛下攻苦食啖，其可背哉！」司馬貞索隱：「案孔文祥云：『與帝共攻冒苦，難俱食淡也。』案《說文》云：『淡，味薄也。』」

　　「刑」讀作形，形狀也。

2・斯 5448《燉煌錄一卷》：「風俗：端午日，城中士女，皆躋高峯，一齊蹙下，其沙聲吼如雷，至曉看之，峭嶒如舊，古號鳴沙神沙而嗣焉。」（第一輯，頁 47/34～48/38）

　　按：「蹙」讀作蹴，踢、踏也。如《大正藏》No.2122〔唐〕道世撰《法苑珠林》卷七：「若作如是諸逼惱，當爲鐵象所蹴踏。」No.2123〔唐〕道世撰《諸經要集》卷十八：「復有大鐵象，舉身火然，哮呼而來，蹴踏罪人，婉轉其上，身體糜碎，膿血流出，號咷悲叫，故使不死。」

3・伯 2625《敦煌名族志殘卷》：「次子仁協稟靈敦直，愛撫字人，兼五材騁

高九德織仁徂義令問斯彰。」（第一輯，頁 100/21～22）

按：「織」讀作識。「德識」即品德、見識也。如《三國志·魏書·荀彧傳附子惲、孫甝、霬》「霬官至中領軍，薨，諡曰貞侯，追贈驃騎將軍。子愷嗣。霬妻，司馬景王、文王之妹也，二王皆與親善。咸熙中，開建五等，霬以著勳前朝，改封愷南頓子」裴松之注引《荀氏家傳》曰：「愷，晉武帝時爲侍中。干寶《晉紀》曰：『武帝使侍中荀顗、和嶠俱至東宮，觀察太子。顗還稱太子德識進茂，而嶠云聖質如初。』」

另，此處標點當作「兼五材，騁高九德，織仁徂義，令問斯彰」。

4·伯2625《敦煌名族志殘卷》：「當王涼之西面，處四鎮之東門，彈厭（壓）山川，控禦緩急，寇不敢犯，塵不得飛，將士有投醪之歡，吏人承狹纊之惠，防援既眾，功效實多，利潤倍深，孳課尤剩。」（第一輯，頁 102/65）

按：「狹」當讀作挾。「挾纊」本指披著綿衣，亦以喻受人撫慰而感到溫暖。如《左傳·宣公十二年》：「申公巫臣曰：『師人多寒。』王巡三軍，拊而勉之，三軍之士皆如挾纊。」杜預注：「纊，綿也。言說（悅）以忘寒。」〔宋〕蘇軾《襖都敕》：「敕汝等，久勤外服，屬戒祈寒。爰念捍城之勞，普均挾纊之惠。」

又，伯4640《李明振氏再修功德記》：「挾纊有憂於士卒，泯燧不媿襄陽。」（第五輯，頁 84/61）「挾纊」亦當讀作挾纊。

另，「孳」讀作貲。「貲課」指賦稅。如《南齊書·竟陵文宣王子良傳》：「而守宰相繼，務在裒剋，圍桑品屋，以准貲課。致令斬樹發瓦，以充重賦，破民財產，要利一時。」《冊府元龜·邦計部·賦稅》：「八年正月詔：諸色丁匠，如有情願納貲課代役者，每月每人任納錢二千文。」

5·斯 1889《敦煌氾氏家傳殘卷》：「面折庭爭，憚攝公卿，禍福斯易，子孫羅駢。」（第一輯，頁 104/23）

按：「庭」讀作廷。「庭爭」即廷爭，在朝廷上向皇帝諫爭。如《史記·呂太后本紀》：「陳平、絳侯曰：『於今面折廷爭，臣不如君。夫全社稷，定劉氏之後，君亦不如臣。』」

6·斯 2041 唐大中某年《儒風坊西巷村鄰等社約》：「右上件村鄰等眾，就翟

英玉家結義相和，賑濟急難，用防凶變，已後或有訴歌難盡，滿說異端，不存尊卑，科稅之艱，並須齊赴。」（第一輯，頁 271/二 1～3）

伯 3730 背《某甲等謹立社條（樣式）》：「更有諸家橫遭厄難，亦須衆力助之，不得慢說異言，拔己便須濟接。」（第一輯，頁 280/15～16）

斯 0343 11V《析產遺囑（樣式）》：「所是城外莊田、城內屋舍家活產業等、畜牧什物、恐後或有不亭爭論、偏併、或有無智滿說異端、遂令親眷相憎、骨肉相毀、便是吾不了事、今吾惺悟之時、所有家產、田莊畜牧什物等、已上並以分配、當自脚下、謹錄如後。」（第二輯，頁 159/4～8）

按：「滿」、「慢」皆當讀作漫，隨意、胡亂也。如〔唐〕杜甫《聞官軍收河南河北》詩：「却看妻子愁何在，漫卷詩書喜欲狂。」「漫說」即胡言亂語也。如《大正藏》No.1559〔陳〕眞諦譯《阿毘達磨俱舍釋論》卷七：「譬如天上樂，地獄苦，此言由多立破差別故，則成漫說，須止此論。」No.1907 新羅元曉述《菩薩戒本持犯要記》卷一：「我得三世諸佛意說，若異此者，皆是漫說。」

7・斯 2041 唐大中某年《儒風坊西巷村鄰等社約》：「一，所置義聚，備凝凶禍，相共助誠，益期賑濟急難。」（第一輯，頁 271/三 1）

斯 2041 唐大中某年《儒風坊西巷村鄰等社約》：「一、或孝家營葬，臨事主人須投狀，衆共助誠，各助布壹疋。不納者，罰油壹勝。」（第一輯，頁 271/三 6～7）

按：「助誠」當讀作助成，謂幫助以成其事也。如斯 5520《立社條件》：「□（結）義之後，但有社內身遷故，贈送營辦葬義（儀）車轝□（一）仰社人助成，不德（得）臨事疏遺，忽合乖嘆，仍須社衆改□送至墓所，人各借布一疋，色物一疋。」（第一輯，頁 289/6～8）敦煌文書又作「助佐」。如斯 6537 3V～5V《立社條件（樣式）》：「若不逐吉追凶，折更何處助佐。」（第一輯，頁 282/22～23）

8・斯 2041 唐大中某年《儒風坊西巷村鄰等社約》：「丙寅年三月四日，上件巷社，因張曹二家衆集商量從今已後社內十歲已上有凶禍大喪等日，准條贈，不限付名三大，每家三贈了，須智（置）一延，酒一瓮，然後依前例，終如復始。」（第一輯，頁 272/四 1～4）

按：「三大」讀作三馱。「三馱」是社邑成員爲取得喪葬互助資格所應納物名稱。其做法是社人入社時或入社後的一定場合，提出爲自己或家屬請求「立三馱名目」，登記在案，一次或分批繳納「三馱」（糧食之類），並請上馱局席，即可正式取得喪亡時請贈的資格，稱爲「舉名請贈」。〔註1〕如斯6537 3V～5V《立社條件（樣式）》：「應有追凶格律，若立三馱名目，舉名請贈。若承葬得者合行亦須勒上馱局席。」（第一輯，頁282/37～39）

「不限付名三馱」是說「三馱名目」不限於一次所納。社人每戶一次可請「三贈」，即同時有三人取得請贈資格，此三人死亡後，再重新依例登記其他家人的請贈。〔註2〕如斯6005《立社條約》：「今緣或有後入社者，又樂入名兼錄三馱名目，若件件開先條流，實則不便，若不抄錄者，伏恐陋失，互相泥寞（？）。遂衆商量，勒此偏案，應若三馱滿者，再上局畢，便任各自取意入名。若三馱滿，未上局者，不得請贈。」（第一輯，頁288/2～7）

9・斯527後周顯德六年（公元九五九年）正月三日《女人社再立條件》：「夫邑儀者，父母生其身，朋友長其值，遇危則相扶，難則相救，與朋友交，言如信，結交朋友，世語相續。」（第一輯，頁274/2～3）

按：「邑儀」當讀作邑義。唐及宋初，敦煌除官社外，私社大盛，是一種民衆自願結合進行宗教與生活互助活動的組織，通稱「社邑」、「社」、「邑」、「義社」、「義邑」、「邑義」、「邑義社」。〔註3〕如伯3730背《某甲等謹立社條（樣式）》：「一，凡爲邑義，先須逐吉追凶。」（第一輯，頁280/7）斯6537 3V～5V《立社條件（樣式）》：「因茲衆意一般，乃立文案，結爲邑義，世代追崇。」（第一輯，頁281/10～11）斯6537 3V～5V《立社條件（樣式）》：「一，凡論邑義，濟苦救貧。」（第一輯，頁282/26）

10・伯4960甲辰年五月廿一日《窟頭修佛堂社條》：「又赤土貳拾併。」（第一輯，頁277/5）

按：「併」當讀作餅，量詞，用於餅狀物。如《後漢書・列女傳・樂羊子妻》：「羊子嘗行路，得遺金一餅。」

〔註1〕《敦煌學大辭典》，432頁。

〔註2〕《敦煌學大辭典》，432頁。

〔註3〕《敦煌學大辭典》，426頁。

11・伯 4525（11）宋太平興國七年（公元九八二年）二月《立社》：「今則一十九人發弘後願，歲末，就此聖嵓燃燈齋食，捨施功德，各人麻壹斗，先須秋間齊遂，押磑轉轉主人。」（第一輯，頁 279/3）

　　按：「後」當讀作厚。「弘厚」，優厚也。如《三國志・魏志・武帝紀》：「陛下加恩，授以上相，封爵寵祿，豐大弘厚，生平之願，實不望也。」

12・斯 5629《燉煌郡等某乙社條壹道（樣式）》：「一，自合社已後，若有不聽無量衝底三官罰羊壹口，酒壹瓮，合社破用。」（第一輯，頁 286/（一）26～29）

　　按：「底」讀作抵。「衝抵」即衝撞、抵犯也。如〔漢〕王充《論衡・難歲》：「使太歲所破，若迅雷也，則聲音宜疾，死者宜暴；如不若雷，亦無能破。如謂衝抵為破，衝抵安能相破？東西相與為衝，而南北相與為抵。」

13・斯 5629《燉煌郡等某乙社條壹道（樣式）》：「一，若有不藥社事，罰麥五馱，舉社人數每人決丈（杖）五棒。」（第一輯，頁 286/（一）29～31）

　　按：「藥」讀作樂，喜好也。如斯 6005《立社條約》：「今緣或有後入社者，又樂入名兼錄三馱名目，若件件開先條流，實則不便，若不抄錄者，伏恐陋失，互相泥寞（？）。」（第一輯，頁 288/2～7）此二字可通讀。又如《敦煌變文校注・廬山遠公話》：「時愚（遇）晉文皇帝王化東都，道安開講，敢（感）得天花亂墜，樂味花香。」（頁 256）「樂」即讀作藥。

14・斯 6005《立社條約》：「今緣或有後入社者，又樂入名兼錄三馱名目，若件件開先條流，實則不便，若不抄錄者，伏恐陋失，互相泥寞（？）。」（第一輯，頁 288/2～4）

　　按：「陋」當讀作漏。「漏失」，遺漏、失誤也。如《後漢書・鄭玄傳論》：「鄭玄括囊大典，網羅眾家，刪裁繁誣，刊改漏失，自是學者略知所歸。」《大正藏》No.754〔南朝齊〕曇景譯《佛說未曾有因緣經》卷一：「受十善法，隨其所堪，於一時中，將護其心，堅持三戒，無令漏失，是則名為修行十善。」

15・伯 3372 背壬申年（公元九七二年）十二月廿二日《社司轉帖》：「右緣常年建福一日，人各粟壹斗，爐併（餅）壹雙，鵰鴿箭壹具，畫被弓壹張，幸請諸公等，帖至限今月四日卯時，於端嚴寺門前取齊。」（第一輯，頁

335/2〜4）

按：「鴿」當讀作翎，「鵰翎箭」指以雕翎为箭羽的箭，亦簡稱爲鵰翎。如伯 2511《諸道山河地名要略殘卷》：「物產：鵰翎。麝香。豹尾。麻布。」（第一輯，頁 72/86）又同卷下文：「物產：鵰翎。草羊。」（第一輯，頁 73/116）〔唐〕張祐《塞下曲》之二：「箭插鵰翎闊，弓盤鵲角輕。」《續資治通鑑長編・眞宗》：「……紅錦袋皂鵰翎㮻角皰頭箭十青黃鵰翎箭十八……」

16・伯 3164 背乙酉年十二月廿六日《親情社轉帖》：「右緣康郎悉婦身故，准例合有吊酒一瓷，人各粟一斗。」（第一輯，頁 353/2〜3）

按：「悉」當讀作媳，「康郎媳婦」即康郎妻子也。敦煌文書中常在姓後加「郎」字作爲對男子的稱呼。如伯 3707 戊午年四月廿日《親情社轉帖》簽名中有「宋郎」、「令狐郎」、「李郎」、「杜郎」、「將郎」、「姚郎」（第一輯，頁 352/10〜12）斯 2242 某年七月三日《親情社轉帖》簽名中有「康郎男」（第一輯，頁 352/9），即康郎之子。

17・伯 2991 背《燉煌社人平詘子十一人剏於宕泉建窟一所功德記》：「於是，龕內素釋迦佛一軀，二上足，二菩薩，蓮臺寶座，拂師子之金毛，闥牖鈴音，砌微風而響振，諸壁上變相悉像維城，侍從龍天皆依法製。」（第一輯，頁 387/8〜10）

斯 6161、斯 3329、斯 6973、伯 2762 綴合《張淮深碑》：「龕內素釋伽牟尼像，並事（侍）從一鋪，四壁圖諸經變相一十六鋪。」（第五輯，頁 207/131〜133）

伯 4638《大番故敦煌郡莫高窟陰處士修功德記》：「龕內素釋迦像並聲聞菩薩神等共七軀。」（第五輯，頁 225/53〜54）

斯 4860《創建伽藍功德記並序》：「蘭若內素釋迦牟尼尊佛並侍從，縹畫功畢。」（第五輯，頁 230/10〜11）

斯 2113 5V 唐《沙州龍興寺上座德勝宕泉創修功德記》：「遂捨房資，於北大像南邊創造新龕一所，內素釋迦如來並諸侍從，四壁繪諸經變相，門兩頰畫神兩軀，窟簷頂畫千佛，北壁畫千手千眼菩薩。」（第五輯，頁 242/20〜243/23）

按：「素」當讀作塑，塑造也。如斯 5448《燉煌錄一卷》：「其山西壁南北二里，並是鐫鑿高大沙窟，塑畫佛像。」（第一輯，頁 46/21～22）

18‧伯3128《社齋文》：「廚饌純陁之供，爐焚淨度之香。」（第一輯，頁 388/10）

按：「度」讀作土。「淨土」指佛所居住的無塵世污染的清淨世界。如《魏書‧釋老志》：「元象元年秋，詔曰：『梵境幽玄，義歸清曠，伽藍淨土，理絕囂塵。前朝城內，先有禁斷，自聿來遷鄴，率由舊章……』」《大正藏》No.2122〔唐〕道世撰《法苑珠林》卷十五：「如來淨土，或在如來寶冠，或在耳璫，或在瓔珞，或在衣文，或在毛孔。」

19‧伯2862背、伯2626背唐天寶年代《燉煌郡會計牒》：「按板壹，手羅壹，帨巾壹，白氈伍領……」（第一輯，頁 476/100）

按：「按板」當讀作案板，桌面也。如〔宋〕黃庭堅《奉和王世弼寄上七兄先生用其韻》：「西歸到官舍，塵土昏案板。」

另，「帨巾」當讀作拭巾。如〔元〕馬端臨《文獻通考‧王禮二十二》：「掩攢并神主祔廟，用虞主一，神主一，大匱二，小匱二，腰輿二，汲水鐵浴桶二（索全），矮香案二（紫羅衣子全），白羅拭巾二（長八尺，小尺），筆硯墨一副白羅巾二（各長八尺，小尺，皇后用青羅巾二）……」《大正藏》No.1897〔唐〕道宣述《教誡新學比丘行護律儀》卷一：「十八、拭巾不淨當洗令淨。」No.1169〔宋〕法賢譯《佛說持明藏瑜伽大教尊那菩薩大明成就儀軌經》卷三：「復誦前淨大明，如前護身已，復誦前心大明二十一遍，加持水用灑淨及遣魔障，然後隨意沐浴，所用拭巾亦濯令清淨。」

20‧伯3394唐大中六年（公元八五二年）《僧張月光、呂智通易地契》：「又月光園內有大小樹子少多，園牆壁及井水開道功直解（價）出買（賣）與僧呂智通，斷作解（價）直：青草驢壹頭陸歲，麥兩碩壹㪷，布叁丈叁尺，當日郊（交）相分付，一無玄欠。」（第二輯，頁 2/11～13）

斯 3877 3V～4V 唐乾寧四年（公元八九七年）《張義全賣宅舍地基契約（抄）》：「其上件舍價，立契當日交相分付訖，壹無玄欠。」（第二輯，頁 6/7～8）

斯 1285 後唐清泰三年（公元九三六年）《楊忽律哺賣宅舍地基契》：「其舍

及物當日交相分付訖，更無玄欠。」（第二輯，頁 9/7～8）

斯 5700《某某出賣宅舍與姚文清契（抄）》：「其物及舍，當日交相分付，並無玄欠升合。」（第二輯，頁 10/6～8）

按：「玄欠」當讀作懸欠，久欠未清也。如斯 3877 2V 唐乾寧四年（公元八九七年）《張義全賣宅舍地基契（抄）》：「其上件舍價，立契當日交相分付訖，一無懸欠。」（第二輯，頁 5/8～9）斯 1475 6V 寅年（公元八二二年）《令狐寵寵賣牛契》：「其牛及麥，當日交相付了，並無懸欠。」（第二輯，頁 34/4～5）《舊唐書·食貨志上》：「臣移牒勘責，得山南西道觀察使報，其果、閬兩州鹽，本土戶人及巴南諸郡市糴，又供當軍士馬，尚有懸欠，若兼數州，自然闕絕。」〔宋〕王溥《唐會要·戶部侍郎》：「今後諸州府錢物斛斗文案，委司錄事參軍專判，仍與長吏通判。每至交替，各具申奏，並無懸欠。」

21·斯 3877 2V 唐乾寧四年（公元八九七年）《張義全賣宅舍地基契（抄）》：「其舍一買已後，中間若有親姻兄弟兼及別人稱爲主己者，一仰舊社主張義全及男粉子、支子祇當還替，不忏買舍人之事。」（第二輯，頁 5/9～12）

伯 3214 背唐天復七年（公元九〇七年）《高加盈出租土地充折欠債契（抄）》：「其地內所著官布地子柴草等，仰地主祇當，不忏種地人之事。」（第二輯，頁 27/4～5）

伯 3150 癸卯年（公元九四三年）《吳慶順典身契》：「或若到家被惡人構卷，盜切（竊）他人牛羊園菜麥粟，一仰慶順祇當，不忏主人之事。」（第二輯，頁 51/5～7）

伯 3774 丑年（公元八二一年）十二月《沙州僧龍藏牒——爲遺產分割糾紛》：「一、城南佛堂並油樑及大乘寺明覺房內鐺鏾釜床什物等，並不忏大家之事，一一盡有來處。」（第二輯，頁 285/52～53）

按：「忏」當讀作干，關涉也。如斯 3877 5～6V 唐天復九年（公元九〇九年）《安力子賣地契》：「中間若親姻兄弟及別人諍論上件地者，一仰口承人男攦搋兄弟祇當，不干買人之事。」（第二輯，頁 8/9～11）《敦煌變文校注·韓擒虎話本》：「皇帝亦（一）見，宣問皇后：『緣即罪楊堅一人，不干皇后之事。』」（頁 299）〔宋〕朱熹《朱子語類·程子之書三》：「至如山河大地之說，是它山

河大地，又干你何事？」

敦煌文書中或作「關」。如斯 1398 壬午年（公元九八二年）《郭定成典身契（抄）》：「若不得拋工，故行故坐　　　　　鐮刀器袋牛羊畜生，合宅若畔上非理失却打破，裴在定成身上，　　　　　活，若牛羊畜生非命打煞，不關主人之事。」（第二輯，頁 53/4～6）北圖（309：8374）甲戌年（公元九七四年）《竇破蹄雇工契（抄）》：「若作兒手上使用籠具鐮刀鑄鑄鍬钁袋器什物等，畔上拋扶打損，裴（賠）在作兒身〔上〕，不關主人之事。」（第二輯，頁 69/6～8）

又，伯 3730 寅年正月《尼惠性牒並洪辯判辭》：「其鑄兩具，亦任緣窟驅使，更不許別人忓撓。」（第四輯，頁 111/11～12）「忓」亦當讀作干。「干撓」即干涉擾亂也。如伯 4092《新集雜別紙》：「今有少情誠，遠陳干撓。」（第五輯，頁 431/213）

另，斯 5818《請處分寫孝經判官安和子狀》：「唯有安和云：我有口言說自由，扦你別人何事。」（第五輯，頁 2/8～9）「扦」亦讀作干，關涉也。

22・斯 466 後周廣順三年（公元九五三年）《龍章祐、祐定兄弟出典土地契》：「廣順叄年歲次癸丑十月廿二日立契，莫高鄉百姓龍章祐、弟祐定，伏緣家內窘闕，無物用度，今將父祖口分地兩畦子共貳畝中半，只典己蓮畔人押衙羅思朝。」（第二輯，頁 30/1～4）

伯 3964 乙未年（公元九三五年）《趙僧子典兒契》：「今有腹生男苟子，只典與親家翁賢者李千定。」（第二輯，頁 50/2～3）

北 275：8151 背《辛巳年五月八日何通子典兒契（稿）》：「辛巳年五月八日立契，洪池鄉百姓何通子伏緣家中常虧物用，經求無地，攙設謀機，遂將腹生男善宗只典與押牙（下空）」（第二輯，頁 52/1～3）

按：「只典」當讀作質典，抵押、典當也。如《金史・百官志三》：「上謂宰臣曰：『聞民間質典，利息重者至五七分，或以利爲本，小民苦之。』」又《高汝礪傳》：「或虛作貧乏，故以產業低價質典，及將財物徙置他所，權止營運。」

23・斯 1897 龍德四年（公元九二四年）《雇工契（樣式）》：「春衣一對，裌袖並褌、皮鞋一量，餘外欠闕，仰自排批。」（第二輯，頁 59/4～5）

按：「量」讀作緉，量詞，猶雙也。如《大正藏》No.2061〔宋〕贊寧撰《宋

高僧傳・感通四・道義》：「釋道義，江東衢州人也，開元中至臺山於清涼寺粥院居止。典座普請運柴，負重登高，頗有難色，義將竹鞋一緉轉貿人荷擔。」

24・伯 3441 背《康富子雇工契（樣式）》：「官有政法，人從私契。兩共對而（當爲面）平章，書紙爲記，用爲後憑。」（第二輯，頁 66/7～8）

　　北圖殷字四十一（見敦煌雜錄）癸未年（公元九二三年？）四月十五日《沈延慶貸布契》：「恐人無信，故□（立）此契，用唯後驗，書紙爲憑。」（第二輯，頁 115/6～7）

　　伯 3666《便麥粟契》：「恐人無信，故立此契，量（兩）共平章，書紙爲驗。」（第二輯，頁 131/15～16）

　　按：「紙」當讀作指。「書指」相當於畫押簽名也。如斯 1475 5V 未年（公元八二七年）《安環清賣地契》：「官有政法，人從私契。兩共平章，書指爲記。」（第二輯，頁 1/12）斯 1475 6V 寅年（公元八二二年）《令狐寵寵賣牛契》：「恐人無信，故立此契。兩共平章，書指爲記。」（第二輯，頁 34/9～10）伯 4053 唐天寶十三載（公元七五四年）《龍興觀道士楊某便麥契稿》：「官有政法，人從私契。兩共平章，書指爲驗。」（第二輯，頁 77/4～5）

　　敦煌文書中或作「畫指」。如伯 3444 背寅年（公元八一〇年？）四月五日《上部落百姓趙明明便豆契》：「兩共平章，畫指爲記。」（第二輯，頁 80/6～7）或作「押署」。如伯 3636《丁酉年五月廿五日社人吳懷實委託兄王七承當社事憑據》：「恐後無人承當社事，故勒口承人，押署爲驗。」（第一輯，頁 383/7～8）斯 3877 2V 唐乾寧四年（公元八九七年）《張義全賣宅舍地基契（抄）》：「恐人無信，兩共對面平章，故勒此契，各各親自押署，用後憑驗。」（第二輯，頁 5/14～15）

25・伯 3192 背唐大中十二年（公元八五八年）《孟憨奴便麥契稿》：「其典勿（物）大華（鏵）一孔、衆金一富。」（第二輯，頁 108/2）

　　按：「衆」當讀作種。「種金」爲一種農具。如伯 3666《便麥粟契》：「同月日百姓王太嬌爲無粮用，便粟叁碩，其典種金壹，其粟自限至秋八月內（納），恐人無信，用後爲憑。」（第二輯，頁 131/17～18）伯 2685 年代未詳〔公元八二八年？〕《沙州善護、遂恩兄弟分家契》：「遂恩：鐺壹口并主鏊子壹面，銅鉢壹，龍頭鐺子壹，種金壹付，鎌壹張，安壹具，大釿壹，銅灌子

壹，鑊□壹具，絹壹丈柒尺，黑牸牛壹牟。」（第二輯，頁 143/23～25）「種」原卷作穜，種之俗字。

　　另，「富」當讀作付，量詞。如〔唐〕李肇《翰林志》：「端午，衣一付，金花銀器一事，百索一軸，青團鏤竹大扇一柄，角糉三服。」

26·斯 5632 辛酉年（公元九六一年）《陳銀山貸絹契》：「若是寶山身東西不在者，一仰口承人男富長袛當，於尺數還本絹者，切奪家資充爲絹主，兩共對商，故勒私契，用爲後憑。」（第二輯，頁 127/4～8）

　　按：「切奪」當讀作掣奪。「掣」有牽制、控制之義。《釋名·釋姿容》：「掣，制也，制頓之使順己也。」「奪」有強取之義。《玉篇·奞部》：「奪，取也。」「掣奪」即牽制、強取也。敦煌契約文書中屢見。如伯 3391 丁酉年（公元九三七年）《租用油樑水磑契（稿）》：「如若不納課稅，掣奪家資，用充課物。」（第二輯，頁 31/4～5）斯 4192 未年（公元八〇三年？）四月五日《張國清便麥契》：「未年四月五日，張國清遂於處便麥叄蕃馱。其麥並限至秋八月末還。如違不還，其麥請倍（陪）。仍掣奪〔家資〕，如中間身不在，一仰保人代還。」（第二輯，頁 79/1～4）伯 2504 背辛亥年（公元九五一年）《康幸全貸絹契（稿）》：「忽若推言，掣奪家資。」（第二輯，頁 124/6）佛典中亦有例證。如《大正藏》No.193〔南朝宋〕寶雲譯《佛本行經》卷七：「掣奪取弓箭，必欲戰不疑。」No.1450〔唐〕義淨譯《根本說一切有部毘奈耶破僧事》卷十二：「後於異時，城中有人，於筐篋中盛諸餅食，其上首貧人見已，便奪持之奔走。諸貧人等競來隨逐，欲相掣奪。」

　　「掣奪」在敦煌文書中又作牽掣。如斯 1475 11V12V 某年〔公元八二三年？〕《僧義英便麥契》：「如違其限，請陪爲伍碩陸斗，仍任將契爲領六，牽掣房資什物，用充青麥直。」（第二輯，頁 88/3～5）斯 1475 13V14V 某年〔公元八二三年前後〕《僧神寂便麥契附僧惠雲便麥契》：「如違，其麥請陪伍碩二斗，仍任將契爲領六，牽掣房資什物，用充麥直，有剩不在論限。」（第二輯，頁 90/（一）3～5）斯 1475 14V15V 卯年（公元八二三年？）《阿骨薩部落百姓馬其鄰便麥契附僧義英便麥契與便麥記錄》：「如違限不還，其麥請陪爲壹拾陸碩，仍任將契爲領六，牽掣家資雜物牛畜等，用充佛麥。」（第二輯，頁 91/（一）3～5）

27・伯 3410 年代未詳〔公元八四○年〕《沙州僧崇恩處分遺物憑據》：「娟柴小
女在乳哺來，作女養育，不曾違逆遠心，今出嫡事人，已經數載，老僧買
得小女子壹口，待老僧終畢，一任娟柴驅使，莫令爲賤，崇。」（第二輯，
頁 152/42～43）

按：「出嫡」讀作出適，出嫁也。如《晉書・刑法志》：「臣以爲女人有三從
之義，無自專之道，出適他族，還喪父母，降其服紀，所以明外成之節，異在
室之恩。」《宋書・禮志二》：「檢元嘉十九年舊事，武康公主出適，二十五月心
制終盡，從禮即吉。」《大正藏》No.202〔北魏〕慧覺等譯《賢愚經》卷十：「兄
求長者女，欲以爲婦。其女年小，未任出適。於時其兄，即與衆賈，遠至他國，
經歷年歲，滯不時還。」

28・斯 0343 11V《析產遺囑（樣式）》：「吾今桑榆已逼，鐘漏將窮，疾病纏
身，暮年不差，日日承忘痊損，月月漸復更加，想吾四體不安，吾則似
當不免。」（第二輯，頁 159/1～2）

按：「承忘」讀作承望，指望也。如伯 3266《董延進投社狀（稿）》：「伏
望三官，乞賜收名入案。於條承望追逐，不敢不身。」（第一輯，頁 294/3～4）
伯 4992 年代未詳〔公元十世紀後期〕《馬軍氾再晟狀》：「又父在之日，聞道
外有一妻，生弟保保，識認骨肉，恩憐務恤，長大成人，與娶新婦，承望同
心戮力，共榮家計。」（第二輯，頁 314/3～5）《敦煌變文校注・李陵變文》：
「結親本擬防非禍，養子承望奉甘碎（脆）。」（頁 133）《大正藏》No.185〔三
國吳〕支謙譯《太子瑞應本起經》卷二：「且還報汝弟子，報之益善，卿是大
長者，國中所承望，今欲學大道，可獨自知乎？」No.1425〔東晉〕佛陀跋陀
羅、法顯譯《摩訶僧祇律》卷五：「應以此法奉之事之，恭敬尊重，承望供養，
所與不惜。」

29・斯 5647《遺書（樣式）二件》：「陽烏過隙，不容頃刻之間；司命追我，
豈能暫駐。」（第二輯，頁 163/（二）5～7）

按：「司」當讀作伺。「伺命」在王梵志詩中常見。如王梵志《大有愚癡君》
詩：「伺命門前喚，不容別隣里。」《沉淪三惡道》詩：「荒忙身卒死，即屬伺命
使。」《雙盲不識鬼》詩：「雙盲不識鬼，伺命急來追。」又「伺命張弓射，苦
痛劇刀錐。」《伺命取人鬼》詩：「伺命取人鬼，屠兒煞羊客。」《出門拗頭戾跨》

詩：「伺命把棒忽至，遍體白汗如漿。」《生兒擬替公》詩：「閻老忽嗔遲，即棒伺命使。」據項楚注，「伺命」指伺命鬼，迷信中索取人命的鬼卒。「司命」指冥間主宰生人壽命之主吏，地位較「伺命」鬼卒為高。

30・斯 5647《分書（樣式）》：「如若更生毀伍，說少道多，罰錦一疋，充助官門。」（第二輯，頁 171/64～67）

按：「伍」同低。「毀伍」當讀作毀詆，詆毀、誹謗也。如《舊唐書・隱逸傳・陽城》：「於是裴延齡、李齊運、韋渠牟等以姦佞相次進用，誣譖時宰，毀詆大臣，陸贄等咸遭枉黜，無敢救者。」《大正藏》No.2036〔元〕念常撰《佛祖歷代通載》卷十八：「經二年未許入室，公詣昭揣其志，必罵訾使令者或毀詆諸方。」

31・斯 6452（2）辛巳年（公元九八一年）十二月十三日《周僧政於常住庫借貸油麵物曆》：「廿六日酒貳斗，造按枷博仕喫用。」（第二輯，頁 240/20～21）

按：「仕」讀作士，「博士」指古代對某種技藝或專門從事某種職業的人的尊稱，猶後世稱人為師傅。敦煌文書中常見。如北 0500 寅年（公元八二二年）《氾英振承造佛堂契》：「寅年八月七日，僧慈燈於東河莊造佛堂一所，為無博士，遂共悉東薩部落百姓氾英振平章造前佛堂，斷作麥捌漢碩。」（第二輯，頁 54/1～3）伯 3875 背丙子年（公元九七六或九一六年）《修造及諸處伐木油麵粟等破曆》：「麵柒斗、油壹升壹抄，酒四斗，吳都了等博士放木日局席用。」（第三輯，頁 221/72～73）伯 2040 背後晉時期《淨土寺諸色入破曆祘會稿》：「麵貳拾陸碩柒㪷伍勝，四月廿七已後至六月十四日已前中間，看博士及局席般沙墼車牛人夫及徒衆等用。」（第三輯，頁 401/（一）9～10）伯 2032 背後晉時代《淨土寺諸色入破曆祘會稿》：「粟柒碩充當年礚稈用。粟壹㪷，沽酒看取礚稈博士用。」（第三輯，頁 479/（十二）452～480/（十二）453）

32・伯 4974 唐天復年代《神力為兄墳田被侵陳狀並判》：「後至京中，尚書到來，又是澆却，再亦爭論，兼狀申陳，判憑見在，不許校撓，更無啾唧。」（第二輯，頁 292/11～12）

按：「校」當讀作攪。「攪撓」即擾亂、打擾也。如斯 3876 宋乾德六年（九

六八年）九月《釋門法律廢深牒》：「伏恐後時，再有攪撓。」（第二輯，頁 305/4）〔唐〕元稹《競渡》詩：「群動皆攪撓，化作流渾渾。」〔宋〕蘇軾《論高麗買書利害箚子三首》：「所至差借人馬什物，攪撓行市，修飭亭館，民力倍有陪費，此二害也。」

敦煌文書中又作「攪亂」、「攪擾」。如伯 4974 唐天復年代《神力爲兄墳田被侵陳狀並判》：「況此不遵判憑，便是白地天子澆來五件此度全耕，攪亂幽魂，擬害生衆。」（第二輯，頁 292/25～26）斯 3501 背後周顯德五年（公元九五八年）《押衙安員進等牒（稿）》：「右員進戶口繁多，地水窄少，昨於千渠下尾道南有荒地兩曲子，□（欲）擬員進於官納價請受佃種，恐怕窄私攪擾，及水司把勒，〔伏乞〕令公鴻造，特賜判印。」（第二輯，頁 302/（三）1～4）

33・伯 4974 唐天復年代《神力爲兄墳田被侵陳狀並判》：「昨來甚事不知，其此墓田被朗達神放水瀾澆，連根耕却。」（第二輯，頁 292/13～14）

按：「瀾」讀作濫，過度之義。如《詩・商頌・殷武》：「不僭不濫，不敢怠遑。」孔穎達疏：「不僭不濫，謂賞不僭差，刑不濫溢也。」

34・斯 4489 背宋雍熙二年（公元九八五年）六月《慈惠鄉百姓張再通牒（稿）》：「右再通，先者早年房兄張富通便被再通自身傳買（賣）與賈丑子，得絹陸疋，總被兄富通收例，再通寸尺不見。」（第二輯，頁 307/2～3）

按：「收例」當讀作收領，領取也。如斯 5816《寅年八月十九日李條順打傷楊謙讓爲楊養傷契》：「又万日中間，條順不可，及有東西營苟破用着多少物事，一一細算打牒共鄉閭老大計算收領，亦任一聽。」（第二輯，頁 198/4～6）伯 3449、伯 3864《書儀小冊子》：「吊儀自間冰慈，恆深攀望，值以某縈計不及，頻附懇誠，今則伏蒙眷私，以某家室傾逝，遠垂軍將馳送吊儀物色，收領，不任感創。」（第五輯，頁 384/（二）49～52）《大正藏》No.1936〔南宋〕宗曉編《四明尊者教行錄》卷七：「今賜汝乳藥絹二十疋茶二百角，至可收領，遣此示諭。」

35・大谷 2835 長安三年（公元七〇三年）三月《括逃使牒並燉煌縣牒》：「好

即簿酬其傭，惡乃橫生構架。」（第二輯，頁 326/6）

按：「簿」讀作薄，「薄酬」即刻薄庸酬也。如《南齊書・海陵王紀》：「頃者以淮關徭戍，勤瘁於行役，故覃以榮階，薄酬厥勞。」《太平廣記》卷一百二十六《陳峴》：「閩王審知初入晉安，開府多事，經費不給，孔目吏陳峴獻計，請以富人補和市官，恣所徵取，薄酬其直富人苦之。」

又，伯 2814 背歸義軍曹氏時期《懸泉百姓某乙等乞請緩收稅債狀稿》：「右伏惟厶乙先王稅，每戶著地稅兩碩伍斗，今以天稅不豐，百姓簿收，伏乞」（第二輯，頁 451/（二）2～4）「簿」亦讀作薄，「薄收」指收成不好也。如伯 3449、伯 3864《書儀小冊子》：「去歲並遭時疫，秋稼薄收，遂致債借稍深，年計有闕。」（第五輯，頁 356/（一）39～357/41）〔宋〕范成大《多春行》：「去年薄收飯不足，今年頓頓炊白玉。」

36・伯 3324 背唐天復四年（公元九〇四年）《衙前押衙兵馬使子弟隨身等狀》：「右伏緣伏事在衙已來，便即自辦駝馬駈駈，不諫三更半夜，喚召之，繼聲鼓亦須先到，恐罪有敗闕（？）身役本無處身說□駞商量更亦無一人貼，遂針草自便，典家買（賣）舍□置（？）鞍馬，前使後使見有文憑，復令衙前軍將子弟隨身等判下文字，若有戶內別居兄弟者則不喜（許）霑掉。」（第二輯，頁 450/2～9）

按：「霑掉」讀作霑被，滋潤庇蔭也。如《藝文類聚》卷九十八引邢子才《應詔甘露詩》：「膏露且漸洽凝液汭旐旗，草木盡霑被，玉散復珠霏，誰謂穹昊邈，道合若應機。」《大正藏》No.2087〔唐〕玄奘述、辯機撰文《大唐西域記・瞿薩旦那國》：「是以聲教之所霑被，馳騖福林；風軌之所鼓扇，載驅壽域。」No.2122〔唐〕道世撰《法苑珠林》卷五：「今日善根並皆霑被，當願飢渴之鬼飲食自然，妖媚鬼神無復誑諂，光榮佛法擁護世間。」

37・北 6903 唐開元二十五年（公元七三七年）《律疏——名例律疏殘卷》：「又閱訟律，毆傷部曲，減凡人一等，奴婢又減一等。」（第二輯，頁 524/90～91）

按：「毆」讀作毆，捶擊、毆打也。如《魏書・肅宗孝明帝紀》：「庚午，羽林千餘人焚征西將軍張彝第，毆傷彝，燒殺其子始均。」《南史・孔靖傳附靈符子深之傳》：「故毆傷呪詛，法所不原，罰之致盡，則理無可宥。」

38・伯 3078、斯 4573 抍合唐神龍年代（公元七〇五～七〇六年）《散頒刑部格卷》：「其內外官人，有恃其班袟故犯、情狀可責者，文武六品以下，勛官二品以下并蔭人，並聽量情決杖，仍不得過六十。」（第二輯，頁 568/103 ～105）

按：「袟」讀作秩。「班秩」指官員的品級。如《魏書・張彝傳》：「計其階途，雖應遷陟、然恐班秩猶未賜等。」《大正藏》No.2036〔元〕念常撰《佛祖歷代通載》卷七：「又以僧遷禪惠爲悅衆，以法欽惠斌爲僧錄，班秩有差。」

39・伯 3813 背唐〔公元七世紀後期？〕《判集存十九道》：「其妻阿宋，喧訟公庭，云其夫亡，乃由郭泰。泰共（供）推贋取橈是實。」（第二輯，頁 605/137）

按：「喧」讀作喧。「喧訟」指喧鬧聚訟也。如〔宋〕蘇訟《議貢舉法》：「或曰：此法行之已久，今多士競進，一旦改革，必致喧訟，何以弭之。」《太平廣記》卷二百九十六《董愼》：「昨罪人程翥一百二十人，引例喧訟，不可止遏。已具名申天曹。天曹以爲罰疑唯輕，亦令量減二等。」

40・伯 3813 背唐〔公元七世紀後期？〕《判集存十九道》：「自可志勵冰霜，心齊水鏡，豈得監臨之內，恣彼滛奔。」（第二輯，頁 601/48～49）

伯 3882《托西王曹公外甥元清邈眞讚序》：「專心向化（旁注：奉上），推忠以助於國君，勵節承家□□高（？）緘於父母。」（第五輯，頁 294/11 ～13）

按：「勵」通作礪，砥礪、磨煉也。如〔宋〕蘇軾《駙馬都尉張敦禮節度觀察留後制》：「進居兩使之間，增重諸倩之遇，益礪士節，以爲國華。」《大正藏》No.1969A〔宋〕宗曉編《樂邦文類》卷三：「若乃託胎之祥瑞，受業之師保傳講習禪之美，砥名礪節之事，則有社客群賢碑序，及門人所錄行狀在焉。」

41・伯 2754 唐《安西判集殘卷存六道》：「麴積出征，圖殄兇寇，陵鋒敗役，未見生還，訪問行人，多云不死，雖無音信，何必非眞。」（第二輯，頁 612/38～39）

按：「麴積」當讀作居積，囤積也。如《新五代史・義兒傳・李嗣昭》：「繼韜母楊氏，善畜財，平生居積行販，至貲百萬。」《大正藏》No.17〔西晉〕支

法度譯《善生子經》卷一：「居積寶貨者，當興爲仁義。」No.190〔隋〕闍那崛多譯《佛本行集經》卷四十六：「爾時波羅奈城中，有一人，其家貧苦，而少居積。」

42・伯2942唐永泰年代（公元七六五〜七六六年）《河西巡撫使判集》：「自須樽節支給，豈得相次申陳。」（第二輯，頁621/24〜25）

　　按：「樽」讀作撙。「撙節」，節省、節約也。如《新唐書・柳公綽傳》：「遭歲惡，撙節用度，輟宴飲，衣食與士卒鈞。」《大正藏》No.1785〔隋〕智顗述、灌頂錄《金光明經文句》卷一：「昔慢財費日，今多損耗，昔乖撙節，今墮聲駃。」No.2022〔宋〕淨善重集《禪林寶訓》卷三：「計常住所得，善能撙節浮費，用之有道，錢穀不勝數矣，何足爲慮？」

43・伯2942唐永泰年代（公元七六五〜七六六年）《河西巡撫使判集》：「沙州兵健，軍合支持。既欲優憐，復稱無物。」（第二輯，頁622/40）

　　按：「優憐」讀作憂憐，憂念愛惜也。如〔宋〕曾鞏《先大夫集後序》：「其在朝廷，疾當事者不忠，故凡言天下之要，必本天子憂憐百姓，勞心萬事之意。」《大正藏》No.2110〔唐〕法琳撰《辯正論》卷八：「不忘宿昔之懷，曲賜憂憐之訪。」

44・伯2942唐永泰年代（公元七六五〜七六六年）《河西巡撫使判集》：「肅州無糧，或可率稅。建康乏絕，又要般躔。救患恤鄰，何妨撥與。任自收獲，又省往來。」（第二輯，頁625/102〜103）

　　按：「般躔」讀作盤纏，費用也。如〔宋〕王溥《五代會要・倉》：「人戶送納之時，如有使官布袋者，每一布袋，使百姓納錢八文，內五文與擎布袋人，餘三文即與倉司充吃食、鋪襯、紙筆盤纏。」《大正藏》No.1972〔元〕天如惟則撰《淨土或問》卷一：「由他臨命終時，好死惡死，我之盤纏預辦了也，我之前程穩穩當當了也。」

45・伯2613唐咸通十四年（公元八七三年）正月四日《沙州某寺交割常住物等點檢曆》：「咸通十四年癸巳歲正月四日，當寺尊宿剛管徒眾等，就庫交割前都師義進、法進手下，常住播像、幢傘、供養具、鐺鏃、銅鐵、函櫃、車乘、氈褥、天王衣物、金銀器皿，及官疋帛紙布等，一一點活，分付後

都唯法勝、直歲法深，具色目如後。」（第三輯，頁 9/1～4）

按：「剛管」當讀作綱管，爲寺院中的一種職務名稱。如伯 6005《釋門帖諸寺綱管》：「諸寺僧尼，自安居後，若無房舍，現無居住空房舍，仰當寺綱管，即日支給。」（第四輯，頁 120/6～7）同卷下文「諸寺僧尼數內沙彌，或未有請依止，及後入名僧尼，並令請依止，無使寬閑，如不□師者，仰綱管於官通名，重有科罰。」（第四輯，頁 120/9～11）「綱管仍須鉗鎋散衆，如慢公者，綱管罰五十人一席。」（第四輯，頁 121/13～14）「私家小門，切令禁斷，然修飾及掃灑，仰團頭堂子所供（？），仍仰綱管及寺卿句當。」（第四輯，頁 121/17）「右前件條流通指揮，仰諸寺綱管等存心句當，鉗鎋僧徒，修習學業，緝治寺舍，建福攘災，禮懺福事。」（第四輯，頁 122/24～27）

除「綱管」外，寺中職務還有「僧正」、「法律」、「典座」、「直歲」、「律師」、「教授」等。如伯 3223《永安寺法律願慶與老宿紹建相諍根由責堪狀》：「紹建取僧政指撝，是事方能行下。今年差遣次着執倉。當初以僧政商量，倉內穀物漸漸不多。」（第二輯，頁 310/13～15）「政」讀作正。斯 4760 宋太平興國六年（公元九八一年）《聖光寺闍梨尼修善等請戒慈等充寺職牒并判辭》：「聖光寺闍梨尼修善等。請晚輩尼戒慈充法律，願志充寺主，願盈充典座，願法充直歲。右件尼雖爲曉輩，並是高門。」（第四輯，頁 59/1～3）伯 2856 背乾寧二年（公元八九五年）三月十一日《僧統和尚營葬榜》：「僧統和尚遷化，今月十四日葬，准例排合葬儀，分配如後，靈車仰悉殄潘社，慈音律師、喜慶律師。香轝仰親情社，慈惠律師、慶果律師。邀轝，仰子弟，慶休律師、智剛律師。」（第四輯，頁 123/2～6）伯 4640《吳僧統碑》：「遂使知釋門都法律兼攝副教授十數年矣。」（第五輯，頁 92/25）伯 4640《吳僧統碑》：「精持不倦，衆愛無偏。法律教授，御衆推先。」（第五輯，頁 141/8）斯 2113 5V 唐《沙州龍興寺上座德勝宕泉創修功德記》：「亡伯僧前三窟教授，法號法堅，可爲緇林碩德，頓悟若空，棄捨囂塵，住持嶇澗。」（第五輯，頁 242/11～13）

46·伯 2613 唐咸通十四年（公元八七三年）正月四日《沙州某寺交割常住物等點檢曆》：「剉碓櫳頭壹，貳拾兩。」（第三輯，頁 9/13）

按：「櫳」讀作籠。「籠頭」指套在犯人頭上的刑具。如《大正藏》No.745〔東晉〕法顯譯《佛說雜藏經》卷一：「復有一鬼，白目連言：『我以物自蒙籠

頭，亦常畏人來殺我，心常怖懼，不可堪忍，何因故爾？」No.2068〔唐〕僧詳撰《法華傳記》卷八：「亦多女人，擔枷負鎖，或有反縛者，亦有籠頭者，乃於衆中。」

47．伯2613 唐咸通十四年（公元八七三年）正月四日《沙州某寺交割常住物等點檢曆》：「緋綾單傘壹，麴陳絹者舌……白絹麴陳絹帶伍拾叁。」（第三輯，頁11/44～46）

　　按：「麴陳」讀作麴塵，亦作麴塵，酒麴上所生菌，因色淡黃如塵，亦用以指淡黃色。如伯3432《龍興寺卿趙石老脚下依蕃籍所附佛像供養具並經目錄等數點檢曆》：「故阿難袈裟壹，草綠地，麴塵葉相，長柒尺，闊陸尺。」（第三輯，頁5/64）〔唐〕白居易《喜小樓西新柳抽條》詩：「須教碧玉羞眉黛，莫與紅桃作麴塵。」《太平廣記》卷三百三十九引《博異志‧閻敬立》：「須臾吐昨夜所食，皆作朽爛氣，如黃衣麴塵之色，斯乃櫬中送亡人之食也。」

48．伯3587 年代不明〔公元十世紀〕《某寺常住什物交割點檢曆》：「金銅脚銀泥幡陸口，並愙。」（第三輯，頁47/13）

　　伯3587 年代不明〔公元十世紀〕《某寺常住什物交割點檢曆》：「小銀泥幡壹拾貳口。青裙小幡愙一，長壹丈二尺。又叁尺小幡愙一。青裙。」（第三輯，頁47/14～15）

　　按：「愙」當讀作額，「幡愙」即幡額也。如斯1642 後晉天福七年（公元九四二年）《某寺交割常住什物點檢曆》：「故破幡額壹條。」（第三輯，頁19/8）斯3565（2）《河西歸義軍節度使曹元忠潯陽郡夫人等供養具疏》：「造五色錦繡經中壹條，雜彩幡額壹條，銀泥幡施入法門寺，永充供養。」（第三輯，頁98/4～8）斯6981 年代不明《諸色斛斗破曆》：「粟三斛，沽酒造幡額下手喫用。」（第三輯，頁142/13）伯2040 背後晉時期《淨土寺諸色入破曆祘會稿》：「粟捌斗，沽酒僧統製幡額了日造食起用。粟一斗，買苽造幡額了日用。」（第三輯，頁417/252～253）伯2032 背後晉時代《淨土寺諸色入破曆祘會稿》：「麵五升，僧統起幡額時造食女人用。」（第三輯，頁508/（廿）844～845）

　　據《佛學大詞典》，「幡」又作旛，為旌旗之總稱，佛教取之以顯示佛菩薩降魔之威德，與「幢」同為佛菩薩之莊嚴供具。其形以三角形之幡頭，連接長方形之幢身，幡頭下部及幡身左右垂飾幡手，幡身之下部則垂飾幡足而成。可

依材料、顏色、大小、使用場所、用途、圖樣之不同而分類，種類繁多。「幡額」
即幡頭也。「幡」有大幡、小幡之稱，其大小、寸法均有一定之規准。《陀羅尼
集經》卷十二：「綵色大幡一百尺者二十四口（四十九尺亦得新好者）。」又：「五
色小幡子（并身共脚總長三尺，闊五寸色，別各二枚，深青二，淺青二，緋二，
白二，黃四口）」

上述「長壹丈二尺」、「叄尺」均爲幡之尺寸而不爲幡額之尺寸，即「壹丈
二尺」小幡之額和「叄尺」小幡之額。

又，敦煌文書中或作「番雑」。如斯 6981 年代不明《諸色斛斗破曆》：「麵
兩石壹斗、連麵肆斗、油叄升半四日中間絳番雑僧喫用。」（第三輯，頁 142/9
～10）斯 6981 年代不明《諸色斛斗破曆》：「麵壹石叄斗、油貳升去番雑造局席
用。」（第三輯，頁 142/10～11）斯 6981 年代不明《諸色斛斗破曆》：「粟兩石
壹斗，付酒本絳番雑人喫及局席用。」（第三輯，頁 142/12～13）「番」當讀作
幡，「雑」爲額之誤，「番雑」亦即幡額也。

49・伯 2583《申年比丘尼修德等施捨疏十三件》：「右眞意所施意者，奉爲亡
　　姑捨化，不知神識託生何道，及爲己身染患，經餘累月，未能痊損，醫療
　　無方，慮恐過去宿業，現世尤疣，敢此纏痾，疼痛苦楚。」（第三輯，頁
　　65/（三）4～7）

按：「疣」當讀作尤。《廣韻・仙韻》：「愆，俗愆字。」「愆尤」即愆尤，過
失、罪咎也。如伯 2837 背《辰年支剛剛等施入疏十四件》：「右弟子所施者，爲
見存慈母，卒染時疾，藥食雖投，未蒙痊損，慮恐多生垢感，見世愆尤。」（第
三輯，頁 63/（十二）2～4）〔北齊〕顏之推《顏氏家訓・省事》：「或被發姦私，
面相酬證，事途迴穴，翻懼愆尤。」〔宋〕朱熹《秋日苦病齋居奉懷黃子厚劉平
父及山間諸兄友》詩：「而我忝朝寄，政荒積愆尤。」愆，一本作「愆」。

又，伯 3730 吐蕃申年十月《報恩寺僧崇聖狀上并教授乘恩判辭》：「右崇
聖一奉大衆驅使，觸事不允衆意，又淹經歲，趨事無能，雖然自寸栽園林，
猶若青雲□護（？）菜，物每供，僧衆不憫（？），今崇聖限年遊蒲柳，歲當
桑榆，疾苦疣加，無人替代。」（第四輯，頁 41/2～5）「疣」亦當讀作尤，「尤
加」即更加也。如斯 446 唐天寶七載（公元七四八年）《冊尊號赦》：「況於宰
煞，尤加側隱。」（第四輯，頁 261/16）《梁書・處士傳・庾承先》：「忠烈王

尤加欽重，征州主簿，湘東王聞之，亦板爲法曹參軍，並不赴。」

50·伯 2583《申年比丘尼修德等施捨疏十三件》：「□（官）絁檀七條袈裟並副博黃穀子頭巾共一副，十綜布七條袈裟並副博頭巾□（共）一副」（第三輯，頁 64/（二）1～2）

伯 2583《申年比丘尼修德等施捨疏十三件》：「九綜布袈裟褊覆（按：「褊覆」原卷作「覆褊」）一對，九綜布裙衫一對……」（第三輯，頁 67/（七）2）

伯 2583《申年比丘尼修德等施捨疏十三件》：「亡尼堅正衣物。八綜布七條袈裟並頭巾覆博一對，黃布偏衫一，單經布偏衫一，夾緣坐具一，單緣坐具一，赤黃九綜布八尺，八綜一疋卌八尺，槐花二升半。」（第三輯，頁 69/（十一）1～3）

伯 2583《申年比丘尼修德等施捨疏十三件》：「單經故破七條一，單經故破裙衫一對，故破黃絁布裹襜褋一，故布付博一，頭巾二故（按：此故當下屬）。」（第三輯，頁 70/（十三）3）

伯 2567 背癸酉年（公元七九三年）二月《沙州蓮臺寺諸家散施曆狀》：「新帛綾襖子一，尼絹裙衫一對，紫絹覆博一，紅絹衫子一，帛絹衫子二……」（第三輯，頁 71/16～17）

伯 2567 背癸酉年（公元七九三年）二月《沙州蓮臺寺諸家散施曆狀》：「黑布柒條袈裟覆博頭巾一對，黃布偏衫一，布衫一領，黃布袈裟頭巾覆博偏衫一對……尼黃布偏衫覆博一對」（第三輯，頁 72/24～27）

按：「副博」、「覆褊」、「覆博」、「付博」皆當讀作「覆膊」也。如伯 2583《申年比丘尼修德等施捨疏十三件》：「十綜布袈裟覆膊頭巾一對，官絁裙衫一對，紫絹衫子一，白錦襪肚一」（第三輯，頁 65/（三）1）佛典中用例甚多。如《大正藏》No.1895〔唐〕道宣緝《量處輕重儀》卷二：「又偏袒裙衫，震旦法衣，祇支覆膊，天竺本制。」No.2066〔唐〕義淨撰《大唐西域求法高僧傳》卷二：「不披覆膊，衣角搭肩，入寺徒跣，行途著屨。」No.2122〔唐〕道世撰《法苑珠林》卷四十：「皇帝見一異僧被褐色覆膊，以語左右曰：『勿驚動他。』」No.2125〔唐〕義淨撰《南海寄歸內法傳》卷二：「其僧腳崎衣，即是覆膊，更加一肘，始合本儀。其披著法，應出右肩交搭左膊。房中恒著，唯此與裙。」

據《中國衣冠服飾大辭典》：「覆膊即『袈裟』。清沈自南《藝林彙考·服飾》卷五：『袈裟……又名覆膊，又名掩衣，謂覆左膊而掩右腋也。』」（頁162）「覆膊」既爲袈裟，敦煌文書中爲何屢屢出現「袈裟」和「覆膊」連用現象？考之《佛學大詞典》，佛教僧服除了「三衣」以外，還有兩種衣，合稱爲「五衣」。一種是僧祇支，意思爲覆膊衣或掩腋衣，是一種長方形衣片，袒右肩覆左肩掩兩腋；一種是涅槃僧，意譯爲「禪裙」，是系於腰部的腰衣，它像浴巾一樣圍在腰間，披在腹部。又據《敦煌學大辭典》「僧祇支」條：「僧人之覆肩衣、襯衣。敦煌彩塑、壁畫中之佛、菩薩均著之。佛像之著僧祇支始於十六國，菩薩始於北周。其式爲：掛左肩，繞右腋，長至腰。隋唐以來多飾錦紋。《大唐西域記·印度總述》云：『僧卻崎，唐言掩腋（即僧祇支），覆左肩，掩兩腋，左開右合，長裁過腰。』佛、僧穿其於袈裟之內，菩薩則爲獨袖半臂緊身衣，隋代最爲流行。」（頁 218）可知，「覆膊」當是穿在袈裟裏面襯衣，「房中恒著」也（《大正藏》No.2125〔唐〕義淨撰《南海寄歸內法傳》卷二）。因此敦煌文書中常出現「袈裟」、「覆膊」成對的說法。《中國衣冠服飾大辭典》所說不甚清晰。

51·伯 2583《申年比丘尼修德等施捨疏十三件》：「右智性染患，已經累月，不得詮差。」（第三輯，頁 65/（五）2）

伯 2583《申年比丘尼修德等施捨疏十三件》：「右弟子所施意者，爲己身染患，經今數旬，藥食雖投，不蒙詮損。」（第三輯，頁 69/（十）2～3）

按：「詮」當讀作痊，病愈也。「痊差」爲同義復詞，即痊愈也。如《敦煌變文校注·韓擒虎話本》：「若到隨州使君面前，已（以）膏便塗，必得痊差。」（頁 298）《大正藏》No.2087〔唐〕玄奘述、辯機撰文《大唐西域記·達摩悉鐵帝國》：「我子嬰疾問其去留，神而妄言當必痊差。」「痊損」指病勢減輕。如伯 2583《申年比丘尼修德等施捨疏十三件》：「右眞意所施意者，奉爲亡妣捨化，不知神識託生何道，及爲己身染患，經餘累月，未能痊損，醫療無方，慮恐過去宿業，現世愆尤，敢此纏痾，疼痛苦楚。」（第三輯，頁 65/（三）4～7）《晉書·陸玩傳》：「臣嬰遘疾疢，沈頓歷月，不蒙痊損，而日夕漸篤，自省微綿，無復生望。」

52·伯 2583《申年比丘尼修德等施捨疏十三件》：「單經故破七條一，單經故

破裙衫一對，故破黃絁布裹襪襠一，故布付博一，頭巾二故（按：此故當下屬）。」（第三輯，頁 70/（十三）3）

按：「襪」當讀作襠。《集韻·入盍》：「襠，襪襠，婦人袍。」「襪襠」即唐代婦女穿的一種類似褕襠的外袍。如〔唐〕蔣防《霍小玉傳》：「著石榴裙，紫襪襠，紅綠帔子。」《大正藏》No.901〔唐〕阿地瞿多譯《陀羅尼集經》卷十三：「菩薩身上著羅錦綺，繡作襪襠，其腰以下著朝霞裙。」

53‧斯 6829 戍年（公元八〇六年）八月《氾元光施捨房舍入乾元寺牒並判》：「右元光自生已來，不食薰茹，白衣道向，曆卅餘年。」（第三輯，頁 73/1～2）

按：「薰」讀作葷，本指薑、蔥、蒜、韭等有辛辣味的蔬菜，後亦泛指魚肉等有腥膻味的食物。「葷茹」指葷菜。如《大正藏》No.2061〔宋〕贊寧撰《宋高僧傳·雜科聲德二·好直》：「釋好直，俗姓丁氏，會稽諸暨人也。幼不喜俗事，酒肉葷茹，天然不食。」No.2076〔宋〕道原撰《景德傳燈錄》卷十四：「石頭希遷大師，端州高要人也，姓陳氏，母初懷妊不喜葷茹。」又卷十六：「師生惡葷茹，於襁褓中聞鍾梵之聲，或見幡華像設，必為之動容。」

54‧伯 2697 後唐清泰二年（公元九三五年）九月《比丘僧紹宗為亡母轉念設齋施捨放良迴向疏》：「右件轉念設齋放良捨施，所申意者，奉為故慈母一從掩世，三載星環，魂飯善惡，不知魄牽往扵何界，每慮生前積業，只為男女之中，煩腦纏心，總是追遊九族，中陰之苦，無人得知，捺落迦深，全無替代，生死獲益，能仁照臨，拔厄濟危，不過清衆。」（第三輯，頁 89/6～12）

按：「煩腦」讀作煩惱，佛教語，謂迷惑不覺，包括貪、嗔、癡等根本煩惱以及隨煩惱，能擾亂身心，引生諸苦，為輪迴之因。《大正藏》No.1579〔唐〕玄奘譯《瑜伽師地論》卷五十九：「復有差別，謂了知所緣故，喜樂所緣故，能斷煩惱所依已滅故，已得轉依故，當言已斷一切煩惱。」

「掩世」當讀作奄逝，謂去世也。如〔宋〕蘇舜欽《答韓持國書》：「近得京信，長姊奄逝，中懷殞裂，不堪其哀。」《明史·盧象升傳》：「但自臣父奄逝，長途慘傷，潰亂五官，非復昔時。」《讀禮通考·喪制五·守禮下》：「其間承顏於垂白之父母，能幾何時，乃今不幸奄逝，無從永訣，又不能匍匐奔喪，其何

以補終天之恨。」《大正藏》No.2060〔唐〕道宣撰《續高僧傳‧義解六‧釋慧暢》:「暢安處事了還返京寺,綜習前業終世不出,言問慶弔亦所不行,預知其亡,清浴其體端坐待卒,至期奄逝,春秋七十有餘矣。」

55‧伯 3556 後唐清泰三年(公元九三六年)正月廿一日《歸義軍節度留後使曹元德轉經捨施迴向疏》:「右件轉經捨施所申意者,先奉爲龍天八〔部〕布瑞色,衛護燉煌;梵釋四王,逐邪魔,恬清蓮府。」(第三輯,頁 90/3～4)

按:「清」當讀作靜。「恬靜」即安靜、安寧也。如伯 4638《曹良才畫像讚》:「揮戈塞表,狼煙恬靜於沙場。」(第五輯,頁 228/8)又作「帖靜」。如伯 2704 後唐長興四至五年(公元九三三～九三四年)《曹議金迴向疏四件》:「然後河隍晏謐,烽燧帖靜扵四隣;社稷恆昌,戈甲不興扵一境。」(第三輯,頁 88/13～14)伯 3718《敦煌縣令張清通寫真讚並序》:「六街帖靜,罷息生奸。」(第五輯,頁 272/27～28)

56‧斯 374 宋至道元二年(公元九九五～九九六年)《王漢子等陳謝司徒娘子布施麥牒》:「右漢子、佛德、百姓等,自從把城,苦無絲髮之勞,今司徒娘子重福,念見邊城,恰似正二月布施百姓麥伍車,一一打與貧乏百姓,救難之接貧命飢荒種子。」(第三輯,頁 106/2～6)

按:「飢」讀作饑。「饑荒」泛指莊稼收成很差或顆粒無收。如《三國志‧魏志‧管輅傳》:「昔饑荒之世,當有利其數升米者。」《大正藏》No.945〔唐〕般剌密帝譯《大佛頂如來密因修證了義諸菩薩萬行首楞嚴經》卷五:「世多饑荒,我爲負人,無問遠近,唯取一錢。」

57‧斯 4632《捨施某物請乞判印公驗疏樣式》:「右件捨施所申意者,伏以厶乙自以投師學道,問□參禪,多踏履扵金田,廣穢犯扵佛地,實虧奉報,乃闕獻涑,伏恐一朝搇終,遭沉苦海(旁注:趣),今則聞身強健,敬捨□基,報三寶之慈恩,用津梁扵去逕,雖則施心預發,未果卑情,伏望仁明慈,乞賜疏後判印公驗,不令官私侵射,永爲金其(基)佛業,以成卑願,謹疏。」(第三輯,頁 109/2～8)

按:「搇」當讀作奄,「奄終」即去世也。如《太平廣記》卷三百八十三

《索盧貞》：「卿歸，爲謝我婦。我未死時，埋萬五千錢於宅中大牀下，我乃本欲與女市釧，不意奄終，不得言於妻女也。」〔宋〕蘇軾《慰皇太后上仙表》：「獨決大策，措天下於泰山之安；退避東朝，復明辟爲萬世之法。奄終壽禄，莫曉天心。」《大正藏》No.2061〔宋〕贊寧撰《宋高僧傳·義解四·智佺》：「至其年十一月十一日奄終，奉木塔舉高三丈餘，縱燎時有白鶴哀鳴紫雲旋覆，收拾舍利建塔緘焉。」又《興福三·義莊》：「莊性敦勤，進講外兢兢五十年間二時禮懺，至老不替，於太平興國戊寅年八月奄終，俗壽七十八。」

又，伯 3718 後唐《河西釋門故僧政范和尙海印寫真讚並序》：「緇流顧戀，恨師捔逝。」（第五輯，頁 256/29～30）「捔」亦當讀作奄。

另，「苦海」旁注「趣」字，意思是將「苦海」改作「苦趣」。據文意，作「苦趣」是。「苦趣」，佛教指地獄、餓鬼、畜生這三種「惡道」，均爲輪回中的受苦之處。如《大正藏》No.262〔後秦〕鳩摩羅什譯《妙法蓮華經》卷一：「苟或沈迷膠固，甘心墮落絕滅善根，則身罹苦趣，輪回於生死之域者，其有紀極哉。」

58·伯 4906 年代不明〔公元十世紀〕《某寺諸色破用曆》：「麵貳斗伍升，炎併。」（第三輯，頁 233/3～4）

按：「炎併」當讀作饊餅。如伯 4909 辛巳年（公元九八一年）十二月十三日《後諸色破用曆》：「廿二日，佛食饊餅麵柒斗二升」（第三輯，頁 185/15～16）

59·斯 4705 年代不明〔公元十世紀〕《諸色斛斗破曆》：「又受田馬醋豆二斗」（第三輯，頁 289/7）

按：「醋」當讀作䐈，指碾碎了的豆子。《集韻·陌韻》：「䐈，破豆也。」如《新唐書·張孝忠傳》：「貞元二年，河北蝗，民餓死如積。孝忠與其下同粗淡，日膳裁豆䐈而已，人服其儉，推爲賢將。」

60·伯 2049 背後唐長興二年（公元九三一年）正月《沙州淨土寺直歲願達手下諸色入破曆筭會牒》：「粟柒斗，僧錄窟上易沙用。」（第三輯，頁 378/210～211）

按：「易」當讀作揚，掀播、簸散也。如《楚辭·漁父》：「世人皆濁，何不

淈其泥而揚其波。」《樂府詩集·鼓吹曲辭一·有所思》：「聞君有他心，拉雜摧燒之。摧燒之，當風揚其灰。」

61·伯 2032 背後晉時代《淨土寺諸色入破曆祘會稿》：「粟壹斗，沽酒看取磑稞博士用。」（第三輯，頁 480/（十二）453）

按：「稞」當讀作課，賦稅、租稅也。如伯 3352（11）丙午年（公元八八六或九四六年）《三界寺提司法松諸色入破曆祘會牒殘卷》：「……法松手下應入常住梁課、磑課及諸家散施、兼承前帳迴殘、及今帳新附所得麥粟油麵黃麻夫查（麩渣）豆布氈等，總肆伯貳拾六石四斗六升九合。」（第三輯，頁 333/3～6）

62·伯 3720 唐大中五年至咸通十年（公元八五一年～八六九年）《賜僧洪辯、悟真等告身及贈悟真詩》：「今請替亡僧法榮便充河西僧統，裨臣弊政。」（第四輯，頁 32/（五）8～9）

按：「裨」讀作稗，形容卑微。如《漢書·藝文志》：「小說家者流，蓋出於稗官。街談巷語，道聽途說者之所造也。」

63·伯 3730 吐蕃酉年（公元八二九或八四一年）正月《金光明寺維那懷英等請僧淮濟補充上座等狀并洪辯判辭》：「右件人，學業英靈，僧衆准的，寬洪變物，公府且明。」（第四輯，頁 38/3）

按：「變」當讀作辨。「辨」（《廣韻》蒲莧切）有治理之義。如《呂氏春秋·過理》：「王名稱東帝，實辨天下。」高誘注：「辨，治也。」「辨物」指治理萬物。如《荀子·禮論》：「天能生物，不能辨物也。」

64·伯 3730 吐蕃申年十月《報恩寺僧崇聖狀上并教授乘恩判辭》：「右崇聖一奉大衆驅使，觸事不允衆意，又淹經歲，趨事無能，雖然自寸栽園林，猶若青雲□護（？）菓，物每供，僧衆不惘（？），今崇聖限年遊蒲柳，歲當桑榆，疾苦尤加，無人替代。」（第四輯，頁 41/2～5）

按：「寸」讀作忖，思量、揣度也。如《晉書·郗鑒傳》：「臣疾彌留，遂至沈篤，自忖氣力，差理難冀。有生有死，自然之分。」《大正藏》No.638〔西晉〕聶承遠譯《佛說超日明三昧經》卷一：「觀于三界，若如幻化，不以爲實，自忖何來去至何所，不見去來，而隨行住，各各自成。」

65・斯 6417 後唐長興二年（公元九三一年）正月《普光寺尼徒眾圓證等狀并海晏判辭》：「普光弘基極大，眾內詮練綱維，並是釋中眉首，事須治務任持，且雖敬上，愛下人戶，則有憐敏之能。」（第四輯，頁 54/14～17）

按：「詮」當讀作銓。「銓揀」即評量選擇也。如〔唐〕劉知幾《史通・雜說中》：「斯並同在編次，不加銓揀，豈非蕪濫者邪？」《冊府元龜・帝王部・審官》：「二年正月大赦，詔：刺史上佐錄事參軍縣令，委中書門下速於諸色人中精加訪擇補擬。判司丞已下，宜令所繇銓揀。」

另，「敏」當讀作憫。「憐憫」，哀憐、同情也。如〔唐〕韓愈《論今年權停舉選狀》：「陛下憐憫京師之人，慮其乏食，故權停舉選。」

66・斯 4760 宋太平興國六年（公元九八一年）《聖光寺闍梨尼修善等請戒慈等充寺職牒并判辭》：「昨者，合徒慎選，總亦堪任准請，若不僉昇，梵宇致令黎壞。」（第四輯，頁 59/6～7）

伯 4632、伯 4631 拼合《西漢金山國聖文神武白帝勑宋惠信可攝押衙兼鴻臚卿知客務》：「所以勳效既曉，宜獎功流，負德幹材，堪為僉擢。」（第四輯，頁 292/19～21）

伯 4660《沙州釋門故陰法律邈真讚並序》：「僉為領袖，檢校僧務。」（第五輯，頁 117/10）

伯 4660《沙州釋門勾當福田判官辭弁邈生讚》：「釋門僉舉，補署判官。」（第五輯，頁 120/12）

按：「僉」當讀作遷，晉升或調動也。如《後漢書・盧植傳》：「御下者，請謁希爵，一宜禁塞，遷舉之事，責成主者。」《南齊書・良政傳・序》：「齊世善政著名表績無幾焉，位次遷升，非直止乎城邑。今取其清察有迹者，餘則隨以附焉。」《舊唐書・韋思謙傳附子嗣立》：「今之取人，有異此道，多未甚試効，即頓至遷擢。」

67・伯 3730 寅年正月《尼惠性牒並洪辯判辭》：「亡外甥僧賀闍梨鐺一口，鐺三隻，皮裘一領遺書外，鎖兩具，緣窟修拭未終，擬搏鐵，其窟將為減辦。」（第四輯，頁 111/2～3）

按：「修拭」當讀作修飾，指修整裝飾建築物或各種器物等。如伯 6005

《釋門帖諸寺綱管》：「諸寺界墻及後門，或有破壞，仍須修治及關鑰。私家小門，切令禁斷，然修飾及掃灑，仰團頭堂子所供（？），仍仰綱管及寺卿句當。」（第四輯，頁 121/15～17）同卷下文：「應管僧尼寺一十六所，夏中禮懺，修飾房舍等事，寺中有僧政、法律者，逐便鉗鍇。」（第四輯，頁 121/19）《晉書・劉頌傳》：「至夫修飾官署，凡諸作役務爲恒傷過泰，不患不舉，此將來所不潠於陛下而自能者也。」

68・伯 3730 寅年九月《式叉尼眞濟等牒並洪辯判辭》：「右眞濟等名管緇緄，濫霑衆數，福事則依行檢束，櫬狀則放曠漏名。」（第四輯，頁 114/2～3）

按：「櫬」當讀作嚫。佛教語，謂施舍財物給僧尼。如伯 2032 背後晉時代《淨土寺諸色入破曆祘會稿》：「豆叁㪷，諸巷道場經嚫入。」（第三輯，頁 486/（十三）545）伯 3763 背年代不明〔公元十世紀中期〕《淨土寺諸色入破曆祘會稿》：「布一疋，春官齋嚫入。」（第三輯，頁 513/1）《大正藏》No.2122〔唐〕道世撰《法苑珠林》卷四一：「昔廬山慧遠，嘗以一袈裟遺進，進即以爲嚫。」又作「儭」。如伯 4810《普光寺比丘尼常精進狀》：「右件惠尼，久年不出，每虧福田，近歲已（？）承（？）置番第道場，勑目嚴令，當寺所由法律寺主令常精進替堅忍轉經，許其人儭利隨得多少與常精進。」（第四輯，頁 117/3～5）《入唐求法巡禮行記校註》卷一：「若於衆僧，各與卅文；作齋文者，與四百文。並呼道儭錢。」（頁 71）又同卷：「其揚府中有卅餘寺，若此寺設齋時屈彼寺僧次來，令得齋儭，如斯輪轉，隨有齋事，編錄寺名次第，屈餘寺僧次。」（頁 71）

69・伯 2187《保護寺院常住戶不受侵犯帖》：「應是戶口家人，壇越將持奉獻，永充寺舍居業，世人共薦光揚，不合侵陵，就加添助，資益崇修，不陷不修，號曰常住。」（第四輯，頁 158/6～8）

伯 3931《書啓公文——印度普化大師遊五台山日記和迴鶻上後梁表等》：「請閱梵文，便知懵昧。願爲壇越，勿見恓遲。」（第五輯，頁 333/16）

按：「壇越」讀作檀越，梵語音譯，指施主。如《大正藏》No.2122〔唐〕道世撰《法苑珠林》卷二十一：「時寺中有諸沙彌，盡是羅漢，皆作是語，彼之檀越，愚無智慧，不樂有德，唯貪者老。」《入唐求法巡禮行記校註》卷一：「嘆佛之後，即披檀越先請設齋狀，次讀齋嘆之文。」（頁 71）

70・斯 446 唐天寶七載（公元七四八年）《冊尊號赦》：「況於宰煞，尤加側
　　隱。」（第四輯，頁 261/16）

　　按：「側」當讀作惻。「惻隱」，同情、憐憫也。如《孟子・公孫丑上》：「今
人乍見孺子將入於井，皆有怵惕惻隱之心。」《大正藏》No.1999〔宋〕崇岳、
了悟等編《密菴和尚語錄》卷一：「無惻隱之心非人也，無羞惡之心非人也，無
是非之心非人也。」

71・斯 446 唐天寶七載（公元七四八年）《冊尊號赦》：「其京城父老，宜入
　　（人）各賜物十段，七十已上；仍版授本縣令，其妻板授縣君，六十已
　　上版授本縣丞。」（第四輯，頁 262/26～27）

　　斯 446 唐天寶七載（公元七四八年）《冊尊號赦》：「天下侍老，百歲已上，
　　版授下郡太守，婦人版授郡君，九十已上版授上郡司馬，婦人版授縣君，
　　八十已上版授縣令，婦人版授鄉君，仍並即量賜酒麵。」（第四輯，頁 262/29
　　～31）

　　按：「版授」當讀作板授，指授予高齡老人榮譽職銜。如伯 2625《敦煌名
族志殘卷》：「陽祖，鄉閭令望，州縣軌儀，年八十四，板授秦州清水縣令、上
柱國。」（第一輯，頁 102/54～55）〔唐〕杜佑《通典・職官十五》：「太極元年
初，令老人年九十以上板授下州刺史，朱衣執象笏。」

72・伯 2696 唐中和五年（公元八八五年）三月《車駕還京師不赦詔》：「其有
　　直生難，委命全身，偶脫豺牙，潛逃賊網，可以湔滌瑕穢，寬有罪辜。」
　　（第四輯，頁 263/7～9）

　　按：「寬有」當讀作寬宥，寬恕、原諒也。如斯 1889《敦煌氾氏家傳殘卷》：
「人曰：今蒙寬宥曾（旁注：寶）在於君，故於冥中奉少物以達至心，人無知
者。」（第一輯，頁 107/87）《後漢書・王梁傳》：「（王梁）建議開渠，為人興
利，旅力既愆，迄無成功，百姓怨讟，談者讙譁。雖蒙寬宥，猶執謙退。君子
成人之美，其以梁為濟南太守。」

73・伯 3290 背宋至道二年（公元九九六年）三月《索定遷改補充節度押衙牒》：
　　「況某天生英哲，稟性獲玃。」（第四輯，頁 302/6～7）
　　按：「稟性獲玃」當讀作稟性嘍囉。「嘍囉」即伶俐能幹、有本領也。如

〔唐〕鄭綮《題中書壁》詩：「側坡蛆蜫蝓，蟻子競來拖。一朝白雨中，無鈍無嘍囉。」

敦煌文書中「嘍囉」亦作樓羅、僂羅。如斯 1156 光啓三年（公元八八七年）《沙州進奏院上本使狀》：「二十年已前，多少樓羅人來論節不得，如今信這兩三个憨。」（第四輯，頁 373/47～48）如伯 3016 天興七年（公元九五六年？）十一月《于闐迴禮使索子全狀》：「所以不懼衆靈，炎摩多將軍將弓弩僂羅之人，盡命與戰，不慮死生，」（第四輯，頁 405/29）

74・伯 3399《幽州都督張仁亶上九諫書》：「是以紀信亡身於高祖，午胥盡節於吳王。」（第四輯，頁 307/5）

按：「午」當讀作伍。「伍胥」即伍子胥也。如〔唐〕李白《江上贈竇長史》詩：「漢求季布魯朱家，楚逐伍胥去章華。」

75・伯 3620《諷諫今上破鮮于叔明、令孤峘等請試僧尼及不許交易書並批答》：「陛下讜若依行，伏聽頒示天下。」（第四輯，頁 319/76～77）

按：「讜若」當讀作儻若，假如也。如《太平廣記》卷八三引〔唐〕牛僧孺《玄怪錄・張佐》：「君長二三寸，豈復耳有國土。儻若有之，國人當盡焦螟耳。」《大正藏》No.2076〔宋〕道原撰《景德傳燈錄》卷二十九：「見人須棄敲門物，知路仍忘堠子名。儻若不疑言會盡，何妨默默默浮生。」No.2037〔元〕覺岸撰《釋氏稽古略》卷三：「祖曰：『汝已老，脫有聞其能廣化邪，儻若再來，吾尚可遲汝。」

76・斯 2679《奏請僧徒及寺舍依定表》：「有勅，寮寀奉行，立限驅馳，悽惶失路。」（第四輯，頁 322/10～11）

按：「寮採」當讀作寮寀，官吏、官僚也。如伯 2979 唐開元二十四年（公元七三六年）九月《岐州郿縣尉勛牒判集》：「今殷長官，威動旁邑，衆寮寀聲隱甸畿，則有此狷人，潛黷（？）明訓，不知其故，敢乞圖之。」（第二輯，頁 619/84～85）《大正藏》No.2104〔唐〕道宣撰《集古今佛道論衡》卷三：「每有勝集引諸寮寀預聽法筵，日下當時以爲榮觀之極也。」

敦煌文書中又作「寀寮」。如斯 2687《河西歸義軍節度使曹元忠潯陽郡夫人翟氏迴向疏二件》：「夫人心願，願王業金枝，衙佑寀寮，宮苑侍女，並皆安

樂。」（第三輯，頁 95/21～22）

77‧斯 2679《奏請僧徒及寺舍依定表》：「外郡官寮，因斯推刻，志求考課，自薦己功，洗木求痕，至存枉解。」（第四輯，頁 323/15～17）

按：「推刻」當讀作推劾，審問也。如《新唐書‧刑法志四十六》：「左台御史周矩上疏曰：『比奸憸告訐，習以爲常。推劾之吏，以深刻爲功，鑿空爭能，相矜以虐……』」《大正藏》No.2154〔唐〕智昇撰《開元釋教錄》卷十八：「若有一字異者，共相推劾，得便擯之。」

78‧伯 3201《王錫上吐蕃贊普書二件》：「若隨軍旅，犯封境，作威作福，乍寒乍暑，臣必緘其口而不能言，韖其舌而不能與。」（第四輯，頁 358/（一）8～10）

按：「韖」，下垂也。「與」讀作語，與「言」對舉。「不能語」即不能言也。如《大正藏》No.410《大方廣十輪經》〔註4〕卷五：「亦不能趣一切種智，而多疾病，舌不能語，向阿鼻地獄。」

79‧伯 3574《沙州上都進奏院上本使狀》：「銀腕各一口」（第四輯，頁 368/25）
伯 3574《沙州上都進奏院上本使狀》：「銀檻一具，銀蓋腕一具，勅書一封。」（第四輯，頁 369/31）

按：「腕」讀作椀，即碗也。如《敦煌變文校注‧妙法蓮華經講經文》：「甘露飯將金椀捧，醍醐飲用玉盂成（盛）。」（頁 729）

80‧斯 1156 光啓三年（公元八八七年）《沙州進奏院上本使狀》：「又遺李伯盈修狀五紙，見四宰相及長官，苦着言語，痛說理害。」（第四輯，頁 372/37～38）

按：「理害」當讀作利害，利益與損害。如斯 5693《瓜沙兩郡大事記并序殘卷》：「開元三年張嵩刺史赴任燉煌，到郡日，問郡人曰：此州有何利害？」（第一輯，頁 81/35～36）《史記‧龜策列傳》：「先知利害，察於禍福。」

81‧斯 1156 光啓三年（公元八八七年）《沙州進奏院上本使狀》：「其張文徹就驛共宋閏盈相諍。」（第四輯，頁 372/45～373/46）

〔註4〕譯於北涼，譯者佚名。

按：「相諍」當讀作相爭，彼此爭奪、爭鬥也。如〔晉〕袁宏《後漢紀・孝獻皇帝紀二十八》：「今朝廷播越，宗廟毀壞，觀諸州郡，外託義兵，內懷相爭，未有存主卹民者也。」《大正藏》No.2122〔唐〕道世撰《法苑珠林》卷十一：「然其兄弟，各爲貪欲，愛一玉女，二人相爭而自鬥戰，傷害俱死。」No.2076〔宋〕道原撰《景德傳燈錄》卷二十九：「四衆雲集聽講，高座論義浩浩，南座北座相爭，四衆爲言爲好。」

82・伯3281背《押衙馬通達狀稿三件》：「尙書死後，擬隨慕容神護入京，又被涼州麴中丞約勒不達，愚意思甘，伏緣大夫共司空一般，賊寇之中潘死遠投鄉井，只欲伏事大夫，盡其忠節。」（第四輯，374/（一）4～7）

按：「潘」讀作拚。「拚」有豁出去、舍棄不顧之義，敦煌文書中或作「判」、「潘」等。如《敦煌變文校注・太子成道經》：「金銀珍寶無數，要者任意〔不〕難。若要取我眼精，心裏也能潘得。」（頁439）《敦煌變文校注・李陵變文》：「丈夫出塞命能判，大衆胡狼事實難。」（頁130）王梵志《運命滿悠悠》詩：「一旦罷因緣，千金須判割。」「拚死」即豁出性命也。如〔宋〕陳著《次韻梅山弟感時四首》：「杜鵑入洛啼拚死，鴻雁辭南去有歸。」〔元〕鄭元佑《追薦故元帥達公亡踵》：「靳賊拚死，人臣之大節凜然；請佛證明，朋友之交情痛甚。」

83・伯3016《某乙狀稿》：「非期被人闇生閒亂，悞惑上情。」（第四輯，頁409/10～11）

按：「悞」當讀作誤，迷惑也。如《左傳・哀公十九年》：「十九年春，越人侵楚，以誤吳也。」「誤惑」即貽誤迷惑。如〔宋〕司馬光《起請科場札子》：「不可以此輕改成法，復從弊俗，誤惑後生。」《大正藏》No.2053〔唐〕彥悰述《大唐大慈恩寺三藏法師傳》卷五：「邪黨亂眞其來自久，埋隱正教誤惑群生。」

84・伯2814背後唐天成年代《都頭安進通狀稿二件》：「右今月某日已前，當鎮所有烽補捉道城上更宿，一依官中嚴旨，倍加謹急，此旬四面並無動靜，不敢不申。」（第四輯，頁499/（一）2～5）

按：「烽補」當讀作烽鋪，指報邊警的驛站。如〔唐〕張九齡《曲江集》卷十二《勅天仙軍使張待賓書》：「向若烽鋪稍明，復與北庭計會，相與來擊，賊

可無遺。」《舊唐書‧王晙傳》：「私置烽鋪，潛爲抗拒，公私行李，頗實危懼。」

85‧斯 5818《請處分寫孝經判官安和子狀》：「又酒家徵撮，比日之前，手寫大乘，口常穢言不斷，皆是牽萬翁婆祖父羞恥耆年。」（第五輯，頁 1/4～6）

　　按：「牽萬」當讀作牽挽，牽連、牽扯也。如伯 2942 唐永泰年代（公元七六五～七六六年）《河西巡撫使判集》：「仍與洗削文案，杜絕萌牙；俾其後昆，免有牽挽。」（第二輯，頁 624/77～78）《大正藏》No.2122〔唐〕道世撰《法苑珠林》卷十七：「觀世音神力普濟，當令俱免，言畢復牽挽餘人，皆以次解落。」

　　敦煌俗文學中有牽連祖宗之說。如《敦煌變文校注‧捉季布傳文》：「漢王被罵牽祖宗，羞看左右恥群臣。」（頁 91）

86‧斯 6405《僧恆安謝司空賜疋段狀》：「伏蒙司空猥錄蠢蝸，遠寄縑緗。」（第五輯，頁 6/6～7）

　　按：「蝸」當讀作愚。「蠢愚」即愚蠢也。如《後漢書‧列女傳‧曹世叔妻》：「若夫蠢愚之人，於嫂則託名以自高，於妹則因寵以驕盈。」《舊唐書‧食貨志上》：「陛下思變古以濟今，欲反經以合道，而不即改作，詢之芻蕘，臣雖蠢愚，敢不薦其聞見。」

87‧斯 5904《門僧智弁請賜美奈狀》：「毚心望在參君郎君賜美奈壹賴（？），生死榮幸。」（第五輯，頁 7/3）

　　按：「毚」讀作饞。「饞」有貪羨、貪圖之義。《廣韻‧咸韻》：「饞，不廉。」「饞心」即貪心也。如《大正藏》No.1976〔明〕袁宏道撰《西方合論》卷八：「如是梵志不得答，自是服膺，是故當知，饑兒過屠門，大嚼止益饞心，無救枵腹。」

88‧伯 2943 宋開寶四年（公元九七一年）五月一日《內親從都頭知瓜州衙推氾願長等狀》：「百姓思量無計，意內灰惶。」（第五輯，頁 25/4）

　　按：「灰惶」當讀作迴惶，眩惑而恐懼。如《敦煌變文校注‧大目乾連冥間救母變文》：「長者聞語意以悲，心裏迴惶出語遲……」（頁 1026）《大正藏》No.847〔唐〕智嚴譯《大乘修行菩薩行門諸經要集》卷二：「如是修行菩薩，

菩提漸漸損減，道心漸慢，心意迴惶。」No.2829《持齋念佛懺悔禮文》〔註5〕
卷一：「心中忙怕自迴惶，一切罪業業皆見。」

89・斯 4685《致李奴子書》：「伏惟以時善加保重，遠城望也。」（第五輯，頁
　　40/3～5）

　　斯 4677《弟僧楊法律致僧兄戒滿狀》：「法體何似，伏惟以時倍加保重，
　　遠城所望也。」（第五輯，頁 48/4～5）

　　按：「城」當讀作誠。「誠所望」，書儀中常見。如斯 4362 歸義軍時期《肅
州都頭宋富忩起居狀》：「伏惟順時善加保重，遠誠所望。」（第五輯，頁 29/4
～5）〔宋〕歐陽修《與韓忠獻王（皇祐四年）》：「承賜恤問，敢此勉述，其諸
孤苦，不能具道。秋序已冷，伏冀順時爲國自重，哀誠所望。」《太平廣記》
卷三百二十八《劉門奴》：「門奴曰：『今皇帝在此，汝何敢庭中擾擾乎？』對
曰：『此是我故宅，今既在天子宮中，動出頗見拘限，甚不樂。乞改葬我於高
敞美地，誠所望也。慎無奪我玉魚。』《資治通鑑・開元七年》：「上悦曰：『朕
每欲正身率下，況于妻子，何敢私之！然此乃人所難言，卿能固守典禮，以
成朕美，垂法將來，誠所望也。」

90・伯 3591《試太常寺協律郎韓恚狀》：「法德前後經過軍鎮，獲詣貴房，
　　上下數人，莫不叨撓。」（第五輯，頁 41/5～6）

　　按：「叨撓」當讀作叨擾，打擾、麻煩也，多用作客套話。如《二刻拍案驚
奇》卷四：「我們只是叨擾，再無回答，也覺面皮忒厚了。」《式古堂書畫彙考》
卷二十四文肇札《文開雲與凡夫札》：「昨又叨擾，不負佳期。」

91・伯 4640《陰處士碑稿》：「齊經九合，繪弁法於星聚；漢約三章，鬒髻明
　　于箴管。」（第五輯，頁 69/10～11）

　　按：「法」字異文作潔，與「明」相對，是。「繪」當讀作璯。「璯弁」指古
代官員的一種帽子，冠縫飾玉，亦代稱百官。如《南齊書・王融傳》：「百神肅
驚，萬國俱僚，璯弁星離，玉帛雲聚。」《隋書・禮儀志七》：「《詩》云：『璯弁
如星。』」

〔註 5〕譯者佚名。

92・伯 4640《陰處士碑稿》：「徵修部落，亞押褊裨。」（第五輯，頁 75/77）

按：「褊裨」當讀作偏裨，偏將、裨將也，將佐的通稱。如《後漢書・王常傳》：「久之，與王鳳、王匡等起兵雲杜綠林中，聚眾數萬人，以常爲偏裨，攻傍縣。」

93・伯 4640《李明振氏再修功德記》：「於是乃慕秦晉，遂申伉儷之儀；將奉承祧，世乍潘陽之美；公其時也。」（第五輯，頁 80/14～15）

按：「陽」當讀作楊。「潘楊」出自《文選・潘岳〈楊仲武誄〉》：「既藉三葉世親之恩，而子之姑，余之伉儷焉……潘楊之穆，有自來矣，矧乃今日慎終如始。」呂延濟注：「謂岳父與仲武祖舊相知好，況今日我與仲武順祖父之好如始也。」後因以爲典，代指姻親交好關係。如《太平廣記》卷四百五十五《張直方》：「今夕何夕，獲遘良人，潘楊之睦可遵，鳳凰之兆斯在，未知雅抱何如耳。」

94・伯 4640《沙州釋門索法律窟銘》：「即及元昆蹈光，門傳善則，急難存于兄弟；語實親仁，信重成于朋友。」（第五輯，頁 94/45～46）

按：「蹈」當讀作韜，韜光，比喻隱藏聲名才華。如《晉書・慕容雲載記》：「盛則孝友冥符，文武不墜，韜光而夷讎賊，罪己而遜高危，翩翩然濁世之佳虜矣。」

95・伯 4660《金光明寺故索法律邈真讚並序》：「鉅鑪律公，貴門子也，丹之遠派。親恨則百從無踈，撫定敦煌，宗盟則一族無異。」（第五輯，頁 108/3～5）

按：「之」當讀爲墀。如伯 3718 後唐《鉅鹿律公寫真讚並序》異文即作「丹墀遠派」（第五輯，頁 280/1～2）。「丹墀」本指宮殿的赤色台階或赤色地面。如〔漢〕張衡《西京賦》：「右平左墄，青瑣丹墀。」《晉書・束皙傳》：「若乃士以援登，進必待求，附勢之黨橫擢，則林藪之彥不抽，丹墀步紈袴之童，東野遺白顛之叟。」此處引申指高貴的血統。

96・伯 4660 唐《河西節度押衙兼侍御史鉅鹿索公邈真讚》：「輒申狂讚，歟訟美焉。」（第五輯，頁 127/9）

按：「歟」當讀作輿。「輿訟」即輿論也。如《宋書・徐羨之傳》：「是以遠酌民心，近聽輿訟，雖欲討亂，慮或難圖，故忍戚含哀，懷恥累載。」《文苑英

華》卷五百二十三張寂《對萊田不應稅判》:「州縣以政刑不用,興訟是招;使司以公職務平,天心必稱。」

97‧伯 4660 大唐《沙州譯經三藏大德吳和尙邈眞讚》:「黃金百溢,馹使親馳。空王志理,浩然卓奇。」(第五輯,頁 136/8)

按:「志理」讀作至理,最精深的道理也。如《三國志‧魏書‧鮑勳傳》:「況獵,暴華蓋于原野,傷生育之至理,櫛風沐雨,不以時隙哉?」《敦煌願文集‧嘆佛文》:「若夫神妙無方,非籌算之能測;至理凝邈,豈繩準之所知?」(頁 434)

98‧斯 530《索法律和尙義窆窟銘》:「競寸陰以滂籠,爇三明於闇室。」(第五輯,頁 155/36)

伯 3931《印度普化大師遊五臺山日記和迴鶻上後梁表等》:「況大師不憚勞苦,諸國巡遊,導引迷徒,滂籠有識拜。」(第五輯,頁 348/312～313)

按:「滂籠」當讀作牢籠也,關禽獸的籠檻。比喻束縛人的事物。如《晉書‧乞伏熾磐載記》:「熾磐叱吒風雲,見機而動,牢籠儁傑,決勝多奇,故能命將掩澆河之酋,臨戎襲樂都之地,不盈數載,遂隆偽業。」《陳書‧蔡景曆傳》:「懷忠抱義,感恩徇己,誠斷黃金,精貫白日,海內雄賢,牢籠斯備。」

99‧伯 3556 後周《應管內釋門僧正賈清和尙邈影讚並序》:「志性天假而環偉,興菫神資而焯絕。」(第五輯,頁 172/7～8)

按:「焯絕」當讀作卓絕,超過一切、無與倫比也。如《三國志‧魏書‧管甯傳附王烈》:「甯清高恬泊,擬跡前軌,德行卓絕,海內無偶。」《晉書‧孫楚傳》:「楚才藻卓絕,爽邁不羣,多所陵傲,缺鄉曲之譽。」又作「踔絕」。如《漢書‧孔光傳》:「尙書以久次轉遷,非有踔絕之能,不相踰越。」

100‧伯 3720 後唐清泰六年(公元九三九年)《河西都僧統海晏墓誌銘並序》:「弱冠之初,道偓生融之跡,業資惠海,德重華山。」(第五輯,頁 185/5～6)

伯 3718 後唐《河西釋門故僧政范和尙海印寫眞讚並序》:「戒圓朗月,鵝珠未比於才公。德偓法蘭,遺教溥霑於有識。」(第五輯,頁 254/10～255/11)

伯 3718《敦煌程和尙政信邈真讚並序》：「談經海決，德偃坐睿之公。解釋論端，辯答世親之美。」（第五輯，頁 276/10～11）

按：「偃」讀作亞，匹敵、相當也。如伯 4638《曹夫人讚》：「操越秋婦，德亞恭姜。謀孫育子，訓習忠良。」（第五輯，頁 216/23）《宋書・武帝紀中》：「張子房道亞黃中，照隣殆庶，風雲玄感，蔚爲帝師，大拯橫流，夷項定漢，固以參軌伊、望，冠德如仁。」《梁書・敬帝紀》：「高祖固天攸縱，聰明稽古，道亞生知，學爲博物，允文允武，多藝多才。」

101・伯 3720 後唐清泰六年（公元九三九年）《河西都僧統海晏墓誌銘並序》：「余奉旨命，不敢固辭，枉簡匪然，聊申矩頌。」（第五輯，頁 186/15～16）

伯 3718 後唐《河西節度押衙知應管內外都牢城使張公良眞生前寫真讚並序》：「俊以恭爲宗派，元睽槐市之音，枉簡美然，聊表瑣陋之頌。」（第五輯，頁 258/24～25）

伯 3718 後唐《河西釋門正僧政馬和尙靈佺邈真讚並序》：「俊乃久蒙師訓，無懷答教誨之恩，枉簡美然，聊題讚頌：間生仁傑，懿德自天。」（第五輯，頁 267/20～22）

伯 3792 後晉《河西敦煌郡和尙邈真讚並序》：「枉間數行遺上昏，永古千秋記標題。」（第五輯，頁 296/35）

按：「枉簡」、「枉間」均當讀作狂簡，志向高遠而處事疏闊也。如《論語・公冶長》：「吾黨之小子狂簡，斐然成章，不知所以裁之。」朱熹集注：「狂簡，志大而略於事也。」《大正藏》No.2051〔唐〕彥琮撰《唐護法沙門法琳別傳》卷一：「弟子狄道李懷琳，與琮上人，志協金蘭，義符膠漆，雖緇素有隔，而嗅味頗同，爰因頂謁，遇觀寶聚，輒申狂簡，爲之序引云爾。」又卷三：「據此而言，足明虛謬，故知代代穿鑿狂簡寔繁，人人妄造斐然盈貫。」

另，伯 3720 後唐清泰六年（公元九三九年）《河西都僧統海晏墓誌銘並序》中「匪然」當讀作斐然也。如《隋書・文學傳・序》：「周氏吞併梁、荊，此風扇於關右，狂簡斐然成俗，流宕忘反，無所取裁。」

102・伯 3720《張淮深造窟記》：「加以河西異族校雜，羌龍、嗢末、退渾數十

萬眾，馳城奉質，願効軍鋒。」（第五輯，頁189/11～12）

按：「質」讀作贄。「奉贄」即進獻見面禮品，謂拜見也。如《三國志・吳書・朱治傳》：「權歷位上將，及為吳王，治每進見，權常親迎，執版交拜，饗宴贈賜，恩敬特隆，至從行吏，皆得奉贄私覿，其見異如此。」《大正藏》No.2088〔唐〕道宣撰《釋迦方志》卷一：「故使青丘丹穴之候，並入堤封，龍砂雁塞之區，聿遵聲教，英髦稽首，顯朝宗之羽儀，輸睞奉贄，表懷柔之盛德。」

103・伯4638《張厶乙敬圖觀世菩薩並侍從壹鋪》：「其像乃千花百葉，德相熙怡，滿月資容，蟄神光而布世，八部嚇（赫）弈，護國安民，刁斗絕音，永無征戰。」（第五輯，頁214/6～7）

按：「資」讀作姿。「姿容」即外貌、儀容。如《晉書・王導傳附子劭》：「劭美姿容，有風操，雖家人近習，未嘗見其墜替之容。」

104・伯2641《莫高窟再修功德記》：「其窟乃彫彣剅漏，綺飾分明，云云。」（第五輯，頁233/15）

按：「彣」當讀作文。「彫文」即飾以彩繪、花紋。「剅漏」當讀作刻鏤，雕刻也。如《魏書・西域傳・罽賓國》：「其人工巧，雕文、刻鏤、織罽。」《周書・武帝紀下》：「其雕文刻鏤，錦繡纂組，一皆禁斷。」又《顏之儀傳附樂運》：「請興造之制，務從卑儉。雕文刻鏤，一切勿營。」

105・伯3490背《於當居創造佛刹功德記》：「故得志謀廣博（按：此句當羨一字），能懷辨捷之功；得眾寬弘，乃獲怡和之性。」（第五輯，頁236/8～9）

按：「辨捷」讀作辯捷，能言善辯、才思敏捷也。如伯如3100唐景福二年（公元八九三年）《徒眾供英等請律師善才充寺主狀及都僧統悟真判辭》：「右件僧精心練行，辯捷臨機，每事有儀，時人稱嘆，一期僉舉，必賴斯人，理務之間，莫過此者。伏望都僧統和尙仁明照察，乞垂僉昇處分。」（第四輯，頁46/3～8）《三國志・蜀志・楊戲傳》「張表有威儀風觀」裴松之注引〔晉〕常璩《華陽國志》：「（李密）博覽，多所通涉，機警辯捷。」《大正藏》No.26〔東晉〕瞿曇僧伽提婆譯《中阿含經》卷四十八：「尊者大迦旃延答曰：尊者舍梨子，猶二比丘法師共論甚深阿毘曇，彼所問事，善解悉知，答亦無礙，說法辯捷，尊者舍梨子，如是比丘起發牛角娑羅林。」

106・伯3490背《修佛刹功德記》：「所以奉上僉薦，主將邊方，星環五年，士無蘊色。」（第五輯，頁238/10～11）

　　按：「蘊」當讀作慍，含怒、怨恨也。如伯3718後唐《故歸義軍節度押衙曹盈達寫真讚並序》：「處於平懷貴侶，常搶伯桃之謀；誨順家庭，不慍尊卑之色。」（第五輯，頁262/11）「慍色」即怨怒的神色。〔漢〕司馬遷《報任少卿書》：「草創未就，會遭此禍，惜其不成，是以就極刑，而無慍色。」《大正藏》No.1736〔唐〕澄觀撰《大方廣佛華嚴經隨疏演義鈔》卷八十二：「時有一人非理相忤，後有僕使所為非理，於此二人並無慍色。」《敦煌願文集・亡考妣文範本等》：「奴在務克勤，在身恭謹；勞無慍色，苦無恨聲。」（頁241）

107・伯3718後唐《河西釋門正僧統馬和尚靈佺邈真讚並序》：「況和尚齠年慕道，情佉有為之風；弱冠之初，秘戀一妙之境。」（第五輯，頁266/5～6）

　　按：「佉」義不妥，疑讀作驅。「驅」有追隨、追逐之義。如《文選・嵇康・琴賦》：「雙美並進，駢馳翼驅。」李善注：「《蒼頡篇》曰：隨後曰驅。」〔宋〕樂史《太平寰宇記・四夷二十・匈奴下》：「韓見郅支之誅，且喜且懼，鄉風驅義，稽首來賓，立千載之功，建萬世之安，羣臣之勳莫大焉。」

108・伯3718後梁《故管內釋門僧政張和尚喜首寫真讚並序》：「舌動花飛，言行中讜。」（第五輯，頁270/22）

　　按：「中讜」當讀作忠讜，忠誠正直也。如《三國志・蜀書・彭羕傳》：「若明府能招致此人，必有忠讜落落之譽，豐功厚利，建跡立勳，然後紀功於王府，飛聲于來世，不亦美哉！」《晉書・郭璞傳》：「是以古之令主開納忠讜，以弼其違；摽顯切直，用攻其失。」

109・伯3718《敦煌縣令張清通寫真讚並序》：「白鳥俄集，翔及青亶。」（第五輯，頁272/28）

　　按：「亶」讀作壇。「青壇」即帝王春日郊祭用的土臺。如《宋書・孝武帝紀》：「冬十月丁酉，詔曰：『古者薦鞠青壇，聿祈多慶，分繭玄郊，以供純服。來歲，可使六宮妃嬪修親桑之禮。』」《隋書・音樂志下》：「農祥晨晰，土膏初

起。春原俶載，青壇致祀。」

110・伯 3718 後唐《河西歸義軍左馬步都虞候梁幸德邈真讚並序》：「一自製
　　鎋，內外唱太平之聲；民無告勞，圄圄息奸斜之響。」（第五輯，頁 279/13）

　　伯 3718 後唐《河西歸義軍左馬步都虞候梁幸德邈真讚並序》：「恩詔西陲
　　而准奏，面遷左散騎常侍兼使臣七十餘人，意着珠珍，不可籌度，一行匡
　　泰，逍遙往還，迴程屬此鬼方，忽值奸邪之略。」（第五輯，頁 279/15～
　　18）

　　按：「奸斜」讀作姦邪，奸詐邪惡也。如〔宋〕蘇軾《司馬溫公神道碑》：
「至於姦邪小人，雖惡其害己仇而疾之者，莫不歛袵變色，咨嗟太息或至於
流涕也。」《大正藏》No.1998A〔宋〕大慧宗杲語、雪峰蘊聞編《大慧普覺
禪師語錄》卷二十四：「心術不正，則姦邪唯利是趨；心術正，則忠義唯理是
從。」

111・伯 3718 後晉《故歸義軍都頭守常樂縣令薛善通邈真讚並序》：「孤妻號叫
　　於穹蒼，雉女悲啼於枳地。」（第五輯，頁 286/20～21）

　　伯 3718 後晉《故歸義軍都頭守常樂縣令薛善通邈真讚並序》：「瓔兒號叫，
　　雉女搥兇。圖形寫影，万載留蹤。」（第五輯，頁 286/29）

　　按：「雉」當讀作稚。「稚女」即幼女、少女也。如《太平廣記》卷四百五
十五《張直方》：「小君以鍾愛稚女，將及笄年，常託媒妁，爲求佳對久矣。」
《大正藏》No.2087〔唐〕玄奘述、辯機撰文《大唐西域記・磔迦國》：「當據北
方有小國土，幼日王承慈母之命，愍失國之君，娉以稚女待以殊禮，總其遺兵
更加衛從，未出海島。」

112・伯 3718 後晉《故歸義軍節度押衙知敦煌郡務李潤晟邈真讚並序》：「三端
　　別秀，六藝俱詮。」（第五輯，頁 289/36）

　　伯 3541《歸義軍釋門僧正賜紫沙門張善才邈真讚並序》：「三乘通達，八
　　藏俱詮。」（第五輯，頁 293/30）

　　按：「詮」當讀作全。「俱全」即俱備也。如斯 5448《渾子盈邈真讚並序》：
「間生傑俊，國下英賢。三端出眾，六藝俱全。」（第五輯，頁 299/28～29）《大
正藏》No.1992〔宋〕善昭撰、楚圓編《汾陽無德禪師語錄》卷三：「天地之間，

宇宙之際，不逐四時，寧同三世，爲魚則滄波之外，作木乃白蓮宮裏，頭尾俱全，鱗角皆備。」《敦煌願文集・嘆佛文》：「惟某公乃英靈獨秀，六藝俱全；文波（及）子建之蹤，武亞啼猿之妙。」（頁 434）

又，伯 3718 後唐《河西節度右馬步都押衙閻子悅寫真讚並序》：「一從受位，無儻無偏。三端曉備，六藝俱懸。」（第五輯，頁 261/41）「懸」亦讀作全。

113・伯 3792 後晉《河西敦煌郡和尚邈真讚並序》：「乃命丹青而仿佛，懇盼生儀寫真刑。」（第五輯，頁 296/33）

按：「刑」讀作形。「真形」即本來的形象、眞實的形體或形象。如《隋書・高祖紀下》：「所以雕鑄靈相，圖寫眞形，率土瞻仰，用申誠敬。」〔宋〕王溥《唐會要・功臣》：「敕旨：『宜令御史臺散牒諸州，尋訪子孫，圖寫眞形進送。』」

114・斯 1438 吐蕃佔領時期《沙州守官某請求出家狀等稿四十多件》：「夜色不分，深淺莫測，平人芒怕，各自潛藏。」（第五輯，頁 319/74～75）

按：「芒」讀作恾。恾，惊惶失措也。《廣韻・唐韻》：「恾，怖也。」《字彙・心部》：「恾，失據貌。」如《大正藏》No.377〔唐〕若那跋陀羅譯《大般涅槃經後分》卷一：「爾時阿難聞佛語已，身心戰動情識恾然。」No.1451〔唐〕義淨譯《根本說一切有部毘奈耶雜事》卷二十七：「是時王子以如是等悲苦言辭，白其母已即便辭去往半遮羅將至彼國，苦於飢渴遂往路邊樹下停息，四顧恾然偃臥而睡。」此處「恾怕」爲同義復詞也。如《大正藏》No.901〔唐〕阿地瞿多譯《陀羅尼集經》卷七：「是一法印，可用降伏一切天魔及諸外道，一切大力鬼神見者，皆生恾怕，一時散滅，亦可療治一切鬼神病者大驗。」

又，斯 1438 吐蕃佔領時期《沙州守官某請求出家狀等稿四十多件》：「復百姓收刈之時，盡在城外。城中縱有所由，忙怕藏避。」（第五輯，頁 320/93～94）「忙怕」亦讀作恾怕。

115・斯 1438 吐蕃佔領時期《沙州守官某請求出家狀等稿四十多件》：「季夏毒熱，惟嫂動靜交祐。」（第五輯，頁 324/153～154）

按：「靜」讀作止也。「動止」指起居作息，謂日常生活，多用作書信中的問候語。如伯 3502 大中六年～十九年（公元八五二～八六五年）《氾文信等狀

四件》：「五月重夏成熟（盛熱），伏惟大郎等，動止萬福。」（第五輯，頁 310/5）
《大正藏》No.1998A〔宋〕大慧宗杲禪師語、雪峰蘊聞編《大慧普覺禪師語錄》
卷二十七：「恭惟。燕居阿練若，與彼上人同會一處，娛戲毘盧藏海，隨宜作佛
事，少病少惱，鈞候動止萬福。」

116・伯 2945《權知歸義軍節度兵馬留後使某某書狀稿九件》：「況以龍沙孤
　　　戍，以其河朔陸疆積囤使人往來，願於一家之好，既許義同膠膝，〔荷〕
　　　負上山千載而一朝　紹緒恩深望捐（？）私百生（？）而榮昇萬固。」
　　　（第五輯，頁 328/52～53）

　　按：「膠膝」讀作膠漆，比喻情誼極深，親密無間。如〔漢〕鄒陽《獄中
上書》：「感於心，合於意，堅如膠漆，昆弟不能離，豈惑於衆口哉！」《大正
藏》No.2122〔唐〕道世撰《法苑珠林》卷九十一：「又同霜露，我人轉盛，
著逾膠漆，不懼累劫之殃，但憂一身之命，所以飽食長眠。

117・伯 3931《書啓公文——印度普化大師遊五臺山日記和迴鶻上後梁表
　　　等》：「請閱梵文，便知懜昧。願爲壇越，勿見恓遲。」（第五輯，頁 333/16）

　　按：「懜昧」當讀作冥昧，蒙昧也。如《晉書・皇甫謐傳・摯虞》：「往者倏
忽而不逮兮，來者冥昧而未著。」《大正藏》No.2122〔唐〕道世撰《法苑珠林》
卷九十五：「凡有含靈，並皆祇響，致使神爽冥昧，識慮昏茫。」No.2076〔宋〕
道原撰《景德傳燈錄》卷四：「師曰：『有此不可有，尋此不可尋。無簡即眞擇，
得闇出明心。慮者心冥昧，存心託功行。何論智障難，至佛方爲病。』」又卷二
十五：「顯明則海印光澄，冥昧則情迷自惑。」

118・伯 4092《新集雜別紙》：「六月伏以時溽暑，雨號濯拔，庭槐未浪於熱風，
　　　澤爪方宜於淥水。」（第五輯，頁 402/27）

　　按：「濯拔」當讀作擢拔，拔取也。如《淮南子・俶眞訓》：「今萬物之來，
擢拔吾性，擽取吾情，有若泉源，雖欲勿稟，其可得邪。」

119・伯 4092《新集雜別紙》：「伏以尙書道冠品流，名光贊紱。」（第五輯，頁
　　　403/32）

　　按：「贊」讀作簪。「簪紱」，即冠簪和纓帶，古代官員服飾，亦用以喻顯
貴、仕宦。如《梁書・謝朓傳》：「昔居朝列，素無宦情，賓客簡通，公卿罕

預，簪紱未褪，而風塵擺落。」《大正藏》No.2103〔唐〕道宣撰《廣弘明集・僧行篇》：「剔髮同於毀傷，擁錫異乎簪紱；出家非色養之境，離塵豈策名之地。」

120・伯 4092《新集雜別紙》：「伏以玉炳北指，金翼南飛，陳儀獻宗廟之羊，表瑞集文昌之雀。」（第五輯，頁 403/41～42）

按：「炳」讀作柄。「玉柄」泛指器物精美的把柄。如《梁書・高祖三王傳・南康王績傳附子乂理》：「至京師，以魏降人元貞立節忠正，可以托孤，乃以玉柄扇贈之。」《大正藏》No.2060〔唐〕道宣撰《續高僧傳・義解篇三・釋法朗》：「東朝於長春殿義，集副君親搖玉柄，述朗所豎諸師假名義，以此榮稱，豈惟釋氏宗匠，抑亦天人儀。」

121・伯 4092《新集雜別紙》：「伏以司空才術蹤橫，器能深偉，而自顯逢休運，卓立明時，果倅名藩，盡彰懿績。」（第五輯，頁 417/122～123）

按：「蹤橫」當讀作縱橫。如〔宋〕蘇轍《謝改著作佐郎啟》：「伏以方今聖人在上，多士盈廷，挾策讀書，皆道德宏深之士；涖官從政，並才術縱橫之人。」《敦煌願文集・兒郎偉》：「況緣敦煌勝境，四鄰戎醜縱橫，三五年間作賊，令公親自權兵，一討七州猒伏，從茲賊〔寇〕平寧。」（頁 943）

122・伯 4092《新集雜別紙》：「況襄國名都，刑臺重鎮，是聖上隱潛之地，□親豎□□□□□撲英髦，孰當倚賴，雖雕陰土鹿，不及劉寵之錢；而彰浦生民，即受玉沉之穀。」（第五輯，頁 418/129～419/131）

按：「彰」讀作漳。「漳浦」即漳水之濱也。如敦煌博物館收藏天寶年間《地志殘卷》：「漳浦。」（第一輯，頁 67/158）《舊唐書・竇建德傳》：「德紹曰：『今海內無主，英雄競逐，大王以布衣而起漳浦，隋郡縣官人莫不爭歸附者，以大王仗順而動，義安天下也……』」

123・伯 4092《新集雜別紙》：「洺州判　判官誶事，榮佐英賢。」（第五輯，頁 420/137）

按：「誶」當讀作倅，輔佐也。如伯 2704 後唐長興四至五年（公元九三三～九三四年）《曹議金迴向疏四件》：「夫人陳歡，永闡高風之訓；司空助治，紹倅職於龍沙。」（第三輯，頁 84/（一）11～12）〔唐〕白居易《李彤授檢校工部

郎中充鄭滑節度副使王源中授檢校刑部員外郎充觀察判官各兼侍御史賜緋紫制》：「一可以倅戎事，一可以佐輶車。」〔宋〕宋祁《文正王公墓誌銘》：「初契丹侵邊，濟爲寰服最近，早符晏檄，悉索賦佐軍興。公由倅事，疏一二便宜，數奏蒙可，衆器其能。」

124・伯 4092《新集雜別紙》：「去歲專令舍弟就彼憮寧，嫁得百姓王溫，見在貴府居住，更無骨肉，只有一身。」（第五輯，頁 430/205～206）

　　按：「憮寧」讀作撫寧，安撫平定也。如《大正藏》No.2053〔唐〕彥悰述《大唐大慈恩寺三藏法師傳》卷九：「皇帝皇后，挹神叡之姿，懷天地之德，撫寧區夏，子育群生。」No.2061〔宋〕贊寧撰《宋高僧傳・護法五・法明》：「朕以匪躬，忝承丕業，雖撫寧多失，而平恕實專，矧夫三聖重光玄元統序，豈忘老教偏意釋宗。

第三節　本義自通，不必通讀

　　「當通而不通」固然會影響對文意的理解，但過於拘泥於通讀亦會造成新的誤區，如文意本可自通不必通讀，而《釋錄》卻強說之。

1・伯 2691《沙州城土鏡》：「和尙神狀善性，天假長才，孔父之宅內縣（懸）頭，高風之前門刺股。」（第一輯，頁 44/30～31）

　　伯 2511《諸道山河地名要略殘卷》：「此有鐘乳穴，其深不測，即（仰）望穴中，乳如縣（懸）穗之也。」（第一輯，頁 75/170～171）

　　按：「縣」有懸掛、懸系義，不必通讀。《說文・航部》：「縣，繫也。」朱珔假借義證：「此即懸掛本字也。」《詩・魏風・伐檀》：「不狩不獵，胡瞻爾庭有縣貆兮？」《史記・韓長孺列傳》：「聶翁壹乃還，詐斬死罪囚，縣其頭馬邑城，示單于使者爲信。」

2・斯 5693《瓜州兩郡大事記并序殘卷》：「若有事件記憶不得者，不用問訊老人，但仰開讀此書，便知一一子（仔）細也。」（第一輯，頁 79/11～12）

　　按：「子」不煩通作仔。「子細」即詳情、底細也。如《大詞典》該義項首例引〔宋〕歐陽修《論討蠻賊任人不一箚子》：「臣曾謫官荊楚，備知土丁子

細。」而「仔細」該義項《大詞典》首例引《京本通俗小說・碾玉觀音》〔註6〕：「郭立道：『也不知他仔細。只見他在那裏住地，依舊掛招牌做生活。』」晚於「子細」。

3・斯 6537 3V～5V《立社條件（樣式）》：「若有東西出使遠近（行），一般去送來迎，各自惣有上件事段，今己標題，輕重之間，大家斯酌（配）。」（第一輯，頁 282/30～32）

按：「近」可通，不必讀作行。此句《敦煌社邑文書輯校》錄作「若有東西出使，遠近一般，去送來迎，各自惣有。上件事段，今己標題，輕重之間，大家斯酌（酌）。」可參。「遠近一般」是說遠近例同也。

4・斯 6537 7V～8V《立社條件（樣式）》：「立條與件，山何（河）罰（爲）誓，中不相違。」（第一輯，頁 284/5）

按：「罰」不煩改作爲。「罰誓」猶發誓。如《初刻拍案驚奇》卷十七：「知觀罰誓道：『若負了大娘此情，死後不得棺殮。』」《二刻拍案驚奇》卷十一：「私下擺個酒盒，要滿官人對天罰誓。」

5・伯 4040 背金山國時期《修文坊巷社再緝上祖蘭若，標畫兩廊大聖功德讚并存》：「厥有修文坊巷社燉煌耆壽王忠信、都勾當伎（技）術院學郎李文進知社衆等計卌捌人，抽減各己之財，造斯功德。」（第一輯，頁 385/12～17）

按：「伎」不必讀作技。「伎」可指各種技藝。如《南齊書・垣榮祖傳》：「榮祖曰：『昔曹操、曹丕上馬橫槊，下馬談論，此於天下可不負飲食矣。君輩無自全之伎，何異犬羊乎！』」「伎術」指技藝方術。如《大正藏》No.1634〔北涼〕道泰譯《入大乘論》卷二：「是以菩薩雖形服在俗，應得禮敬，猶如如來，爲化衆生，作若干種形，亦如化弗迦沙王，作老比丘形，作瓦師形，作力士形，作琴瑟伎術師形，亦現種種在家人形。」No.310〔唐〕菩提流志等譯《大寶積經》卷八十一：「微妙清淨等諸天，各各善解諸伎術。」

6・敦煌文物研究所藏庚戌年（公元九五〇）十二月八日《夜□□□社人遍窟

〔註 6〕《京本通俗小說》，南宋話本小說。

燃燈分配窟龕名數》：「右件社人依其所配，好生精心注救（旁注：灸），不得懈怠觸穢，如有闕然及穢不盡（淨）者，匠人罰布一疋，充爲工廨匠下之人，痛決尻杖十五，的無容免。」（第一輯，頁 393/14～16）

按：「盡」有止、終之義，字可通，不必讀作淨。「穢不盡」意思是說污穢無盡也。

7・伯 3441 背《康富子雇工契（樣式）》：「所有籠具什物等，一仰受雇人收什（拾），若是放畜牧，畔上失却，狼咬熬，一仰售雇人祇當充替。」（第二輯，頁 66/3～5）

按：「什」不必讀作拾。「收什」即整理、拾掇也。如伯 2814 後唐天成三年戊子年（公元九二八年）二月《都頭知懸泉鎮遏使安進通狀七件》：「兩鎮收什人口、群牧，警備提防訖。」（第四輯，頁 495/11～12）伯 2482《常樂副使田員宗啓》：「當便城下告報，收什官馬群及畜牧人口入城。」（第四輯，頁 501/3）〔唐〕元稹《唐故檢校工部員外郎杜君墓系銘並序》：「嗣子曰宗武，病不克葬，歿，命其子嗣業。嗣業以家貧無以給喪，收什乞匄，焦勞晝夜，去子美歿後餘四十年，然後卒先人之志，亦足爲難矣。」《大詞典》「收什」該義項引例爲《明成化說唱詞話叢刊・鶯哥孝義傳》：「哭罷起來忙收什，般娘骨殖共高飛。」較晚。

8・斯 4884 辛未年（公元九七一或九一一年）《梁保德取斜褐契》：「兩共對坐，商宜（議）已定，恐人無憑，用爲後驗。」（第二輯，頁 129/5～6）

按：「商宜」無需從商議解。「宜」不煩讀作議。「商宜」即商量如何適當處理的意思。《敦煌變文字義通釋》：「『商宜』爲一個詞兒……即商量處事之所宜。」如《敦煌變文校注・頻婆娑羅王后宮彩女功德意供養塔生天因緣變》：「即朝大臣眷屬，隱（穩）便商宜，中內有一智臣，出來白王一計……」（頁 1082）

9・斯 1776 後周顯德五年（公元九五八年）《某寺法律尼戒性等交割常住什物等點檢曆狀》：「漆籌箭（筒）壹。」（第三輯，頁 22/（一）7～8）

按：「箭」有竹筒義，不必通讀。如《韓非子・說疑》：「御觴不能飲者，以箭灌其口。」《大正藏》No.209〔南朝齊〕求那毗地譯《百喻經・飲木箭水喻》：「昔有一人，行來渴乏，見木箭中有清淨流水，就而飲之。飲水已足，即便舉

手語木筒言：『我已飲竟，水莫復來。』」No.2035〔宋〕志磐撰《佛祖統紀》卷四十：「有拾得者，因豐干禪師，於赤城路側得之，可十歲，委問無家，付庫院養之，三年令知食堂，常收菜滓於竹筒，寒山若來即負而去。

10・伯3587 年代不明〔公元十世紀〕《某寺常住什物交割點檢曆》：「火珠同（銅）鈴壹。」（第三輯，頁46/2）

按：「同」可用同「銅」，不必通讀。如〔宋〕俞文豹《吹劍錄》卷四：「先是牙稅外每千收勘同錢十文，後又增三錢，並入總制。」

11・伯2837 背《辰年支剛剛等施入疏十四件》：「右弟子所施意者，一為亡過（故）慈母，願得神生淨土；二為見存慈父，今患兩目，寢饍不安，日夜酸痛，無計醫療。」（第三輯，頁63/（十三）2～4）

按：「過」不必讀作故。「過」可作婉詞，去世之義。如〔三國魏〕曹植《贈白馬王彪》：「存者忽復過，亡歿身自衰。」黃節注：「忽復過，謂須臾亦與任城（王）同一往耳。」《晉書・符登載記》：「（姚萇）於軍中立堅神主，請曰：『往年新平之禍，非萇之罪……陛下雖過世為神，豈假手於符登而圖臣？』」

「亡過」即過世也，同義復詞。敦煌文書中用例甚多。如伯2982 後周顯德四年（公元九五七年）九月《梁國夫人潯陽翟氏結壇供僧捨施迴向疏》：「次願亡過尊考，早遊極樂之宮；見在枝羅，長臨福祿之慶。」（第三輯，頁96/5～7）斯86 宋淳化二年（公元九九一年）四月廿八日《迴施疏》：「右件所修，終七已後，並將奉為亡過三娘子資福，超□幽冥，速得往生兜率內院，得聞妙法，不退信心，瞻禮毫光，消除罪障，普及法界，一切含靈，同共霑拎勝因，齊登福智樂果，謹疏。」（第三輯，頁105/16～20）伯2641《莫高窟再修功德記》：「亡過宗祖，遨遊切利之天；現在親因，恆壽康強之慶。」（第五輯，頁234/18～235/19）伯3490 背《於當居創造佛剎功德記》：「亡過二親幽識承斯生淨土連宮；己躬及見在宗親得壽，年長命遠。」（第五輯，頁237/23～25）伯3490 背《供養人題記三件》：「先奉為龍天八部護佐郡人；使主尚書，永押邊府；次為亡過娉妣，識坐蓮臺；己躬合家，無諸災障。」（第五輯，頁241/6～8）

12・伯3352（11）丙午年（公元八八六或九四六年）《三界寺提司法松諸色入破曆抋會牒殘卷》：「……法松手下應入常住梁課、磑課及諸家散施、兼承前帳迴殘、及今帳新附所得麥粟油麵黃麻夫查（麩渣）豆布氎等，總肆伯

貳拾六石四斗六升九合。」（第三輯，頁 333/3～6）

　　按：「查」不必讀作渣。《大詞典》「查」之渣滓義，首例引〔宋〕蔡襄《荔枝譜》第二：「若夫厚皮尖刺，肌理黃色，附核而赤，食之有查，食已而澁，雖無酢味，自亦下等矣。」而「渣」之渣滓義首例爲章炳麟《新方言·釋器》：「今人謂糟滓爲苴作，側加反，俗字作渣，乃沮之形變也。」又《漢語大字典》「渣」之義項二爲「物體經過提煉或使用後的殘餘部分」，首例引《南齊書·張融傳》：「若木於是乎倒覆，折扶桑而爲渣。」次例爲《西遊記》第一回，並引《正字通》中的解釋。核之《南齊書·張融傳》，此例中「渣」當作「碎屑」解。《西遊記》、《正字通》均爲明時作品，即「渣」之渣滓義有例可考首先出現於明代。綜上所述，作爲渣滓之義，「查」早於「渣」，因此不煩通讀。

13・伯 4092《新集雜別紙》：「某卑以庸虛，久塵（承）恩藉，慰抃之懇，賤翰爰寵。」（第五輯，頁 407/62～63）

　　按：「塵」不必讀作承。「塵」謂蒙受，表謙。如〔宋〕歐陽修《乞洪州箚子》：「伏念臣本以庸愚，叨塵恩寵，一入禁署，迨今三年。進無補於朝廷，退自迫於衰病。」〔宋〕李昭圮《代賀方回謝舉換文》：「誤塵恩命，特易班資，度德無堪，撫心增懼。」〔金〕趙秉文《樞密左丞授平章政事表》：「如臣者，斗筲小器，樗櫟散材，偶塵科第之微，遂忝縉紳之列。」

　　又如伯 3620《諷諫今上破鮮于叔明、令孤峘等請試僧尼及不許交易書並批答》：「塵黷聖聽，抵觸天威，萬死、萬死。」（第四輯，頁 314/4～5）伯 2814 後唐天成三年戊子年（公元九二八年）二月《都頭知懸泉鎮過使安進通狀七件》：「前件微尠，謹充獻賀之禮，塵瀆威嚴，伏增戰懼。」（第四輯，頁 496/（四）5～7）伯 3449、伯 3864《書儀小冊子》：「右件物，雖非珍異，粗表土宜。不避塵瀆，輒敢持送。」（第五輯，頁 368/（一）197～198）「塵黷」、「塵瀆」猶玷污，塵亦爲自謙之詞。

第四節　小　結

　　目前，學術界尚沒有一部系統研究敦煌文獻中通假字的專門著作。從對《釋錄》所收敦煌文獻通讀現象的研究可以看出，與一般文獻中的通假字相比較，敦煌文獻中的通假字具有其自身的特點：

　　一、同一般的通假字和本字一樣，敦煌文獻中的通假字和本字在語音上應該是聲韻相同或相近的。但是敦煌文獻尤其是「敦煌俗文學、俗文書的通假字，其物質基礎是唐至宋初的聲韻系統，並非上古的聲韻系統」〔註7〕。有的時候，由於當時語音的流變，其聲韻甚至會對廣切韻系統有所突破。敦煌文獻中的一些通押的現象反映了唐五代西北方音的某些特點。現舉例說明：

（一）聲　母

1・正齒音的二、三等不分

　　斯 6341 壬辰年（公元九三二年？）《雇牛契（樣式）》：「若是自（牸）牛並（病）死者，不關雇人之是。」（第二輯，頁 40/3～4）

　　按：「不關雇人之是」的「是」讀作事（是，《廣韻》承紙切，上紙，禪。事，《廣韻》鉏吏切，去志，崇。），二字聲母分屬於照系三等和二等。羅常培《唐五代西北方音》已指出「正齒音」的二三等不分（頁 20～22）。又如斯2073《廬山遠公話》：「夜臥床枕，千轉萬迴，是時不能。」（《校注》，頁 260/6）「時」讀作事（時，《廣韻》市之切，平之，禪。事，《廣韻》鉏吏切，去志，崇。）。斯 2630《唐太宗入冥記》：「又□（問）：『是何處人事？』崔子玉奏曰：『臣是蒲州人事。』」（《校注》，頁 322/9）「事」讀作氏（事，《廣韻》鉏吏切，去志，崇。氏，《廣韻》承紙切，上紙，禪。）。

2・正齒音和齒頭音不分

　　伯 4017《社司轉帖》：「其帖束遞相分付，不得停滯，如滯帖者，准條科罰者。」（第一輯，頁 410/5～7）

　　按：「束」當讀作速（束，《廣韻》書玉切，入燭，書。速，《廣韻》桑谷切，入屋，心。），二字分別為正齒音和齒頭音。唐五代西北方音中此二音不分。

　　正齒音的三等與齒頭音不分，其例有：斯 5632 辛酉年（公元九六一年）《陳銀山貸絹契》：「若是寶山身東西不在者，一仰口承人男富長祇當，於尺數還本絹者，切奪家資充為絹主，兩共對商，故勒私契，用為後憑。」（第二

〔註 7〕 王繼如師《敦煌通讀字研究芻議》，《訓詁問學叢稿》江蘇古籍出版社 2001 年：第255 頁。

輯，頁 127/4～8）「切」讀作掣（切，《廣韻》千結切，入屑，清。掣，《廣韻》昌列切，入薛，昌；又尺制切，去祭，昌。）。伯 2877 背乙丑年正月十六日《行人轉帖》：「已上行人，次着上直三日，并弓箭槍排白棒，不得欠小壹色」（第一輯，頁 412/4～5）「小」讀作少（小，《廣韻》私兆切，上小，心。少，《廣韻》書沼切，上小，書。）。伯 2583《申年比丘尼修德等施捨疏十三件》：「黃絏絹二丈五尺施入靈圖寺行像細布八尺充法事」（第三輯，頁 64/（二）4）「絏」讀作絁（絏，《廣韻》私列切，入薛，心。絁，《廣韻》式支切，平支，書。）。斯 4276《管內三軍百姓奏請表》：「臣聞五涼舊地，昔自漢家之疆；一道黎明，積受唐風之化。」（第四輯，頁 386/6～7）「自」讀作是（自，《廣韻》疾二切，去至，從。是，《廣韻》承紙切，上紙，禪。）。斯 2073《廬山遠公話》：「我今縱須製《涅槃經》之疏抄。」（《校注》，頁 254/8）「縱」讀作終（縱，《廣韻》子用切，去用，精；又即容切，平鍾，精。終，《廣韻》職戎切，平東，章。）。斯 3050《不知名變文》：「蓮花成節度使出敕：須人買（賣）卻蓮花者，付五百文金錢須人。」（《校注》，頁 1134/18）「須」讀作誰（須，《廣韻》相俞切，平虞，心。誰，《廣韻》視隹切，平脂，禪。）。斯 3050《不知名變文》：「轉巽有一個小下女人族（取）水如（而）來，甕中有七支蓮花。」（《校注》，頁 1134/19～1135/1）「巽」讀作瞬（巽，《廣韻》蘇困切，去慁，心。瞬，《廣韻》舒閏切，去稕，書。）。

　　正齒音的二等與齒頭音不分，其例有：斯 5631《庚辰年正月十四日社司轉帖》：「帖周，卻付本事。」（第一輯，頁 336/5～6）「事」讀作司。（事，《廣韻》鉏吏切，去志，崇。司，《廣韻》息茲切，平之，心。）伯 2754 唐《安西判集殘卷存六道》：「雖有文帖，終欲色身。」（第二輯，頁 612/46）「色」讀作送（色，《廣韻》所力切，入職，生。送，《廣韻》蘇弄切，去送，心。）。斯 4705 年代不明〔公元十世紀〕《諸色斛斗破曆》：「又受田馬醋豆二斗」（第三輯，頁 289/7）「醋」讀作䩁。（醋，《廣韻》倉故切，去暮，清；《集韻》疾各切，入鐸，從。䩁，《廣韻》測戟切，入陌，初。）。伯 3449、伯 3864《書儀小冊子》：「之乖攀送之儀，有曠阻別之念。」（第五輯，頁 387/104～105）「阻」讀作祖（阻，《廣韻》側呂切，上語，莊。祖，《廣韻》則古切，上姥，精。）。斯 6836《葉淨能詩》：「有宰相璟宗奏曰：『陛下何不問葉淨能求雨？』」（《校注》，頁 337/13～14）「宗」讀作崇（宗，《廣韻》作冬切，平冬，精。

崇，《廣韻》鋤弓切，平東，崇。）。伯 2344《祇園因由記》:「須達愴至，莫知所由:『爲屈王耶？臣耶？』」（《校注》，頁 601/14）「愴」讀作倉（愴，《廣韻》初亮切，去漾，初；又初兩切，上養，初。倉，《廣韻》七岡切，平唐，清。）。俄藏Φ編 96《雙恩記》:「摩抄頭面情私喜，調弄瑟（箏）絃曲暗排。」（《校注》，頁 940/21）「抄」讀作挲（抄，《廣韻》楚交切，平肴，初；又初教切，去效，初。挲，《廣韻》素何切，平歌，心。）。

3・舌上音和齒頭音不分

斯 5137 4V《親情社轉帖（抄）》:「其帖立遞相分〔付〕，不得停賜。」（第一輯，頁 353/5）

按:「賜」讀作滯（賜，《廣韻》斯義切，去寘，心。滯，《廣韻》直例切，去祭，澄。），二字聲母分屬齒頭音和舌上音。邵榮芬《敦煌俗文學中的別字異文和唐五代西北方音》（頁 215～216）指出「三等韻和純四等韻裏的精組聲母和三等韻裏的知、章兩組聲母不分」。又如伯 3071 背唐乾寧三年（公元八九六年）《社司轉帖（抄）》:「其〔帖〕速遞相分付，不〔得〕停席。如席者，准條科罰。」（第一輯，頁 314/（三）5～7）「席」讀作滯（席，《廣韻》祥易切，入昔，邪。滯，《廣韻》直例切，去祭，澄。）。

4・泥母和來母不分

北 309：8374 甲戌年（公元九七四年）《竇破蹄雇工契（抄）》:「若作兒手上使用籠具鎌刀鏵鑄鍬钁袋器什物等，畔上抛扶打損，裴（賠）在作兒身〔上〕，不關主人之事。」（第二輯，頁 69/6～8）

按:「籠」讀作農（籠，《廣韻》盧紅切，平東，來。農，《廣韻》奴冬切，平冬，泥。），二字聲母分屬於來母和泥母。又如伯 2451 乙酉年（公元九二五年或九八五年）二月十二日《乾元寺僧寶香雇百姓鄧仵子契》:「仵子手內所把隴具一勿（物）已上，忽然路上違反，畔上睡卧，明明不與主人失却，一仰病□□□莊舍口□□□」（第二輯，頁 70/5～7）「隴」讀作農（隴，《廣韻》力踵切，上腫，來。農，《廣韻》奴冬切，平冬，泥。）。

《敦煌歌辭總編》卷一《雜曲・雲謠集雜曲子・浣溪沙》:「麗質紅顏越衆希。素胸蓮臉柳眉低。一笑千花羞不坼。嬾芳菲。」（頁 185）乙本「嬾」作嫩。任半塘引龍例（龍晦《唐五代西北方音舉例》）曰:「『嬾』，旱韻，來

母；『嫩』，㽏韻，泥母。爲泥來互注例，羅氏《方音》（七九頁）曾指《開蒙要訓》中亦有此例。」（頁 188）又卷五《雜曲・定格聯章・五更轉》：「四更闌。五更延。菩提種子坐紅蓮。煩惱泥中常不染。恆將淨土共金顏。」（頁1429）「闌」乙本作難。任半塘引龍例曰：「『闌』，來母；『難』，泥母。以『難』代『闌』，即泥來不分。」（頁 1435）

羅常培和邵榮芬均指出該通讀現象。

5・喩母三、四等不分

伯 3489 戊辰年正月廿四日《旌（？）坊巷女人社社條（稿）》：「戊辰年正月廿四日，旌（？）坊巷女人團座商儀（議）立條，合（合）社商量爲定。各自榮生死者，納豹壹蚪，須得齊同，不得怠慢。」（第一輯，頁 276/1～2）

按：「榮」讀作營（榮，《廣韻》永兵切，平庚，云；《集韻》維傾切，平清，以。營，《廣韻》余傾切，平清，以；《集韻》維傾切，平清，以。）〔註8〕，據邵榮芬《敦煌俗文學中的別字異文和唐五代西北方音》（頁 216），唐五代西北方音中喩母三、四等不分。又如北圖殷字四十一（見敦煌雜錄）癸未年（公元九二三年？）四月十五日《沈延慶貸布契》：「恐人無信，故□（立）此契，用唯後驗，書紙爲憑。」（第二輯，頁 115/6～7）「唯」讀作爲（唯，《廣韻》以追切，平脂，以。爲，《廣韻》薳支切，平支，云。）。伯 4640《李明振氏再修功德記》：「其公（功）乃〔大〕以，筆何宣哉。」（第五輯，頁 82/39）「以」讀作矣（以，《廣韻》羊己切，上止，以。矣，《廣韻》于紀切，上止，云。）。伯 4640《沙州釋門索法律窟銘》：「蓋乾運三光，羅太虛著象；坤爲八極，溝川岳以爲形。」（第五輯，頁 95/2）「坤爲」之「爲」讀作維（爲，《廣韻》薳支切，平支，云。維，《廣韻》以追切，平脂，以。），「坤維」指大地之中央，正中也。伯 4092《新集雜別紙》：「今者書記侍御專持方賄，遠貢天庭，必詣膺時陪融坐。」（第五輯，頁 426/180～181）「融」讀作榮（融，《廣韻》以戎切，平東，以。榮，《廣韻》永兵切，平庚，云。）。斯 3050《不知名變文》：「給孤長者心中大越，偏（徧）布施五百頭童男，五百個童女，五百頭牸牛並犢子、金錢、舍勒、三故，便是請佛爲王說法。」（《校注》，頁 1134/10

〔註 8〕二字如取《廣韻》切，則聲母分別爲喩母三等和喩母四等；如取《集韻》切，則同音。

～11）「越」讀作悅（越，《廣韻》王伐切，入月，云。悅，《廣韻》弋雪切，入薛，以。）。

6．齒頭音和喉音通讀

斯 527 後周顯德六年（公元九五九年）正月三日《女人社再立條件》：「或有社內不諫大小，無格在席上暄拳，不聽上人言教者，便仰衆社就門罰醴醵一莚，衆社破用。」（第一輯，頁 274/9～11）

按：「暄」當讀作揎（暄，《廣韻》況袁切，平元，曉。揎，《廣韻》須緣切，平仙，心。），二字聲母分別爲喉音和齒頭音，似乎相去較遠，不得通讀。據羅常培《唐五代西北方音》（頁 164～165），公元十世紀時，心母四等字由 s 演變爲ɕ，曉母三等字由 x 演變爲ɕ。在方音裏，喉音和齒頭音有通讀之例。如伯 3718 後唐《河西節度右馬步都押衙閻子悅寫真讚並序》：「一從受位，無儻無偏。三端曉備，六藝俱懸。」（第五輯，頁 261/41）「懸」讀作全（懸，《廣韻》胡涓切，平先，匣。全，《廣韻》疾緣切，平仙，從。）。

異文中亦有例證。如《敦煌歌辭總編》卷三《雜曲・普通聯章・太子讚》：「太子初學道。曾作忍辱仙。五百外道廣遮攔。修道幾經年。釋迦牟尼佛」（頁801）甲本「仙」作賢（仙，《廣韻》相然切，平仙，心。賢，《廣韻》胡田切，平先，匣。）。又卷四《雜曲・重句聯章・歸去來》：「歸去來。彌陀淨刹法門開。但有虛心能念佛。臨終決定坐花臺。」（頁 1066）「虛」甲、丙本作須（虛，《廣韻》朽居切，平魚，曉。須，《廣韻》相俞切，平虞，心。）。

7．喉音入脣音

伯 3633《謹撰龍泉神劍歌一首》：「東取黃河第三曲，南取胡威及朔方。」（第四輯，頁 382/41～42）

按：「胡」讀作武（胡，《廣韻》戶吳切，平模，匣。武，《廣韻》文甫切，上麌，微。），二字聲母分屬喉音和脣音。又如斯 3835《百鳥名君臣儀仗》：「薰胡鳥、鵁鶄師、鴻娘子、鶬鵊兒、赤觜鴨、碧生（玉）雞，鴛鴦作伴，對對雙飛，奉符追喚，不敢延遲，從此是鳥即至，亦不相違。」（《校注》，頁 1207/9～10）「奉符」讀作鳳凰（符，《廣韻》防無切，平虞，奉。凰，《廣韻》胡光切，平唐，匣。），其中「符」、「凰」二字聲母分屬脣音和喉音。

　　《敦煌歌辭總編》卷五《雜曲・定格聯章・五更轉》：「五更分。菩提無住復無根。過去捨身求不得。吾師普遂不忘恩。施法藥。大張門。去障膜。豁浮雲。頓與衆生開佛眼。皆令見性免沉淪。」（頁 1444）丁本「豁」作撥。任半塘引龍例曰：「……『豁』之爲『𡙇』，玄應《音義》云：『豁悟』之『豁』，古文有『𡙇』『𥄉』二形。《廣韻》：與『豁』同音，開目也。丁本所見有一——『豁』之爲『撥』，乃曉幫二母互注，即由喉音變脣音，羅劭二家所未及。」（頁 1451～1452）又卷七《大曲・蘇莫遮第六》：「上南臺。林嶺別。淨境孤高。巖下觀星月。遠眺遐方情思悅。或聽神鐘。感愧捻香蓻。」（頁 1733）乙本「或」作不，戊本據音義訂爲忽。任半塘引龍例曰：「若循音理，三字皆可互注。『忽』，曉母，沒韻；『不』，幫母，有韻。因尤韻之脣音字均入虞，故『不』讀若 bu。」（頁 1734）

　　胡小石《聲統表自敍》：「今定聲轉之統系有二涂：一爲遞轉……一爲對轉，喉逕入脣，脣亦逕入喉，其式如兩極。」〔註9〕所說可參。

（二）韻　母

1・遇攝和止攝

（1）脂（止攝）虞（遇攝）同用

　　　伯3989 唐景福三年（公元八九四年）五月十日《立社條件憑記》：「若有凶禍之時，便取主人指撝，不間車轝便雖營辦，色物臨事商量。」（第一輯，頁 273/5～6）

　　　伯3989 唐景福三年（公元八九四年）五月十日《立社條件憑記》：「立條後，各自說大敬小，切雖存禮，不得緩慢。」（第一輯，頁 273/6～7）

　　　斯 6417 後唐長興二年（公元九三一年）正月《普光寺尼徒衆圓證等狀并海晏判辭》：「普光弘基極大，衆內詮練綱維，並是釋中眉首，事須治務任持，且雖敬上，愛下人戶，則有怜敏之能。」（第四輯，頁 54/14～17）

　　按：雖（《廣韻》息遺切，平脂，心。）讀作須（《廣韻》相俞切，平虞，

〔註9〕《胡小石論文集三編》，上海古籍出版社 1995 年：第 535～536 頁。

心。）。

（2）止（止攝）語（遇攝）同用

① 斯 6537 3V～5V《立社條件（樣式）》：「恐時僥伐（代）之（衍）
薄，人情以往日不同，互生分（紛）然，復怕各生己見。」（第一
輯，頁 281/4～5）

斯 5647《遺書（樣式）二件》：「迴今以汝別，痛亦何言，他劫來
生，無因再苹，汝當奉教。」（第二輯，頁 163/（二）11～164/（二）
14）

斯 2575 後唐天成四年（公元九二九年）三月六日《應管內外都僧
統置方等戒壇牓》：「盍（？）檢校大德未可以新戒齊眉，禮法之
間，固令加色，准依新戒食外，更添餡餅一枚。」（第四輯，頁 139/71
～74）

伯 4640《陰處士碑稿》：「舊制封官，近將軍之裂棘；先賢世祿，
以都護之同堂。」（第五輯，頁 72/42～43）

伯 3541《歸義軍釋門僧正賜紫沙門張善才邈真讚並序》：「居襁褓
以眾不群，長至齠年，超歲辭貴而樂出家，弱冠之齡，習業 ☐
☐ 乘歲曉，窮海藏而該通，三教俱明，罄龍宮而通覽。」（第五
輯，頁 292/4～7）

按：以（《廣韻》羊己切，上止，以。）讀作與（《廣韻》余呂切，上語，
以。）。

② 斯 466 後周廣順三年（公元九五三年）《龍章祐、祐定兄弟出典土
地契》：「其地佃種，限肆年內，不喜地主收俗〔贖〕若於年限滿
日，便仰地主辨（辦）還本麥者，便仰地主收地。」（第二輯，頁
30/5～7）

斯 466 後周廣順三年（公元九五三年）《龍章祐、祐定兄弟出典土
地契》：「兩共對面平章為定，更不喜休悔。（第二輯，頁 30/7～8）

伯 3964 乙未年（公元九三五年）《趙僧子典兒契》：「若不滿之時，
不喜修（收）贖。」（第二輯，頁 50/8）

按：喜（《廣韻》虛里切，上止，曉。）讀作許（《廣韻》虛呂切，上語，

曉。）。

③ 斯 3877 5V 丙子年（公元九一六年）《阿吳賣兒契（抄）》：「其兒
慶德自出賣與後，永世一任令狐進通家 ☐☐☐☐☐（世代爲主），不
許別人論理。」（第二輯，頁 47/5～7）

按：與（《廣韻》余吕切，上語，以。）讀作以（《廣韻》羊己切，上止，
以。）。

2・蟹攝和止攝

（1）眞（止攝）祭（蟹攝）同用

斯 5137 4V《親情社轉帖（抄）》：「其帖立遞相分〔付〕，不得停賜。」
（第一輯，頁 353/5）

按：賜（《廣韻》斯義切，去寘，心。）讀作滯（《廣韻》直例切，去祭，
澄。）。

（2）蟹（蟹攝）至（止攝）同用

伯 2249 背壬午年（公元九二二年或九八二年）《康保住雇工契》：「如
內欠闕，佳（皆）自排掉，自雇如後，便須造作，不得抛工壹日。若
亡示抱（忙時抛）（以下空白）」（第二輯，頁 71/3～5）

按：掉（《廣韻》北買切，上蟹，幫。）讀作備（《廣韻》平秘切，去至，
並。）。

3・蟹攝和梗攝

（1）昔（梗攝）祭（蟹攝）同用

伯 3071 背唐乾寧三年（公元八九六年）《社司轉帖（抄）》：「其〔帖〕
速遞相分付，不〔得〕停席。如席者，准條科罰。」（第一輯，頁 314/
（三）5～7）

按：席（《廣韻》祥易切，入昔，邪。）讀作滯（《廣韻》直例切，去祭，
澄。）。

（2）徑（梗攝）薺霽（蟹攝）同用

伯 5032《渠人轉帖》：「其貼各自示名定滯（過）者，不得停滯。」（第
一輯，頁 402/7～8）

按：定（《廣韻》徒徑切，去徑，定。）讀作遞（《廣韻》徒禮切，上薺，
定；又特計切，去霽，定。）。

（3）薺（蟹攝）靜（梗攝）同用

斯 5578 戊申年（公元九四八年？）《李員昌雇工契（抄）》：「每月麥
粟壹馱，春衣汗衫壹禮，襻襠裲袖衣蘭皮鞋壹量共壹對。」（第二輯，
頁 63/6～9）

按：禮（《廣韻》盧啟切，上薺，來。）讀作領（《廣韻》良郢切，上靜，
來。）。

（4）靜（梗攝）祭（蟹攝）同用

① 伯 3094 背《某某雇工契》：「或若作兒賊打章（將）去，一看大領。」
（第二輯，頁 73/6）

按：領（《廣韻》良郢切，上靜，來。）讀作例（《廣韻》力制切，去祭，
來。）。

② 斯 4489 背宋雍熙二年（公元九八五年）六月《慈惠鄉百姓張再通
牒（稿）》：「右再通，先者早年房兄張富通便被再通自身傳買（賣）
與賈丑子，得絹陸疋，總被兄富通收例，再通寸尺不見。」（第二
輯，頁 307/2～3）

按：例（《廣韻》力制切，去祭，來。）讀作領（《廣韻》良郢切，上靜，
來。）。

（5）齊（蟹攝）青（梗攝）同用

伯 4638《大番故敦煌郡莫高窟陰處士修功德記》：「八十種好，感空落
之花園；万變應身，散殊西（珠星）煥彩。」（第五輯，頁 225/59～
60）

按：西（《廣韻》先稽切，平齊，心。）讀作星（《廣韻》桑經切，平青，
心。）。

4‧山攝和梗攝

青（梗攝）先（山攝）同用

伯 3186 宋雍熙二年（公元九八五年）《牒（稿）》：「伏望大王高懸惠

鏡，照祭（察）貧兒，拎愍孤辛，慈悲無捨，特乞仁鈞，專候處分。」
（第二輯，頁 306/（二）4～6）

按：拎（《廣韻》郎丁切，平青，來。）讀作憐（《廣韻》落賢切，平先，
來。）。

5・臻攝和梗攝

（1）質（臻攝）昔（梗攝）同用

伯 3164 背乙酉年十二月廿六日《親情社轉帖》：「右緣康郎悉婦身故，
准例合有吊酒一瓷，人各粟一斗。」（第一輯，頁 353/2～3）

按：悉（《廣韻》息七切，入質，心。）讀作媳（《字彙》思積切，入昔，
心。）。

（2）震（臻攝）庚（梗攝）同用

伯 3449、伯 3864《書儀小冊子》：「少事出入，有闕祇印。」（第五輯，
頁 374/（一）301～302）

按：印（《廣韻》於刃切，去震，影。）讀作迎（《廣韻》語京切，平庚，
疑。）。

此外，《敦煌歌辭總編》卷三《雜曲・普通聯章・南歌子》：「斜隱朱簾立。
情事共誰親。分明面上指痕新。羅帶同心誰綰。甚人踏破裙。」（頁 638）「隱」
讀作影（隱，《廣韻》於謹切，上隱，影。影，《廣韻》於丙切，上梗，影。），
隱（臻攝）梗（梗攝）同用。伯 4692《望遠行》：「年少將軍佐聖朝。為國掃
蕩匡妖。彎弓如月射雙鵰。馬蹄到處盡雲消。休寰海。罷槍刀。銀鸞駕上超
霄。行人南北盡歌謠。莫把堯舜比今朝。」《敦煌歌辭總編》（頁 478）校「銀」
讀作迎（銀，《廣韻》語巾切，平眞，疑。迎，《廣韻》語京切，平庚，疑。），
眞（臻攝）庚（梗攝）同用。

6・曾攝和通攝

職（曾攝）送（通攝）同用

伯 2754 唐《安西判集殘卷存六道》：「雖有文帖，終欲色（送）身。」
（第二輯，頁 612/46）

按：色（《廣韻》所力切，入職，生。）讀作送（《廣韻》蘇弄切，去送，

心。）。

　　此外，《敦煌歌辭總編》卷三《雜曲·普通聯章·皇帝感》：「孝經宗祖仲尼居。孔子講說及諸徒。子弟總有三千數。達者唯有七十餘。」（頁735）乙本「宗」作曾，是東（通攝）蒸（曾攝）同韻也。斯2144《韓擒虎話本》：「迴睹此陣，虎無爪牙，爭恐（肯）猛利，遂抽術隊弓箭五百人，已（以）安爪衙（牙）。」（《校注》，頁302/11）斯2144《韓擒虎話本》：「迴睹此陣，虎無爪牙，爭恐（肯）猛利，遂抽術隊弓箭五百人，已（以）安爪衙（牙）。」（《校注》，頁302/11）「恐」讀作肯（恐，《廣韻》丘隴切，上腫，溪；又區用切，去用，溪。肯，《廣韻》苦等切，上等，溪。），腫、用（通攝）等（曾攝）同用。伯2653《燕子賦（一）》：「安不離危，不巢於翠暮（幕）；卜勝〔而〕處，遂託弘（虹）梁。」（《校注》，頁376/3）「弘」讀作虹（弘，《廣韻》胡肱切，平登，匣。虹，《廣韻》戶公切，平東，匣。），登（曾攝）東（通攝）同用。

7·通攝和遇攝

屋（通攝）魚（遇攝）同用

　　　　伯2754唐《安西判集殘卷存六道》：「麴積出征，圖殄兇寇，陵鋒敗役，未見生還，訪問行人，多云不死，雖無音信，何必非眞。」（第二輯，頁612/38〜39）

　　按：麴（《廣韻》驅匊切，入屋，溪。）讀作居（《廣韻》九魚切，平魚，見。）。

　　此外，伯2553《王昭君變文》：「如今以（已）暮（沐）單于德，昔日還承漢帝恩。」（《校注》，頁156/7）「暮」讀作沐（暮，《廣韻》莫故切，去暮，明。沐，《廣韻》莫卜切，入屋，明。），暮（遇攝）屋（通攝）同用也。

　　二、敦煌文獻中多數俗文學、俗文書的抄寫不甚規範，俗字、誤字現象普遍存在，加之寫本抄寫時間距今久遠，殘損嚴重，部分字跡不易辨認，某些字詞的定形、注釋難成定論。這就增加了敦煌文獻通假字研究的障礙。字形的正確識別是對字義正確理解的前提，也是辨認通假字的關鍵。如：

　　1·斯5629《燉煌郡等某乙社條壹道（樣式）》：「逐吉追凶，應有所勒條格，同心壹齊稟奉，一春秋二社，每件局席，人各油鈔麥粟，主人逐次流行。
　　一，若社人本身及妻二人身亡者，贈例人麥粟及色物，准數進（？）要使

用，及至葬送，亦次痛烈，便供親兄弟一般輕舉，不許憎嫌孈（穢）污。」（第一輯，頁 285/（一）10～286/（一）20）

按：「輕舉」於義不通。「輕」即輕之形誤，「輕」當讀作擎，同卷下文有：「若有不親近擎舉者，其人罰醴酼壹筵。」（第一輯，頁 286/20～22）「擎舉」〔註10〕爲同義復詞。

《敦煌社邑文書輯校》校「輕」爲経，亦不確。

2・斯 6452 1V 癸未年（公元九二三年或九八三年）《樊再昇雇工契（抄）》：「自雇已後，便須驅驅，不得拋敲功夫。」（第二輯，頁 58/4～5）

按：「敲」當爲敵之誤。據《唐五代語言詞典》（頁 275），「敵」當讀作擿，「拋擿」即拋擲，引申爲荒廢也。

3・北圖殷字四十一（見敦煌雜錄）癸未年（公元九二三年？）三月二十八日《王竹敦貸生絹契》：「恐〔人〕無〔信〕立此文書，故勒同契，用爲後驗。」（第二輯，頁 114/（一）6～7）

按：「同」當爲司誤。如北圖殷字四十一（見敦煌雜錄）癸未年（公元九二三年？）七月十五日《張修造雇父駝契》：「恐人無憑，故立司契，用爲後驗。」（第二輯，頁 38/9）「司」讀作私。敦煌契約文書中常見。如伯 3277 背乙丑年（公元九六五年）二月廿四日《祝骨子合種契》：「恐人無信，雇立私契。」（第二輯，頁 32/4～5）伯 3441 背《康富子雇工契（樣式）》：「官有政法，人從私契。兩共對而（當爲面）平章，書紙爲記，用爲後憑。」（第二輯，頁 66/7～8）伯 3192 背唐大中十二年（公元八五八年）《孟憨奴便麥契稿》：「恐人無信，故立私契，用爲後驗，畫至爲記。」（第二輯，頁 108/4～5）斯 5632 辛酉年（公元九六一年）《陳銀山貸絹契》：「若是寶山身東西不在者，一仰口承人男富長祗當，於尺數還本絹者，切奪家資充爲絹主，兩共對商，故勒私契，用爲後憑。」（第二輯，頁 127/4～8）

4・斯 530《索法律和尚義晉窟銘》：「愴失覆而孤惸，早虧恃怙。嗣隆古叔之願，誓畢殘功。」（第五輯，頁 157/60）

〔註10〕詳見第四章《〈釋錄〉新詞、新義研究》第二節《〈釋錄〉中的新義》第二部分《〈大詞典〉義項當補》之「擎舉」條。

　　按：「覆」當爲履之誤。伯 4640《沙州釋門索法律窟銘》異文作「愴失履而孤惸」（第五輯，頁 100/64～65），可參。「履」讀作侶，伴侶也。「失侶」謂失去伴侶。如〔唐〕杜甫《寄岳州賈司馬六丈巴州嚴八使君》詩：「他鄉饒夢寐，失侶自迍邅。」《敦煌願文集・願文範本》：「夫人淚〔流〕玉箸，氣咽摧心。嗟一鳳之長辭，痛雙鸞之失侶。」（頁 162）

　　三、敦煌文獻中的一些通假字的用法不僅能在傳世文獻中找到例證，而且手抄卷中的異文（尤其是同篇異卷的異文）、旁注也是很好的證明。如：

（一）異文例

1・伯 2695《沙州都督府圖經殘卷》：「野穀：右唐聖神皇帝垂拱四年，野穀生於武興川，其苗菜高二尺已上，□□似蓬，其子如葵子，色黃赤，似葵子肥而有脂，抄之作麨，甘而不熱。收得數百石，以充軍粮。」（第一輯，頁 24/5～7）〔註11〕

　　按：「抄」當讀作炒。伯 2005《沙州都督府圖經殘卷》異文即作「炒」（第一輯，頁 19/411）。「炒」作爲烹調方法之一在敦煌文書中不乏其例。如伯 3490辛巳年（公元九二一或九八一年）《某寺諸色斛斗破曆》：「油半抄馳淤日造餺飥炒臛衆僧時用。」（第三輯，頁 187/23）

2・伯 2695《沙州都督府圖經殘卷》：「千齡所種，万國收向。」（第一輯，頁 26/56）

　　按：「種」當讀作鍾，彙聚、集中也。如《大正藏》No.1912〔唐〕湛然撰《止觀輔行傳弘決》卷三十四：「亦如《博物志》云：若雜食者百疾妖邪之所鍾，食逾少心愈明，食逾多身逾損，故食不可過度。」伯 2005《沙州都督府圖經殘卷》異文即作「千齡所鍾」（第一輯，頁 22/479）。

3・伯 4640《陰處士碑稿》：「記曰：天成厥壤，運姓曾居；地載流沙，陶唐所治。」（第五輯，頁 69/2）

　　按：「運」讀作允。伯 4638《大番故敦煌郡莫高窟陰處士修功德記》異文即作「允姓曾居」（第五輯，頁 221/2）。「允姓」爲古代部族名，陰戎之祖。如《左傳・昭公九年》：「故允姓之姦，居於瓜州。」杜預注：「允姓，陰戎之祖。」

〔註11〕據異文，此處闕文當作「四散」。

4・伯 4640《陰處士碑稿》:「飲握水之分流,聲添驥響;畎平河之漑濟,輦賦馬鳴。」(第五輯,頁 72/43～44)

按:「握水」當讀作渥水。伯 4638《大番故敦煌郡莫高窟陰處士修功德記》異文即作「渥水」(第五輯,頁 223/35～36)。

(二)旁注例

1・伯 3608、伯 3252《唐律——職制、戶婚、廐庫律殘卷》:「諸詔書有誤,不即奏聞,輒改定者,杖八十。」(第二輯,頁 501/(一)24)

按:原卷「詔」旁注制。「制書」即古代皇帝命令的一種。

2・伯 3432《龍興寺卿趙石老腳下依蕃籍所附佛像供養具並經目錄等數點檢曆》:「大薩遮尼犍子經柒卷。」(第三輯,頁 3/30)

按:原卷「犍」旁注乾。

3・伯 2613 唐咸通十四年(公元八七三年)正月四日《沙州某寺交割常住物等點檢曆》:「貳拾窠鹿花毛錦壹,破。」(第三輯,頁 12/79)

按:原卷「鹿」旁注綠。

4・伯 4640《翟家碑》:「遣不建存,更建祇闍之窟。」(第五輯,頁 88/32)

按:原卷「祇」旁注耆。「耆闍」即耆闍崛山的簡稱。耆闍崛山,梵語的譯音,又譯為靈鷲山、靈鳥山、靈鳥頂山。在中印度摩揭陀國王舍城東北,為釋迦牟尼說法之地。

5・伯 4640《沙州釋門索法律窟銘》:「厥有侄僧,能柔能剛。超(紹)隆殘誓,孝道名彰。繼誠福粗(祚),慶讚逾揚。」(第五輯,頁 101/75～76)

按:原卷「誠」旁注成。

6・斯 6161、斯 3329、斯 6973、伯 2762 綴合《張淮深碑》:「忽遘懸蛇之疾,行樂往來,悲來俄經夢奠之災,涼有時而無命。」(第五輯,頁 201/50～54)

按:原卷「經」旁注驚。

7・伯 3490 背《供養人題記三件》:「夫長願力者,必至人天之道;崇妙行者,

皆超解脫之功。」（第五輯，頁 240/（三）1）

按：原卷「長」旁注彰。

8・伯 3718 後唐《河西節度押衙知應管內外都牢城使張公良眞生前寫真讚並序》：「關山迢遞，皆迷古逕，長途暗磧，鳴砂俱惑，智阡卉陌。」（第五輯，頁 257/13〜14）

按：原卷「逕」旁注境。

9・伯 3718 後梁《故管內釋門僧政張和尚喜首寫真讚並序》：「能詮姑務，例同平直。」（第五輯，頁 270/8）

按：原卷「詮」旁注全。

10・斯 1438 吐蕃佔領時期《沙州守官某請求出家狀等稿四十多件》：「季夏毒熱，伏惟動靜康勝。」（第五輯，頁 324/155〜156）

按：原卷「靜」旁注止。

由於上述種種原因，敦煌文獻中的通假字不僅有以往傳世文獻中常見的或有例證可尋的通讀用法，還會有一些罕見的或特殊用法的通讀現象。

第四章 《釋錄》新詞、新義研究

　　專書詞彙的研究是斷代詞彙史研究的基礎，也是漢語詞彙史研究的重要基礎。對專書中新詞、新義作研究的目的是對漢語詞彙作歷時性的描述。所謂新詞、新義是「指那些早於目前通常認定的出現年代的詞語及詞義」〔註1〕。《釋錄》所輯敦煌文書記錄了當時的社會、經濟信息，並且保留了大量的口語原貌。研究《釋錄》中的新詞、新義就是對《釋錄》中的語詞作系統而詳盡的研究，找出最早出現於《釋錄》中的詞語以及詞義在《釋錄》用例中產生變化的詞語。由於《大詞典》是當前最具權威性的「古今兼收，源流並重」的大型語文工具書，對《釋錄》中新詞、新義的判斷則以《大詞典》中失收、《釋錄》中用例早於《大詞典》始見例的時代〔註2〕或不同於《大詞典》中諸義項爲標準。通過這樣的比照研究，不僅有助於更好地掌握唐五代敦煌文獻詞彙概貌的基本情況，也能深入了解部分詞彙歷史發展演變的進程。

第一節 《釋錄》中的新詞

　　新詞是指《釋錄》所輯敦煌文書中的詞語用例早於《大詞典》中該詞語首

〔註1〕　董志翹《〈入唐求法巡禮行記〉詞彙研究》，中國社會科學出版社 2000 年：第 91 頁。

〔註2〕　《大詞典》的首例書證時代以作者所生活的年代爲準。

例的時代，以及《大詞典》失收而傳世文獻中有例可援的詞語。

一、《大詞典》首例晚出

ài 愛撫

伯2625《敦煌名族志殘卷》：「次子仁協稟靈敦直，愛撫字人，兼五材騁高九德織仁徂義令問斯彰。」（第一輯，頁100/21～22）

按：「愛撫」即關懷體恤、疼愛撫慰也。《大詞典》首例引《宋史・范仲淹傳》：「仲淹爲將，號令明白，愛撫士卒。」較晚。

ān 安恤

伯3813 背唐〔公元七世紀後期？〕《判集存十九道》：「人情共允，物議何傷。並下縣知，任彼安恤。」（第二輯，頁605/126）

按：「安恤」亦作安卹，安撫體恤。《大詞典》首例引〔宋〕周密《齊東野語・洪君疇》：「上則忠告陛下，量作處分；下則彌縫事體，安恤人言。」稍晚。

àn 按几

伯2613 唐咸通十四年（公元八七三年）正月四日《沙州某寺交割常住物等點檢曆》：「漆按几貳。」（第三輯，頁10/25）

按：「按几」即案几，古代設於座側供憑依的小桌。按，通「案」。《大詞典》例引〔宋〕王禹偁《代伯益上夏啓書》：「吾君以臣言爲何哉？聽用之，則銘於按几可也；罪咎之，則斥於荒裔可也。」稍晚。

bài 敗露

伯3379 後周顯德五年（公元九五八年）二月《社錄事都頭陰保山等牒》：「右通前件，三人團保，或有當保盜竊，不敢覆藏，後有敗露，三人同招僭犯。」（第四輯，頁512/16～17）

按：「敗露」即壞事或隱私被發覺也。《大詞典》首例引〔宋〕邵雍《漁樵對問》：「竊人之財，謂之盜。其始取之也，唯恐其不多也；及其敗露也，唯恐其多矣。」稍晚。

biàn 便乃

伯 4040 後唐清太三年（公元九三六年）《洪潤鄉百姓辛章午牒》：「伏奉處分遺章午與氾萬通家造作，三五年間，便乃任意寬閑。」（第二輯，頁 294/6～8）

按：「便乃」爲連詞，於是也。《大詞典》首例引《清平山堂話本・錯認屍》〔註3〕：「看程五娘許說五十貫酒錢，便乃向前道：『小娘子，我與你拽過屍首來岸邊，你認看。』」較晚。

bié 別人〔註4〕

斯 3877 2V 唐乾寧四年（公元八九七年）《張義全賣宅舍地基契（抄）》：「其舍一賣已後，中間若有親姻兄弟兼及別人稱爲主己者，一仰舊舍主張義全及男粉子、支子祇當還替，不忏買舍人之事。」（第二輯，頁 5/9～12）

斯 3877 3V 唐天復二年壬戌歲（公元九〇二年）《曹大行迴換屋舍地基契（稿）》：「若有別人作主，一仰大行忙（另）覓上好舍充替。」（第二輯，頁 7/7～8）

伯 3649 背後周顯德四年（公元九五七年）《吳盈順賣田契（抄）》：「自賣已後，永爲琛家子孫男女稱爲主記爲准，有吳家兄弟及別人侵射此地來者，一仰地主面上並畔覓好地充替。」（第二輯，頁 11/5～6）

斯 1398 宋太平興國七年（公元九八二年）《呂住盈、阿鸞兄弟典賣土地契（稿）》：「自賣餘後，任□□□□若住盈、阿鸞二人能辯修濟此地來，便容許□□□□兄弟及別人修濟此地來者，便不容許修績（贖）□□□□」（第二輯，頁 13/5～7）

伯 3730 寅年正月《尼惠性牒並洪辯判辭》：「鐺劍鐙皮裘等物依遺囑，一任追齋破用。其鎖兩具，亦任緣窟驅使，更不許別人忏撓。」（第四輯，頁 111/10～12）

按：「別人」指另外的人。敦煌文書中用例頗多。《大詞典》用例爲：家裏只有母親和我，沒有別人。甚晚。

〔註3〕《清平山堂話本》爲〔明〕洪楩編。

〔註4〕董志翹《〈入唐求法巡禮行記〉詞彙研究》第四章《〈入唐求法巡禮行記〉中的新詞新義及口語詞》（93 頁。）亦收。

bù 不礙

伯 3501 背後周顯德五年（公元九五八年）《押衙安員進等牒（稿）》：「今於員進自舍西勒有空閑官地壹條，似當不礙之人，東西壹仗，南北伍拾尺。」（第二輯，頁 302/（四）1～3）

按：「不礙」即無妨礙、沒關係也。《大詞典》首例引〔宋〕張端義《貴耳集》卷下：「貧道鑄者泥錢，不曾用銅，似不礙法令。」稍晚。

不伏

伯 3813 背唐〔公元七世紀後期？〕《判集存十九道》：「馬主索倍，選人不伏。」（第二輯，頁 606/149）

按：「不伏」即不服也。《大詞典》首例引《二刻拍案驚奇》卷十二：「那大姓委實受冤，心裏不伏，到上邊監司處再告將下來。」較晚。

不在

伯 3730 背未年（公元八三九年）四月《紇骨薩部落百姓吳瓊岳便粟契》：「中間身不在，一仰保人等代納。」（第二輯，頁 105/3）

按：「不在」即死的婉詞。《大詞典》首例引〔宋〕岳珂《桯史·朝士留刺》：「凡人之死者，乃稱不在。」稍晚。

簿帳

伯 4634、斯 3375、斯 1880、伯 4634 唐永徽二年（公元六五一年）《令卷第六東宮諸府職員》：「功曹參軍事一人，掌官人簿帳假使考課儀式鋪設之事。」（第二輯，頁 548/（二）50～51）

按：「簿帳」即賬簿也。《大詞典》首例引《新唐書·百官志四上》：「騎曹參軍事各一人，掌外府雜畜簿帳、牧養。」稍晚。

chán 纏身

斯 0343 11V《析產遺囑（樣式）》：「吾今桑榆已逼、鍾漏將窮、疾病纏身、暮年不差、日日承忘痊損、月月漸復更加、想吾四體不安、吾則似當不免、」（第二輯，頁 159/1～2）

斯 6537 2V～3V《遺書（樣式）》：「今復苦疾纏身，晨昏不覺，准能報答。」
（第二輯，頁 180/5～6）

按：「纏身」指糾纏住身子，形容不能解脫。《大詞典》例引《詩刊》1981
年第 1 期：「曹村本是釘螺窩，瘟病纏身枯骨瘦。」甚晚。

cháo　朝定

斯 6452（2）辛巳年（公元九八一年）十二月十三日《周僧正於常住庫借貸
油麵物曆》：「十三日酒壹斗，看侍達坦朝定用。」（第二輯，頁 239/11）

按：「朝定」，契丹語，朋友也。《大詞典》例引《資治通鑑·後唐明宗天成
元年》：「契丹主聞莊宗為亂兵所害，慟哭曰：『我朝定兒也。吾方欲救之，以勃
海未下，不果往，致吾兒及此。』哭不已。虜言『朝定』，猶華言朋友也。」稍
晚。

chēn　嗔責

斯 1604 天復二年（公元九〇二年）四月廿八日《都僧統賢照帖諸僧尼寺綱管
徒衆等》：「懈怠慢爛，故令使主嗔責，僧徒盡皆受恥。」（第四輯，頁 126/5
～6）

按：「嗔責」即對人不滿而加以責怪也。《大詞典》首例引〔元〕曾瑞《留
鞋記》第二折：「不知今夜怎生這等耳熱眼跳也，敢是母親行有些嗔責。」較
晚。

chén　塵瀆

伯 2814 後唐天成三年戊子年（公元九二八年）二月《都頭知懸泉鎮遏使安進
通狀七件》：「前件微尠，謹充獻賀之禮，塵瀆威嚴，伏增戰懼。」（第四輯，
頁 496/（四）5～7）

伯 3449、伯 3864《書儀小冊子》：「右件物，雖非珍異，粗表土宜。不避塵
瀆，輒敢持送。」（第五輯，頁 368/（一）197～198）

按：「塵瀆」即塵黷，用作謙詞。《大詞典》首例引〔宋〕岳飛《奏審己條
具曲折未准指揮箚子》：「臣自去冬聞金人廢劉豫，有可乘之機，是以屢貢管見，
塵瀆天聽。」稍晚。

chéng　承當

伯3636《丁酉年五月廿五日社人吳懷實委託兄王七承當社事憑據》：「恐後無
人承當社事，故勒口承人，押署爲驗。」（第一輯，頁383/7～8）

按：「承當」即承擔、擔當也。《大詞典》首例引《類說》卷五七引《王直
方詩話》：「王君卿曰：『疏影橫斜水清淺，暗香浮動月黃昏。』此林和靖《梅花
詩》，然杏與桃李皆可。東坡曰：『可則可，只是杏李花不敢承當。』」

據郝春文《〈唐末五代宋初敦煌社邑的幾個問題〉商榷》〔註5〕，丁酉年可
能爲公元997年。《大詞典》首例稍晚。

承用

伯3560背《沙州敦煌縣行用水細則與渠人（社）行人轉帖》：「行用水法，承
前已來，遞（遞）代相承用。」（第一輯，頁396/46～47）

按：「承用」即因襲、沿用也。《大詞典》例引齊治平《〈拾遺記〉前言》：
「這個說法直到現在還有人承用，但實際考察起來，是站不住腳的。」甚晚。

呈告

沙州文錄補宋乾德二年（公元九六四年）《史氾三立嗣文書》：「氾三將此文書
呈告官中，倍加五逆之〔罪〕。」（第二輯，頁156/14）

按：「呈告」即上報也。《大詞典》例引〔明〕徐榜《濟南紀政・楊化記》：
「（衆人）議欲呈告於縣，脫地方之罪。」較晚。

chī　喫飯

伯4648《巡行記》：「七日，至天井關張家喫飯後至澤州開元寺主院內宿。」
（第一輯，頁83/4～5）

按：「喫飯」爲當時口語。如《舊五代史・周書・安叔千傳》：「卿比在邢州
日，遠輸誠款，我至此，汝管取一喫飯處。」《新五代史・四夷附錄第一》：「德
光遣解裏以手詔賜帝曰：『孫兒但勿憂，管取一喫飯處。』」

《大詞典》「吃飯」亦作喫飯。首例引〔清〕袁枚《隨園詩話》卷二：「蘇

〔註5〕《中國史研究》2003年第1期：第93頁。

州薛皆三三進士有句云：『人生只有修行好，天下無如喫飯難。』」較晚。

chì 赤露

大谷 2836 長安三年（公元七○三年）三月《燉煌縣錄事董文徹牒》：「豈唯虛喪光陰，赤露誠亦難忍。」（第二輯，頁 328/3）

按：「赤露」即裸露而無遮蔽。《大詞典》首例引〔宋〕蘇軾《乞增修弓箭社條約狀》之一：「禁軍大率貧窘，妻子赤露飢寒十有六七，屋舍大壞，不庇風雨。」稍晚。

chū 出價

伯 4974 唐天復年代《神力為兄塚田被侵陳狀並判》：「緣是血腥之喪，其灰骨將入積代塚墓不得，伏且亡兄只有女三人，更無腹生之男，遂則神力兼侄女，依故曹僧宜面上，出價買得地半畝，安置亡兄灰骨。」（第二輯，頁 292/3～5）

按：「出價」指所出價錢。《大詞典》例引〔清〕李伯元《南亭筆記》卷二：「德壽之巡撫廣東也，人目為大皮夾，以廣納苞苴也。某中丞有過之無不及，差缺之肥瘠，以出價之高低為率，公平交易，童叟無欺。」較晚。

dài 貸用

伯 3813 背唐〔公元七世紀後期？〕《判集存十九道》：「准律以官物自貸用，無文記，以盜論；若有文記，減准盜論。」（第二輯，頁 599/11～12）

按：「貸用」即借貸使用。《大詞典》例引《清史稿·邦交志三》：「初議限制中國公司延聘礦師，貸用洋款。」較晚。

dì 地子

伯 2858 背酉年（公元八二九年？）二月十二日《索海朝租地帖（稿）》：「其每年地子，三分內二分亦同分付。」（第二輯，頁 23/4～5）

按：「地子」指唐代抵充百官職田的粟米。《大詞典》首例引《新唐書·食貨志五》：「（貞觀）十一年，以職田侵漁百姓，詔給逃還貧戶，視職田多少，每畝給粟二升，謂之『地子』。」稍晚。

fān 翻悔

斯 1475 5V 未年（公元八二七年）《安環清賣地契》：「一賣後，如若先翻悔，罰麥伍碩，入不悔人。」（第二輯，頁 1/9～10）

伯 3331 丙辰歲（公元八九六年或九五六年）《宋欺忠賣宅舍契》：「一買已後，更不許翻悔。」（第二輯，頁 4/11～12）

按：「翻悔」意思是因後悔而推翻曾經允諾的事或說過的話。《大詞典》首例引〔宋〕蘇軾《奏戶部拘收度牒狀》：「百姓聞之，皆謂朝廷不惜飢民，而惜此數百紙度牒，中路翻悔，爲惠不終。」稍晚。

fēng 風癡

斯 514 唐大曆四年（公元七四九年）《沙州燉煌縣懸泉鄉宜禾里手實》：「廣德二年帳後逃還附。患左眼瞎並風癡。」（第一輯，頁 197/116）

按：「風癡」即瘋癲痴呆也。《大詞典》首例引〔元〕孔學詩《東窗事犯》第二折：「休笑我垢面風癡，恁參不透我本心主意。」較晚。

fú 伏乞

斯 5698 癸酉年三月十九日《社戶羅神奴乞求除名狀》：「神奴等三人數件追逐不得，伏乞三官衆社賜以條內除名，放免寬閑。其三官知衆社商量，緣是貧窮不濟，放却神奴，寬免除名。」（第一輯，頁 296/2～5）

伯 3155 背唐光化三年（公元九〇〇年）前後《神沙鄉令狐賢威狀（稿）》：「昨蒙僕射阿郎給免地稅，伏乞與後給多少著帖子布草役夫等，伏請公憑，裁下處分。」（第二輯，頁 293/4～7）

伯 2504 年代未詳〔公元十世紀〕《龍勒鄉百姓曹富盈牒（稿）》：「都牙累年當官，萬物閣於舍中，富盈雖霑微眷，久受單貧而活，如斯富者欺貧，無門投告，伏乞（後空）」（第二輯，頁 313/9～12）

伯 4638 丙申年（公元九三六年）正月《馬軍武達兒狀》：「今被羊司逼迫，難可存活，無處投告，伏乞司空阿郎仁恩，照察貧流，特賜與氾都知招丞、始有存濟。」（第四輯，頁 507/12～15）

按：「伏乞」即向尊者懇求。伏，敬詞。《大詞典》首例爲《京本通俗小說·

錯斬崔寧》：「姦夫淫婦，贓證見在，伏乞相公明斷。」較晚。

伏望

伯3216背唐至（？）德二年（公元七五六年？）正月十日《投社人何清清狀》：「右清清不幸薄福，父母併亡，更無至親老婆侍養，不報恩德，忽爾冥路，敢見父母之恩須緇俗不同，官門□□，幸諸大德和尚等攝眾生之寶意，□□慈深，矜捨小□，欲同接禮，後入社者，一延使□，伏望三官祿（錄）事，乞賜收名。」（第一輯，頁291/1～7）

北0500辛丑年（公元八二一年）二月《龍興寺等寺戶請貸麥牒及處分》：「伏望商量，免失年計。」（第二輯，頁97/（一）4）

北0500辛丑年（公元八二一年）二月《龍興寺等寺戶請貸麥牒及處分》：「伏望商量，請企處分。」（第二輯，頁98/（二）5）

伯3100唐景福二年（公元八九三年）《徒眾供英等請律師善才充寺主狀及都僧統悟真判辭》：「伏望都僧統和尚仁明照察，乞垂僉昇處分。」（第四輯，頁46/3～8）

按：「伏望」為表希望的敬詞。多用於下對上。《大詞典》首例引〔宋〕王禹偁〔註6〕《滁州謝上表》：「伏望陛下思直木先伐之義，考眾惡必察之言。」稍晚。

「伏望」在敦煌文書中用例頗多。又如伯3266《董延進投社狀（稿）》：「伏望三官，乞賜收名入案。於條承望追逐，不敢不身。」（第一輯，頁294/3～4）伯3186宋雍熙二年（公元九八五年）《牒（稿）》：「伏望大王高懸惠鏡，照祭（察）貧兒，拾愍孤辛，慈悲無捨，特乞仁鈞，專候處分。」（第二輯，頁306/（二）4～6）斯4632《捨施某物請乞判印公驗疏樣式》：「伏望仁明慈，乞賜疏後判印公驗，不令官私侵射，永為金其佛業，以成卑願，謹疏。」（第三輯，頁109/7～8）伯3730寅年八月《沙彌尼法相牒並洪辯判辭》：「伏望教授和尚高明，廣布慈雲，厚蔭甘澤，榮枯普潤，則貧病下眾尼，庶得存生，請乞處分。」（第四輯，頁115/5～7）〔註7〕

〔註6〕 王禹偁（公元954年～公元1001年）。

〔註7〕 凡敦煌寫卷年代不明確者或與《大詞典》首例時代相似者，另行列舉。

fù　覆檢

伯3608、伯3252《唐律——職制、戶婚、廄庫律殘卷》:「諸部內有旱澇霜雹蠱（虫）蝗爲害之處，主司應言而不言，及妄言者，杖七十；覆檢不以實者，與同罪。」（第二輯，頁508/（一）131～132）

按:「覆檢」即再次檢查、檢驗也。《大詞典》首例引《宋史·食貨志上一》:「太祖時，亦或遣官往外州檢視，不爲常制；傷甚，有免覆檢者。」較晚。

負欠

伯3214背唐天復七年（公元九〇七年）《高加盈出租土地充折欠債契（抄）》:「天復柒年丁卯歲三月十一日，洪池鄉百姓高加盈先負欠僧願濟麥兩碩、粟壹碩，塡還不辦。」（第二輯，頁27/1～2）

按:「負欠」即拖欠、虧欠也。《大詞典》首例引〔宋〕周密《齊東野語·謝惠國坐亡》:「於是區處家事，凡他人負欠文券一切焚之。」稍晚。

gōng　公憑

北105：4757丁丑年（公元九七七年？）《金銀匠翟信子等狀並判詞》:「今信子依理有屈，伏望阿郎仁恩，特賜公憑裁下處分。」（第二輯，頁258/9～11）

伯2825唐景福二年（公元八九三年）九月《盧忠達狀》:「右忠達本戶於城東小第一渠地一段廿畝，今被押衙高再晟侵劫將，不放取近，伏望常侍仁恩照察，乞賜公憑。伏請處分。」（第二輯，頁291/2～6）

伯3155背唐光化三年（公元九〇〇年）前後《神沙鄉令狐賢威狀（稿）》:「昨蒙僕射阿郎給免地稅，伏乞與後給多少著帖子布草役夫等，伏請公憑，裁下處分。」（第二輯，頁293/4～7）

按:「公憑」指官方的證明文件。《大詞典》首例引〔宋〕蘇軾〔註8〕《論高麗買書利害箚子》:「臣竊謂立條已經數年，海外無不聞知，而徐積猶執前條公憑，影庇私商，往來海外，雖有條貫，實與無同。」稍晚。

〔註8〕　蘇軾（公元1037年～公元1101年）。

公私

伯 3854 背唐大曆七年（公元七七二年）《客尼三空請追徵負麥牒並判詞》：「先狀徵還，至今延引，公私俱慢，終是頑狠，追過對問。」（第二輯，頁 280/7～8）

　　按：「公私」指公家和私人。《大詞典》用例爲「公私兩利」；「公私兼顧」。甚晚。

gòng　共計

北 0500 辛丑年（公元八二一年）二月《龍興寺等寺戶請貸麥牒及處分》：「已上戶，各請便種子麥伍馱，都共計貳拾馱。」（第二輯，頁 100/（四）2）

　　按：「共計」即一共、總計也。《大詞典》首例引《水滸傳》第五八回：「梁山泊起五軍，共計二十個頭領，馬步軍兵二千人馬。」較晚。

共用

伯 3394 唐大中六年（公元八五二年）《僧張月光、呂智通易地契》：「又僧法原園與東無地分井水共用，園門與西車道 _____ 同出入，至大道。」（第二輯，頁 2/4～5）

　　按：「共用」即共同使用。《大詞典》用例爲：「他們兩家共用一口井。」甚晚。

gòu　垢累

伯 2583《申年比丘尼修德等施捨疏十三件》：「慮恐身處凡夫，多諸垢累，汙泥伽監（藍），輕慢三寶。」（第三輯，頁 69/（十）3～5）

　　按：「垢累」即玷污連累也。《大詞典》例引〔宋〕蘇軾《答湖守刁景純書》之二：「吳興自晉以來，賢守風流相望，而不肖獨以罪去，垢累溪山。」

　　據《釋錄》後注：此件屬吐蕃佔領敦煌時期，申年，池田溫注爲公元 828 年。《大詞典》例稍晚。

guī　規避

伯 3608、伯 3252《唐律——職制、戶婚、廄庫律殘卷》：「諸相冒合戶〔者〕，

徒二年，無課役者減二等。謂以疏爲親，及有所規避者。」（第二輯，頁 507/
（一）118～119）〔註9〕

斯 3344 唐開元《戶部格殘卷》：「勅：諸山隱逸人，非規避等色，不須禁斷，
仍令所由覺察，勿使廣聚徒衆。」（第二輯，頁 570/18～19）

按：「規避」即設法躲避也。《大詞典》首例引〔宋〕歐陽修《大理寺丞狄
君墓誌銘》：「已而縣籍彊壯爲兵，有告訟田之民隱丁以規避者。」稍晚。

guò　過訪

伯 3502《張敖撰新集諸家九族尊卑書儀一卷》：「空酒餛飩，幸垂過訪。」（第
五輯，頁 306/105）

按：「過訪」即登門探視訪問也。《大詞典》首例引〔宋〕張舜民《與石司
理書》：「近呂主簿過訪，蒙示長函大編，副以手書。」

據《敦煌學大辭典》（頁 354），張敖爲唐沙州人，歸義軍初期爲河西節度
使掌書記儒林郎試太常寺協律郎。因此，《大詞典》稍晚。

過愆

斯 5520《立社條件》：「准例，欠少一尺，罰□，□□一結義已後，須有義讓，
大者如兄，小者如弟，若無禮□臨事看過王輕重，罰醴釀一延，　　　　　□
社內各取至親父娘兄弟一人輕吊例，人各粟伍升借色物一疋看臨事文帖爲
定，若不順從上越者，罰解齋一延（筵）。」（第一輯，頁 289/8～13）

按：「過愆」猶過愆也。《大詞典》例引〔宋〕趙普《論彗星》：「兼緣臣久
負過王，因此合專陳首伏。」

據郝春文《敦煌寫本社邑文書年代匯考（一）》〔註10〕，本件可能創作於歸
義軍張氏晚期或曹氏初期，即唐末至五代初。因此，《大詞典》稍晚。

hàn　旱澇

伯 3608、伯 3252《唐律——職制、戶婚、廏庫律殘卷》：「諸部內有旱澇霜雹

〔註9〕　據《釋錄》後注三：本書書寫年代爲載初九年至長安末年。其底本應爲經垂拱改
　　　　定的永徽律。

〔註10〕《首都師範大學學報（社會科學版）》1993 年第 4 期：第 35 頁。

蟲（虫）蝗爲害之處，主司應言而不言，及妄言者，杖七十；覆檢不以實者，與同罪。」（第二輯，頁 508/（一）131～132）

伯 2942 唐永泰年代（公元七六五～七六六年）《河西巡撫使判集》：「蟲霜旱澇、蓋不由人。類會校量，過應在己。勒令陪備。又訴貧窮。不依鄉原，豈可無罪。」（第二輯，頁 628/162～163）

按：「旱澇」即旱災和澇災，亦泛指自然災害。《大詞典》首例引《紅樓夢》第五三回：「如今你們一共只剩了八九個莊子，今年倒有兩處報了旱澇，你們又打擂臺，眞眞是又教別過年了。」較晚。

hé　合宅

斯 1398 壬午年（公元九八二年）《郭定成典身契（抄）》：「若不得拋工，故行故坐▢▢▢▢▢鐮刀器袋牛羊畜生，合宅若畔上非理失却打破，裴在定成身上，▢▢▢▢活，若牛羊畜生非命打煞，不關主人之事。」（第二輯，頁 53/4～6）

按：「合宅」即全家也。敦煌變文中亦有用例。如《敦煌變文校注·破魔變文》：「時當青陽令節，仲景方（芳）春，是佛厭王宮之晨（辰），合宅集休祥之日。」（頁 532）《大詞典》首例引《紅樓夢》第一〇九回：「且說賈母病時，合宅女眷無日不來請安。」較晚。

huán　還納

伯 3472 戊申年（公元九四八年）《徐富通欠絹契》：「戊申年四月十六日，兵馬使徐富通往於西州充使，所有些些小事，兄弟三人對面商議，其富通覓官職之時，招鄧上座絹，恩擇還納，更欠他鄧上座絹價叁疋半。」（第二輯，頁 123/1～4）

按：「還納」即歸還、交納之義。《大詞典》首例引〔宋〕蘇軾《乞減價糶常平米賑濟狀》：「以此愚民生心僥倖，每有借貸，例不肯及時還納。」稍晚。

huí　迴殘

伯 2507 唐開元二十五年（公元七三七年）《水部式殘卷》：「如有迴殘，入來年支數。」（第二輯，頁 582/102）

伯 2838（2）唐光啓二年（公元八八六年）《安國寺上座勝淨諸色斛斗入破曆祘會牒殘卷》：「光啓二年丙午歲十二月十五日，僧政、法律、判官、徒衆祘會勝淨等所由手下，從辰年正月已後，至午年正月已前，中間叁年應入磑顆、梁顆、厨田，及前帳迴殘斛斗油蘇等，總叁佰肆拾捌碩玖斛叁勝。」（第三輯，頁 328/（一）2～7）

伯 3352（11）丙午年（公元八八六或九四六年）《三界寺提司法松諸色入破曆祘會牒殘卷》：「……法松手下應入常住梁課、磑課及諸家散施、兼承前帳迴殘、及今帳新附所得麥粟油麵黃麻夫查（麩渣）豆布氈等，總肆伯貳拾六石四斗六升九合。」（第三輯，頁 333/3～6）

斯 5806 庚辰年（公元九二〇或九八〇年）十一月《祘會倉麥交付憑》：「庚辰年十一月，就殿上祘會，舊把倉僧李校授、應會四人等，麥除破外，合管迴殘麥陸拾壹碩肆斛柒升，現分付新把麥人倉司惠善、達子四人等，一一爲憑。」（第三輯，頁 346/1～3）

伯 2049 背後唐長興二年（公元九三一年）正月《沙州淨土寺直歲願達手下諸色入破曆祘會牒》：「……丞（承）前帳迴殘，及一年中間田收、園稅、梁課、散施、利閏所得，麥粟油蘇米麵黃麻麩滓豆布緤紙等總壹阡捌伯叁碩半抄：……」（第三輯，頁 369/3～5）

按：「迴殘」指舊時官府將用後的剩餘物資變賣上繳國庫之稱。《大詞典》引《舊唐書‧王毛仲傳》：「毛仲部統嚴整，羣牧孳息，遂數倍其初。芻粟之類，不敢盜竊，每歲迴殘，常致數萬斛。」稍晚。

jī　基階

斯 5832 年代不明〔公元九世紀〕《某寺請便佛麥牒稿》：「右件物，緣龍興經樓，置來時久，舊（？）土地浸濕，基階頹朽，若不預有修戢，恐後費功力。」（第二輯，頁 107/2～3）

按：「基階」即建築物的基礎和台階。《大詞典》首例引《舊唐書‧張廷珪傳》：「或開發盤礡，峻築基階。」稍晚。

jiā　家宅

伯 3744 年代未詳〔公元八四〇年〕《沙州僧張月光兄弟分書》：「前錄家宅，

取其東分。」（第二輯，頁 145/4）

按：「家宅」即家庭、住宅也。《大詞典》首例引〔宋〕蘇軾《宿望湖樓再和》：「我行得所嗜，十日忘家宅。」稍晚。

jiān　兼及

斯 3877 2V 唐乾寧四年（公元八九七年）《張義全賣宅舍地基契（抄）》：「其舍一買已後，中間若有親姻兄弟兼及別人稱爲主己者，一仰舊舍主張義全及男粉子、支子祇當還替，不忏買舍人之事。」（第二輯，頁 5/9～12）

斯 1897 龍德四年（公元九二四年）《雇工契（樣式）》：「應有沿身使用農具，兼及畜乘，非理失脫、傷損者，陪在厶甲身上。」（第二輯，頁 59/8～10）

按：「兼及」即並及、同時關聯到也。《大詞典》例引〔清〕平步青《霞外攟帶屑・斠書・讀史漫錄附注》：「顯（石顯）方用事，匡衡阿附其意。抑延壽而兼及於湯。」較晚。

jiǎo　攪亂

伯 4974 唐天復年代《神力爲兄墳田被侵陳狀並判》：「況此不遵判憑，便是白地天子澆來五件此度全耕，攪亂幽魂，擬害生衆。」（第二輯，頁 292/15～16）

按：「攪亂」即擾亂也。《大詞典》首例引〔元〕郝經《三汊北城月榭玩月醉歌》：「悄然清唱多怨曲，攪亂羈思爲停觴。」較晚。

脚直

伯 3047 辰年七月《沙州寺戶張昌晟等取麵麥搬木曆》：「七月八日寺戶張昌晟辛什六共般樑八條准脚直肆馱。」（第二輯，頁 402/1）

按：「脚直」即運輸費。《大詞典》首例引《新唐書・王鍔傳》：「鍔更奏取脚直，轉異貨，百姓間關輸送，乃倍所賦。」

據《釋錄》後注，此件屬吐蕃佔領敦煌時期，辰年絕對年代待考。吐蕃管轄沙州時期約爲公元 786 年～848 年。《大詞典》首例稍晚。

jiè　戒條

伯 3439（2）太平興國八年（公元九八三年）正月八日《沙州三界寺授李勝

住戒牒》：「吾今覩斯眞意，方施戒條。」（第四輯，頁 89/6～7）

斯 2575 後唐天成四年（公元九二九年）三月六日《應管內外都僧統置方等戒
壇牓》：「戒條切制囂華，律中不珮錦繡。」（第四輯，頁 135/20～21）

按：「戒條」即禁止某些行爲的條款。《大詞典》首例引丁玲《莎菲女士的
日記・十二月二十八號》：「我預備罵她幾句，不過話只到口邊便想到我爲自己
定下的戒條。」甚晚。

jū 居停主人

伯 3078、斯 4673 拚合唐神龍年代（公元七○五～七○六年）《散頒刑部格
卷》：「其居停主人，先決杖六十；並移貫邊州。」（第二輯，頁 567/75～77）

按：「居停主人」指寄居處的主人。《大詞典》首例引《舊唐書・食貨志上》：
「自今已後，有因交關用欠陌錢者，宜但令本行頭及居停主人、牙人等檢察送
官。」稍晚。

jù 俱備

斯 6417（2）《社邑文》：「又持功德行香助供人等，十善俱備，百福莊嚴，有
願尅從，無滅不應。」（第一輯，頁 390/15～17）

按：「俱備」即完備、齊全、具有也。《大詞典》首例引〔明〕蔣一葵《長
安客話・晾鷹臺》：「西北有岡隆起，古洞深邃。昔人曾以燭入，行里許，見瓷
甕貯油，一鐙熒然，什物俱備。」較晚。

具全

斯 2174 天復九年（公元九○九年）《董加盈兄弟三人分家契》：「兄弟盈兼分
進例，與堂壹口，桷（椽）樑具全，并門。」（第二輯，頁 148/6）

按：「具全」猶言具在、直存也。《大詞典》例引〔清〕昭槤《嘯亭雜錄・
佟襄毅伯》：「至圓明園諸宮門，乃竟日裸體酣臥宮門之前。余任散秩大臣時，
曾告當事者，當事者笑曰：『使其裸背者具全，已爲厚幸，君尙何苛責哉？』」
較晚。

具述

伯 3593 唐開元二十五年（公元七三七年）《律疏——名例律疏殘卷》：「厭魅

者，其事多端，不可具述，皆謂邪俗陰行不軌，欲令前人疾苦及死者。」（第二輯，頁 538/78～80）

　　按：「具述」即備述、詳細陳述也。《大詞典》首例爲《太平廣記》卷四七四引〔唐〕谷神子〔註11〕《博異志·木師古》：「僧徒皆驚師古之猶存，詢其來由，師古具述其狀，徐徐拂衣而起。」稍晚。

jué　決罪

李盛鐸舊藏唐開元二十五年（公元七三七年）《律疏──雜律疏殘卷》：「諸亡失器物符印之類，應坐者，皆聽卅日求訪不得，然後決罪。」（第二輯，頁 530/50～51）

　　按：「決罪」即判罪也。《大詞典》首例引《紅樓夢》第一〇五回：「薛蝌道：『今兒爲我哥哥打聽決罪的事。』」較晚。

kē　科斷

斯 3287 背子年（公元九世紀前期）五月《左二將百姓氾履倩等戶口狀》：「如後有人糺告，稱有隱漏，請求依法科斷。」（第二輯，頁 379/（三）10～11）

　　按：「科斷」指論處、判決也。《大詞典》首例引〔宋〕周密《齊東野語·孝宗聖政》：「越一日，奏勘到，作鬧士人府學生員丁如植爲首，其次許鬥權、羅鼐，御批並編管鄰州，如植仍杖八十科斷。」稍晚。

科稅

斯 2041 唐大中某年《儒風坊西巷村鄰等社約》：「右上件村鄰等眾，就翟英玉家結義相和，賑濟急難，用防凶變，已後或有訴歌難盡，滿說異端，不存尊卑，科稅之艱，並須齊赴。」（第一輯，頁 271/二 1～3）

　　按：「科稅」指徵收賦稅。《大詞典》首例引《舊唐書·李密傳》：「而科稅繁猥，不知紀極；猛火屢燒，漏巵難滿。」稍晚。

kuā　誇功

伯 2691《沙州城土鏡》：「筆動成八般之體，義芝未足而誇功；成詩於七步之

〔註11〕谷神子，晚唐（公元 836 年～公元 907 年）人。

中，子建方堪而繼迹。」（第一輯，頁44/31～32）

按：「誇功」即誇耀功勳。《大詞典》例引爲《新編五代史平話·唐史下》〔註12〕：「可惜着志小氣驕，誇功自大。」

據《敦煌學大辭典》（頁327），該寫本爲五代沙州地志，撰於五代的後漢。《大詞典》例稍晚。

kuò　括檢

斯3287背子年（公元九世紀前期）五月《左二將百姓氾屢倩等戶口狀》：「如後有人糺告，括檢不同，求受偷人條教，請處分。」（第二輯，頁378/（二）7～8）

按：「括檢」即查考也。《大詞典》例引〔明〕胡應麟《少室山房筆叢·經籍會通二》：「南齊以前墳籍……若無編錄，難辨淄澠。望括檢近書篇目，並前志所遺，續王儉之《七志》，藏之秘府。」較晚。

liàng　量罰

伯3070〔乾寧三年？（公元八九六？）〕《行人轉帖》：「帖至，限今月十三日南門取齊，官友罰，弓箭槍排不欠，小官量罰。」（第一輯，頁411/4～5）

按：「量罰」即酌情處罰也。《大詞典》例引《續資治通鑒·宋太宗太平興國六年》：「罪人至京，請擇清強官慮問，若顯負沈屈，則量罰本州官吏。」稍晚。

mán　蠻野

伯3620《諷諫今上破鮮于叔明、令孤峘等請試僧尼及不許交易書並批答》：「且鮮于叔生居蠻野，雖有子路之勇，而無顏迴之仁；口如狗突，不能談仲尼之文；耳如雞塒，不能聰釋迦之典。」（第四輯，頁316/24～26）

按：「蠻野」即野蠻也。《大詞典》首例引梁啓超《中國學術思想變遷之大勢》第三章第一節：「自崛岐以至春秋，又數百年，休養生息，遂一脫蠻野固陋之態。」較晚。

〔註12〕《新編五代史平話》成書於北宋和金國之間。

mù　牧放

伯 3774 丑年（公元八二一年）十二月《沙州僧龍藏牒——爲遺產分割糾紛》：「齊周自出牧子、放經十年。後群牧成，始雇吐渾牧放。」（第二輯，頁 283/14～15）

按：「牧放」指把牲畜放到草地裏吃草和活動。《大詞典》首例引《舊唐書·憲宗紀上》：「乙卯，畿內軍鎮牧放，駙馬貴族略獲，並不得帶兵仗，恐雜盜也。」稍晚。

nián　年計

北 0500 背辛丑年（公元八二一年）二月《龍興寺等寺戶請貸麥牒及處分》：「伏望商量，免失年計。」（第二輯，頁 97/（一）4）

按：「年計」即年度預算也。《大詞典》首例引《宋史·食貨志上四》：「又借轉運司錢穀以爲子種，至今未償，增入人馬防拓之費，仍在年計之外。」次例引〔宋〕王安石《乞制置三司條例》：「又憂年計之不足，則多方支移、折變以取之，民納租稅數或倍其本數。」稍晚。

ōu　毆打

伯 2979 唐開元二十四年（公元七三六年）九月《岐州郿縣尉勛牒判集》：「既糺合朋徒，指揮村野，橫捉里正毆打，轉將高元隱藏。」（第二輯，頁 618/72～73）

按：「毆打」即打、擊打也。《大詞典》首例引〔元〕楊梓《敬德不服老》第一折：「你本是開國元勳，論汗馬位列三公，今日赴宴不遵令，却用拳毆打道宗。」較晚。

péi　陪備

伯 2942 唐永泰年代（公元七六五～七六六年）《河西巡撫使判集》：「蟲霜旱澇、蓋不由人。類會校量，過應在己。勒令陪備，又訴貧窮。不依鄉原，豈可無罪。」（第二輯，頁 628/162～163）

按：「陪備」即預備、儲備也。《大詞典》首例引〔宋〕蘇轍《論雇河夫不便箚子》：「雖欲稍增數目，爲移用陪備等費，亦不當過有裒歛，以傷民財也。」

稍晚。

pī　披緇

伯 3677 蕃中辛巳歲（公元八○一年）《沙州報恩寺故大德禪和尙金霞遷神誌銘並序》：「纔十七，捨俗披緇。」（第五輯，頁 290/5～6）

按：「披緇」即出家爲僧尼。緇，緇衣，僧尼之服。《大詞典》首例引〔五代〕齊己《夏日寓居寄友人》詩：「披緇影跡堪藏拙，出世身心合向閒。」稍晚。

敦煌文書中不乏用例。又如伯 3720《前敦煌都毗尼藏主始平陰律伯眞儀讚》：「削髮清塵境，披緇躡海牙。」（第五輯，頁 187/3）斯 1438 吐蕃佔領時期〔註13〕《沙州守官某請求出家狀等稿四十多件》：「伏望矜臣老朽，許臣披緇。」（第五輯，頁 316/42）同卷下文「披緇杖錫，迴出人倫。」（第五輯，頁 321/111）「某定省外，可察，晚年披緇，翻成小憂。」（第五輯，頁 323/138）

píng　憑驗

斯 6537 6V～7V《立社條件（樣式）》：「謹具社人名目，用爲後憑驗。」（第一輯，頁 283/18～19）

斯 3877 2V 唐乾寧四年（公元八九七年）《張義全賣宅舍地基契（抄）》：「恐人無信，兩共對面平章，故勒此契，各各親自押署，用後憑驗。」（第二輯，頁 5/14～15）

按：「憑驗」猶憑證。《大詞典》例引《元代白話碑集錄·鳳翔長春觀公據碑》：「據全眞道人張志洞等連狀告稱：前去礌溪谷復建掌教丘眞人古跡長春觀院宇，田地在手，別無憑驗，恐有磨障，乞給公據事。」較晚。

憑由

伯 4974 唐天復年代《神力爲兄墳田被侵陳狀並判》：「當時依衙陳狀，蒙判鞫尋三件，兩件憑由見在，稍似休停。」（第二輯，頁 292/10～11）

按：「憑由」指官府發給的憑證。《大詞典》首例引《舊五代史·周書·太祖紀三》：「應有客戶元佃繫省莊田、桑土、舍宇，便賜逐戶，充爲永業，仍仰

〔註13〕 「吐蕃佔領時期」：從公元 762 年吐蕃佔領隴南，至公元 1073 年北宋大將王韶從吐蕃勢力下收復隴南地區，共 311 年。

縣司給予憑由。」稍晚。

pù　鋪席

斯 5693《瓜州兩郡大事記并序殘卷》:「洞芺偶有小疾,在於假中,未遂祇侯於衙庭〔閑〕悶,尤多於鋪席。」(第一輯,頁 79/1～2)

按:「鋪席」即鋪面,店鋪。《大詞典》首例引〔宋〕灌圃耐得翁《都城紀勝·鋪席》〔註14〕:「又有大小鋪席,皆是廣大物貨,如平津橋、沿河布鋪、扇鋪、溫州漆器鋪、青白碗器鋪之類。」

據《敦煌學大辭典》(頁 375),該寫本屬曹氏歸義軍時期(公元 914 年～公元 1036 年)寫本史書。《大詞典》首例稍晚。

qiàn　傔從

伯 2754 唐《安西判集殘卷存六道》:「郭微先因傔從,爰赴二庭,遂補屯官,方牒萬石,未聞檢校之效,遂彰罪過之蹤。」(第二輯,頁 613/71～72)

按:「傔從」即侍從、僕役也。《大詞典》首例引《舊唐書·封常清傳》:「每出軍,奏傔從三十餘人。」稍晚。

qiè　切害

伯 3608、伯 3252《唐律——職制、戶婚、廄庫律殘卷》:「諸指斥乘輿情理切害者,斬;言議政事乖失而涉乘輿者,非切害者,徒二年。」(第二輯,頁 502/(一)43)

按:「切害」即特別嚴重、極其厲害也。《大詞典》首例引〔宋〕司馬光《西京應天禪院及會聖宮奉安仁宗英皇帝御容了畢德音》:「應西京管內限德音到日,見禁罪人,除故殺、劫殺、鬥殺、謀殺、十惡及偽造符印、放火、官典犯贓不赦外,雜犯死罪降從流內,情理切害,奏取指揮。」

據《釋錄》後注三:本書書寫年代為載初九年至長安末年。其底本應為經垂拱改定的永徽律。《大詞典》首例稍晚。

〔註14〕《都城紀勝》成書於南宋理宗端平二年(公元 1235 年)。

qiú 囚禁

伯 3608、伯 3252《唐律——職制、戶婚、廐庫律殘卷》:「若祖父母、父母及夫犯死罪被囚禁,而作樂者,徒一年半。」(第二輯,頁 502/(一) 41～42)

按:「囚禁」即關押、拘禁也。《大詞典》首例引〔宋〕歐陽修《朋黨論》:「後漢獻帝時,盡取天下名士囚禁之,目爲黨人。」稍晚。

quán 全家

伯 2684 唐開元十年(公元七二二年)《沙州燉煌縣莫高鄉籍》:「神龍元年全家沒落。」(第一輯,頁 154/1)

按:「全家」即整個家庭、全家人也。《大詞典》首例引《三國演義》第八三回:「闞德潤以全家保卿,孤亦素知卿才。」較晚。

權且

伯 3711 唐大順四年(公元八九三年)正月《瓜州營田使武安君牒並判詞》:「大順四年正月□日瓜州營田使武安君係是先祖產業,董悉卑戶,則不許入,權且承種,其地內割(?)與外生安君地柒畝佃種。」(第二輯,頁 290/9～14)

按:「權且」即暫且、姑且也。《大詞典》首例引〔元〕無名氏《端正好》套曲:「玉兔窩中好避乖,權且將時光待。」較晚。

權知

斯 5629《燉煌郡等某乙社條壹道(樣式)》:「上件立條件端直,行乃衆僉,三官權知勾當。」(第一輯,頁 286/(一) 31～33)

按:「權知」謂代掌某官職。《大詞典》首例引《新唐書·西域傳上·黨項》:「(拓拔思恭)俄進四面都統,權知京兆尹。」

據郝春文《敦煌寫本社邑文書年代匯考(一)》〔註15〕,該件當成於敦煌置郡時期,大約是天寶元年(公元 742 年)到乾元元年(公元 758 年)這十幾年間。《大詞典》首例稍晚。

〔註15〕《首都師範大學學報(社會科學版)》1993 年第 4 期:第 34～35 頁。

跧藏

伯 2814 後唐天成三年戊子年（公元九二八年）二月《都頭知懸泉鎮遏使安進通狀七件》：「進通當時遂差遊弈使羅鉢衲等二人親往蹤出處探獲，的實在甚處跧藏，至定消息，星夜便令申報上州，兼當日差人走報常樂、瓜州。」（第四輯，頁 495/（三）6～11）

　　按：「跧藏」即蜷伏躲藏也。《大詞典》例引〔元〕許有孚《十二月廿又二日觀雪泠然台》詩：「平原飢兔巧跧藏，空闊蒼蠅飽飛掣。」較晚。

rú　如若

伯 3649 背後周顯德四年（公元九五七年）《吳盈順賣田契（抄）》：「如若先悔者，罰上馬壹疋，充入不悔人。」（第二輯，頁 11/7～8）

斯 5583 某年（公元九四八年？）《雇工契（抄）》：「如若忙時拋工壹日，尅物壹斗。」（第二輯，頁 64/6～7）

伯 3565 甲子年（公元九六四年或九〇四年）《氾懷通兄弟貸生絹契》：「如若於時不還者，於看鄉元逐月生利。」（第二輯，頁 128/4～5）

　　按：「如若」即如果也。《大詞典》首例引〔元〕高文秀《澠池會》楔子：「可遣人送玉璧至秦，換取連城，以結兩國之好。如若不從，兩國干戈必起。」較晚。

sān　三更半夜

伯 3324 背唐天復四年（公元九〇四年）《衙前押衙兵馬使子弟隨身等狀》：「右伏緣伏事在衙已來，便即自辦駝馬駐駞，不諫三更半夜，喚召之，繼聲鼓亦須先到，恐罪有敗闕（？）身役本無處身說□駞商量更亦無一人貼，遂針草自便，典家買（賣）舍□置（？）鞍馬，前使後使見有文憑，復令衙前軍將子弟隨身等判下文字，若有戶內別居兄弟者則不喜霑掉。」（第二輯，頁 450/2～9）

　　按：「三更半夜」，一夜分五更，半夜正值三更，為夜深之時。《大詞典》以為語出《宋史·趙昌言傳》：「四人者（陳象輿、胡旦、董儼、梁灝）日夕會昌言第。京師為之語曰：『陳三更，董半夜』。」且首例引〔元〕無名氏《桃花女》第一折：「等到三更半夜，拜告北斗星官去。」較晚。

sēng　僧俗〔註16〕

伯 2691《沙州城土鏡》：「後時僧俗捨身者亦有，只是狼狗而食，不見露跡異常者也。」（第一輯，頁 44/27～28）

按：「僧俗」指僧徒與一般人。《大詞典》首例引〔宋〕蘇軾《東坡志林·記遊廬山》：「已而見山中僧俗，皆云：『蘇子瞻來矣！』」

據《敦煌學大辭典》（頁 327），該寫本為五代沙州地志，撰於五代的後漢。《大詞典》首例稍晚。

shàng　上好

伯 3394 唐大中六年（公元八五二年）《僧張月光、呂智通易地契》：「立契〔已後〕或有人忓恠園林舍宅田地等稱為主記者，一仰僧張月光子父知（祇）當，並畔覓上好地充替，入官措案。」（第二輯，頁 2/13～15）

斯 3877 3V 唐天復二年壬戌歲（公元九○二年）《曹大行迴換屋舍地基契（稿）》：「若有別人作主，一仰大行忕（另）覓上好舍充替。」（第二輯，頁 7/7～8）

斯 2385《陰國政賣地契》：「□□□□稱為主者，一仰叔祇當，並畔覓上好地替，如□□□□□已後，不許別房侄男侵劫，如若無辜非理諍論，願□□天傾地陷。」（第二輯，頁 16/7～9）

斯 5820、斯 5826 拚合未年（公元八○三年）《尼僧明相賣牛契》：「如後有人稱是寒道（盜）識認者，一仰本主賣（買）上好牛充替。」（第二輯，頁 33/5～6）

按：「上好」即頂好、最好也。又如《大詞典》首例引〔元〕曾瑞《留鞋記》楔子：「梅香，取上好的胭脂粉來！」較晚。

上件

伯 2005《沙州都督府圖經殘卷》：「右唐乾封元年，有百姓嚴洪爽於城西李先王廟側，得上件石，其色翠碧，上有赤文，作古字云：下代卅，卜年七百。」

〔註16〕董志翹《〈入唐求法巡禮行記〉詞彙研究》第四章《〈入唐求法巡禮行記〉中的新詞新義及口語詞》（107～108 頁。）亦收。

（第一輯，頁 19/413～417）〔註17〕

斯 2041 唐大中某年《儒風坊西巷村鄰等社約》：「右上件村鄰等衆，就翟英玉家結義相和，賑濟急難，用防凶變，已後或有訛歌難盡，滿說異端，不存尊卑，科稅之艱，並須齊赴。」（第一輯，頁 271/二 1～3）

伯 5032（14）甲申年（公元九八四年）二月廿日《渠人轉帖》：「上件渠人，今緣水次逼近，切要通底河口，人各鍬钁壹事，白刺三束，枝兩束，拴一莖。」（第一輯，頁 404/4～5）

伯 3935 丁酉年（公元九九七年？）《洪池鄉百姓高黑頭狀（稿）》：「通計還得麥粟二百九十六石五斗，准於前案其上件物○○兼人上對來物並一總還訖。」（第二輯，頁 311/9～10）〔註18〕

按：「上件」猶上述也。《大詞典》首例引〔宋〕范仲淹〔註19〕《奏殿直王貴等》：「上件三人，並堪邊上任使，欲乞朝廷各轉一資，充沿邊寨主監押。」稍晚。

shēn 申陳

伯 4974 唐天復年代《神力爲兄墳田被侵陳狀並判》：「後至京中尙書到來，又是澆却，再亦爭論，兼狀申陳，判憑見在，不許校撓，更無啾唧。」（第二輯，頁 292/11～12）

伯 2942 唐永泰年代（公元七六五～七六六年）《河西巡撫使判集》：「自須樽節支給，豈得相次申陳。」（第二輯，頁 621/24～25）

按：「申陳」即申報陳述也。《大詞典》例引〔宋〕蘇轍《論衙前及諸役人不便箚子》：「檢會前後累據京東、京西、淮南路轉運……定州、河陽、潁昌府各申陳，據舊吏人詞訟，不請雇錢，事理不均。」稍晚。

〔註17〕 朱悦梅、李並成《〈沙州都督府圖經〉纂修年代及其相關問題考》（《敦煌研究》2003年第 5 期：第 61～65 頁。）認爲《沙州都督府圖經》自永徽二年以後在《沙州圖經》的基礎上，歷經武周，直至開元初，按照律令始終不斷修纂而成。

〔註18〕 ○○原爲「疋段」二字，已塗，未錄。

〔註19〕 范仲淹（公元 989 年～公元 1052 年）。

申謝

斯 5693《瓜沙兩郡大事記并序殘卷》:「勅令所司斷其龍舌,却賜張嵩,永爲勳蔭,仍賜號曰龍舌張代,并賜明珠七顆及錦綵、器皿、勅書等,優獎仍輕,不煩申謝。」(第一輯,頁 82/53~55)

按:「申謝」即表示謝意也。又如《宋史・樂黃目傳》:「入內副都知張繼能,嘗以公事請托黃目,至是未申謝,事敗,降左諫議大夫、知荊南府。」《大詞典》例引〔清〕蒲松齡《聊齋志異・寄生》:「王孫申謝而返,始告父母,遣媒要盟。」較晚。

shí 拾菜

伯 2040 背後晉時期《淨土寺諸色入破曆祘會稿》:「麵壹斗,三日拾菜沙彌用。」(第三輯,頁 404/(一)44~45)

按:「拾菜」採擷野菜也。《大詞典》云:唐代秦中一帶習俗,二月二日,仕女于曲江拾菜,士民游觀甚盛。參閱〔宋〕曾慥《類說》卷六引《秦中歲時記・拾菜》。無用例。此例可補且早於《類說》之例。

食飯

斯 527 後周顯德六年(公元九五九年)正月三日《女人社再立條件》:「一,社內榮凶逐(逐)吉,親痛之名,便於社格,人各油一合,白麵壹斤,粟壹斗,便須駈駈濟造食飯及酒者。」(第一輯,頁 274/5~6)

斯 6537 3V~5V《立社條件(樣式)》:「榮凶食飯,衆意商量,不許專擅改移,一切從頭勒定。」(第一輯,頁 282/25~26)

按:「食飯」即飯食也。《大詞典》例引〔金〕董解元《西箱記諸宮調》卷八:「准備了筵席,造下食飯,盃盤水陸地補裀,今日是良辰。」較晚。

shì 事先

伯 3608、伯 3252《唐律——職制、戶婚、廄庫律殘卷》:「諸有事先不許財,事過之後而受財者,事若枉,准枉法論;事不枉者,以受所監臨財勿(物)論。」(第二輯,頁 504/(一)75~76)

按：「事先」指事情未發生前。《大詞典》首例引《宋史・劉摯傳》：「（小人）希賞之心，每在事先；奉公之心，每在私後。」較晚。

sù　宿疹

斯 1475 6V 寅年（公元八二二年）《令狐寵寵賣牛契》：「如立契後，在三日內，牛有宿疹，不食水草，一任却還本主。」（第二輯，頁 34/6～7）

按：「宿疹」即舊病也。「疹」通痰。《大詞典》引〔宋〕曾鞏《福州謝到任表》：「惟皓首之慈闈，抱累年之宿疹，牽衣辭訣，泣涕分馳。」稍晚。

訴競

伯 3078、斯 4673 拚合唐神龍年代（公元七○五～七○六年）《散頒刑部格卷》：「雍、洛寄住及訴競人，亦准此。」（第二輯，頁 568/106～569/107）

按：「訴競」指訴說爭執。《大詞典》引例爲〔宋〕曾鞏《都官制》：「係累春饉之人，恤其廩給，而申其訴競，主以郎吏，國之舊章。」稍晚。

訴苦

伯 2691《沙州城土鏡》：「嗟呼！圓穹迴邈，訴苦而不膺；地理寬深，間之而莫答；父母衣襟之上，淚染血斑；弟妹顏貌之前，涕流玷滴；僧門明懌慟悲釋棟以傾摧，受戒門人痛法船而殞沒。」（第一輯，頁 44/39～41）

伯 3718 後晉《故歸義軍節度押衙知敦煌郡務李潤晟邈真讚並序》：「治民無訴苦之謠，差發有均平之稱。」（第五輯，頁 288/16～17）

按：「訴苦」即向人訴說自己的困難或痛苦。《大詞典》首例引《西遊記》第五八回：「弟子無奈，只得投奔南海，見觀音訴苦。」較晚。

sǔn　損毀

李盛鐸舊藏唐開元二十五年（公元七三七年）《律疏──雜律疏殘卷》：「誤損毀者，但令修立，不坐。」（第二輯，頁 527/1～2）

按：「損毀」猶損壞、毀壞。《大詞典》首例引魯迅《書信集・致楊霽雲》：「大約郵寄是有小小損毀之慮的。」甚晚。

tì 替換

伯 3078、斯 4673 拚合唐神龍年代（公元七〇五～七〇六年）《散頒刑部格卷》：
「一，詃誘官奴婢及藏隱并替換者，並配流嶺南。」（第二輯，頁 564/34）

　　按：「替換」即把原來的（工作著的人、使用著的衣物等）調換下來、倒換。
《大詞典》首例引〔宋〕司馬光《乞罷提舉官箚子》：「察其不稱職及有可以代
之者，先令權攝，仍奏乞替換。」稍晚。

tíng 停穩

伯 3730 背《某甲等謹立社條（樣式）》：「若有前劫後到，罰責致重不輕，更
有事段幾般，壹取衆人停穩。」（第一輯，頁 280/10～12）

斯 6537 3V～5V《立社條件（樣式）》：「上件條流，社內本成，一一衆停穩然
乃勒條，更無容易。」（第一輯，頁 282/39～40）

　　按：「停穩」即妥貼也。《大詞典》例引〔清〕黃六鴻《福惠全書·郵政·
購馬》附錄：「鷙智鼻曲直須停穩，尾似流星散不連。」較晚。

tōng 通傳

斯 3375、斯 1880、伯 4634 唐永徽二年（公元六五一年）《令卷第六東宮諸府
職員》：「典直四人，分掌宮內儀式導引及通傳勞問糾察非違，並請門出納之
事。」（第二輯，頁 544/（一）36）

　　按：「通傳」即通報傳達也。《大詞典》首例引《新唐書·百官志二》：「典
直四人，正九品下。掌宮內儀式，通傳勞問，糾劾非違，察出納。」稍晚。

tóu 投告

斯 4489 背宋雍熙二年（公元九八五年）六月《慈惠鄉百姓張再通牒（稿）》：
「今者再通債主旦暮逼迫，不放通容。其再通此理有屈，無門投告。」（第二
輯，頁 307/6～7）

伯 2504 年代未詳〔公元十世紀〕《龍勒鄉百姓曹富盈牒（稿）》：「都牙累年當
官，萬物閏於舍中，富盈雖霑微眷，久受單貧而活，如斯富者欺貧，無門投
告，伏乞（後空）」（第二輯，頁 313/9～12）

伯 4638 丙申年（公元九三六年）正月《馬軍武達兒狀》：「今被羊司逼迫，難

可存活，無處投告，伏乞司空阿郎仁恩，照察貧流，特賜與氾都知招丞、始有存濟。」（第四輯，頁 507/12～15）

按：「投告」即投奔告助也。《大詞典》首例引〔宋〕司馬光[註20]《涑水記聞》卷十二：「或更有山禺所部來投告者，令李士彬等只爲彼意婉順約回，務令安靜。」稍晚。

wáng　亡過 [註21]

伯 2837 背《辰年支剛剛等施入疏十四件》：「右弟子所施意者，一爲亡過慈母，願得神生淨土；二爲見存慈父，今患兩目，寢饍不安，日夜酸痛，無計醫療。」（第二輯，63/（十三）2～4）

斯 6537 2V《家童再宜放書一道（樣式）》：「將次放良福分，先資亡過，不曆三途；次及現存，無諸爲障。」（第二輯，頁 179/12～14）

伯 2982 後周顯德四年（公元九五七年）九月《梁國夫人潯陽翟氏結壇供僧捨施迴向疏》：「次願亡過尊考，早遊極樂之宮；見在枝羅，長臨福祿之慶。」（第三輯，96/5～7）

斯 86 宋淳化二年（公元九九一年）四月廿八日《迴施疏》：「右件所修，終七已後，並將奉爲亡過三娘子資福，超□幽冥，速得往生兜率內院，得聞妙法，不退信心，瞻禮毫光，消除罪障，普及法界，一切含靈，同共霑於勝因，齊登福智樂果，謹疏。」（第三輯，頁 105/16～20）

伯 2641《莫高窟再修功德記》：「亡過宗祖，邀遊切利之天；現在親因，恆壽康強之慶。」（第五輯，頁 234/18～235/19）

伯 3490 背《於當居創造佛剎功德記》：「亡過二親幽識承斯生淨土連宮；己躬及見在宗親得壽，年長命遠。」（第五輯，頁 237/23～25）

伯 3490 背《供養人題記三件》：「先奉爲龍天八部護佐郡人；使主尙書，永押邊府；次爲亡過姥妣，識坐蓮臺；己躬合家，無諸災障。」（第五輯，頁 241/6～8）

〔註20〕司馬光（公元 1019 年～公元 1086 年）。

〔註21〕董志翹《〈入唐求法巡禮行記〉詞彙研究》第四章《〈入唐求法巡禮行記〉中的新詞新義及口語詞》（113～114 頁。）亦收。

按：「亡過」即亡故、去世也。《大詞典》首例引〔元〕秦簡夫《剪髮待賓》第三折：「想你那父親亡過，若不是老身，豈有今日也呵。」較晚。

wéi　違式

伯 3813 背唐〔公元七世紀後期？〕《判集存十九道》：「至如衣服違式，並合沒官。」（第二輯，頁 605/121～122）

按：「違式」即違反規定或程式。《大詞典》首例引《宋史·呂溱傳》：「參（李參）劾其借官麴作酒，以私貨往河東貿易，及違式受餽贐，事下大理議。溱乃未嘗受，而外廷紛然謂溱有死罪。」較晚。

wú　無稽

大谷 2836 長安三年（公元七○三年）三月《燉煌縣錄事董文徹牒》：「三月一日受牒，一日行判無稽。」（第二輯，頁 330/32）

按：「無稽」即無從查考、沒有根據也。《大詞典》首例引〔宋〕吳曾《能改齋漫錄·事始二》：「本朝士大夫相傳，正月、五月、九月不上任。以火德王天下，正、五、九月皆火德生壯老之位。其從無稽也。」稍晚。

xì　係是

伯 3711 唐大順四年（公元八九三年）正月《瓜州營田使武安君牒並判詞》：「大順四年正月□日瓜州營田使武安君係是先祖產業，董悉卑戶，則不許入，權且承種，其地內割（？）與外生安君地柒畝佃種。」（第二輯，頁 290/9～14）

按：「係是」二字同義連用，即是、乃是也。《大詞典》首例引《水滸傳》第三回：「魯達係是經略府提轄，不敢擅自徑來捕捉凶身。」較晚。

xiàn　憲職

斯 663（2）《印沙佛文》：「惟公乃金聲夙鎭，玉譽早聞；列位名班，昇榮憲職。」（第一輯，頁 392/4）

按：「憲職」指負責彈劾糾察的都御史，御史一類官職。《大詞典》例引〔清〕黃宗羲《子劉子行狀》：「上大怒曰：如此偏儻，豈堪憲職，候旨處分。」較晚。

限約

伯 3813 背唐〔公元七世紀後期？〕《判集存十九道》：「彼此既自相貪，偶合誰其限約。」（第二輯，頁 604/108）

　　按：「限約」即限制約束。《大詞典》首例引《新唐書·楊瑒傳》：「國家啓庠序，廣化導，將有以用而勸進之。有司爲限約以黜退之，欲望俊乂在朝，難矣。」稍晚。

xiāng　相共〔註22〕

斯 2041 唐大中某年《儒風坊西巷村鄰等社約》：「一，所置義聚，備凝凶禍，相共助誠，益期賑濟急難。」（第一輯，頁 271/三 1）

　　按：「相共」即共同、一道也。又如王梵志《觀內有婦人》詩：「貧無巡門乞，得穀相共湌。」《大詞典》例引〔南唐〕馮延巳《拋球樂》詞：「且上高樓望，相共憑欄看月生。」稍晚。

xíng　行下

伯 3989 唐景福三年（公元八九四年）五月十日《立社條件憑記》：「立此條後，於鄉城恪令便推追逐行下。」（第一輯，頁 273/8～9）

斯 2596 背唐咸通七年（公元八六六年）《投社人替替狀》：「投□□□□（社人替替狀）右□□□□之日三官錄事等許替替投社，當日莚屈社人，已後社內若有文帖行下，替替依例承文，帖知，承三駄。」（第一輯，頁 292/1～6）

　　按：「行下」即行文下達也。《大詞典》首例引〔宋〕蘇軾《杭州上執政書》之二：「伏望相公一言，檢舉成法，自朝廷行下，便五穀通流，公私皆濟。」稍晚。

xiōng　凶變

斯 2041 唐大中某年《儒風坊西巷村鄰等社約》：「右上件村鄰等衆，就翟英玉

〔註22〕董志翹《〈入唐求法巡禮行記〉詞彙研究》第四章《〈入唐求法巡禮行記〉中的新詞新義及口語詞》（114 頁。）亦收。

家結義相和，賑濟急難，用防凶變，已後或有詬歌難盡，滿說異端，不存尊卑，科稅之艱，並須齊赴。」（第一輯，頁 271/二 1～3）

按：「凶變」謂事情變壞，猶言災難、禍患。《大詞典》例引《再生緣》第六一回：「若還遲誤遭凶變，臣媳的，弟死何須要麗君。」較晚。

xún　循還

伯 3560 背《沙州敦煌縣行用水細則與渠人（社）行人轉帖》：「宜秋一河，百姓麥粟等麻（麻等）地，前水澆溉，其床粟麻等地，還與傷苗同澆，循還至平河口已下，即名澆傷苗遍。」（第一輯，頁 397/67～398/69）

伯 3560 背《沙州敦煌縣行用水細則與渠人（社）行人轉帖》：「一，每年更重報澆麻荣水，從陽開、兩罔已上循還至北府河了，即放東河，隨渠取便，以澆麻荣，不棄水利，當行水，將爲四遍。」（第一輯，頁 398/77～79）

按：「循還」猶反復。《大詞典》例引蘇曼殊《與高天梅柳亞子書》：「頃接手示，厚意篤摯，循還銘讀，不知所以爲報。」較晚。

yā　押字

沙州文錄補宋乾德二年（公元九六四年）《史氾三立嗣文書》：「押字證見爲憑，天轉地迴，不（下缺）」（第二輯，頁 156/15～16）

斯 8443 A～H 甲辰年——丁未年（公元九四四～九四七年？）《李闍梨出便黃麻麥名目》：「孔憨奴便黃麻三斗，至秋四斗五升，押字爲憑。」（第二輯，頁 217/（B）4）

按：「押字」猶今言簽字也。《大詞典》引例爲〔宋〕范成大《坐嘯齋書懷》詩：「眼目昏緣多押字，胸襟俗爲少吟詩。」稍晚。

yán　顏情

伯 2942 唐永泰年代（公元七六五～七六六年）《河西巡撫使判集》：「尙書當過，具有文牒。所由顏情，妄事周匝。」（第二輯，頁 627/146）

按：「顏情」猶情面也。《大詞典》首例引《舊唐書·鄭覃傳》：「丕變風俗，當考實效。自三十年已來，多不務實，取於顏情。」稍晚。

yào　要不

伯 3560 背《沙州敦煌縣行用水細則與渠人（社）行人轉帖》:「如天時溫暖,河水消澤,水若流行,即須預前收用,要不待到期日,唯早最甚。」(第一輯,頁 396/51〜387/52)

按:「要不」猶否則也。《大詞典》首例引《兒女英雄傳》第十二回:「(張太太)打了兩個呵欠說道:『要不偺睡罷!』」較晚。

yí　移葬

伯 3608、伯 3252《唐律——職制、戶婚、廄庫律殘卷》:「即盜葬他人田者,笞五十;墓田加一等;仍令移葬。」(第二輯,頁 508/(一)129)

按:「移葬」即遷葬也。《大詞典》例引巴金《馬拉·哥代和亞當·魯克斯》:「他的遺骸被移葬在國葬院中。」甚晚。

yǐ　以致

伯 3608、伯 3252《唐律——職制、戶婚、廄庫律殘卷》:「若誤不依題署及題署誤,以致稽程者,各減罪二等。」(第二輯,頁 503/(一)60〜61)

按:「以致」表示由於上文所說的情況,引出了下文的結果(多指不好的結果)。《大詞典》首例引〔宋〕司馬光《諫西征疏》:「自古以來,國家富彊,將良卒精,因人主好戰不已,以致危亂者多矣。」稍晚。

yōu　優勞

斯 2241 歸義軍時期《君者者與北宅夫人書》:「又囑司空,更兼兵士遠送,前呈善諮令公,賜與羊酒優勞,合有信儀。」(第五輯,頁 23/6〜8)

按:「優勞」即嘉獎慰勞也。《大詞典》例引《宋史·許奕傳》:「遣奕使金……乃卒行成。還奏,帝優勞久之。」較晚。

yù　獄案

李盛鐸舊藏唐開元二十五年(公元七三七年)《律疏——雜律疏殘卷》:「公式令小事五日程,中事十日程,大事廿日程,徒罪以上獄案辯定後,卅日程。」(第二輯,頁 531/61〜63)

按：「獄案」即案件的文本。《大詞典》首例引《說郛》卷十九引〔宋〕曾三異《因話錄》：「岳武穆獄案，今在莆陽陳魯公家。始者無獄辭也，但大書『天日昭昭，天日昭昭』八字。」晚出。

zài　在日

斯 5812 丑年八月《女婦令孤大娘牒》：「右尊嚴翁家在日，南壁上有廚舍一口，張鸞分內，門向北開」（第二輯，頁 287/5）

按：「在日」即在世之日。《大詞典》首例引《二刻拍案驚奇》卷十：「所有老爹爹在日給你的飯米衣服，我們照賬按月送過來與你，與在日一般。」

據《敦煌學大辭典》（頁 369～370），「丑年」即吐蕃丑年，亦即公元 833 年。《大詞典》首例較晚。

zhào　召取

伯 2507 唐開元二十五年（公元七三七年）《水部式殘卷》：「安東都里鎮防人糧，令萊州召取當州經渡海得勳人諳知風水者，置海師二人，柂師肆人，隸蓬萊鎮。」（第二輯，頁 581/74～76）

按：「召取」即導致、引來。《大詞典》例引〔宋〕曾鞏《上歐陽學士第二書》：「故報罷之初，釋然不自動。豈好大哉？誠其材資召取之如此故也。」稍晚。

zhì　質賣

斯 3344 唐開元《戶部格殘卷》：「勅：諸州百姓，乃有將男女質賣，託稱傭力，無錢可贖，遂入財主。」（第二輯，頁 572/49）

按：「質賣」即典押或出賣。《大詞典》首例為《資治通鑒·唐憲宗元和四年》：「魏徵玄孫稠貧甚，以故第質錢於人……出內庫錢二千緡贖賜魏稠，仍禁質賣。」稍晚。

zhú　逐月

伯 2451 乙酉年（公元九二五年或九八五年）二月十二日《乾元寺僧寶香雇百姓鄧仵子契》：「從入雇已後，便須逐月逐日驅驅入作，不得拋（拋）却作功。」

（第二輯，頁 70/4）

　　按：「逐月」即一月一月地。《大詞典》首例引〔清〕黃六鴻《福惠全書・錢穀・立比簿》：「以便逐月與限單查對完欠之數。」較晚。

zhuī　追齋

　　伯 3774 丑年（公元八二一年）十二月《沙州僧龍藏牒──爲遺產分割糾紛》：「伯伯亡之日，所有葬送追齋，盡在大家物內，齊周針線寸尺不見。」（第二輯，頁 283/10）

　　按：「追齋」猶追薦也。《大詞典》例引《水滸傳》第二回：「史進一面備棺槨盛殮，請僧修設好事，追齋理七，薦拔太公。」較晚。

zhǔn　准定

　　伯 3560 背《沙州敦煌縣行用水細則與渠人（社）行人轉帖》：「其水遲疾，由水多少，無有准定。」（第一輯，頁 398/73）

　　按：「准定」指肯定、一定也。《大詞典》引《水滸傳》第十回：「若不是倒了草廳，我准定被這廝們燒死了。」較晚。

准格

　　北 8347 背宋開寶八年（公元九七五年）三月一日《鄭丑撻出賣宅舍地基與沈都和契（抄）》：「兩共對面平章爲定，准格不許休悔者。」（第二輯，頁 12/13）

　　按：「准格」猶言標準、規格。《大詞典》例引《新五代史・雜傳・李懌》〔註23〕：「懌笑曰：『年少舉進士登科，蓋偶然矣。後生可畏，來者未可量，假令予復就禮部試，未必不落第，安能與英俊爲准格？』」稍晚。

zuō　作坊

　　伯 4640 已未年～辛酉年（公元八九九～九〇一年）《歸義衙內破用用紙布曆》：「廿七日，支與作坊造扇細紙壹束兩帖。」（第三輯，頁 263/167）

　　按：「作坊」指從事手工製造加工的工廠，也稱「作場」、「坊」、「房」、

〔註23〕《新五代史》，〔宋〕歐陽修（公元 1007 年～公元 1072 年）編纂。

「作」等。古代有官府作坊及民間作坊之分。《大詞典》首例引《舊唐書・齊
復傳》：「先時西原叛亂，前後經略使征討反者，獲其人皆沒爲官奴婢，配作
坊重役，復乃令訪其親屬，悉歸還之。」稍晚。

此外，「湍激」（第一輯，頁 6/95～96）、「荒徼」（第一輯，頁 22/491）、「怕
懼」（第一輯，頁 81/44）、「排備」（第一輯，頁 293/5）、「輸納」（第二輯，頁
1/3）（第二輯，頁 503/（一）57）（第二輯，頁 627/144）、「押署」（第二輯，頁
5/15）、「塡納」（第二輯，頁 43/3）、「酌度」（第二輯，頁 66/2）、「保人」（第二
輯，頁 79/4）、「停分」（第二輯，頁 143/28）、「嘆美」（第二輯，頁 175/6）、「團
坐」（第二輯，頁 195/8）、「娉財」（第二輯，頁 509/（一）142）、「僞造」（第
二輯，頁 563/5）、「牓示」（第二輯，頁 618/58）、「援例」（第二輯，頁 621/20）、
冰蘗（第五輯，頁 137/6）、「葷羶」（第五輯，頁 290/4）（第五輯，頁 315/21）
等詞語在《釋錄》中的用例與《大詞典》首例時代相仿，也就是說，這些詞語
亦可能是產生於這一時代的新詞。

二、《大詞典》失收詞語

ào　奧典

伯 2704 後唐長興四至五年（公元九三三～九三四年）《曹議金迴向疏四件》：
「司空英傑，盡六藝之幽縣；諸幼郎君，窮九流之奧典。」（第三輯，頁 87/
（三）7～8）

伯 3827《歸義軍節度授官牒樣式》：「博達之百家奧典；壯歲出於軍伍，勇猛
之三略沉謀。」（第四輯，頁 304/3～4）

按：「奧典」本指深奧的典籍，引申爲典雅、深奧也。如《藝文類聚》卷
七十六引王筠《國師草堂寺智者約法師碑》：「師子之座，高廣於燈王，聽法
之筵，衆多於方丈，開寶函之奧典，闡金字之微言，顯證一乘，宣揚三慧，
辯才無閡，遊戲神通，莫不皆悟無生，咸知妄想。」《太平御覽》卷二百三十
八引《魏志》：「魯芝字世英，就思墳籍，研精稽古，自三代之奧典，聖人之
微言皆該覽焉。」又卷四百八引何玄之《梁典》：「劉許，字彦度。與陳留阮
籍、李緒申金蘭之契。築室鍾阜之傍，共聽內義，鑽尋奧典。」《大正藏》
No.2121〔南朝梁〕寶唱等集《經律異相》卷一：「自茲厥後傳譯相繼，三藏

奧典雖已略周，九部雜言通未區集。」No.1585〔唐〕玄奘譯《成唯識論》卷十：「盡邃理之希微，闡法王之奧典。」《大詞典》當補。

bǐng 稟奉

斯 5629《燉煌郡等某乙社條壹道（樣式）》：「逐吉追凶，應有所勒條格，同心壹齊稟奉，一春秋二社，每件局席，人各油豹麥粟，主人逐次流行。一，若社人本身及妻二人亡者，贈例人麥粟及色物，准數進（？）要使用，及至葬送，亦次痛烈，便供親兄弟一般輕舉，不許憎嫌娀（穢）污。」（第一輯，頁 285/（一）10〜286/（一）20）

按：「稟」有遵循、奉行之義。如伯 4960 甲辰年五月廿一日《窟頭修佛堂社條》：「或有不稟社禮，不知君臣上下者，當便三人商量，罰目□膿膩一筵，不得違越者。」（第一輯，頁 277/11〜13）斯 3879《爲釋迦誕大會念經僧尼於報恩寺雲集帖》：「若有不稟條流，面掃裝眉，納鞋赴衆，發長逐伴者，施罰不輕。」（第四輯，頁 153/8〜10）《唐大詔令集》卷四十九《楊嗣復李珏平章事制》：「從政稟詩書之教，承家達禮樂之源。」

「稟奉」即遵奉、遵守也。佛典中不乏用例。如《大正藏》No.191〔宋〕法賢譯《衆許摩訶帝經》卷九：「今欲於大沙門法中出家，而爲僧伽稟奉教敕，修持梵行，唯願慈悲，特賜聽許。」又卷十：「又白佛言：我等各各將諸弟子同來投佛，於正法中願得出家，稟奉尸羅修持梵行，願佛大慈哀愍聽許。」No.2097〔宋〕陳田夫撰《南嶽總勝集》卷三：「子文曰：『更有教戒，誓當稟奉。』」No.2025〔元〕東陽德輝編《敕修百丈清規》卷八：「先時白光去室，金錫鳴空，靈溪方春而涸流，杉燎竟夕以通照，妙德潛感于何不有，門人法正等嘗所稟奉，皆得調柔，遞相發揮，不墜付囑。」No.2036〔元〕念常撰《佛祖歷代通載》卷十八：「國初吳越永明智覺壽禪師，證最上乘，了第一義，洞究教典，深達禪宗，稟奉律儀，廣行利益。」

《大詞典》「稟奉」（稟，《集韻》力錦切，上寑，來）指俸祿。當增「稟奉」（稟，《廣韻》筆錦切，上寑，幫）條。

chàng 出唱

伯 3556 後周顯德六年（公元九五九年）十二月《押衙曹寶昇牒》：「右保昇去

載臨時差弟保定入奏,唱貸諸人鞍馬物色進路。」(第二輯,頁 304/2～3)

斯 4192 丑年《悲濟花等唱賣得入支給曆》:「悲濟花前九斗折唱外,合得三石六斗五升。」(第三輯,150/1)

伯 3850 背酉年四月《僧神威等牒殘卷》:「諸家捨施總唱得布一百尺。」(第三輯,頁 304/12)

按:「唱」即出唱也。如斯 2447 亥年(公元八三一年?)十月一日以後《諸家散施入經物歷稿》:「僧伯明施三歲特子壹頭,出唱得經紙三拾帖。杜都督施紅單絹裙壹並腰帶,出唱得布壹伯叁拾尺,又施麥伍㪷。」(第三輯,74/3～5)「出唱」活動類似近代以來的拍賣,是唐後期五代宋初敦煌僧團與僧人頻繁舉行的一項重要經濟活動〔註24〕。《大詞典》當補。

唱說

斯 526 歸義軍曹氏時期《武威郡夫人陰氏致某和尚書》:「已後諸官人口說:和尚去時於阿郎極有唱說不是。」(第五輯,頁 38/4～5)

斯 526 歸義軍曹氏時期《武威郡夫人陰氏致某和尚書》:「今者為甚不知唱說惡名,左右人聞,名價不善,倍多羅塞,欲得和尚再要迴來,要知腹事。」(第五輯,頁 38/7～8)

按:「唱」有宣揚之義。如〔唐〕司空圖《唐故太子太師致仕盧公神道碑》:「彼凍餒所迫,未聞肆毒。吾因而撫之,冀其返善。若首唱其惡,彼畏彰聞,則懷疑蜂潰矣。」「唱說」即宣揚、敘說也。如《敦煌變文校注·金剛醜女因緣》:「大王羞恥,嘆訝非常。遂處分宮人,不得唱說,便遣送至深宮,更莫將來,休交(教)朕見。」(頁 1103)《全梁文》卷三十《內典序》:「若夫叉跪運心,期誠匪迹,而導達神功,照啓未悟,唱說之美,義兼在斯。」《大正藏》No.286〔後秦〕鳩摩羅什譯《十住經》卷四:「諸佛子,我今唱說,令汝知之。」No.99〔南朝宋〕求那跋陀羅譯《雜阿含經》卷四十七:「以是故,於此林中多人高聲大聲唱說之聲,唯願世尊當受彼食。」No.2059〔南朝梁〕慧皎《高僧傳·唱導十·曇宗》:「釋曇宗,姓虢,秣陵人,出家止靈味寺,

---

〔註24〕郝春文《唐後期五代宋初敦煌僧尼的社會活動》第五章《敦煌僧尼的宗教收入(上)》第二節《敦煌僧團與僧人的「出唱」活動》,第 270 頁。

少而好學，博通眾典，唱說之功，獨步當世。」No.2122〔唐〕道世撰《法苑珠林》卷一百七：「又梵網經云：爾時智者向十方佛爲受戒人，唱說羯磨已，十方諸佛及諸菩薩，遙見是人生子想弟想，咸皆垂心憐愍護念。」又卷一百十一：「爾時世尊爲大眾說法，僧護比丘在大眾中，高聲唱說己先所見地獄因緣。」No.156《大方便佛報恩經》〔註25〕卷三：「我等今者衰禍將至，雖復眾人之中，唱說此言而不信受。」《大詞典》當補。

chè　掣奪

伯 3391 丁酉年（公元九三七年）《租用油樑水磑契（稿）》：「如若不納課稅，掣奪家資，用充課物。」（第二輯，頁 31/4〜5）

斯 1403 某年十二月《程住兒雇驢契》：「如若不還，便任掣奪便皮賈 □ 仰住兒裴（陪）掣」（第二輯，頁 42/4〜5）

斯 4192 未年（公元八〇三年？）四月五日《張國清便麥契》：「未年四月五日，張國清逐於處便麥叁蕃馱。其麥並限至秋八月末還。如違不還，其麥請倍（陪）。仍掣奪〔家資〕，如中間身不在，一仰保人代還。」（第二輯，頁 79/1〜4）

伯 3192 背唐大中十二年（公元八五八年）《孟憨奴便麥契稿》：「如爲（違）不還者，掣奪家資雜田勿（物）充。」（第二輯，頁 108/3〜4）

伯 2504 背辛亥年（公元九五一年）《康幸全貸絹契（稿）》：「忽若推言，掣奪家資。」（第二輯，頁 124/6）

按：「掣奪」即牽制、強取也。佛典中亦有例證。〔註26〕《大詞典》當補。

chōu　抽減

伯 4040 背金山國時期《修文坊巷社再緝上祖蘭若，標畫兩廊大聖功德讚并存》：「厥有修文坊巷社燉煌耆壽王忠信、都勾當伎術院學郎李文進知社衆等計冊捌人，抽減各己之財，造斯功德。」（第一輯，頁 385/12〜17）

伯 2483《申年比丘尼修德等施捨疏十三件》：「右所施意者，爲己身染疾，經

〔註25〕據《大正藏》，失譯人名在後漢錄。

〔註26〕詳見第三章《〈釋錄〉通讀研究》第二節《本該通讀，誤而不用》第 26 條。

今一旬有餘，藥食雖投，不蒙抽減，慮恐身隨井竭；命逐騰危；謹捨前件衣資、投二部大衆，起慈濟心，乞垂懺謝。」（第三輯，頁 64/5～8）

按：「抽減」當爲抽出、減少（輕）之義。如〔唐〕白居易《論行營狀‧請因朱克融授節後速討王庭湊事》：「今天下諸色錢內，每貫已抽減三百。」〔宋〕王溥《唐會要‧內外官料錢上》：「初，宰相以國用不足，故權請抽減諫官，及言事者累陳表章，以爲非便，故復下此詔以罷之。」《宋史‧汪立信傳》：「時襄陽被圍危急，立信上疏『請益安陸府屯兵，凡邊戍皆不宜抽減，黃州守臣陳奕素蓄異志，朝廷宜防之。』」《大正藏》No.190〔隋〕闍那崛多譯《佛本行集經》卷二十七：「是時夜叉，即便抽減少許人衆，去彼菩提樹下不遠，伏藏而住。」No.2060〔唐〕道宣撰《續高僧傳‧譯經三‧慧賾》：「又抽減什物，用寫藏經，尋閱纔止便修虔奉。」《大詞典》當補。

chū　出便

伯 3370 戊子年（公元九二八年）六月五日《某寺公廨麥粟出便與人抄錄》：「戊子年六月五日公廨麥粟出便與人抄錄如後。」（第二輯，頁 207/1）

斯 7963 年代不明《公廨司出便物名目》：「□□□□肆月十八日公解司出便物名目」（第二輯，頁 250/1）

按：「出便」即出貸也。此處「便」作借貸也。如伯 3444 背寅年（公元八一〇年？）四月五日《上部落百姓趙明明便豆契》：「寅年四月五日，上部落百姓趙明明爲無種子，今於處便豆兩碩八斗。」（第二輯，頁 80/1～2）《資治通鑒‧後唐同光二年》：「豆盧革嘗以手書便省庫錢十萬。」胡三省注：「今俗謂借錢爲便錢，言借貸以便用也。」《大詞典》當補。

chǔ　處代

伯 2625《敦煌名族志殘卷》：「希次子嗣瑗，素蘊忠貞、志存仁孝，孫吳秘術，上崇有聞，處代名超，元緒逸之。」（第一輯，頁 101/37～39）

伯 2625《敦煌名族志殘卷》：「果次子元祥，立性賢和，悅敦詩禮，能仁亦物，處代名光。」（第一輯，頁 101/47～48）

按：「處代」爲身處其世之義。如〔唐〕杜佑《通典‧選舉四》：「人生處代，以榮祿爲重，修身履行，以慕聲名。然逢時既難，失時爲易。」《文苑英

華》卷六百九十四蘇安恒《請復子正位疏》：「臣山中一草萊耳，無擊鐘鼎食之榮，有碩學鴻儒之業。臣來日，跪而辭父，父謂臣曰：『丈夫處代，君子生年，必當獻一謀、畫一策，厥塗不就，草木何殊？今上有堯舜之德，下有稷皋之位……』」《文章辨體彙選》卷一百八十七穆質《賢良方正能直言極諫策》：「古人云：『人生處代，如白駒過隙耳。』何忽自苦如此。」《御定歷代賦彙》卷六十四〔唐〕張友正《請長纓賦》：「士之處代，貴乎排難解紛，扞災攘禍。重立信於金石，急成仁於水火。儻見授於長纓，願輕生而致果」《大正藏》No.1733〔唐〕法藏述《華嚴經探玄記》卷七：「於中四，初總標舉。二我當為一切下建志欲於一切處代苦。三我當於一一下明於一切時代苦。四何以故下釋代苦意。」No.2052〔唐〕冥詳撰《大唐故三藏玄奘法師行狀》卷一：「自如來一代所說，鷲峰方等之教，鹿苑半字之文，爰至後聖，馬鳴龍猛，無著天親，諸所製依及灰山柱等十八異執之崇，五部殊塗之致，並雙，羅研究達其旨，悉得其文，并佛處代之跡。」No.2036〔元〕念常撰《佛祖歷代通載》卷十四：「是以釋迦如來為法而生，俟時而現，三身不異，故處代而常離，萬行無修。」《大詞典》當補。

cuò　措言

伯3774丑年（公元八二一年）十二月《沙州僧龍藏牒——為遺產分割糾紛》：「今大哥所用斛斗，財物，牛畜，及承伯伯私種斛斗，先經分割財物，約略如前，一一並無虛謬。更有細碎，亦未措言。」（第二輯，頁286/65～68）

按：「措言」義同厝言，進言也。如《宋書·范泰傳》：「泰謂忱曰：『酒雖會性，亦所以傷生。遊處以來，常欲有以相戒，當卿沈湎，措言莫由，及今之遇，又無假陳說。』」《陳書·毛喜傳》：「世祖崩，廢帝沖昧，高宗錄尚書輔政，僕射到仲舉等知朝望有歸，乃矯太后令遣高宗還東府，當時疑懼，無敢措言。」《隋書·刑法志》：「仁壽中，用法益峻，帝既喜怒不恒，不復依準科律。時楊素正被委任。素又稟性高下，公卿股慄，不敢措言。」《北史·后妃傳下·隋煬愍皇后蕭氏》：「時后見帝失德，心知不可，不敢措言，因為《述志賦》以自寄焉。」《大詞典》當補。

dǎ　打棒

沙州文錄補宋乾德二年（公元九六四年）《史氾三立嗣文書》：「若或氾三後有

男女，并及阿朵長成人欺屈願壽，倚大猥情作私，別榮小□□故非理打棒，押良爲賤者，見在地水活業，各取壹分，前件兄弟例，願壽所得麥粟債伍拾碩，便任叔氾三自折升合，不得論算。」（第二輯，頁 156/5～9）

伯 3223《永安寺法律願慶與老宿紹建相諍根由責堪狀》：「因慈願慶向老宿說此偏併之事，便乃老宿掉杖打棒願慶。」（第二輯，頁 310/2～3）

按：《廣韻·講韻》：「棒，打也。」「打棒」爲同義復詞，即毆打也。如《冊府元龜·臺省部·奏議》：「或副應稍遲，即便恣行打棒。既遭屈辱，寧免怨嗟，天聽未聞，無處披訴。」《大正藏》No.203〔北魏〕吉迦夜、曇曜譯《雜寶藏經》卷六：「時摩訶羅，復問之言：『我有何罪，橫加打棒。』」No.2122〔唐〕道世撰《法苑珠林》卷七十二：「其大夫人見其有身，便生嫉妬，密與毒藥令彼墮胎。姊妹眷屬即詣其所，與彼大婦極共鬪諍，遂相打棒問其虛實。」又卷九十四：「人聞慳鬼開門走避，盧至得入，居家眷屬，悉皆不認。言是慳鬼，即便捉脚，倒曳打棒，驅令出門。」又卷九十四：「家人不識，打棒驅出，反如路人。」《大詞典》當補。

打戾

斯 3344 唐開元《戶部格殘卷》：「所有忿爭，不經州縣，結集朋黨，假作刀排以相攻擊，名爲打戾。」（第二輯，頁 572/44～45）

按：「打戾」即打斗、斗毆也。如《文苑英華》卷五百三十《水石類銀判》：「嶺南村洞間百姓水石大小類銀，因忿爭打戾。」《大正藏》No.1806〔唐〕道宣述《四分律比丘含注戒本》卷三：「或病，或爲人打戾身避杖，或惡獸觸，或逢擔刺戾身避，或度坑搖身過，或著衣看齊整者。」《大詞典》當補。

dǎo　禱望

斯 529 同光二年（公元九二四年）《歸文致評事啓》：「即日歸文蒙恩，不審近日尊體何似，伏惟以時倍加保重，遠情禱望。」（第五輯，頁 11/2～5）

伯 4092《新集雜別紙》：「不審近日尊體何似，伏惟俯爲生民精保重，卑情禱望，謹狀。」（第五輯，頁 432/220）

按：「禱望」爲書儀客套用語，祈望、期望也。如〔宋〕歐陽修《與韓忠

獻王（皇祐二年）》：「北俗蒙惠，邊防有條，宜歸大用，以及天下。不勝禱望之至，謹奉狀敘謝。」〔宋〕胡宿《樞密侍中問候啓》：「伏惟某官，大修厥德，夙壯其猷，爲一代之宗臣，論三公之至道。樂只流詠，式殿于大邦；良哉作歌，克康于元首。永毗寶統，長處師瞻，凡在幅員，僉同禱望。」〔宋〕陳襄《又與蔡舍人啓》：「公有可言之時能致之吾君，有所用於天下，亦公功德於民不小也。不勝禱望之至。」《大詞典》當補。

diǎn 點甎

伯 3633《謹撰龍泉神劍歌一首》：「金風初動虜兵來，點甎干戈會柏臺。」（第四輯，頁 382/17）

伯 2992 背《朔方軍節度使檢校太傅兼御史大夫張狀》：「當道至八月廿二日專差軍將袁知敏，却賷書牒，往方渠鎮諮報軍前，太傅已依此時日應副訖，見亦點甎兵士，取九月三日發赴土橋子接迎，於九日到府次。」（第四輯，頁 394/16～20）

按：「點」，徵調也。如〔唐〕白居易《新豐折臂翁》詩：「無何天寶大徵兵，戶有三丁點一丁。」「甎」，整頓、戒備也。如〔宋〕岳飛《奏目疾乞解軍務箚子》：「已整甎在寨軍馬。」「點甎」即征調、整頓之義。如《冊府元龜·諫諍部·直諫》：「請陛下詔勑令，在京及諸道，常加點甎，安撫兼勤，給其衣粮，務令得所。」《全唐文》卷八二十七〔唐〕牛蕘《報坦綽書》：「坦綽今既離彼巢穴，犯我封圻，當道已排比戰場，點甎戈甲。」《大詞典》當補。

duàn 斷作

伯 3394 唐大中六年（公元八五二年）《僧張月光、呂智通易地契》：「又月光園內有大小樹子少多，園牆壁及井水開道功直解（價）出買（賣）與僧呂智通，斷作解（價）直：青草驢壹頭陸歲，麥兩碩壹㪷，布叁丈叁尺，當日郊（交）相分付，一無玄欠。」（第二輯，頁 2/11～13）

斯 1285 後唐清泰三年（公元九三六年）《楊忽律哺賣宅舍地基契》：「斷作舍賈，每地壹尺斷物壹碩貳㪷，兼屋木並枕，都計得物叁拾叁碩柒㪷。」（第二輯，頁 9/6～7）

斯 6063 乙亥年（公元九一五年？）《索黑奴等租地契》：「其地斷作價直，每畝壹碩二斗，不諫諸雜色目，並總收納。」（第二輯，頁 28/3～5）

斯 6341 壬辰年（公元九三二年？）《雇牛契（樣式）》：「壬辰年十月生六日洪池鄉百姓厶（某）乙闕少牛畜，遂雇同鄉百姓雷粉堆黃自牛一頭，年八歲，十月至九月末，斷作雇價每月壹石，春價被四月叁匹。」（第二輯，頁 40/1～3）

伯 2249 背壬午年（公元九二二年或九八二年）《康保住雇工契》：「從正月之九月末，斷作每月壹馱，春〔衣〕壹對，汗衫壹領，褌襠壹腰，皮鞋壹兩。」（第二輯，頁 71/2～3）

按：「斷作」相當於判作、折作也。如《唐律疏義・名例五》「若前輸贓物後應還者，還之」《疏義》曰：「假令甲有九品官，犯徒一年，詐爲從罪前斷處杖一百，徵銅十斤今依首論，斷作一年徒坐，以九品一官當徒坐盡，前徵銅十斤者還之，是名前輸贓物，後應還者，還之。」又《名例六》「所監臨等並是輕重不等……合流二千里之類」《疏義》曰：「假有官人枉法，受甲乙丙丁四人財物，各有八疋之贓，甲乙二人先發，贓有一十六疋，累而倍之，止依八疋而斷，依律科流，除名已訖；其丙丁二人贓物於後重發，即累見發之贓，別更科八疋之罪。後發者與前既等，理從勿論，不得累併前贓作一十六疋、斷作死罪之類。」《大詞典》當補。

fá 栰喻

伯 4640《翟家碑》：「望物知津，使歸栰喻。」（第五輯，頁 89/50～90/51）

按：「栰喻」又作筏喻。其義可參《大正藏》No.1703〔後秦〕鳩摩羅什譯《金剛般若波羅蜜經註解》卷一：「言筏喻者，論云：『如欲濟川，先應取筏，至彼岸已捨之而去。』又《智論》引《筏喻經》云：『汝等若解我筏喻法，是時善法宜應棄捨，況不善法，斯乃無所得之要術，俾不凝滯於物矣。」意思是如同乘筏渡水，上岸後筏要拋棄一樣，一般的言語，甚至佛的言說都只是手段，只能借助它們來體悟事物的眞實本質，達到目的後，這些手段要拋棄，不能總是執著。〔註27〕佛典中履見。如《大正藏》No.761〔北魏〕菩提流支譯《佛說

〔註27〕姚衛群《佛教禪思想的形成發展及主要特點》，《中國禪學》（第一卷）中華書局 2002 年：第 77 頁。

法集經》卷四：「說道如筏喻，以必捨筏喻。」No.2103〔唐〕道宣撰《廣弘明集・誡功篇》：「故使教門亦有八萬四千法藏，至於病銷惑遣，藥亦隨亡，如筏喻者，可以情悉。」No.2061〔宋〕贊寧撰《宋高僧傳・明律一・道岸》：「乃歎曰：『學古入官，紆金拾紫，儒教也。餐松餌栢，駕鶴乘龍，道教也。不出輪迴之中，俱非筏喻之義，豈若三乘妙旨，六度宏功，緇銖世間，掌握沙界哉？』」《大詞典》當補。

fū　膚第

伯 3714 背唐總章二年（公元六六九年）八月九月《傳馬坊牒案卷》：「牒上件馬去七月廿一日被差送帛練往伊州呈滿□□充乘給使人□□□州□□□到縣，請定膚第。」（第四輯，頁 419/25〜27）

伯 3714 背唐總章二年（公元六六九年）八月九月《傳馬坊牒案卷》：「牒上件馬給使人楊玄乘往伊州呈滿，覆乘至此，請定膚第。」（第四輯，頁 420/40）

按：「膚第」為劃分畜生的等第的指標之一。如《唐六典・少府軍器監・互市監》：「凡互市所得馬、駝、驢、牛等，各別其色，具齒歲、膚第，以言於所隸州、府，州、府為申聞。」《新唐書・兵志四十》：「凡征伐而發牧馬，先盡彊壯，不足則取其次。錄色、歲、膚第、印記、主名送軍，以帳馱之，數上於省。」《大詞典》當補。

guī　規猷

伯 3556《南陽郡張氏淮深女墓誌銘稿並序》：「皇祖諱議譚，歸義軍節度兵馬留後使，後入質歸朝，受（授）金吾衛大將軍。明時祥瑞，聖代規猷。神謀授渭水之機，妙算蘊圮橋之策。」（第五輯，頁 182/14〜16）

按：「規猷」猶法則、法度也。如〔宋〕楊億《令諡曰忠武李公墓誌銘》：「公忠誠感發，規猷宏遠。公家之事，知無不為；帷幄之籌，言皆可復。」《唐大詔令集》卷四十九《崔鄲平章事制》：「貞觀開元之法度具存，房魏姚宋之規猷盡在。咨爾丞相，舉而行之，可守本官同中書門下平章事。」《大正藏》No.1423〔南朝梁〕明徽撰《五分比丘尼戒本》卷一：「事既塵沙，法寧限局，規猷浩博，豈可勝言。」No.1804〔唐〕道宣撰《四分律刪繁補闕行事鈔》卷一：「若此以明則心境相照，動合規猷，繁略取中，理何晦沒。」No.2060

〔唐〕道宣撰《續高僧傳·譯經四·那提》:「至如梵文天語,元開大夏之鄉,鳥跡方韻,出自神州之俗。具如別傳,曲盡規猷,遂有僥倖時譽,叨臨傳述,逐轉鋪詞,返音列喻,繁略科斷,比事擬倫,語跡雖同,校理誠異。」又《護法下·慈藏》:「時王臣上下,僉議攸歸,一切佛法,須有規猷,並委僧統,藏令僧尼,五部各增舊習,更置綱管,監察維持。」No.2103〔唐〕道宣撰《廣弘明集·誡功篇》:「然三歸五品戒法兩科,七衆小學要以三歸爲宗,一乘大教必崇三聚爲本,並如經律具顯,規猷卓爾,憲章行業,明逾鑒鏡。」《大詞典》當補。

huī　恢然

伯 4660 唐《河西節度押衙兼侍御史鉅鹿索公邈真讚》:「間生英傑,穎拔恢然。」(第五輯,頁 127/2)

按:「恢然」即弘大、寬廣之貌也。如《周書·李賢傳附弟遠》:「賢弟遠,字萬歲。幼有器局,志度恢然。嘗與羣兒爲戰鬭之戲,指麾部分,便有軍陣之法。」《新唐書·賈耽傳》:「其器恢然,蓋長者也,不喜臧否人物。爲相十三年,雖安危大事亡所發明,而檢身屬行,自其所長。」〔宋〕胡宏《皇王大紀》卷七十八《三王紀·赧王》:「故無不愛也,無不敬也,無與人爭也,恢然如天地之苞萬物。」《歷代名臣奏議》卷三百四十八《四裔》:「古之人君恢然有帝王之度,而其明哲英睿足以權天下強弱、利害之勢者,西京之文帝、東京之光武是也。」《大詞典》當補。

huí　迴博

伯 3394 唐大中六年(公元八五二年)《僧張月光、呂智通易地契》:「大中年壬申十月二十七日,官有處分,許迴博田地,各取穩便。」(第二輯,頁 2/6～7)

按:「博」特指以貿易方式換取,即交換也。如王梵志《父子相憐愛》詩:「父子相憐愛,千金不肯博。」「迴博」即迴換也。如《舊唐書·食貨志上》:「數載之後,漸又濫惡,府縣不許好者加價迴博,好惡通用。」《大詞典》當補。

敦煌文書又作「迴換」。如斯 3877 3V 唐天復二年壬戌歲(公元九〇二年)《曹大行迴換屋舍地基契(稿)》:「天成(復)貳年壬戌歲:〔□月〕拾叄日,

赤心鄉百姓曹大行，遂將前件舍地迴換與洪潤鄉百姓令狐進通，取國坊南壁上進通上 件屋舍 兩口，內一口無屋（？）東西叁仗（丈）伍尺，南北一仗（丈）二尺，並基。」（第二輯，頁 7/1～4）

huǐ　毀除

伯 2005《沙州都督府圖經殘卷》：「屋宇毀除，其階尚存。」（第一輯，頁 14/295）

　　按：「毀除」即毀棄也。如《南齊書・文惠太子傳》：「世祖履行東宮，見太子服翫過制，大怒，敕有司隨事毀除，以東田殿堂爲崇虛館。」又《蕭惠基傳》：「惠基西使千余部曲，竝欲論功，惠基毀除勳簿，競無所用。」《大正藏》No.2122〔唐〕道世撰《法苑珠林》卷八：「女既歸家，即毀除鬼座，繕立精廬，夜齋誦。」又卷二十一：「副鎮將上開府長孫哲，志不信法。聞有靈感先欲毀除。」

　　敦煌文書中亦作「除毀」，意思相同。如同卷上文：「屋宇除毀，墙階尚存。」（第一輯，頁 13/280）同卷下文：「其堂在子城中，恭德殿南，今並除毀。」（第一輯，頁 14/302～303）《大詞典》收「除毀」而未收「毀除」。

jìn　盡終

斯 6537 3V～5V《立社條件（樣式）》：「本身若也盡終，便須男女承受，一准先例，更不改彰（張）。」（第一輯，頁 282/36～37）

伯 3443 壬戌年（公元九二〇或九六二年）《胡再成養男契》：「自養已後，便須孝養二親，盡終之日，不發逆心。」（第二輯，頁 155/2～3）

伯 4525 12 宋太平興國八年（公元九八三）《養女契（稿）》：「今得宅僮康願昌有不屬官女厶亦覓活處，二情和會，現與生女父孃乳哺恩其女作爲養子盡終事奉。」（第二輯，頁 157/4～7）

　　按：第一、第二句中的「盡終」爲同義復詞，意思是命盡而終，即死的婉詞。如《大正藏》No.1721〔隋〕胡吉藏撰《法華義疏》卷十：「我本行菩薩道所成，壽命今猶未盡，以行因滿初證佛果，是故有始，一證已後，湛然不滅，故無有盡終。」No.213〔宋〕天息災譯《法集要頌經》卷一：「生者皆盡終，有

情亦如是。行惡入地獄，修善則生天。」

第三句中的「盡終」即直至最後、至始至終也。如《大正藏》No.1997〔宋〕圓悟克勤撰《圓悟佛果禪師語錄》卷十四：「放教自由自在，不被法縛，不求法脫，盡始盡終，打成一片。」No.2003〔宋〕圓悟克勤編《佛果圓悟禪師碧巖錄》卷十：「垂示云：收因結果，盡始盡終，對面無私，元不曾說。」

《大詞典》可據此補「盡終」。

jīng 兢心

斯 1897 龍德四年（公元九二四年）《雇工契（樣式）》：「入作之後，比至月滿，便須兢心，勿□（得）二意。時向不離，城內城外，一般獲時造作，不得拋滌工夫。」（第二輯，頁 59/5～7）

按：「兢心」即小心也。如〔唐〕楊炯《後周明威將軍梁公神道碑》：「公祗奉王庭，職司兵衛，八屯由其增峻，五校於是克宣，翼翼兢心，積勤勞於歲月，勤勤忠志，懷跼蹐於序時。」〔宋〕宋庠撰《進觀御書梵字詩謝降詔答諭表》：「觀文眩目，拜賜兢心。」《翰苑新書》後集上卷二十五引劉後村《淮東倉到任》：「問官吏以兢心，讀訓辭而感涕。」《大詞典》當補。

精持

伯 4040 背金山國時期《修文坊巷社再緝上祖蘭若，標畫兩廊大聖功德讚並存》：「專心念善，精持不二之言；探賾桑門，每嘆苦空之義。」（第一輯，頁 385/17～386/19）

伯 3720 唐大中五年至咸通十年（公元八五一年～八六九年）《賜僧洪辯、悟真等告身及贈悟真詩》：「聖君念以聰惠，賢臣賞以精持。」（第四輯，頁 34/（七）5～6）

伯 4640《故吳和尚讚文》：「精持不倦，衆愛無偏。法律教授，御衆推先。」（第五輯，頁 141/8）

伯 4660《故沙州緇門三學法主李和尚寫真讚》：「披經討論，無不知機。精持戒律，白日無虧。」（第五輯，頁 147/6）

按：「精持」當爲精誠奉持之義。佛典不乏用例。如《大正藏》No.1805〔宋〕

元照撰《四分律行事鈔資持記》卷十一：「雖是不學，對境止非，本罪不犯，故名持律，識事識犯，即同學人，精持無異，故云上品。」No.2061〔宋〕贊寧撰《宋高僧傳・義解四・玄約》：「日誦千言，更無再受。落髮之後，滿足律儀，檢察已心，循其戒範，精持止作，未嘗穿穴。」又《明律三・從禮》：「自爾精持律範，造次顛沛必於是。」又《讀誦一・洪正》：「發誓恒誦金剛般若經，日以二十過爲准，精持靡曠。」No.2036〔元〕念常撰《佛祖歷代通載》卷十四：「智融精持本事，如會尊崇。」《大詞典》當補。

jù 劇司

伯5004 後唐天成元年（公元九二六年）十二月《某某改補散將依舊充本院曹司牒》：「早昇近地，久列劇司。」（第四輯，頁 296/6～7）

按：「劇」可指繁重的職務。如〔唐〕孟浩然《贈蕭少府》詩：「處腴能不潤，居劇體常閒。」「劇司」即重要的官職。如〔唐〕柳宗元《爲戶部王叔文陳情表》：「臣以庸微，特承顧遇，拔自卑品，委以劇司，夙夜驚惶，惟思答效，至誠至懇，天睠所知。」〔宋〕王溥《唐會要・雜處置》：「開元二年二月十八日勅：『繁劇司闕官，有灼然要籍者，聽牒選司，于應得官人內，據材用資厤相當者先補擬。』」〔宋〕周麟之《宋棐除太府少卿》：「試之兼官綽有餘裕，蒞事精審久而益廑，茲皆劇司。」〔明〕楊廷和《辭謝錄一》：「豈以鉛槧之迂，堪任金穀之事。謂政事可以澤物，因授之劇司；謂經術本以濟時，乃責其實効。」《大詞典》當補。

lè 勒定

伯3730 背《某甲等謹立社條（樣式）》：「上件條 ＿＿＿＿＿（流，衆）意勒定，更各（無）改易。」（第一輯，頁 280/21～22）

斯6537 3V～5V《立社條件（樣式）》：「榮凶食飯，衆意商量，不許專擅改移，一切從頭勒定。」（第一輯，頁 282/25～26）

斯6537 6V～7V《立社條件（樣式）》：「上件條流，衆意勒定，更無改易。」（第一輯，頁 283/18）

按：「勒」有約束、制定之義。如斯527 後周顯德六年（公元九五九年）正月三日《女人社再立條件》：「恐人無信，故勒此條，用後記耳。」（第一輯，頁

275/29～30）斯 6537 3V～5V《立社條件（樣式）》：「上件條流，社內本成，一一衆停穩然乃勒條，更無容易。」（第一輯，頁 282/39～40）「勒定」意思是約定、制定也。如〔宋〕王溥《五代會要‧市》：「或還錢未足，祇仰牙行人店主明立期限，勒定文字，遞相委保。如數內有人前，却及違限別無抵當，便仰連署契人同力塡還。」〔清〕毛奇齡《請定勳賢祠產典守公議》：「然後將祠中經費，勒定十項，曰國課、曰祭祀。曰修葺、曰禮賓……」〔清〕黃宗羲《春秋論》：「彼魯史雖有舊文，假令不經孔子勒定，即悠悠然與乘檮杌並立俱廢，孰知魯有春秋哉？」《欽定四庫全書總目》卷首一《乾隆四十五年九月十七日奉》：「又或古有今無，或古無今有，允宜勒定成書，昭垂永久，俾覽者一目了然。」《大詞典》當補。

lìn　吝（悋）護

伯 3643 唐咸通二年（公元八六一年）《齊像奴與人分種土地契》：「如後□有人吝護，一仰弟齊興清祇當。」（第二輯，頁 24/8～9）

斯 2199 唐咸通六年（公元八六五年）《尼靈惠唯書》：「靈惠遷變之日，一仰潘娘葬送營辦，已後更不許諸親悋護。」（第二輯，頁 153/6）

伯 3281 背《押衙馬通達狀稿三件》：「伏望大王仁恩裁下，特賜居住，已後不令親眷諸人悋護侵奪，伏請處分。」（第四輯，頁 376/（三）6～7）

　　按：「吝護」、「悋護」即吝嗇、吝惜也。〔註28〕如《魏書‧列女傳‧刁思遵妻魯氏》：「父母不達其志，遂經郡訴，稱刁氏吝護寡女，不使歸寧。」《大正藏》No.1521〔後秦〕鳩摩羅什譯《十住毘婆沙論》卷四：「吝護他家者，是人隨所入家，見有餘人得利養，恭敬讚歎，即生嫉妒，憂愁不悅，心不清淨，計我深故，貪著利養，生嫉妒心，嫌恨檀越。」No.272〔北魏〕菩提留支譯《大薩遮尼乾子所說經》卷三：「而彼衆生，於一切物無吝護心，不生彼我自他之心。」No.2036〔元〕念常撰《佛祖歷代通載》卷一：「隨共分田慮防遠盡，於已分田生悋護心，於他分田有懷侵奪，故生爭競。」《大詞典》當補。

　　敦煌文書中又作「忓悋」。如斯 1475 5V 末年（公元八二七年）《安環清賣

〔註28〕王繼如師認爲「護」有爭佔之義，詳見《魏晉南北朝疑難詞語辨析三則》所收「護前」條（《訓詁問學叢稿》江蘇古籍出版社 2001 年：第 48 頁。）

地契》：「如後有人忏悔識認，一仰安環清割上地佃種與國子。」（第二輯，頁1/7～8）伯3394唐大中六年（公元八五二年）《僧張月光、呂智通易地契》：「立契〔已後〕或有人忏悔園林舍宅田地等稱為主記者，一仰僧張月光子父知（祇）當，並畔覓上好地充替，入官措案。」（第二輯，頁2/13～15）伯3331丙臣歲（公元八九六年或九五六年）《宋欺忠賣宅舍契》：「中間或有兄弟房從及至姻親忏悔，稱為主記者，一仰主宋欺忠及妻男鄰近穩便買舍充替，更不許異語東西，中間或有恩赦，亦不在論限，人從私契。」（第二輯，頁4/7～8）伯2222B唐咸通六年（公元八六五年）《前後僧張智燈狀》：「昨通頻言，我先請射，忏悔苗麥，不聽判憑，虛效功力，伏望（以下空白）」（第二輯，頁289/7～8）

méng　蒙賴

伯2005《沙州都督府圖經殘卷》：「孟授渠，長廿里。右據西涼錄，燉煌太守趙郡孟敏於州西南十八里，於甘泉都鄉斗門上開渠溉田，百姓蒙賴，因以為號。」（第一輯，頁4/55～58）

　　按：「蒙賴」即蒙惠、蒙利也。「賴」有利益，好處之義。如《國語・晉語一》：「倉廩盈，四鄰服，封疆信，君得其賴。」韋昭注：「賴，利也。」《史記・樗裏子甘茂列傳》：「公之攻蒲，為秦乎？為魏乎？為魏則善矣，為秦則不為賴矣。」裴駰集解：「賴，利也。」同卷下文亦有類似說法：「右據西涼錄：燉煌太守陰澹于都鄉斗門上開渠溉田，百姓蒙利而安，因以為號。」（第一輯，頁5/76～78）

　　「蒙賴」一詞常見。如《三國志・蜀書・譙周傳》：「劉氏無虞，一邦蒙賴，周之謀也。」又《吳書・陸遜傳》：「縣連年亢旱，遜開倉谷以振貧民，勸督農桑，百姓蒙賴。」《晉書・劉頌傳》：「夫創業之美，勳在垂統，使夫後世蒙賴以安。」《資治通鑑・安帝義熙十一年》：「司馬平西體國忠貞，款懷待物。以公有匡復之勳，家國蒙賴，推德委誠，每事詢仰。」又《則天后天冊萬歲元年》：「伏願陛下乾乾翼翼，無戾天人之心而興不急之役，則兆人蒙賴，福祿無窮。」《大正藏》No.797a〔南朝宋〕慧簡譯《佛說貧窮老公經》卷一：「我聞世尊仁慈普逮，萬物蒙賴，莫不受恩。」No.2103〔唐〕道宣撰《廣弘明集・辯惑篇》：「當時道俗蒙賴，華戎胥悅，於是葉天地而通八風，測陰陽而調四序。」《大詞典》當補。

nà　捺落迦

伯2697後唐清泰二年（公元九三五年）九月《比丘僧紹宗爲亡母轉念設齋施捨放良迴向疏》：「右件轉念設齋放良捨施，所申意者，奉爲故慈母一從掩世，三載星環，魂畈善惡，不知魄牽往扵何界，每慮生前積業，只爲男女之中，煩惱纏心，總是追遊九族，中陰之苦，無人得知，捺落迦深，全無替代，生死獲益，能仁照臨，拔厄濟危，不過清衆。」（第三輯，頁89/6～12）

　　按：「捺落迦」爲地獄之義，亦作那落迦。《大正藏》No.2122〔唐〕道世撰《法苑珠林》卷七：「問曰：地獄多種，或在地下，或處地上，或居虛空，何故並名地獄。答曰：舊翻地獄名狹處，局不攝地空，今依新翻經論，梵本正音名那落迦，或云捺落迦。此總攝人處苦盡，故名捺落迦。」又卷十：「有說：彼諸有情由造作增上愚癡身語意惡行，往彼生彼闇鈍，故名旁生，謂此遍於五趣皆有，如捺落迦中。有無足者，如娘矩吒蟲等。」No.2061〔宋〕贊寧撰《宋高僧傳·義解一·順璟》：「或云：當啓手足，命弟子輩扶掖下地，地則徐裂，璟身俄墜。時現生身，陷地獄焉。于今有坑，廣袤丈餘，實坎窞然，號順璟捺落迦也。」《大詞典》收「那落迦」而未收「捺落迦」。

nǎng　曩世

斯6537 2V《家童再宜放書一道（樣式）》：「賤者，是曩世積業，不辯尊卑，不信佛僧，侵隣（凌）人物，今身緣會感得賤中。」（第二輯，頁179/3～5）

　　按：《大正藏》No.2128〔唐〕慧琳《一切經音義》卷二十一：「曩世，那朗反，《爾雅》曰：曩，久也，謂久遠也。」「曩世」即先世、前代之義。如《晉書·刑法志》：「蓋由曩世風淳，人多惇謹，圖像既陳，則機心直戢，刑人在塗，則不遑改操，故能勝殘去殺，化隆無爲。」《魏書·高祐傳》：「加太和以降，年未一紀，然嘉符禎瑞，備臻於往時。洪功茂德，事萃於曩世。」《大正藏》No.278〔東晉〕佛馱跋陀羅譯《大方廣佛華嚴經》卷二：「佛扵曩世無量劫，具修廣大波羅蜜。」No.202〔北魏〕慧覺等譯《賢愚經》卷十三：「時婆羅門子，適欲娶婦，手把大豆，當用散婦，是其曩世，俗家之禮，於道值佛，心意歡喜，即持此豆，奉散於佛。」No.2122〔唐〕道世撰《法苑珠林》卷六十四：「昔是至親，曩世密交。今成疏友，改形易貌。不復相知，彼沒此生，何由可測。」《大詞典》當補。

piān 偏併

沙州文錄補宋乾德二年（公元九六四年）《史氾三立嗣文書》：「所有家資地水活□（業）什物等便共氾三子息并及阿朵准亭願壽各取壹分，不令偏併。」（第二輯，頁 156/4～5）

斯 0343 11V《析產遺囑（樣式）》：「所是城外莊田、城內屋舍家活產業等、畜牧什物、恐後或有不亭爭論、偏併、或有無智滿說異端、遂令親眷相憎、骨肉相毀、便是吾不了事、今吾惺悟之時、所有家產、田莊畜牧什物等、已上並以分配、當自腳下、謹錄如後。」（第二輯，頁 159/4～8）

伯 2507 唐開元二十五年（公元七三七年）《水部式殘卷》：「凡澆田，皆仰預知頃畝，依次取用，水遍即令閉塞。務使均普，不得偏併。」（第二輯，頁 577/7）

伯 3553 宋太平興國三年（公元九七八年）四月《都僧統鋼惠等上太保狀》：「今迺仰懸明鏡，俯照幽貧；鑒東皐之隴畝不均，覩北皐之畦田偏併。」（第五輯，頁 28/4～5）

　　按：伯 2507 卷子中「偏併」與「均普」對舉，即偏頗、不公、不均之義。如〔唐〕杜佑《通典·職官十七》：「諸州縣不配防人處，城及倉庫門各二人；須守護者，取年十八以上中男及殘疾，據見在數，均為番地，勿得偏併。」〔宋〕王溥《唐會要·戶部尚書》：「事頗偏併，宜令于管內州，據都徵錢數，逐貫均配。其元不徵見錢州郡，不在分配限。」又《州府及縣加減員》：「今員缺偏併，尚未均平，宜令所司，依前件額，即分析州縣等第與奏。」《唐大詔令集》卷六十九陸贄《貞元元年南郊大赦天下制》：「朕當親覽，自立兩稅，經今六年，或初定之時，已有偏併，或戶口減耗，舊額猶存，輕重由不均，流亡轉甚，委度支、即折衷條理，以恤困窮。」又卷一百三蘇頲《處分朝集使勅八道》：「天災流行，豈應偏併？皆是不度國用，取媚下人，曩之刻薄也如彼。」《大詞典》當補。

shì 事段

伯 3730 背《某甲等謹立社條（樣式）》：「若有前劫後到，罰責致重不輕，更有事段幾般，壹取眾人停穩。」（第一輯，頁 280/10～12）

斯 6537 3V～5V《立社條件（樣式）》：「若有東西出使遠近，一般去送來迎，各自惣有上件事段，今已標題，輕重之間，大家斯酙（配）。」（第一輯，頁282/30～32）

斯 6537 6V～7V《立社條件（樣式）》：「勒截俱件，壹別漂各（標名），取衆人意懷，嚴切丁寧，別列事段。」（第一輯，頁283/5～6）

　　按：「事段」指事情、事件。「段」可作量詞，件也。如斯 6005《立社條約》：「若小段事，不在開條之限，故立此約，烮（列）名如後」（第一輯，頁288/7～10）〔晉〕王羲之《雜帖》：「得果此緣，一段奇事也。」「事段」爲名量式結構。《大詞典》當補。

tiān　添助

伯 2187《保護寺院常住戶不受侵犯帖》：「應是戶口家人，壇越將持奉獻，永充寺舍居業，世人共薦光揚，不合侵陵，就加添助，資益崇修，不陷不修，號曰常住。」（第四輯，頁158/6～8）

　　按：「添助」即添加、增助也。如《舊五代史·食貨志八》：「後來以所徵物色，添助軍裝衣賜，將令通濟，宜示矜矚。」《宋史·兵志十》：「乞於東兵步人內差撥一十六指揮添助防守。」《大正藏》No.1851〔隋〕慧遠撰《大乘義章》卷二十：「今始修起名修未生，添助前善，令其增廣名修已生，行就斯義說如燈矣。」No.1912〔唐〕湛然撰《止觀輔行傳弘決》卷一：「嘗於聽次，諮決所聞，并尋經論，思擇添助，非率胸臆，謬有所述。」No.2025〔元〕東陽德輝編《敕修百丈清規》卷四：「凡安衆處常住租入有限，必籍化主，勸化檀越，隨力施與，添助供衆，其或恒產足用，不必多往干求取厭也。」《大詞典》當補。

xiáng　詳序

伯 4660《敦煌管內僧政兼勾當三窟曹公邈真讚》：「威儀侃侃，詳序雍雍。」（第五輯，頁110/5）

　　按：「詳序」即舉動安詳肅穆。如《大正藏》No.186〔西晉〕竺法護譯《普曜經》卷三：「於時菩薩安隱詳序，愍念之故舉調達身。」又卷六：「所察威儀無愚冥，其身微妙審詳序。」No.285〔西晉〕竺法護譯《漸備一切智德經》

卷二：「志性無諂，心懷詳序，而不卒暴，一切所作，不以究竟，所作成辦，不行諛諂，無虛僞時，性無所受，行甚清淨，彼以四恩，而宣愛敬。」No.2040〔南朝梁〕僧祐撰《釋迦譜》卷一：「爾時阿捨婆耆比丘，著衣持鉢，入村乞食，善攝諸根，威儀詳序。路人見者，皆生恭敬。時舍利弗忽於路次，逢見阿捨婆耆，善攝諸根，威儀詳序。」No.1442〔唐〕義淨譯《根本說一切有部毘奈耶》卷三十四：「是時獨覺即往園中，長者遙見身心湛寂，容儀詳序，彌加信敬起渴仰心。」《大詞典》當補。

yǐng　影援

伯 3078、斯 4673 拚合唐神龍年代（公元七○五～七○六年）《散頒刑部格卷》：「一，光火劫賊，必籍主人，兼倚鄉豪，助成影援。」（第二輯，頁567/73）

　　按：「影援」即暗中援助也。如《魏書・宇文福傳》：「又詔福行豫州事，與東豫州刺史田益宗共相影援，綏遏蠻楚。」又《蕭寶夤傳》：「雖然，爲卿計者，莫若行率此衆，襲據彭城，別當遣軍以相影援。」《舊唐書・韋安石傳附趙彥昭》：「彥昭以女巫趙五娘左道亂常，托爲諸姑，潛相影援。既因提挈，乃踐臺階。」又《李希烈傳》：「八月，希烈率衆二萬圍襄城，李勉又令將唐漢臣率兵與劉德信同爲曜之影援，皆望風敗衄。」《新唐書・西域傳上・龜茲》：「郭孝恪伐焉者，乃遣兵與焉者影援，自是不朝貢。」《大詞典》當補。

yòu　誘迪

伯 3720 唐大中五年至咸通十年（公元八五一年～八六九年）《賜僧洪辯、悟真等告身及贈悟真詩》：「勑京城內外臨壇供奉大德沙州釋門義學都法師兼僧錄賜紫沙門悟真，復故地，必由雄傑之才，誘迪群迷，亦賴慈悲之力。」（第四輯，頁 31/（四）2～4）

伯 4640《沙州釋門索法律窟銘》：「然則拯拔煩籠，如來以如來出現；隨機誘迪，降法宇於大千。」（第五輯，頁 95/3～4）

　　按：「誘迪」爲同義復詞，誘導、引導也。如《五燈會元》卷四：「帝曰：『何爲方便？』對曰：『方便者，隱實覆相，權巧之門也。被接中下，曲施誘迪謂之方便。設爲上根言舍方便但說無上道者，斯亦方便之譚。乃至祖師玄言，忘功

絕謂，亦無出方便之跡。』」又卷八：「師自爾愈加激勵，沙每因誘迪學者，流出諸三昧，皆命師為助發。」《湖廣通志》卷四十九《鄉賢志》：「（王恂）恂謹厚，喜誘迪諸生，循循不倦，成就者甚眾。」《廣東通志》卷四十七《右南雄府》：「錢萬選，字紹行，歸善人，年十二，通春秋，弱冠，補諸生，屢試輒冠。其曹郡守黃某延為子師。嚴色笑，善誘迪，言行端方，不欺闇室。」葛志亮《本師光公垂慈攝受記》：「嘻，奇矣！我師之慈悲誘迪弟子，無遠弗屆，無微不至也信夫！」〔註29〕《大詞典》當補。

yù　欲擬、擬欲

伯3935丁酉年（公元九九七年？）《洪池鄉百姓高黑頭狀（稿）》：「況黑頭棵粒更無覓處，欲擬一身口承新城。」（第二輯，頁311/13～14）

斯2103酉年（公元八〇五年？）十二月《沙州灌進渠百姓李進評等請地牒並判》：「進評等今見前件沙淤空閑地，擬欲起畔耕犁，將填還劉屯子渠道地替溉灌，得一渠百姓田地不廢莊園，今擬開耕，恐後無憑，乞給公驗處分。」（第二輯，頁374/6～10）

按：「欲擬」、「擬欲」義同，皆為打算之義。文獻中例證頗多。

「欲擬」例有：《敦煌變文校注·廬山遠公話》：「道安欲擬忏心，若座（坐）奄（菴）羅會上。」（頁264）《宋書·文九王傳·建平宣簡王宏附子景素》：「王若欲擬非覬，寧當如此乎？」《梁書·王僧孺傳》：「文惠太子聞其名，召入東宮，直崇明殿。欲擬為宮僚，文惠薨，不果。」《大正藏》No.2008〔唐〕法海等集、〔元〕宗寶編《六祖大師法寶壇經》卷一：「欲擬化他人，自須有方便。」No.1996〔宋〕雪寶重顯撰《明覺禪師語錄》卷一：「南泉云眾云，三十年來，牧一頭水牯牛，欲擬東邊放，不免侵他國王水草；欲擬西邊放，不免侵他國王水草。不如隨分納些子，免被官主勞撓。」No.2859《惠遠外傳》〔註30〕卷一：「貧道欲擬填還，不幸亦死。輪迴數遍，不愚相逢。」

「擬欲」例有：《舊五代史·王峻傳》：「太祖見馮道已下，泣曰：『峻凌朕頗甚，無禮太過，擬欲盡去左右臣寮，剪朕羽翼。」《金史·選舉志四》：「十

〔註29〕http://www.ebud.net/book/book/h-readari.asp?no=29031（佛教圖書館\漢傳佛教\淨土宗\印光大師永思集\《本師光公垂慈攝受記》）。

〔註30〕《大正藏》不著撰人名氏。

年正月，上謂宰臣曰：『今天下州縣之職多闕員，朕欲不限資歷用人，何以遍知其能。擬欲遣使廉問，又慮擾民而未得其眞。若令行辟舉之法，復恐久則生弊。不若選人暗察明廉，如其相同，然後升黜之，何如？』」《大正藏》No.2122〔唐〕道世撰《法苑珠林》卷十一：「爾時菩薩食彼糜訖，以金鉢器棄擲河中，時海龍王生大希有奇特之心，復爲菩薩歎現世故，執彼金器，擬欲供養，將向自宮。」No.2076〔宋〕道原撰《景德傳燈錄》卷九：「擬欲事師爲弟子，不知將法付何人。」

《大詞典》均未收。

yǔn　允副

伯 4092《新集雜別紙》：「故得允副僉讚，克符峻　　　　　副承旨。」（第五輯，頁 416/116）

按：「允」、「副」均有符合、相稱之義，「允副」爲同義復詞。如《晉書・石勒載記上》：「（張賓）賓曰：『晉故東萊太守南陽趙彭忠亮篤敏，有佐時良幹，將軍若任之，必能允副神規。』」又《乞伏幹歸載記》：「陛下應運再興，四海鵠望，豈宜固守謙沖，不以社稷爲本！願時即大位，允副羣心。」《宋書・武帝紀中》：「盛策便宜敬行大禮，允副幽顯之望。」《梁書・武帝紀上》：「寔由公履謙爲本，形於造次，嘉數未申，晦朔增伫。便宜崇斯禮秩，允副遐邇之望。」《大正藏》No.2073〔唐〕代法藏撰《華嚴經傳記》卷二：「文帝曩敬德音，遠遣徵請，蒲輪既降，謁帝承明，遂陳玄奧，允副天旨，則六大德之一也。」No.2120〔唐〕圓照集《代宗朝贈司空大辨正廣智三藏和上表制集》卷六：「師等精潔梵園，服膺禪誦，支提所聚，須擇紀綱，惠朗恭勤，允副公選，總領寺務，斯謂得人也。」No.2157〔唐〕圓照撰《貞元新定釋教目錄》卷十七：「皇帝批曰：梵旨深玄是資翻譯，法師閑承學業，精識洞幽，通貝葉之微言，廣蓮花之淨戒，用和眞教，允副予懷。」《大詞典》當補。

zhāo　招當

斯 4654 丙午年（公元九四六年）前後《沙州敦煌縣慈惠鄉百姓王盈子兄弟四人狀（稿）》：「右以盈子等兄弟四人，是同胎共氣兄弟，父母亡沒去後，生無議（義）之心，所有父母居產田莊屋舍四人各支分，弟盈進共兄君一處

同活，不經年載，其弟盈進身得患累，經數月險治不可（？）。昨者至□更兼盈進今歲著重役，街□無人替當便作流戶，役價未可塡還，更緣盈進病亡時弟債油麵債將甚繁多，無人招當，並在兄盈君上□其亡弟盈進分了城外有地七畝，有舍壹，城內有舍□□□□□□□況與兄盈君□□□取塡還債負如後。」（第二輯，頁 300/2～9）

按：「招當」即招致、承受也。「當」有承受之義。如《莊子・讓王》：「大王反國，非臣之功，故不敢當其賞。」《大正藏》No.1736〔唐〕澄觀撰《大方廣佛華嚴經隨疏演義鈔》卷六十：「一愚癡者，然其四過皆是集，惡行過癡是根本，謂為現小樂造於罪行，招當大苦，故為愚癡。」《大詞典》當補。

zhī　枝眷、枝羅

斯 6537 6V～7V《立社條件（樣式）》：「恪（格）例合追遊，直至絕嗣無人，不許遺他枝眷。」（第一輯，頁 283/10～11）

伯 3556 後唐清泰三年（公元九三六年）正月廿一日《歸義軍節度留後使曹元德轉經捨施迴向疏》：「闔宅長幼，喜慶來臻；遠近枝羅，俱霑福祐。」（第三輯，頁 90/7～8）

伯 4046 後晉天福七年（公元九四二年）十一月廿二日《歸義軍節度使曹元深捨施迴向疏》：「合宅清泰，承厚蔭而長歡；內外枝羅，保延年而納慶。」（第三輯，頁 92/11～12）

按：「枝眷」、「枝羅」均為親屬，親眷也。如《敦煌願文集・造幡銀泥畫綵》：「次為己躬無災，枝眷存亡獲益之所作也。」（頁 463）又《迴向發願文》：「所有親族，咸□（沐）良緣；遠近枝羅，俱霑勝益云云。」（頁 367）又《捨施發願文》：「合宅姻眷，俱沐禎祥；內外枝羅，俱霑福祐。」（頁 376）《押座文類》卷一：「合宅枝羅保歡顏而納慶。」《大詞典》當補。

zhuī　追括

伯 2979 唐開元二十四年（公元七三六年）九月《岐州郿縣尉勘牒判集》：「其人昨緣一戶防丁，久匿其舍，有伯叔往以追括，執文書信足有憑，而呂珣逆而捍之，詛以為賊，以物（拘）以縛，不異虜掠。」（第二輯，頁 619/80～82）

按:「追括」即追緝之義。如《藝文類聚》卷六十一引張衡《西京賦》:「尋景追括,鳥不暇舉,獸不得發,青骹摯於韝下,韓盧噬於緤末。」《舊唐書・東夷傳・高麗》:「今二國通和,義無阻異,在此所有高麗人等,已令追括,尋即遣送;彼處有此國人者,王可放還;務盡撫育之方,共弘仁恕之道。」《大正藏》No.1719〔唐〕湛然述《法華文句記》卷二:「爾前理合,身常土常,故大師追括五時,悉皆有結,具如玄文。」《大詞典》當補。

第二節　《釋錄》中的新義

　　《釋錄》中的新義是指《釋錄》所輯敦煌文書中的詞語義項早於《大詞典》中該詞語義項的首例時代,或不同於《大詞典》中該詞語的諸種義項。

一、《大詞典》首例晚出

ān　安措

　　伯3813 背唐〔公元七世紀後期?〕《判集存十九道》:「公爲侈麗,無憚彝章。此而不懲,法將安措。」(第二輯,頁 605/121)

　　按:「安措」即安置也。《大詞典》該義項例引〔清〕譚嗣同《報貝元徵》:「就各山之瀑布飛泉,安措輪軸,使摩激而生電氣。」較晚。

安居

　　伯3813 背唐〔公元七世紀後期?〕《判集存十九道》:「故可辭榮紫極,解袂衡門;何得自比廉頗,安居爵禄;苟貪榮利,意有□□;鍾鳴漏盡,夜行不息。」(第二輯,頁 608/179～180)

　　按:「安居」猶安處。《大詞典》該義項引例爲《雲笈七籤》〔註31〕卷六十:「譬於器中安物,物假器而居之,畏器之破壞,物乃不得安居。」稍晚。

bàn　半路

　　伯4525 12 宋太平興國八年(公元九八三)《養女契(稿)》:「若或半路不聽,便還當本所將乳哺恩物厶便仰別去。」(第二輯,頁 157/8～9)

〔註31〕《雲笈七籤》作者爲〔北宋〕張君房。

按：「半路」比喻事情進行中間。《大詞典》該義項首例引吳運鐸《把一切獻給黨・童年》：「就這樣，我離開了私塾。學校半路也進不去。」甚晚。

bǎng　榜示

大谷 2836 長安三年（公元七○三年）三月《燉煌縣錄事董文徹牒》：「準牒下鄉及榜示村坊，使家家知委，每季點檢。」（第二輯，頁 329/17～19）

伯 3078、斯 4673 拚合唐神龍年代（公元七○五～七○六年）《散頒刑部格卷》：「或緣鬩競，或有冤嫌，即注被奪密封，事恐漏洩，官司不爲追攝，即云黨助逆徒，有如此色者，並不須爲勘當，仍令州縣錄勅於所在村坊要路榜示，使人具知，勿陷入罪。」（第二輯，頁 566/68～72）

按：「榜示」即張榜公布也。《大詞典》該義項引〔清〕黃六鴻《福惠全書・錢穀・完粮獎勵》：「鴻廉得其故，乃榜示於署前。」較晚。

běn　本家

斯 5700《某某出賣宅舍與姚文清契（抄）》：「自買□（已）後，永世子孫世世男女作主，本家不得道東說西。」（第二輯，頁 10/8～12）

按：此處「本家」指同姓、同宗者。《大詞典》該義項首例爲《紅樓夢》第九二回：「雨村老先生是貴本家不是？」較晚。

本身

斯 6537 3V～5V《立社條件（樣式）》：「本身若也盡終，便須男女承受，一准先例，更不改彰。」（第一輯，頁 282/36～37）

斯 6537 6V～7V《立社條件（樣式）》：「本身若〈去〉〔云〕亡，便須子孫丞受，不得妄說辭理。」（第一輯，頁 283/10）

斯 4489 背宋雍熙二年（公元九八五年）六月《慈惠鄉百姓張再通牒（稿）》：「況再通已經年歲，至到甘州迴來，收贖本身，諍論父祖地水屋舍。」（第二輯，頁 307/4～5）

按：「本身」即自身也。《大詞典》該義項首例引《朱子語類》卷七五：「太陽居一，除了本身便是九箇。」稍晚。

bó　薄責

伯 2942 唐永泰年代（公元七六五～七六六年）《河西巡撫使判集》：「強索進馬，有忤中官。初似知情，誠宜正法。後能聞義，或可全生。宜捨深刑，終須薄責，罰軍粮一百石。」（第二輯，頁 625/99～100）

按：「薄責」即簿責，根據文書所列的罪狀來詰責審理。《大詞典》該義項首例引〔宋〕范仲淹《宋故衛尉少卿分司西京胡公神道銘》序：「公於部中擇其挾貴人勢力，州縣不敢動者一二家，薄責於庭，衆皆大懼。」稍晚。

bǔ　捕獲

伯 3078、斯 4673 拚合唐神龍年代（公元七〇五～七〇六年）《散頒刑部格卷》：「若捉賊不獲，貶授遠惡官，限內捕獲過半以上，即免貶責。」（第二輯，頁 567/81～82）

按：「捕獲」捉住也。《大詞典》該義項首例爲〔宋〕蘇軾《與章子厚參政書》之二：「是歲七月二十七日，裴使人至湖州見報，云『已告捕獲妖賊郭先生等』。」稍晚。

bù　不等

伯 3744 年代未詳〔公元八四〇年〕《沙州僧張月光兄弟分書》：「又緣少多不等，更於日興地上，取白楊樹兩根。」（第二輯，頁 147/40～41）

按：「不等」即不一樣、不同也。《大詞典》該義項首例引〔宋〕周密《癸辛雜識續集・成都惡事》：「一日入酒肆中坐，覺卓下有所遺物如鑰匙之狀……俱備不等，凡數十枚，莫曉其爲何物。」稍晚。

不律

斯 6537 3V～5V《立社條件（樣式）》：「老者，請爲社長，須制不律之徒。」（第一輯，頁 281/13）

按：「不律」即不馴服、不守法也。《大詞典》該義項首例引《朱子語類》卷一三〇：「東坡如此做人，到少間便都排廢了許多許多端人正士，却一齊引許多不律底人來，如秦黃雖是向上，也只是不律。」稍晚。

cái 裁判

伯3257後晉開運二年（公元九四五年）十二月《河西歸義軍左馬步押衙王文通牒及有關文書》：「伏乞司徒阿郎仁慈祥照，特賜孤寡老身念見苦累。伏聽公憑裁判處分。」（第二輯，頁295/13～15）

按：「裁判」泛指對事情的是非曲直進行評判。《大詞典》該義項首例引魯迅《吶喊·一件小事》：「以前的事姑且攔起，這一大把銅元又是什麼意思？獎他麼？我還能裁判車夫麼？我不能回答自己。」甚晚。

cǎi 採取

斯3344唐開元《戶部格殘卷》：「採取及造物者，計所納物，不得多於本課；亦不得追家人車牛馬驢雜畜等折功役使，及雇人代役。」（第二輯，頁572/57～59）

按：「採取」即採伐、採摘、開採也。《大詞典》該義項首例爲《元典章·戶部二·官吏》：「合用柴薪，斟酌周歲可用數目，於農隙時……差倩人力驗數採取。」較晚。

cǎo 草料 [註32]

伯3711唐大順四年（公元八九三年）正月《瓜州營田使武安君牒並判詞》：「伏乞大夫阿郎仁明詳察，沙州是本，日夜上州，無處安下，只憑草料，望在父租（祖）田水，伏請判命處分。」（第二輯，頁290/6～7）

按：「草料」指牲口的飼料，多指乾草。《大詞典》該義項例引《兒女英雄傳》第十四回：「請到前街客寓裏住歇。那裏飯食、油燭、草料以至店錢……敝東回來，自然有個地主之情。」較晚。

chāi 差使

伯3774丑年（公元八二一年）十二月《沙州僧龍藏牒——爲遺產分割糾紛》：「一，齊周差使向柔遠送粮却迴得生鐵熟鐵二百斤已來，車釧七隻，盡入家

[註32] 董志翹《〈入唐求法巡禮行記〉詞彙研究》第四章《〈入唐求法巡禮行記〉中的新詞新義及口語詞》（129～130頁。）亦收。

中使。」（第二輯，頁 284/36～37）

按：「差使」猶差事，被派遣去做的事情。《大詞典》該義項首例引《紅樓夢》第五六回：「姑娘們出入，擡轎子，撐船，拉冰牀，一應粗重活計，都是他們的差使。」較晚。

chén　塵冗

伯 2539《沙州令公書等二六件》：「右某伏念早時封植，久忝恩深，內惟塵冗之姿，常佩□□之□。」（第五輯，頁 389/1）

按：「塵冗」即繁冗、繁雜也。《大詞典》該義項首例引〔元〕劉壎《隱居通議・文章五》：「意欲自立，不混流俗；言欲簡潔，不爲塵冗。」較晚。

chèn　赾（趁）逐

斯 5811 乙丑年（公元九〇五或九六五年）《索豬苟爲與龍興寺張法律借還麥糾紛訴狀》：「其秋只納得麥肆碩，更欠麥兩碩。直至十月，赾逐不得，他自將大頭釧壹，只（質）欠麥兩碩。」（第二輯，頁 112/2～4）

按：「赾逐」即趁逐也，追究、追查之義。《大詞典》該義項例引〔元〕孔文卿《東窗事犯》第三折：「陛下索趁逐，替微臣報冤仇。」較晚。

chéng　承前

伯 2005《沙州都督府圖經殘卷》：「右在州東北一百七十里，堰苦水以溉田，承前造堰不成，百姓不得灌溉，刺史李無虧造成，百姓欣慶。」（第一輯，頁 6/98～100）

伯 3352（11）丙午年（公元八八六或九四六年）《三界寺提司法松諸色入破曆筭會牒殘卷》：「……法松手下應入常住梁課、磑課及諸家散施、兼承前帳迴殘、及今帳新附所得麥粟油麵黃麻夫查（麩渣）豆布氎等，總肆伯貳拾六石四斗六升九合。」（第三輯，頁 333/3～6）

按：「承前」即從前也。又如〔唐〕白居易《與昭義軍將士詔》：「卿等承前已來，常保忠貞之節；自今已後，永爲心腹之軍。」又《論孫璹狀》：「右伏以鳳翔右輔之地控壓隴蜀，又近國門，最爲重鎮，承前已來，多擇有功勳德望者爲之節使。」《敦煌變文校注・降魔變文》：「瞿曇雖是惡狼，不襟（禁）群狗衆

咬。舍利弗小智拙謀，魯班前頭出巧。者迴忽若得強，打破承前併抄！」（頁565）《大詞典》該義項首例引《資治通鑑・唐玄宗開元二十九年》：「承前諸州饑饉，皆待奏報。」胡三省注：「承前，猶今言從前也。」稍晚。

承受

伯3730背《某甲等謹立社條（樣式）》：「凡爲立社，切要久居，本身若云亡，便須子孫承受，不得妄說辭理。」（第一輯，頁280/12～14）

按：此處「承受」即繼承之義。《大詞典》該義項例引《古今小說・滕大尹鬼斷家私》：「若是爲田地上壞了手足親情，到不如窮漢赤光光沒得承受，反爲乾淨，省了許多是非口舌。」較晚。

承旨

斯3375、斯1880、伯4634唐永徽二年（公元六五一年）《令卷第六東宮諸府職員》：「通事舍人八人，掌引導辭見承旨勞問。」（第二輯，頁543/（一）30～31）

按：「承旨」即接受聖旨。《大詞典》該義項引例爲《新唐書・百官志二》：「許敬宗、李義甫爲相，奏請多畏人之知也，命起居郎，舍人對仗承旨，仗下，與百官皆出，不復聞機務矣。」稍晚。

chí 持護

伯3608、伯3252《唐律——職制、戶婚、廄庫律殘卷》：「諸乘輿服御物，持護修整不如法者，杖八十；若進御乖失者，杖一百。」（第二輯，頁500/（一）10～11）

按：「持護」即守護也。《大詞典》該義項首例引〔宋〕蘇軾《上呂僕射論浙西災傷書》：「仁人君子，當與意外持護，未可以壯夫常理期也。」稍晚。

chū 出來

斯5693《瓜州兩郡大事記并序殘卷》：「若或年內無事此策子上亦空三行，慮恐以後別有文字出來，貴要添記。」（第一輯，頁79/6～8）

按：「出來」即出現、產生也。《大詞典》該義項首例引〔宋〕文天祥《二

王》詩序：「北朝若待皇帝好，則二王爲人臣；若待皇帝不是，即便別有皇帝出來。」稍晚。

出離

斯 0343 10V《放良書（樣式）二件》：「今者家長病患，厶乙宿緣慶會，過生我家，效力年深，放汝出離。」（第二輯，頁 160/（一）3～4）

斯 0343 10V《放良書（樣式）二件》：「放他出離，如魚得水，任意沉浮；如鳥透籠，翱翔弄翼。」（第二輯，頁 160/（二）3～4）

　　按：「出離」即走出、離開也。《大詞典》該義項首例引〔金〕董解元《西廂記諸宮調》卷二：「一齊觀瞻，見個書生，出離人羣。」較晚。

出賣

斯 3877 5V 丙子年（公元九一六年）《阿吳賣兒契（抄）》：「今將福生兒慶德柒歲，時丙子年正月二十五日，立契出賣與洪潤鄉百姓令狐信通。」（第二輯，頁 47/2～4）

斯 3877 5V 丙子年（公元九一六年）《阿吳賣兒契（抄）》：「其兒慶德自出賣與後，永世一任令狐進通家□□□□（世代爲主），不許別人論理。」（第二輯，頁 47/5～7）

　　按：「出賣」即以物換錢也。《大詞典》該義項首例引〔宋〕蘇軾《論積欠六事並乞檢會應詔所論四事一處行下狀》：「於元豐二年五月以後，節次准市易上界牒准太府寺牒支降到疋帛散茶，令搭息出賣。」稍晚。

cí　詞說

伯 3257 後晉開運二年（公元九四五年）十二月《河西歸義軍左馬步押衙王文通牒及有關文書》：「其時欲擬諮申，緣義成犯格，意中怕怖，因茲不敢詞說。」（第二輯，頁 297/19～20）

　　按：「詞說」謂以言辭遊說。又如《敦煌變文校注·捉季布傳文》：「楚家季布能詞說，官爲御史大夫身。」（頁 91）《大詞典》該義項例引〔清〕章學誠《校讎通義·漢志諸子》：「縱橫者，詞說之總名也。」較晚。

cūn　村坊

大谷 2836 長安三年（公元七〇三年）三月《燉煌縣錄事董文徹牒》：「準牒下鄉及榜示村坊，使家家知委，每季點檢。」（第二輯，頁 329/17～19）

伯 3078、斯 4673 拚合唐神龍年代（公元七〇五～七〇六年）《散頒刑部格卷》：「或緣鬩競，或有冤嫌，即注被奪密封，事恐漏洩，官司不爲追攝，即云黨助逆徒，有如此色者，並不須爲勘當，仍令州縣錄勑於所在村坊要路榜示，使人具知，勿陷入罪。」（第二輯，頁 566/68～72）

按：此處「村坊」指村莊。又如《敦煌願文集・兒郎偉》：「是何徒衆，夜入村坊？」（頁 975）《大詞典》該義項首例引《新唐書・食貨志一》：「凡稅斂之數，書於縣門、村坊，與衆知之。」稍晚。

cùn　寸尺

伯 3774 丑年（公元八二一年）十二月《沙州僧龍藏牒——爲遺產分割糾紛》：「伯伯亡之日，所有葬送追齋，盡在大家物內，齊周針線寸尺不見。」（第二輯，頁 283/10）

按：「寸尺」喻微小。《大詞典》該義項首例引〔宋〕蘇軾《謝館職啓》：「欲辦大事，務兼寸尺之長；將求多聞，故引涓埃之助。」稍晚。

dà　大家〔註33〕

伯 3774 丑年（公元八二一年）十二月《沙州僧龍藏牒——爲遺產分割糾紛》：「一、齊周去酉年看絲綿磑所得斛斗，除還外，課羅底價、買鑿一面及雜使外，餘得麥粟一百卅石，並入大家用。」（第二輯，頁 285/48～49）

伯 3774 丑年（公元八二一年）十二月《沙州僧龍藏牒——爲遺產分割糾紛》：「一、城南佛堂並油樑及大乘寺明覺房內鐺鏉釜床什物等，並不忓大家之事，一一盡有來處。」（第二輯，285/52～53）

按：「大家」即衆人、大伙兒之義。《大詞典》該義項首例引〔唐〕杜荀鶴〔註34〕《重陽日有作》詩：「大家拍手高聲唱，日未西沈且莫迴。」稍晚。

〔註33〕董志翹《〈入唐求法巡禮行記〉詞彙研究》第四章《〈入唐求法巡禮行記〉中的新詞新義及口語詞》（130～131 頁。）亦收。

〔註34〕杜荀鶴（公元 846 年～公元 907 年）。

dì　地界

斯 5812 丑年八月《女婦令孤大娘牒》:「今經一十八年,於四月內,張鸞因移大門,不向舊處安置,更侵尊嚴地界已北,共語便稱須共你分却門道,量度分割,盡是張鸞,及至分了,並壘牆了,即(?)道,廡舍草院,先亦不囑杜家。」(第二輯,頁 287/13〜288/16)

按:「地界」即田地的邊界也。《大詞典》該義項引例為吳夢起《兄弟倆》二:「沒想到去年玉祥又鬧著成立什麼生產合作社,要把地界打亂。」甚晚。

地主

伯 3214 背唐天復七年(公元九〇七年)《高加盈出租土地充折欠債契(抄)》:「其地內所著官布地子柴草等,仰地主祗當,不忏種地人之事。」(第二輯,頁 27/4〜5)

斯 466 後周廣順三年(公元九五三年)《龍章祐、祐定兄弟出典土地契》:「其地佃種,限肆年內,不喜(許)地主收俗(贖)。若於年限滿日,便仰地主辨還本麥者,便仰地主收地。」(第二輯,頁 30/5〜7)

按:此處「地主」指田地的主人。《大詞典》該義項例引《元典章・刑部十八・宿藏》:「王拜驢等於賀二地內掘得埋藏之物,於所得物內,一半沒官,一半付告人;於地內得者,依上令,得物之人與地主停分。」較晚。

遞送

伯 2754 唐《安西判集殘卷存六道》:「往者遞送伊州,並身已付納職。」(第二輯,頁 610/16〜17)

按:「遞送」即傳送。《大詞典》該義項首例為〔清〕俞樾《茶香室續鈔・論簡帖用白紙》:「更用一錦紙封袋遞送,上下通行。」較晚。

duì　對問

伯 3854 背唐大曆七年(公元七七二年)《客尼三空請追徵負麥牒並判詞》:「先狀徵還,至今延引,公私俱慢,終是頑狠,追過對問。」(第二輯,頁 280/7〜8)

按:「對問」指受審問。《大詞典》該義項首例為《朱子語類》卷一二三:「周

勃終身有功，後來也下獄對問。」稍晚。

fēn　分擘

伯 3744 年代未詳〔公元八四○年〕《沙州僧張月光兄弟分書》：「是故在城舍宅，兄弟三人停分爲定。餘之資產，前代分擘俱訖，更無再論。」（第二輯，頁 145/2～4）

按：「分擘」猶分配。《大詞典》該義項首例引〔宋〕蘇軾《論葉溫叟分擘度牒不公狀》：「而州郡大小，戶口多寡不同，亦合參酌品配，從逐司公共相度分擘，方得允當。」稍晚。

分書

斯 5647《分書（樣式）》：「不令有唱蕩五逆之子，一則令人盡笑，二乃污辱門風。一依分書爲憑，各爲居產。」（第二輯，頁 170/53～57）

斯 5647《分書（樣式）》：「恐後子孫不省，故勒分書，用爲後憑。」（第二輯，頁 171/67～68）

斯 4374《分書（樣式）》：「如立分書之後，再有宣悖，請科重罪。」（第二輯，頁 186/17）

按：「分書」即子孫分家析產的憑據。《大詞典》該義項首例引《醒世恒言·徐老僕義憤成家》：「那些親鄰看了分書，雖曉得分得不公道，都要做好好先生……勸慰顏氏收了進去，入席飲酒。有詩爲證：分書三紙語從容，人畜均分禀至公。老僕不如牛馬用，擁孤孀婦泣西風。」較晚。

fú　伏事

伯 3281 背《押衙馬通達狀稿三件》：「尙書死後，擬隨慕容神護入京，又被涼州麴中丞約勒不達，愚意思甘，伏緣大夫共司空一般，賊寇之中潘死遠投鄉井，只欲伏事大夫，盡其忠節。」（第四輯，374/（一）4～7）

伯 3281 背《押衙馬通達狀稿三件》：「右奉差充瓜州判官者，通達自小伏事司空及賜言誓提獎，瓜州不合例管。」（第四輯，頁 376/（二）2）

伯 3449、伯 3864《書儀小冊子》：「某蒙恩，除授某刺史，有幸得伏事台庭，下情無任抃躍。」（第五輯，頁 383/（二）29～30）

按：「伏事」指侍候、服侍也。《大詞典》該義項首例爲〔元〕關漢卿《謝天香》第三折：「我伏事的都入羅幃，我恰才舒舖蓋似孤鬼。」較晚。

gào　告示

伯2593唐《判集三道》：「告示不合，深達令文。不示蒲鞭，安息薆末。」（第二輯，頁598/26～27）

按：「告示」即佈告，通告大衆的文件。《大詞典》該義項首例爲〔元〕楊顯之《瀟湘雨》第一折：「如今沿途留下告示，如有收留小女翠鸞者，賞他花銀十兩。」較晚。

gēn　根源

伯3813背唐〔公元七世紀後期？〕《判集存十九道》：「官司斷獄，須盡根源，據狀便加拷辤，因拷遂攣雙脚，攣後方始承贓。」（第二輯，頁603/80～81）

伯3813背唐〔公元七世紀後期？〕《判集存十九道》：「但其罪難濫，獄貴眞情，必須妙盡根源，不可輕爲與奪。」（第二輯，頁604/95）

按：「根源」即根由、事情的始末。《大詞典》該義項首例引〔元〕尙仲賢《單鞭奪槊》第四折：「聽小人話根源。」較晚。

gōng　功程

伯4634、斯3375、斯1880、伯4634唐永徽二年（公元六五一年）《令卷第六東宮諸府職員》：「典書二人，掌四部經籍，行署校寫功程，料度文案。」（第二輯，頁542/（一）5）

按：「功程」指任務，工作量。《大詞典》該義項例引《舊唐書・李嶠傳》：「臣望量其功程，與其節制，使器周於用，力濟於時，然後進退可以責成，得失可以精覈矣。」稍晚。

功庸

李盛鐸舊藏唐開元二十五年（公元七三七年）《律疏——雜律疏殘卷》：「其有用功修造之物，謂樓觀垣墐（墼）之類，而故損毀者，計修造功庸坐贓論，

謂十匹徒一年，十匹加一等，仍令依舊修立。」（第二輯，頁 528/6～9）

按：「功庸」即工程的耗費。《大詞典》該義項首例引《資治通鑑·梁武帝大同四年》：「牧守、令長，擅立寺者，計其功庸，以枉法論。」胡三省注：「庸，用也，勞也，顧也。」稍晚。

guī　歸依

伯 2691《沙州城土鏡》：「無疆之外歸依，率土之中賓伏，應時爲慶，當代呈奇。」（第一輯，頁 44/29～30）

按：此處「歸依」指投靠、依靠也。又如《晉書·郗鑒傳》：「鑒復分所得，以賑宗族及鄉曲孤老，賴而全濟者甚多，咸相謂曰：『今天子播越，中原無伯，當歸依仁德，可以後亡。』」《南齊書·州郡志上》：「本壤族姓，有所歸依。」《梁書·諸夷傳·狼牙修國》：「譬如梵王，世界之主，人天一切，莫不歸依。」《魏書·釋老志十》：「豈是仰贊聖明慈育之意，深失陛下歸依之心。」《大詞典》該義項首例引〔元〕無名氏《小尉遲》第四折：「俺父親投唐以來，撇下我歸依無處。」較晚。

hǎo　好生

敦煌文物研究所藏庚戌年（公元九五〇）十二月八日《夜□□□社人遍窟燃燈分配窟龕名數》：「右件社人依其所配，好生精心注救（旁注：灸），不得懈怠觸穢，如有闕然及穢不盡者，匠人罰布一疋，充爲工廨匠下之人，痛決尻杖十五，的無容免。」（第一輯，頁 393/14～16）

按：「好生」即用心、當心也。《大詞典》該義項首例引《朱子語類》卷十四：「這都是不曾好生去讀書。」稍晚。

huāng　荒唐

伯 2942 唐永泰年代（公元七六五～七六六年）《河西巡撫使判集》：「只緣前政荒唐，遂令今日失望。」（第二輯，頁 622/44～45）

按：「荒唐」猶荒陋、荒疏。《大詞典》該義項首例引〔宋〕蘇軾《辭免翰林學士第二狀》：「（臣）學問荒唐，文詞鄙淺。」稍晚。

huī 灰骨

伯 4974 唐天復年代《神力爲兄墳田被侵陳狀並判》：「緣是血腥之喪，其灰骨將入積代墳墓不得，伏且亡兄只有女三人，更無腹生之男，遂則神力兼侄女，依故曹僧宜面上，出價買得地半畝，安置亡兄灰骨。」（第二輯，頁 292/3～5）

按：「灰骨」指骨灰。《大詞典》該義項例引〔元〕杜仁傑《耍孩兒·喻情》套曲：「楮樹下梯要摘梨，葬瓶中灰骨是箇不自由的鬼，穀地裏瓜兒單單的記著你。」較晚。

huó 活路

伯 4040 後唐清太三年（公元九三六年）《洪潤鄉百姓辛章午牒》：「伏望司空仁造，念見貧兒，矜放寬閑，始見活路。」（第二輯，頁 294/12～14）

按：「活路」指能夠生活下去的辦法。《大詞典》該義項首例引〔元〕無名氏《神奴兒》第三折：「這廝每敗壞風俗，攪的俺一家兒不成活路。」較晚。

活命

斯 6417 背年代不詳〔公元十世紀前期〕《孔員信三子爲遺產糾紛上司徒狀（稿）》：「右三子父孔員信在日，三子幼少，不識東西，其父臨終，遺囑阿姨二娘子，緣三子少失父母，後恐成人，忽若成人之時，又恐無處活命，囑二娘子比三子長（？）識時節，所有些些資產，並一仰二娘子收掌。」（第二輯，頁 299/2～6）

按：「活命」指保住生命、維持生命也。《大詞典》該義項首例引楊朔《海市》：「你想日本特務滿街轉，一抓住你，還用想活命麼？」甚晚。

jì 寄放

伯 3774 丑年（公元八二一年）十二月《沙州僧龍藏牒——爲遺產分割糾紛》：「一、去丙寅年至昨午年卅年間，伯伯私種田卅畝，年別收斛斗卅馱。已上並寄放，合計一千馱，盡是大歌收掌。」（第二輯，頁 283/8～9）

按：「寄放」即暫時存放也。《大詞典》該義項首例引《水滸傳》第二二回：「眾人登場了當，屍首把棺木盛了，寄放寺院裏，將一干人帶到縣裏。」較晚。

jiān　牋毫

伯 2992 背《朔方軍節度使檢校太傅兼御史大夫張狀》:「道途阻僻,信使多乖。每於瞻企之餘,莫盡牋毫之內。方深渴仰,猥辱緘封。」(第四輯,頁 393/1～3)

按:「牋毫」即紙筆也。《大詞典》該義項引舊題〔宋〕尤袤《全唐詩話・韋蟾》:「蟾曾書《文選》句云:『悲莫悲兮生別離,登山臨水送將歸。』以牋毫授賓從,請續其句。」

吳麗娛《再析 P.2945 書儀的年代與曹氏歸義軍通使中原》〔註35〕指出這裏署名的「朔方軍節度使檢校太傅兼御史大夫張」就是張希崇。張希崇是五代後晉時期的朔方軍節度使。據此,《大詞典》例晚出。

jiǎn　檢勾

伯 2819 唐開元(公元七一九或七三七年)《公式令殘卷》:「其出符者,皆須案成并案送都省檢勾。」(第二輯,頁 558/37～38)

按:「檢勾」亦作檢句,稽查、檢察也。《大詞典》該義項引例爲《舊唐書・蔣沇傳》:「長史韓朝宗、裴迴咸以推覆檢勾之任委之,處事平允,剖斷精當,動爲羣僚楷式。」稍晚。

jiàn　見人

伯 3370 戊子年(公元九二八年)六月五日《某寺公廨麥粟出便與人抄錄》:「赤心安官通便粟兩碩,至秋三碩,(押)。見人杜寺主。」(第二輯,頁 207/3)

斯 5812 丑年八月《女婦令孤大娘牒》:「絲綿部落無賴□相羅識人張鸞鸞見住舍半分尊嚴舍總是東行人舍收得者爲主居住,兩家總無憑據,後闍開府上尊嚴有文判,四至內草院不囑張鸞分,強構扇見人侵奪,請檢處實。」(第二輯,頁 287/1)

斯 5812 丑年八月《女婦令孤大娘牒》:「南壁上將舍換廡舍□,張鸞所有見人,共他兄弟相似,及是親情,皆總爲他說說道理。又云,你是女人,不合占得

〔註35〕《敦煌研究》2002 年第 3 期:第 79 頁。

堂舍，氣有此事。」（第二輯，頁 288/20～22）

　　按：「見人」即見證人也。《大詞典》該義項首例引〔元〕武漢臣《老生兒》第二折：「你要借錢，我問你要三箇人，要一箇保人，要一箇見人，要一箇立文書人。」較晚。

jiǎo　脚下

　　斯 4660 戊子年六月《兄弟社轉帖》：「幸請諸公等，帖至，限今日脚下，於燉煌蘭喏門前取齊。」（第一輯，頁 355/3～4）

　　伯 4987 戊子年七月《兄弟社社轉帖》：「帖至，限今日脚下，於凶家取齊。」（第一輯，頁 355/3～4）

　　按：「脚下」為現在、馬上之義。斯 2242 某年七月三日《親情社轉帖》「帖至立便於凶家取齊。」（第一輯，頁 352/3～4）所說同。又如斯 3714《親情社轉帖（抄）》：「幸請諸公等，帖至，限今月十日脚下并身及粟，李家門前取齊。」（第一輯，頁 354/2～3）《大詞典》該義項首例引〔宋〕錢愐《錢氏私志》：「子瞻若能脚下承當，把一二十年富貴功名賤如泥土。努力向前，珍重珍重！」

　　據郝春文《敦煌寫本社邑文書年代匯考（一）》〔註36〕，戊子年當為端拱元年（公元 988 年）。《大詞典》例稍晚。

jiào　校試

　　Ch991《唐律——擅興律斷片》：「若有校試，以能為不能，以故有所稽之（乏）者，以乏軍 ⎯⎯⎯⎯⎯ 」（第二輯，頁 517/8）

　　按：「校試」即考選、考試也。《大詞典》該義項首例引《新唐書・選舉志上》：「凡貢舉非其人者、廢舉者、校試不以實者，皆有罰。」

　　據《釋錄》後注三：此律文，日本學者以為是永徽律或開元律，書寫年代為公元八世紀。因此，《大詞典》例稍晚。

jiě　解免

　　伯 2819 唐開元（公元七一九或七三七年）《公式令殘卷》：「令（今）擬某官

某品替某申（甲）考滿，若因他故解免及元闕者，亦隨狀言之。」（第二輯，頁 560/75～76）

按：「解免」即解職、免職也。《大詞典》該義項引例爲《舊唐書‧玄宗紀上》：「詔自今內外官有犯贓至解免已上，縱逢赦免，並終身勿齒。」稍晚。

jīn　今世

斯 663（2）《印沙佛文》：「今世後世，莫絕善緣。此世他生，善牙增長。」（第一輯，頁 392/12）

按：「今世」猶今生，指如今在世爲人。《大詞典》該義項引〔明〕王鏊《震澤長語‧經傳》：「公甫每謂今世不當復有著述，以文字太多故也。」較晚。

矜放

伯 3100 乙巳年（公元八八五年）十二月《寺主道行辭職狀及都僧統悟眞判辭》：「寺主自任紀綱，已經數稔，成功益勤，課效尤多。今既懇辭，理宜矜放。」（第四輯，頁 45/8～10）

按：「矜放」即顧惜寬容也。《大詞典》該義項首例引《舊唐書‧孝友傳‧崔衍》：「臣伏見比來諸郡論百姓間事，患在長吏因循不爲申請，不詣實，不患朝廷不矜放。」稍晚。

jiŏng　迥絕

伯 2942 唐永泰年代（公元七六五～七六六年）《河西巡撫使判集》：「子亭迥絕，所以加粮。平下兩巡，援例又請。」（第二輯，頁 621/20）

按：「迥絕」亦作迴絕，遠遠隔絕。《大詞典》該義項首例爲舊題〔宋〕尤袤《全唐詩話‧鄭雲叟》：「鄭徵君爲詩，皆袪淫靡，迥絕囂塵。」稍晚。

jiū　啾唧

伯 4525（11）宋太平興國七年（公元九八二年）二月《立社》「或若團座之日，若有（？）小輩啾唧，不聽大小者，仍罰膿膩一筵，眾社破除，的無容免。」（第一輯，頁 279/12～13）

斯 6537 5V～6V《慈父遺書一道（樣式）》：「謹例舍田家產畜牧等及憶念錄依

後耳（？）長男厶甲、次男厶甲、某女，右通前當自己內分配指領已訖，後時更不得啾唧。」（第二輯，頁 182/6～9）

伯 4974 唐天復年代《神力爲兄墳田被侵陳狀並判》：「後至京中尙書到來，又是澆却，再亦爭論，兼狀申陳，判憑見在，不許校撓，更無啾唧。」（第二輯，頁 292/11～12）

　按：「啾唧」猶嘀咕，多指煩躁不安。敦煌變文中亦有用例。如《敦煌變文校注・燕子賦（一）》：「無事破囉（囉）啾唧，果見論官理府。」（頁 378）《大詞典》該義項首例引〔清〕惲敬《與二小姐》：「汝身子要緊，不可將閑事逐日啾唧，望元好好照看。」較晚。

juān　鐫鑿

斯 5448《燉煌錄一卷》：「其山西壁南北二里，並是高大鐫鑿沙窟，塑畫佛像。」（第一輯，頁 46/22）

　按：「鐫鑿」爲彫刻之義。《大詞典》該義項首例引〔宋〕朱牟《曲洧舊聞》卷四：「石質堅硬，不可鐫鑿。」

　據《敦煌學大辭典》（頁 326），該卷成書於後梁至後唐之間。因此，《大詞典》首例稍晚。

jué　覺察

斯 3344 唐開元《戶部格殘卷》：「勅：諸山隱逸人，非規避等色，不須禁斷，仍令所由覺察，勿使廣聚徒衆。」（第二輯，頁 570/18～19）

　按：「覺察」即檢舉揭發也。《大詞典》該義項首例爲《宋史・度宗紀》：「申禁奸民妄立經會，私創庵舍，以避征徭。保伍容芘不覺察坐之。」較晚。

kān　勘校

伯 4745 唐年代未詳〔貞觀或永徽〕《吏部格或式斷片》：「雖身在，其年十二月卅日以前，不經參集，並不送告身，經省勘校奏定者，亦準此。」（第二輯，頁 575/5～7）

　按：「勘校」即審核校對也。《大詞典》該義項首例爲〔宋〕司馬光《論夏令公諡狀》：「王公及職事官三品以上，皆錄行狀申省，考功勘校，下太常禮院

擬諡訖，申省議定奏聞。」稍晚。

kǔ　苦累

伯3257後晉開運二年（公元九四五年）十二月《河西歸義軍左馬步押衙王文通牒及有關文書》：「伏乞司徒阿郎仁慈祥照，特賜孤寡老身念見苦累。伏聽公憑裁判處分。」（第二輯，頁 295/13～15）

　按：「苦累」指困苦勞累也。《大詞典》該義項首例引〔清〕黃六鴻《福惠全書‧編審‧總論》：「窮民常處其苦累，而紳衿常處其樂利。」較晚。

lái　來處

伯3774丑年（公元八二一年）十二月《沙州僧龍藏牒——爲遺產分割糾紛》：「一，城南佛堂並油樑及大乘寺明覺房內鐺鐷釜床什物等，並不忓大家之事，一一盡有來處。」（第二輯，頁 285/52～53）

　按：「來處」即來歷、出處也，指引文或典故的來源。《大詞典》該義項首例引〔宋〕黃庭堅《答洪駒文書》之二：「老杜作詩，退之作文，無一字無來處。」稍晚。

lǎo　老婆

伯3216背唐至（？）德二年（公元七五六年？）正月十日《投社人何清清狀》：「右清清不幸薄福，父母併亡，更無至親老婆侍養，不報恩德，忽爾冥路，敢見父母之恩須緇俗不同，官門□□，幸諸大德和尚等攝衆生之寶意，□□慈深，矜捨小□，欲同接禮，後入社者，一延使□，伏望三官祿事，乞賜收名。」（第一輯，頁 291/1～7）

　按：「老婆」即妻子的俗稱。敦煌文書中常在親屬關係前後加以「至親」。如斯5520《立社條件》：「准例，欠少一尺，罰□，□□一結義已後，須有義讓，大者如兄，小者如弟，若無禮□臨事看過僽輕重，罰醴醼一延，□□社內各取至親父娘兄弟一人輕吊例，人各粟伍升借色物一疋看臨事文帖爲定，若不順從上越者，罰解齋一延（筵）。」（第一輯，頁 289/8～13）斯1475 3V 申年五月《社人王奴子等牒》：「右奴子等，先無兄弟姊妹男女至親及遠行條件㪉（軟）脚。」（第一輯，頁 299/2～3）《大詞典》「老婆」該義項首例引〔宋〕吳自牧《夢粱錄‧夜市》：「更有叫『時運來時，買莊田，取老

婆』賣卦者。」稍晚。

liú　留念

伯 4525　12 宋太平興國八年（公元九八三）《養女契（稿）》：「今得宅僮康願昌有不屬官女厶　亦覓活處，二情和會，現與生女父孃乳哺恩　其女作爲養子盡終事奉。如或孝順到頭，亦有留念衣物。」（第二輯，頁 157/4～8）

　　按：「留念」即留爲紀念也。《大詞典》該義項引魏巍《東方》第四部第十四章：「當這幾位新識的朋友，正在彼此簽名留念時，孫亮已從那邊興沖沖地趕來。」甚晚。

lǜ　律令格式

伯 3608、伯 3252《唐律——職制、戶婚、廄庫律殘卷》：「諸稱律令格式，不便於事者，皆須申尚書省，議定聞奏（奏聞）；若不申議輒奏改行者，徒二年；即詣闕上表者，不坐。」（第二輯，頁 505/（一）96～97）

　　按：「律令格式」即唐代法律的表現形式。《大詞典》例引《新唐書·刑法志》：「唐之刑書有四，曰：律、令、格、式。令者，尊卑貴賤之等數，國家之制度也；格者，百官有司之所常行之事也；式者，其所常守之法也。凡邦國之政，必從事於此三者。其有所違及人之爲惡而入於罪戾者，一斷以律。」稍晚。

lùn　論理

斯 3877　2V 唐乾寧四年（公元八九七年）《張義全賣宅舍地基契（抄）》：「或有恩勅書行下，亦不在論理之限。」（第二輯，頁 5/12～13）

伯 3649 背後周顯德四年（公元九五七年）《吳盈順賣田契（抄）》：「中間或有恩勅書流行，亦不在論理之限。」（第二輯，頁 11/6～7）

斯 5812 丑年八月《女婦令孤大娘牒》：「又論莽羅新將方印來，於亭子處分，百姓田園宅舍依舊，亦不許侵奪論理。」（第二輯，頁 287/3～4）

　　按：「論理」即理論，爭論是非也。《大詞典》該義項引丁玲《太陽照在桑乾河上》一：「依顧順要同他論理，問他爲什麼不培植自己的樹？」甚晚。

mén　門道

斯 3877 3V～4V 唐乾寧四年（公元八九七年）《張義全賣宅舍地基契約（抄）》：「又門道地南北二丈，東西三丈陸尺五寸。」（第二輯，頁 6/3～4）

　　按：「門道」指門內的過道。《大詞典》該義項首例引郭沫若《北伐途次》九：「德甫從農場上拉了兩把稻草來，鋪在門道外邊的一个角落里，蜷曲著便睡下去了。」甚晚。

miàn　面上

伯 4083 丁巳年（公元八九七年或九五七年）《唐清奴買牛契》：「丁巳年正月十一日，通頰百姓唐清奴，爲緣家中欠少牛畜，遂於同鄉百姓楊忽律元面上買伍歲耕牛壹頭。斷作價直生絹一疋，長叁丈柒尺。」（第二輯，頁 37/1～4）

北圖殷字四十一（見敦煌雜錄）癸未年（公元九二三年？）七月十五日《張修造雇父駝契》：「癸未年七月十五日，張修造王於西州充使，欠闕駝棄（乘）遂於押衙價廷德面上雇六歲父駝一頭。」（第二輯，頁 38/1～3）

　　按：此處「面上」指方面。《大詞典》該義項首例引《說唐》〔註37〕第二九回：「羅成便從懷中取出，老夫人接過一看，不覺墮下淚來，叫聲：『我兒，你母親面上，只有這點骨肉。』」較晚。

míng　名目

斯 527 後周顯德六年（公元九五九年）正月三日《女人社再立條件》：「社人名目詣實如後。」（第一輯，頁 274/12）

伯 3489 戊辰年正月廿四日《旌（？）坊巷女人社社條（稿）》：「一，或有凶事榮親者，告保錄事，行文放帖，各自兢兢，一一指實，記錄人名目。」（第一輯，頁 276/4～5）

斯 6537 6V～7V《立社條件（樣式）》：「謹具社人名目，用爲後憑驗。」（第一輯，頁 283/18～19）

伯 4040 背唐光啓三年（公元八八七年）五月十日《文坊巷社肆拾貳家朆修私佛塔記》：「今緣蒼生轉轉作福，謹抄肆拾貳人名目具錄如後：……」（第一輯，

〔註37〕《說唐》，清無名氏編撰。

頁 384/12～14）

按：此處「名目」即姓名也。《大詞典》該義項首例引〔宋〕葉紹翁〔註38〕《四朝聞見錄·布衣入館》：「朕於一時人才，苟得其名目，稍有自見，往往至於屢試，而治不加進，於是從而求所未試者，至於巖穴之士，庶幾有稱意焉。」稍晚。

niù　拗捩

伯 4075 背《養子契（抄）》：「家資諸雜物色便共承分亭支，若也聽人構獸，左南直北，拗捩東西，不聽者，當日獸（？）手趁出門外，針草莫與，便招五逆之子，更莫再看。」（第二輯，頁 158/1～4）

按：「拗捩」即歪曲也。「拗捩東西」謂妄加歪曲也，敦煌文書中又作「拗東捩西」。如伯 4044 乾寧六年（公元八九九年）《某甲差充右一將第一隊副隊帖等稿二件》：「如有拗東捩西，兼浪言狂語者，使頭記名將來，到州重當形法者。」（第四輯，頁 290/8～10）《大詞典》該義項首例引〔清〕紀昀《閱微草堂筆記·如是我聞一》：「一日，洞中筆硯移動，滿壁皆摹仿此十四字，拗捩欹斜，不成點畫。」較晚。

piàn　騗馬

伯 2568《南陽張延綬別傳》：「身長六尺有餘，臨陣環甲，騗馬揮槍，獨出人表，平原淺草，活擒虎狼。」（第五輯，頁 163/7～164/9）

按：「騗馬」即躍上馬背、騎馬也。《大詞典》該義項首例引《新唐書·百官志一》：「凡反逆相坐，沒其家配官曹，長役為官奴婢，每歲孟春上其籍，仲冬送於都官，條其生息而按比之。樂工、獸醫、騗馬、調馬、羣頭、栽接之人皆取焉。」

據《敦煌學大辭典》（頁 356），《南陽張延綬別傳》為唐末五代敦煌人張球（公元 839 年～約公元 913 年）的作品。《大詞典》例稍晚。

piāo　漂淪

伯 3813 背唐〔公元七世紀後期？〕《判集存十九道》：「遂乃遇斯舟覆，共被

〔註38〕葉紹翁生卒未詳，南宋人。

漂淪。」（第二輯，頁 606/139）

　　按：「漂淪」即漂流沉沒也。《大詞典》該義項引例爲〔宋〕劉子翬《渡淮》詩：「四顧天地黑，孤舟恐漂淪。」稍晚。

píng 評論

　　伯 4706 年代不明《王寡婦借麥糾紛牒（稿）》：「口分地水計（只）有三十畝更厶（並在），北府 ⬚ 仗並在北府，當本寄物之時，不共他評論買地。」（第二輯，頁 318/（二）1～2）

　　按：「評論」即商議、商量也。《大詞典》該義項首例引《三國志平話》〔註39〕卷中：「三人邀吉平入閣內，評論殺曹操。」較晚。

pò 破除〔註40〕

　　伯 3489 戊辰年正月廿四日《旌（？）坊巷女人社社條（稿）》：「或若怠慢者，捉二人後到，罰〔酒〕壹角，全不來者，罰〔酒〕半瓮，衆團破除。」（第一輯，頁 276/2～3）

　　伯 4525（11）宋太平興國七年（公元九八二年）二月《立社》「或若團座之日，若有（？）小輩啾唧，不聽大小者，仍罰臕膩一筵，衆社破除，的無容免。」（第一輯，頁 279/12～13）

　　斯 2472 背辛巳年（公元九八一年）十月三日《勘沶州司倉公廨斛斗前後主持者交過分狀（稿）》：「迎候及勸孝破除細供壹分，並飣盤諸雜小飯食子餎餅等，每分用麵叄升，油兩合零。」（第三輯，頁 287/12～13）

　　伯 2049 背後唐同光三年（公元九二五年）正月《沙州淨土寺直歲保護手下諸色入破曆筭會牒》：「粟叄䄷，窟上迴來弟（第）二日破除用。」（第三輯，頁 358/287～288）

　　按：「破」有花費、消耗義。如〔唐〕韓愈《岳陽樓別竇司直》詩：「念昔始讀書，志欲干霸王。屠龍破千金，爲藝亦云亢。」「破除」爲花費、用盡之義。《敦煌變文校注·雙恩記》：「善友太子說偈纘（讚）已，即入王宮，白父王，

〔註39〕《三國志平話》，元至治年間無名氏著。

〔註40〕董志翹《〈入唐求法巡禮行記〉詞彙研究》第四章《〈入唐求法巡禮行記〉中的新詞新義及口語詞》（135～136 頁。）亦收。

曰：『我爲濟貧，開王庫藏；又恐虛竭，不欲破除……』」（頁 934）《大詞典》
該義項首例引《二刻拍案驚奇》卷三九：「公子道：『我們客邊的人，但得元物
不失罷了，還要尋那賊人怎的？』就將出千錢，送與獺龍等一夥報事的人，衆
人收受，俱到酒店裏破除了。」較晚。

破爛

伯 2979 唐開元二十四年（公元七三六年）九月《岐州郿縣尉勛牒判集》：「其
應辦衣資等戶，衣服者最精，故者其次，唯不得破爛，及乎垢惡。」（第二輯，
頁 618/55～56）

按：「破爛」即破舊黴爛、破碎也。《大詞典》該義項首例引〔宋〕梅堯臣
《觀何君寶畫》詩：「昨日何家觀小軸，絹雖破爛色不渝。」稍晚。

破散

斯 5578《放妻書（樣式）》：「二人意隔，大小不安。更若連流，家業破散。
顛鏑損脚，致見宿活不殘。」（第二輯，頁 176/16～18）

按：「破散」指破敗散失、揮霍浪費。《大詞典》該義項首例引〔金〕王若
虛《臣事實辨》：「武之本意果如所說耶？抑實出於貪鄙，初不自克，而卒不自
安邪？使比及至是而其產破散或身先亡，則何以辭於世乎？」較晚。

qī　期會

伯 3608、伯 3252《唐律——職制、戶婚、廄庫律殘卷》：「諸公事應行而稽留，
及事有期會而違者，一日笞卅；三日加一等；過杖一百，十日加一等；罪止
徒一年半。」（第二輯，頁 503/（一）58～59）

按：「期會」指期限。《大詞典》該義項首例引〔宋〕沈俶《諧史》：「國家
用兵，斂及下戶，期會促迫，刑法慘酷。」稍晚。

qí　其時

伯 3774 丑年（公元八二一年）十二月《沙州僧龍藏牒——爲遺產分割糾紛》：
「一，其時大哥身著箭，宣子病臥。」（第二輯，頁 283/17）

按：「其時」指那時、當時。《大詞典》該義項首例引《醒世恒言·獨孤生
歸途鬧夢》：「其時，白敏中以中書侍郎請告歸家，白居易新授杭州太守，回來

赴任。兩個都到遐叔處賀喜。」較晚。

qǐ　乞取

伯 3608、伯 3252《唐律——職制、戶婚、廄庫律殘卷》：「諸監臨之官，受所監臨財物者，一尺笞冊，一匹加一等，八匹徒一年，八匹加一等，五十匹流二千里；與者，減五等，罪止杖一百；乞取者加一等；強乞取者，准枉法論。」（第二輯，頁 504/76～78）

伯 3608、伯 3252《唐律——職制、戶婚、廄庫律殘卷》：「諸官人因使於使所受送遺及乞取者，與監臨同；經過處取者，減一等。」（第二輯，頁 504/（一）78～79）

按：此處「乞取」指勒索。《大詞典》該義項首例引〔宋〕蘇轍《論衙前及諸役人不便箚子》：「州縣曹吏乞取不貲。」稍晚。

乞索

伯 3608、伯 3252《唐律——職制、戶婚、廄庫律殘卷》：「諸因官俠（挾）勢及豪強之人乞索者，坐贓論減一等，將送者爲從。」（第二輯，頁 505/（一）95）

按：此處「乞索」即索取也。《大詞典》該義項引〔宋〕葉適《宋武翼邵君墓誌銘》：「場監至賤也，走書乞索日至。」稍晚。

qiān　牽挽

伯 2942 唐永泰年代（公元七六五～七六六年）《河西巡撫使判集》：「仍與洗削文案，杜絕萌牙（芽）；俾其後昆，免有牽挽。」（第二輯，頁 624/77～78）

按：「牽挽」即牽扯。《大詞典》該義項引例爲〔清〕惲敬《望仙亭記》：「若純陽眞人，求之縉紳先生之撰述，未嘗言其學於釋氏，而釋氏必牽挽之。」較晚。

qiè　切須

斯 2052《新集天下姓望氏族譜一卷并序》：「夫人立身在世，姓望爲先；若不知之，豈爲人子；雖即博學，姓望疏乖；晚長後生，切須披覽；但看注脚，姓望分明。」（第一輯，頁 93/3）

斯 6537 3V～5V《立社條件（樣式）》：「五音八樂進行，切須不失禮度。」（第一輯，頁 282/20）

斯 5647《吳再昌養男契（樣式）》：「自後切須恭勤，孝順父母，恭敬宗諸，懇苦力作，待養六親，成甍居本。」（第二輯，頁 172/8～173/11）

伯 2856 背乾寧二年（公元八九五年）三月十一日《僧統和尚營葬榜》：「右件所請諸色勾當者，緣葬日近促，不得疏慢，切須如法，不得乖恪者。」（第四輯，頁 124/15～17）

伯 3502《張敖撰新集諸家九族尊卑書儀一卷》：「唯憂家內如何存濟，怒（努）力侍奉尊親，男女切須教訓。」（第五輯，頁 307/120～121）

按：「切須」即務必也。敦煌變文中亦有用例。如《敦煌變文校注‧韓擒虎話本》：「億（憶）得亡父委囑：『若也已後為將，到金璘（陵）之日，有一名將任蠻奴與阿耶同堂學業，傳筆抄書。見面之時，切須存其父子之禮。』誰知今日相逢！」（頁 301）又同篇下文：「此是左掩右移（夷）陣，見前面津口紅旗，下面總是鹿巷，李（裏）有硱（撓）勾搭索，不得打着，切須既（記）當！」（頁 301）《大詞典》該義項首例引《西遊記》第六回：「你隨菩薩修行這幾年，想必也有些神通，切須在意。」較晚。

qīn 侵吞

伯 2979 唐開元二十四年（公元七三六年）九月《岐州郿縣尉勘牒判集》：「岐下九縣、郿為破邑，有壞地不能自保，日受侵吞。」（第二輯，頁 619/88）

按：「侵吞」即用武力吞併別國或佔有其部分領土。《大詞典》該義項例引康有為《大同書》乙部第二章：「其強大國之侵吞小邦，弱肉強食，勢之自然，非公理所能及也。」較晚。

親眷

斯 1897 龍德四年（公元九二四年）《雇工契（樣式）》：「忽若偷盜他人麥粟牛羊鞍馬逃走，一仰厶甲親眷祗當。」（第二輯，頁 59/10～11）

按：「親眷」即親戚眷屬也。《大詞典》該義項首例引〔宋〕孫光憲《北夢瑣言》卷三：「今日所懲，賢親眷聞之，必賞老夫。」稍晚。

qīng　輕微

斯 6537 2V～3V《遺書（樣式）》：「因緣房資貧薄，遺囑輕微，用表單心，情函納受，准前支給。」（第二輯，頁 180/6～7）

　　按：「輕微」即菲薄、微薄也。《大詞典》該義項首例引《水滸傳》第四五回：「那婦人就取些銀子做功果錢，與和尚去，『有勞師兄，莫責輕微。明日准來上剎討素麵吃。』」較晚。

rèn　任從

伯 2754 唐《安西判集殘卷存六道》：「任從再合，於理無妨，以狀牒知，任爲公驗。」（第二輯，頁 613/70）

　　按：「任從」即任隨、聽憑也。《大詞典》該義項首例爲〔五代〕齊己《乞櫻桃》詩：「聞說張筵就珠樹，任從攀折半離披。」稍晚。

róng　容可

伯 2593 唐《判集三道》：「私祭容可約儉，官祀無宜節供。」（第二輯，頁 598/29）

　　按：「容可」猶尚可。《大詞典》該義項例引《舊唐書·竇建德傳》：「往在泊中共爲小盜，容可恣意殺人，今欲安百姓以定天下，何得害忠良乎？」稍晚。

ruò　若是

伯 4525（11）宋太平興國七年（公元九八二年）二月《立社》：「若是生死及建福、然燈，齋會之日，或有後到者，罰酒半瓮。」（第一輯，頁 279/9～10）

伯 3441 背《康富子雇工契（樣式）》：「所有籠具什物等，一仰受雇人收什，若是放畜牧，畔上失却，狼咬熬，一仰售雇人祇當充替。」（第二輯，頁 66/3～5）

斯 5632 辛酉年（公元九六一年）《陳銀山貸絹契》：「若是寶山身東西不在者，一仰口承人男富長祇當，於尺數還本絹者，切奪家資充爲絹主，兩共對商，故勒私契，用爲後憑。」（第二輯，頁 127/4～8）

　　按：「若是」即如果、如果是也。《大詞典》該義項首例引《初刻拍案驚奇》卷二十：「若是財力雙關，自不必說。」較晚。

sǎn 散行

伯 3774 丑年（公元八二一年）十二月《沙州僧龍藏牒——爲遺產分割糾紛》：
「齊周諮上下，始得散行。」（第二輯，頁 283/4）

按：「散行」即隨意閑走也。《大詞典》例引〔清〕東軒主人《述異記·抹臉兒術》：「其人衣服言語，與人無異，或數十人同入城市，或數人散行郊野，時隱時現，去來莫測。」較晚。

shī 失脫

斯 1897 龍德四年（公元九二四年）《雇工契（樣式）》：「應有沿身使用農具，兼及畜乘，非理失脫、傷損者，陪在厶甲身上。」（第二輯，頁 59/8〜10）

按：「失脫」猶失落也。《大詞典》該義項首例引《水滸傳》第七四回：「兩箇喫了早飯，叫小二分付道：『房中的行李，你與我照管。』店小二應道：『並無失脫，早早得勝回來。』」較晚。

shǐ 使用

斯 1897 龍德四年（公元九二四年）《雇工契（樣式）》：「應有沿身使用農具，兼及畜乘，非理失脫、傷損者，陪在厶甲身上。」（第二輯，頁 59/8〜10）

按：「使用」意思是使人員、器物、資金等爲某種目的服務。《大詞典》該義項首例引〔元〕陳以仁《存孝打虎》楔子：「大人呼喚小官，那廂使用？」較晚。

shì 世界

上博 8958（2）年代不明《平康鄉百姓索鐵子牒及判》：「又後索定子於□□□債，貧不經巡，日日夜夜婢（被）債主行逼，寸步□□□計思量，裴（叛）逆世界，偷取押衙王善信馬□□□定子頭取甘州，去捉不得。」（第二輯，頁 319/3〜6）

按：「世界」指世道、社會風氣也。《大詞典》該義項首例引《朱子語類》卷一三〇：「世界不好，都生得這般人出來，可歎！」

據《釋錄》注，本件當屬歸義軍統治時期（公元 851 年〜公元 1037 年）。《大詞典》例稍晚。

shōu　收領

伯 4706 年代不明《王寡婦借麥糾紛牒（稿）》:「寡婦何王在院落堆聚,不肯收領,言要田地。」（第二輯,頁 317/（一）3）

斯 4362 歸義軍時期《肅州都頭宋富忪起居狀》:「今右信白練壹疋,在長會李押衙二人手上,到日收領。」（第五輯,頁 29/5）

按:「收領」即領取也。《大詞典》該義項例引《清會典事例・戶部・恤孤貧》〔註41〕:「如有餘額,轉給養濟院收領。」晚出。

收納

斯 6063 乙亥年（公元九一五年?）《索黑奴等租地契》:「其地斷作價直,每畝壹碩二斗,不諫（揀）諸雜色目,並總收納。」（第二輯,頁 28/3～5）

按:「收納」即收留、容納也。《大詞典》該義項首例引〔宋〕曾鞏《太祖皇帝總敘》:「收納學士大夫用之,不求其備。」較晚。

收攝

斯 5693《瓜沙兩郡大事記并序殘卷》:「其童男童女,初聞驚懼,哀戀父母。既出城外,被神收攝魂魄,全無顧戀之情,弟相把手,自入泉中。」（第一輯,頁 81/38～40）

按:「收攝」即勾取也。《大詞典》該義項首例引〔宋〕何薳《春渚紀聞・中霤神》:「（餘）見其莊僕陳青者,睡中多爲陰府驅令收攝死者魂。」稍晚。

收贖

伯 3636《丁酉年五月廿五日社人吳懷實委託兄王七承當社事憑據》:「社戶吳懷實,自丁酉年初春,便隨張鎮使往於新城,其乘安坊巷社內使用亡贈,懷實全斷所有,罰責非輕,未有排批,社人把却綿綾二丈,無物收贖。」（第一輯,頁 383/1～3）

按:此處「收贖」指用銀錢將抵押品贖回。《大詞典》該義項首例引〔宋〕蘇軾《應詔論四事狀》:「除已有人承買交業外,并特給還。未足者,許貼納收

〔註41〕《清會典事例》,〔清〕昆岡等奉敕著。

贖，仍不限年。」稍晚。

收贖

斯 4489 背宋雍熙二年（公元九八五年）六月《慈惠鄉百姓張再通牒（稿）》：「況再通已經年歲，至到甘州迴來，收贖本身，諍論父祖地水屋舍。」（第二輯，頁 307/4～5）

伯 3813 背唐〔公元七世紀後期？〕《判集存十九道》：「計理雖合死刑，攣脚還成篤疾，篤疾法當收贖，雖死只合輸銅。」（第二輯，頁 603/82）

　　按：此處「收贖」指舊時法律凡老幼、廢疾、篤疾、婦人犯徒流等刑者，准其以銀贖罪。《大詞典》該義項首例引《元典章‧刑部四‧殺卑幼》：「同法司擬合徒四年，決杖九十。緣本人年七十八歲，依舊例合行收贖，合徵鈔三十二貫。」較晚。

收掌

伯 3774 丑年（公元八二一年）十二月《沙州僧龍藏牒——爲遺產分割糾紛》：「一、去丙寅年至昨午年卅年間，伯伯私種田卅畝，年別收斛斗卅馱。已上並寄放，合計一千馱，盡是大歌收掌。」（第二輯，頁 283/8～9）

伯 3257 後晉開運二年（公元九四五年）十二月《河西歸義軍左馬步押衙王文通牒及有關文書》：「義成地分，佛奴收掌爲主，針草阿龍不取。」（第二輯，頁 295/（一）10～11）

伯 2912 某年四月八日《康秀華寫經施入疏》：「右施上件物寫經，謹請炫和上收掌貨賣，充寫經直，紙墨筆自供足，謹疏。」（第三輯，頁 58/3～5）〔註 42〕

　　按：「收掌」即收存掌管也。《大詞典》該義項首例爲〔宋〕曾鞏《請給中書舍人印及合與不合通簽中書外省事》：「印合係散騎常侍收掌。」稍晚。

shǒu　手下

斯 1781 庚辰年（公元九二〇年）正月二日《僧金剛手下斛斗具數曆》：「庚辰年正月二日，僧金剛會手下斛斗具數如後：安慶子便麥叁碩，至秋陸碩。」

〔註 42〕據《釋錄》後注，此件屬吐蕃佔領敦煌時期。

（第二輯，頁 205/1～2）

按：「手下」猶手頭也。《大詞典》該義項引例爲曹禺《雷雨》第一幕：「魯貴：〔得意〕還有啦，錢，〔貪婪地笑著〕你手下也有不少錢啦！」甚晚。

shòu　受用

伯 3410 年代未詳〔公元八四○年〕《沙州僧崇恩處分遺物憑據》：「先清淨意師兄法住在日與牸牛壹，母子翻折爲五頭，一任受用，與白綾壹疋，方耳鐺壹口，柒兩銀盞壹，小牙盤子□面。」（第二輯，頁 152/34～37）

按：此處「受用」猶受益、得益也。《大詞典》該義項首例引《朱子語類》卷九：「今只是要理會道理，若理會得一分，便有一分受用；理會得二分，便有二分。」稍晚。

sī　私己

伯 3774 丑年（公元八二一年）十二月《沙州僧龍藏牒——爲遺產分割糾紛》：「比日已來，齊周與大哥同居合活，並無私己之心。」（第二輯，頁 286/57～58）

按：「私己」即自私、利己也。《大詞典》該義項首例引〔明〕張居正《答河漕劉百川言開膠河》：「膠河之可開，凡有心於國家者皆知之，獨貴鄉人以爲不便，皆私己之言也。」較晚。

tǐ　體察

伯 2979 唐開元二十四年（公元七三六年）九月《岐州郿縣尉勛牒判集》：「亦望百姓等體察至公之意，自開救恤之門，一則仁義大行，二固風俗淳古，天時亦因此而泰，水旱則何田（由）以興。」（第二輯，頁 618/51～52）

按：「體察」即體會省察、體驗觀察也。《大詞典》該義項首例引〔宋〕羅大經《鶴林玉露》卷十三：「每事有所持循而畏，則其敬也，莫非體察在己實事，見面盎背，臨淵履冰。以僞自蓋者，能之乎？」稍晚。

tiáo　條件

斯 527 後周顯德六年（公元九五九年）正月三日《女人社再立條件》：「大者

若姊，小者若妹，讓語先登，立條件與後。」（第一輯，頁 274/4）

　　按：「條件」指逐條逐件寫成的文字。《大詞典》該義項引〔宋〕蘇轍《論差役五事狀》：「臣前所謂疏略差誤，其事有五，謹具條件如左。」稍晚。

tōng　通容

斯 4489 背宋雍熙二年（公元九八五年）六月《慈惠鄉百姓張再通牒（稿）》：「今者再通債主旦暮逼迫，不放通容。其再通此理有屈，無門投告。」（第二輯，頁 307/6～7）

　　按：「通容」猶通融。又如《敦煌變文校注·燕子賦（二）》：「雀兒啓鳳凰：『判付亦甘從。王遣還他窟，乞請且通容：雀兒是課戶，豈共同外人？燕子時來往，從坐不經多。』」（頁 415）又《降魔變文》：「賴得慈悲舍利佛，通容忍耐盡威神。」（頁 566）《大詞典》該義項引〔元〕鄭禧《春夢錄》：「母氏而今已作噬臍之悔，有通容處。」較晚。

tóng　同居

斯 4374《分書（樣式）》：「兄某告弟某甲，□□（累葉）忠孝，千代同居。」（第二輯，頁 185/2）

　　按：「同居」指夫妻共同生活。《大詞典》該義項首例引《警世通言·范鰍兒雙鏡重圓》：「呂公將回文打發女婿起身，即令女兒相隨，到廣州任所同居。」較晚。

同情

伯 3078、斯 4673 拚合唐神龍年代（公元七〇五～七〇六年）《散頒刑部格卷》：「頭首配流嶺南遠惡處，從配緣邊有軍府小州，並不在會赦之限。其同情受用偽文書之人，亦准此。」（第二輯，頁 563/7～9）

　　按：「同情」猶同謀，亦指同謀者、同夥。《大詞典》該義項首例為〔宋〕蘇軾《乞醫療病囚狀》：「若死者稍衆，則所差衙前、曹司、醫人，與獄子同情，使囚詐稱疾病，以張人數。」稍晚。

tuī　推逐

伯 3078、斯 4673 拚合唐神龍年代（公元七〇五～七〇六年）《散頒刑部格

卷》：「如先有合決笞杖者，先決本笞杖，然後推逐。」（第二輯，頁 565/52
～53）

按：「推逐」即驅斥、驅逐也。《大詞典》該義項例引《二刻拍案驚奇》卷
三九：「米店中人嫌他停泊在此出入攪擾，厲聲推逐，不許繫纜。」較晚。

wěn　穩審

斯 3877 4V 戊戌年（公元八七八年）《令孤安定雇工契（抄）》：「兩共對面穩
審平章，更不許休悔。」（第二輯，頁 55/8～9）

按：「穩審」即穩妥安詳也。《大詞典》該義項首例引〔宋〕沈端節《西江
月》詞：「幸自心腸穩審，怎禁眼腦迷奚。」稍晚。

xiān　先祖

伯 3711 唐大順四年（公元八九三年）正月《瓜州營田使武安君牒並判詞》：
「大順四年正月□日瓜州營田使武安君係是先祖產業，董悉卑戶，則不許
入，權且承種，其地內割（？）與外生安君地柒畝佃種。」（第二輯，頁 290/9
～14）

按：據上文，此處「先祖」稱已故的祖父。《大詞典》該義項首例引〔宋〕
曾鞏《寄歐陽舍人書》：「先祖之言行卓卓，幸遇而得銘。」稍晚。

xián　鹹鹵

伯 2222B 唐咸通六年（公元八六五年）前後《僧張智燈狀（稿）》：「其趙黑
子地在於間渠，鹹鹵荒漸〔註 43〕，佃種不堪。」（第二輯，頁 289/4～6）

按：「鹹鹵」指土地瘠薄。《大詞典》該義項引例爲《明史‧廣西土司傳三‧
瓊州》：「其地彼高而我下，其土彼膏腴而我鹹鹵。」較晚。

xiāng　相逼

伯 2942 唐永泰年代（公元七六五～七六六年）《河西巡撫使判集》：「賊來相
逼，陵乃以石亂投，賊徒大潰。」（第二輯，頁 601/54）

按：「相逼」亦作相偪，相逼迫也。《大詞典》該義項首例引〔宋〕朱熹《答

〔註 43〕王繼如師云「漸」有荒義。

張敬夫書》:「蓋不惟學道不明,仕者無愛民之心,亦緣上下相逼,只求事辦,雖或有此心,而亦不能施也。」稍晚。

xiáng　詳察

伯3774丑年(公元八二一年)十二月《沙州僧龍藏牒——爲遺產分割糾紛》:「伏望仁明詳察,請處分。」(第二輯,頁286/71)

　按:「詳察」即審察、審理也。《大詞典》該義項引例爲〔元〕王實甫《西廂記》第三本第三折:「謝小姐賢達,看我面遂情罷。若到官司詳察,整備著精皮膚吃頓打。」較晚。

xīn　心寒

伯2754唐《安西判集殘卷存六道》:「遠望必闕機宜,聞者即可心寒,所部何能不懼。」(第二輯,頁610/8～9)

　按:「心寒」即害怕。《大詞典》該義項首例爲〔清〕陳夢雷《西洋貢獅子賦》:「譬則司直立朝,姦回志折;元戎當閫,逋寇心寒。」較晚。

xíng　行署

伯4634、斯3375、斯1880、伯4634唐永徽二年(公元六五一年)《令卷第六東宮諸府職員》:「典書二人,掌四部經籍,行署校寫功程,料度文案。」(第二輯,頁542/(一)5)

　按:「行署」指唐代流外官的通稱。《大詞典》該義項例引《舊唐書·職官志二》:「郎中一人掌小銓,亦分爲九品,通謂之行署。以其在九流之外,故謂之流外銓,亦謂之小選。」稍晚。

yán　嚴凝

斯6537 3V～5V《立社條件(樣式)》:「更揀無朋後德,智有先誠,切齒嚴凝,請爲錄事。」(第一輯,頁281/14～15)

　按:「嚴凝」即嚴肅凝重也。《大詞典》該義項例引劉師培《南北文學不同論》:「宋沈之詩,以嚴凝之骨,飾流麗之詞,頌揚休明,淵乎盛世之音。」較晚。

嚴切

伯 3730 背《某甲等謹立社條（樣式）》：「嚴切丁寧，別例〔事〕段。」（第一輯，頁 280/7）

按：「嚴切」猶嚴密、嚴格。《大詞典》該義項引吳組緗《山洪》二八：「戚先生相信遊擊隊所到的地方，政治風氣有了改變，再加他們主持工作的嚴切注意，應制得法，也可以化腐朽為神奇。」甚晚。

yào　要事

斯 3344 唐開元《戶部格殘卷》：「首領等如如（衍）有灼然要事須奏者，委州司錄狀奏聞，非有別勅追入朝，不得輒發遣。」（第二輯，頁 571/31～33）

按：「要事」即重要的事項、事情。《大詞典》該義項首例為〔明〕沈德符《野獲編補遺・曆法・算學》：「算學亦書數中要事，而於勾稽錢穀，尤為吃緊。」較晚。

yī　一總

伯 3935 丁酉年（公元九九七年？）《洪池鄉百姓高黑頭狀（稿）》：「通計還得麥粟二百九十六石五斗，准於前案其上件物○○兼人上對來物並一總還訖。」（第二輯，頁 311/9～10）〔註 44〕

按：「一總」即全部、通通也。《大詞典》該義項首例引《水滸傳》第一○五回：「他們平日受的克剝氣多了，今日一總發泄出來。」較晚。

依實

斯 3287 背子年（公元九世紀前期）五月《左二將百姓氾履倩等戶口狀》：「右通午年擘三部落口及已後新生口如前，並皆依實，亦無隱漏不通。」（第二輯，頁 379/（三）9～10）

按：「依實」猶言著實也。《大詞典》該義項例引《兒女英雄傳》第二九回：「那老頭兒倒依實吃了兩三個餑餑，一聲兒不言語的，就著菜吃了三碗半飯。」較晚。

〔註 44〕○○原為「疋段」二字，已塗，未錄。

yì　義聚

斯 2041 唐大中某年《儒風坊西巷村鄰等社約》:「一，所置義聚，備凝凶禍，相共助誠，益期賑濟急難。」（第一輯，頁 271/三 1）

按:「義聚」即以義聚居也。《大詞典》該義項例引《宋史·孝義傳·樊景溫》:「(樊景溫，滎恕旻) 兄弟異居極年。大中祥符中，景溫樗樹五枝并為一，恕旻家榆樹兩本自合，兩家感其異，復義聚。」較晚。

詣實

斯 527 後周顯德六年（公元九五九年）正月三日《女人社再立條件》:「社人名目詣實如後。」（第一輯，頁 274/12）

斯 1625 後晉天福三年（公元九三八年）十二月六日《大乘寺徒衆諸色斛斗入破曆祘會牒殘卷》:「右通前件斛㪷油麵粟等，破除及見存，一一詣實如前，謹錄文案與充後祘為憑。」（第三輯，頁 399/20～22）

伯 3290 己亥年（公元九九九年）十二月二日《某寺祘會分付黃麻憑》:「一一詣實，後祘為憑。」（第三輯，頁 539/7）

按:此處「詣實」指核查是否符合實際。《大詞典》該義項引〔宋〕俞文豹《吹劍錄》:「本學諸生列狀，謂迎賊時先生稱疾不赴……由是行下本州詣實。」稍晚。

yòng　用心

伯 2754 唐《安西判集殘卷存六道》:「必使在烽調度，無闕所須，覘候用心，隨機馳報。」（第二輯，頁 610/11～12）

按:「用心」即費心、留意也。《大詞典》該義項首例為〔宋〕丁謂《丁晉公談錄》:「(眞宗) 謂晉公曰:『今來封禪禮畢，大駕往回，凡百事須俱揔辦集，感卿用心。』」稍晚。

yū　迂曲

伯 2005《沙州都督府圖經殘卷》:「承其驛路在瓜州常樂縣西南，刺史李無虧以舊路石蹟山險，迂曲近賊，奏請近北安置。」（第一輯，頁 8/150～152）

伯 2005《沙州都督府圖經殘卷》:「橫澗驛。右在東北六十里,北去白亭驛廿里,刺史陳玄珪爲中間迂曲,奏請。」(第一輯,頁 8/156～158)

伯 2005《沙州都督府圖經殘卷》:「刺史李無虧爲其路山險迂曲,奏請近北安置。」(第一輯,頁 11/209～210)

後晉天福十年(公元九四五年)《壽昌縣地境一本》:「曲澤。縣西北一百九十里。其澤迂曲,故以爲名。」(第一輯,頁 52/12)

按:「迂曲」即迂迴曲折也。《大詞典》該義項首例引〔宋〕袁褧《楓窗小牘》:「此七渡,當擇官兵守之,其餘數十處,或道路迂曲,水陸不便,非大軍往來徑捷之處。」稍晚。

yuán　圓融

伯 2942 唐永泰年代(公元七六五～七六六年)《河西巡撫使判集》:「肅州寄貯,其數頗多。近日破除,實將稍廣。終宜減割,以救時須。不可告勞,遂令乏絕。仰百方圓融一千石,依前轉送。」(第二輯,頁 624/93～625/95)

伯 2942 唐永泰年代(公元七六五～七六六年)《河西巡撫使判集》:「自可當州圓融,何須再三申請。」(第二輯,頁 625/107～108)

伯 2942 唐永泰年代(公元七六五～七六六年)《河西巡撫使判集》:「今既府庫虛竭,自合當處圓融。」(第二輯,頁 627/149～628/150)

按:「圓融」即通融也。《大詞典》該義項例引《舊五代史·唐書·明宗紀二》:「天下節度、防禦使,除正、至、端午、降誕四節量事進奉,達情而已。自於州府圓融,不得科斂百姓。」稍晚。

yùn　運脚

伯 2507 唐開元二十五年(公元七三七年)《水部式殘卷》:「桂廣二府鑄錢,及嶺南諸州庸調,並和市折租等物,遞至揚州訖,令揚州差綱部領送都,應須運脚,於所送物內取充。」(第二輯,頁 581/78～80)

按:「運脚」亦作運脚,即運費也。《大詞典》該義項首例引《舊唐書·食貨志上》:「又江淮等苦變造之勞,河路增轉輸之弊,每計其運脚,數倍加錢。」稍晚。

zhēn 真情

伯 3813 背唐〔公元七世紀後期？〕《判集存十九道》：「但其罪難濫，獄貴真情，必須妙盡根源，不可輕爲與奪。」（第二輯，頁 603/95）

按：「真情」即實在的情況。《大詞典》該義項首例引〔元〕楊梓《豫讓吞炭》第二折：「咱十分謹慎，只恐他看出真情，後日必中他計。」較晚。

zhēng 徵驗

斯 0367 唐光啓元年（公元八八五年）《書寫沙州伊州地志殘卷》：「有祆主翟槃陁者，高昌未破以前，槃陁因入朝至京，即下祆神，因以利刀刺腹，左右通過出腹外，截棄其餘，以髮繫其本，手執刀兩頭，高下絞轉，說國家所舉百事，皆順天心，神靈〔相〕助，無不徵驗。」（第一輯，頁 40/56～41/58）

按：「徵驗」爲應驗、證實之義。《大詞典》該義項首例引〔宋〕徐鉉《稽神錄‧建州狂僧》：「建州有僧，不知其名，常如狂人，其所言動，多有徵驗。」稍晚。

zhèng 證見

沙州文錄補宋乾德二年（公元九六四年）《史氾三立嗣文書》：「押字證見爲憑，天轉地迴，不（下缺）」（第二輯，頁 156/15～16）

按：「證見」即證據也。《大詞典》該義項引例爲《紅樓夢》第七六回：「告訴我，拿了磁瓦去交，好作證見，不然，又說偷起來了。」較晚。

證明

伯 3744 年代未詳〔公元八四〇年〕《沙州僧張月光兄弟分書》：「若是師兄違逆，世世墮於六趣。恐後無憑，故立斯驗。仰兄弟姻親鄰人爲作證明。」（第二輯，頁 146/17～18）

按：「證明」即證人、證據也。《大詞典》該義項首例引《二刻拍案惊奇》卷十三：「世間有此薄行之婦！官府不知，乃使鬼來求申，有媿民牧矣。今有煩先生做個證明，待下官盡數追取出來。」較晚。

zhī 支持

伯 2942 唐永泰年代（公元七六五～七六六年）《河西巡撫使判集》：「支持不足，破用則多。」（第二輯，頁 620/16）

按：「支持」即開支、供應也。《大詞典》該義項首例爲《元典章・聖政二・均賦役》：「中書省官人每奏國家應辦，支持浩大。」較晚。

zhǐ　只有

斯 2199 唐咸通六年（公元八六五年）《尼靈惠唯書》：「靈惠只有家生婢子一名威娘，留與侄女潘娘，更無房資。」（第二輯，頁 153/4～5）

按：「只有」即唯有、儘有也。《大詞典》該義項首例引〔宋〕蘇軾《和陳述古拒霜花》：「千株掃作一番黃，只有芙蓉獨自芳。」稍晚。

指抉

伯 4638《大番故敦煌郡莫高窟陰處士修功德記》：「指抉縣門，先申巨臀。」（第五輯，頁 226/74）

按：「指抉」猶指摘。《大詞典》該義項引《舊唐書・熊望傳》：「有口辯，往往得遊公卿間，率以大言詭意，指抉時政。」

據《敦煌學大辭典》（頁 332），陰處士碑爲唐代莫高窟碑記，立於開成四年（公元 839 年）四月十五日。《大詞典》例稍晚。

zhú　逐次

斯 5629《燉煌郡等某乙社條壹道（樣式）》：「逐吉追凶，應有所勒條格，同心壹齊稟奉，一春秋二社，每件局席，人各油豹麥粟，主人逐次流行。一，若社人本身及妻二人亡者，贈例人麥粟及色物，准數進（？）要使用，及至葬送，亦次痛烈，便供親兄弟一般輕舉，不許憎嫌孅（穢）污。」（第一輯，頁 285/（一）10～286/（一）20）

按：「逐次」即按照次序也。《大詞典》該義項引〔宋〕蘇軾《乞降度牒修定州禁軍營房狀》：「侵斫禁山人，逐次舉覺，依法堪斷張德等九人。」稍晚。

zhuāng　裝潢

伯 4634、斯 3375、斯 1880、伯 4634 唐永徽二年（公元六五一年）《令卷第六東宮諸府職員》：「裝書生四人，掌裝潢經籍。」（第二輯，頁 542/（一）5

～6）

按：「裝潢」亦作裝璜，裝訂、裝幀也。《大詞典》該義項首例爲〔宋〕張端義《貴耳集》卷上：「南軒自桂帥入朝，以平日所著之書並奏議講解百餘冊，裝潢以進。」稍晚。

莊園

伯 3774 丑年（公元八二一年）十二月《沙州僧龍藏牒——爲遺產分割糾紛》：「一，齊周所是家中修造舍宅，豎立莊園，梨鏵鍬钁，車乘釧鐺靴鞋，家中少小什物等，並是齊周營造。」（第二輯，頁 285/54～55）

按：「莊園」指封建時代皇室、貴族、大官、富豪、寺院等佔有並經營的大片土地。《大詞典》該義項首例引《舊唐書‧狄仁傑傳》：「（寺院）水碾莊園，數亦非少。」稍晚。

zhǔn　准擬

斯 3375、斯 1880、伯 4634 唐永徽二年（公元六五一年）《令卷第六東宮諸府職員》：「諸職事官三品以上應置府佐者，其記室功曹自訪。有學□□無保任者，准擬送名，所司簡試。」（第二輯，頁 552/（四）5～7）

按：「准擬」即舊時公文用語，謂批准下級的擬議。《大詞典》該義項引例爲《元典章‧朝綱‧省部減繁格例》：「如已斷（案）公當，別無枉屈，准擬施行。」較晚。

准折

伯 3935 丁酉年（公元九九七年？）《洪池鄉百姓高黑頭狀（稿）》：「當時還粟十石，綿（？）綾一疋斷生熟絹伍疋，准折麥四十石，粟四十八石。」（第二輯，頁 311/3～4）

按：「准折」即償還、抵償也。《大詞典》該義項首例爲《初刻拍案驚奇》卷十三：「便是褚家那六十兩頭，雖則年年清利，却則是些貨錢准折，又還得不爽利。」較晚。

zī　資助

伯 2507 唐開元二十五年（公元七三七年）《水部式殘卷》：「其丁取免雜徭人，

家道稍殷有者，人出二千五百文資助。」（第二輯，頁 580/60～61）

伯 2979 唐開元二十四年（公元七三六年）九月《岐州郿縣尉勛牒判集》：「昨者長官見說，資助及彼資丁，皆嘆人窮，不堪其事。」（第二輯，頁 617/45～46）

伯 2979 唐開元二十四年（公元七三六年）九月《岐州郿縣尉勛牒判集》：「以爲防丁一役，不請官賜，袛是轉相資助，衆以相憐。」（第二輯，頁 617/47～48）

伯 2979 唐開元二十四年（公元七三六年）九月《岐州郿縣尉勛牒判集》：「初資助防丁，議而後舉。不是專擅，不涉私求。」（第二輯，頁 618/60）

按：「資助」即以財物幫助也。《大詞典》該義項首例引〔明〕康海《中山狼》第三折：「他穿的衣，吃的食，男女婚姻，公私賦稅，那一件不在俺身上資助他。」較晚。

zì　自供

大谷 2836 長安三年（公元七〇三年）三月《燉煌縣錄事董文徹牒》：「其桑麻累年勸種，百姓並足自供。」（第二輯，頁 328/3～4）

按：「自供」即自行供給也。《大詞典》該義項首例引《資治通鑑·唐肅宗至德元載》：「應須士馬、甲仗、粮賜等，並於當路自供。」稍晚。

zǔn　撙節

伯 2942 唐永泰年代（公元七六五～七六六年）《河西巡撫使判集》：「甘州切須撙節，不可專恃親鄰。」（第二輯，頁 620/4～5）

伯 2942 唐永泰年代（公元七六五～七六六年）《河西巡撫使判集》：「袛合撙節處置，兵健量事停糧。」（第二輯，頁 625/107）

按：「撙節」即節省、節約。《大詞典》該義項首例爲《新唐書·柳公綽傳》：「遭歲惡，撙節用度，輟宴飲，衣食與士卒鈞。」稍晚。

zuò　作主

斯 5700《某某出賣宅舍與姚文清契（抄）》：「自買□（已）後，永世子孫世世男女作主，本家不得道東說西。」（第二輯，頁 10/8～12）

　　按：「作主」即做主人也。《大詞典》該義項例引〔宋〕蘇軾《和文與可洋川園池》詩之三十：「北園草木憑君問，許我他年作主無？」

　　據《釋錄》後注，此係抄件，作樣式之用，姚文清與後晉天福四年《姚文清雇工契》之姚文清可能為同一人。《大詞典》稍晚。

　　此外，「立身」（立足、安身）（第一輯，頁 93/2）、「注脚」（解釋字句的文字）（第一輯，頁 93/4）、「條式」（條文法規）（第一輯，頁 278/9）、「從頭」（从最初开始）（第一輯，頁 282/26）、「條流」（條例）（第一輯，頁 282/39）（第一輯，頁 283/4）、「申意」（示意、表明意向）（第一輯，頁 389/3）、「中間」（猶言之間或「在……過程中」）（第二輯，頁 4/7）、「印記」（蓋章的印迹）（第二輯，頁 33/1）、「博士」（古代對某種技藝或專門從事某種職業的人的尊稱，猶後世稱人為師傅）（第二輯，頁 54/2）、「功人」（猶工人）（第二輯，頁 107/5）、「餘賸」（多餘）（第二輯，頁 326/9）、「主婚」（主持婚事）（第二輯，頁 510/（一）151～152）、「普覃」（普遍而及）（第二輯，頁 526/125）、「簡點」（選定）（第二輯，頁 567/90）、「推勘」（審問）（第二輯，頁 603/73）、「受用」（享受、享用義）（第三輯，頁 82/11）、「戰汗」（恐懼出汗）（第五輯，頁 393/87）等詞語義項與《大詞典》該義項首例時代相仿，也就是說，這些義項亦可能是產生於這一時代的新興詞義。

二、《大詞典》義項當補

bó　博換

　　伯 2161 丁卯年《換舍契殘片》：「　　　　　博換後，永世更不休悔，如　　　　　　　　充納入官，博換為定，　　　　　後憑。」（第二輯，頁 20/5～7）

　　按：「博換」為同義復詞，交換也。如《舊唐書‧食貨志上》：「時又令於龍興觀南街開場，出左藏庫內排斗錢，許市人博換，貧弱者又爭次不得。」〔明〕范景文《漂母祠》：「一飯博換千金來，千金不受名乃至。」《大正藏》No.1443〔唐〕義淨譯《根本說一切有部苾芻尼毘奈耶》卷三十二：「時相馬人告諸臣曰：『君等當知彼是智馬，商主頑愚不別良駿，棄醍醐上味持無用酥淬。』俱白王已，往恭侍城到瓦師所而問曰：『君今何用此馬駒耶。』報言：『我令負土。』相馬人曰：『我與汝驢共相博換。』」又同卷：「與衣者無犯，若見遭難

無衣服者，與之無犯，或因說法愛樂美言持大圭施，或因受戒而施，或復賣與，或博換與。」No.2016〔宋〕延壽集《宗鏡錄》卷八十一：「設使欲捨三塗，欣，五戒十善，相心修福，如市易博換，翻更益罪。」

《大詞典》「博換」謂多變化。當補。

cèng　蹭蹬

斯 1897 龍德四年（公元九二四年）《雇工契（樣式）》：「忽□（若）忙時，不就田畔，蹭蹬閑行，左南直北，拋工一日，克物貳斗。」（第二輯，頁 59/7～8）

伯 3443 壬戌年（公元九二〇或九六二年）《胡再成養男契》：「所有城內屋舍城外地水，家資 ▢ 並共永長會子停之亭分，一般各取一分。若有蹭蹬往 ▢ 空身逐出門外，不許橫說道理。」（第二輯，頁 155/3～5）

按：「蹭蹬」即磨蹭、游蕩也。斯 5578 戊申年（公元九四八年？）《李員昌雇工契（抄）》：「自雇已後，驅驅造作，不得左南直北閑行。」（第二輯，頁 63/9～11）所說同。

《大詞典》釋「蹭蹬」爲：（1）險阻難行。（2）失勢貌。（3）困頓；失意。（4）倒霉；倒運。（5）犯過失；失足。似當補。

gǎi　改轉

斯 6537 3V～5V《立社條件（樣式）》：「所以上下商量，人心莫〔測〕，逐時改轉。」（第一輯，頁 281/9～10）

按：此處「改轉」當爲改易、改變之義。如《大正藏》No.220b〔唐〕玄奘譯《大般若波羅蜜多經》卷三百九十二：「如來出世若不出世，法相常住終無改轉。」No.1537〔唐〕玄奘譯《阿毘達磨法蘊足論》卷十一：「然佛所說生緣老死，理趣決定，去來今世，有佛無佛，曾無改轉，法性恒然，不隱不沒，不傾不動，其理湛然。」No.1861〔唐〕窺基撰《大乘法苑義林章》卷七：「二變化非受用，謂變化身，爲化地前雜類生故，或麤或妙，或令歡喜，或令怖畏，改轉不定，但名變化不名受用，不必令受現法樂故。」No.8〔宋〕施護等譯《大堅固婆羅門緣起經》卷二：「我諸所用無闕乏，亦非他人相嬈惱。但爲我聞眞實言，發出家心無改轉。」No.1799〔宋〕子璿集《首楞嚴義疏注經》卷七：「異

名差別爲世界體，世爲遷流，界爲方位，前後改轉隔別不同，故名世界，皆由內有異相爲。」

《大詞典》「改轉」謂遷調官職，多指提升。義項當補。

gāng 剛強

伯2511《諸道山河地名要略殘卷》：「人俗：其俗剛強，□□□□□□□□與河中太原同。」（第一輯，頁69/16～17）

按：「剛強」即強悍也。如《隋書・地理志中・譙郡》：「今風俗頗移，皆向於禮矣。長平、上黨，人多重農桑，性尤朴直，蓋少輕詐。河東、絳郡。文城、臨汾、龍泉、西河，土地沃少塉多，以是傷於儉嗇。其俗剛強，亦風氣然乎？」《太平御覽》卷二百六十八引《會稽典錄》：「徐弘，字聖通，爲山陰令。縣俗剛強，大姓兼并。弘到官，誅剪姦桀，豪右斂手，商旅路宿，道不拾遺。」《玉海》卷十七《漢地分風俗本末》：「秦俗不純，魏俗剛強，周魯失之僞，陳失之巫，鄭衛之俗淫而剛，燕趙之俗悍而離，魏薄於恩，晉過於嗇，楚孅於利，齊有魚鹽而俗侈，吳粵好勇而民輕死，此風俗之末也。」《春秋分記》卷二十六《晉地總說》：「故自晉獻公以下，累世主盟中夏，稱霸諸侯，非有他也，山河之險，地勢便利。晉無出則已，出則可以橫行於中原，其俗剛強，多豪傑，矜功名。」

《大詞典》「剛強」義項爲：（1）堅強。（2）健旺鼎盛。（3）指強暴的人。似當補。

綱首

斯3540庚午年正月廿五日《比丘福惠等修窟立憑》：「眾內請鄉官李延會爲錄事，放帖行文，以爲綱首；押衙閻願成爲虞侯，祇奉錄事條式。」（第一輯，頁278/7～9）

按：此處「綱首」當爲首領之義。如《文苑英華》卷七百八十五權德輿《唐故寶應寺上座內道場臨壇大律師多寶塔銘并序》：「代宗朝，徵入內道場，累詔受興善安國寶慶等寺綱首，又充僧錄。」又卷八百六十四顧況《廣陵白沙大雲寺碑》：「有若靈辨禪師者，大照大師之上照足如優曇花，綱首良制利見如薔蔔花。」《金史・食貨志一》：「置壯丁，以佐主首巡警盜賊。猛安謀克部村寨，五

十戶以上設寨使一人，掌同主首。寺觀則設綱首。」《欽定熱河志》卷八十一《寺廟五》：「擇僧行清高者爲綱首，舉諸郡內經律論學優者爲三法師。」

敦煌文書中又作「綱維」。如斯 6417 後唐長興二年（公元九三一年）正月《普光寺尼徒衆圓證等狀并海晏判辭》：「普光弘基極大，衆內詮練綱維，並是釋中眉首，事須治務任持，且雖敬上，愛下人戶，則有憐敏之能。」（第四輯，頁 54/14～17）《敦煌願文集・願文等範本》：「爰有此寺綱維、宿德、諸闍梨等並神貌孤秀，堂堂古容；爲柱石於梵場，作緇門之綱紀。」（頁 92）

《大詞典》釋「綱首」爲負責綱運之商人首腦。當補。

gòu 構架

大谷 2835 長安三年（公元七○三年）三月《括逃使牒並燉煌縣牒》：「好即簿酬其傭，惡乃橫生構架。」（第二輯，頁 326/6）

按：「構架」本爲建造之義。如〔漢〕王充《論衡・效力》：「故夫墾草殖穀，農夫之力也；勇猛攻戰，士卒之力也；構架斷削，工匠之力也；治書定簿，佐史之力也；論道議政，賢儒之力也。」「構」有架、造之義。如《御纂詩義折中》卷十五：「營營青蠅止于榛，讒人罔極，構我二人……構，架造也，架空捏造也。」「構架」引申爲捏造、欺詐也。如〔唐〕陳子昂《申宗人冤獄書》：「當此之時，忠必見信，行必見明，自謂專一，事君無二也。今乃遭誣罔之罪，被構架之詞，陷見疑之辜，困無驗之告，幽窮詔獄，吏不見明，肝血赤心，無所控告。」〔唐〕盧仝《月蝕詩》：「譎險萬萬黨，構架何可當。」又作「搆架」。如《唐大詔令集》卷八十二《申理冤屈制》：「所有訴訟隨狀爲勘其當，有理者速即奏聞，無理者示語發遣，其有虛相搆架，浪擾官方，若經處分，誼訴不絕者，宜即科決，使知懲勸。」《大正藏》No.2112〔唐〕玄嶷撰《甄正論》卷三：「道士李仲卿續成十卷，並模寫佛經，潛偷罪福，搆架因果，參亂佛法。」

《大詞典》「構架」義項爲：（1）結架材木。指建築。（2）引申爲運籌決策，構思設計。當補。

guò 過往 〔註45〕

〔註45〕曾良《敦煌文獻字義通釋》亦收詞條（50～51 頁。）

斯 5700 後唐清泰三年（公元九三六年）《放家童書（樣式）》：「將此放良福分，先薦過往婆父。」（第二輯，頁 191/19～192）

伯 4638《張厶乙敬圖觀世菩薩並侍從壹鋪》：「次爲弟子故考妣，乘資少分，淨坐蓮臺；今世當來，長爲眷屬；又爲己躬及合家長幼枝羅六親，願長存吉慶，福壽麻姑；過往先亡，咸歸有道。」（第五輯，頁 214/3～6）

按：「過」有去世之義；「往」有死、死者之義。如《左傳・僖公九年》：「送往事居，耦俱無猜，貞也。」杜預注：「往，死者；居，生者。」三國魏曹植《贈白馬王彪》詩：「奈何念同生，一往形不歸。孤魂翔故域，靈柩寄京師。」「過往」義爲過世也。

《大詞典》「過往」義項爲：（1）謂時光過去或流逝。（2）以往；往昔。（3）（人物）經過；來去。（4）謂人物的過從，交往。當補。

huǎn　緩慢

伯 3989 唐景福三年（公元八九四年）五月十日《立社條件憑記》：「立條後，各自說大敬小，切雖存禮，不得緩慢。」（第一輯，頁 273/6～7）

按：「緩慢」此處爲怠慢之義。伯 3489 戊辰年正月廿四日《旌（？）坊巷女人社社條（稿）》：「戊辰年正月廿四日，旌（？）坊巷女人團座商儀（議）立條，合（合）社商量爲定。各自榮生死者，納豹壹斗，須得齊同，不得怠慢。」（第一輯，頁 276/1～2）伯 2856 背乾寧二年（公元八九五年）三月十一日《僧統和尚營葬榜》：「右件所請諸色勾當者，緣葬日近促，不得疏慢，切須如法，不得乖恪（格）者。」（第四輯，頁 124/15～17）「緩慢」義同怠慢、疏慢。

《大詞典》釋「緩慢」爲不迅速，遲緩。似當補。

jiān　監當

伯 3608、伯 3252《唐律——職制、戶婚、廏庫律殘卷》：「諸監當官司及主食之人，誤將雜藥至御服（膳）所者，絞。所謂監當之人應到之處。」（第二輯，頁 500/（一）14～15）

按：此處「監當」爲監督、監管之義。如《舊唐書・職官志三》：「監作掌監當雜作。」《舊五代史・晉書・帝紀第一》：「宜令三司預支一年禮料物色，於太廟置庫收貯，差宗正丞主掌，委監察使監當，祭器祭服等未備者修製。」《唐

大詔令集》卷一百八《玉華宮成曲赦宜君縣制》：「其營造監當官人量加品秩，及衛士以上並節級賜物，先在宮苑內住移出外者給復三年。」《大正藏》No.2060〔唐〕道宣撰《續高僧傳‧習禪二‧僧善》：「僧襲本住絳州，結心定業，承習善公不虧其化，住晉州寶嚴寺，充僧直歲，監當稻田，見殺水陸諸蟲不勝其酷，因擲棄公名追崇故業。」No.2122〔唐〕道世撰《法苑珠林》卷十四：「有司執縛向市且行且誦，臨欲加刑誦滿千遍，執刀下斫，刀折三段不損皮肉，易刀又斫，凡經三換刃折如初，監當官人莫不驚異。」

　　《大詞典》釋「監當」爲宋代掌管稅收、冶鑄等事務的地方官。義項當補。

jiào　脚下

　　斯 0343　11V《析產遺囑（樣式）》：「所是城外莊田、城內屋舍家活產業等、畜牧什物、恐後或有不亭爭論、偏併、或有無智滿說異端、遂令親眷相憎、骨肉相毀、便是吾不了事、今吾惺悟之時、所有家產、田莊畜牧什物等、已上並以分配、當自脚下、謹錄如後。」（第二輯，頁 159/4～8）

　　斯 5647《分書（樣式）》：「已上物色獻上阿叔，更爲啊叔殷勤，成立活計，兼與城外莊田車牛駝馬家資什物等，一物已上分爲兩分，各注脚下，其名如後：」（第二輯，頁 168/34～40）

　　伯 3774 丑年（公元八二一年）十二月《沙州僧龍藏牒——爲遺產分割糾紛》：「至僉牟使算會之日，出鑛貝鏡一面與梁舍人，附在僧尼脚下。」（第二輯，頁 283/4～5）

　　伯 3774 丑年（公元八二一年）十二月《沙州僧龍藏牒——爲遺產分割糾紛》：「一、大兄初番和之日，齊周阝父脚下，附作奴。」（第二輯，頁 284/30）

　　伯 3432《龍興寺卿趙石老脚下依蕃籍所附佛像供養具並經目錄等數點檢曆》：「龍興寺卿趙石老脚下依蕃籍所附佛像供養 ☐☐☐☐☐☐ 」（第三輯，頁 2/1）

　　按：「脚下」謂下面。

　　《大詞典》「脚下」義項爲（1）脚底下。（2）物體近地面的部分。（3）指鞋子。（4）現在；馬上。當補。

lì　立體

斯 6417 背年代不詳〔公元十世紀前期〕《孔員信三子爲遺產糾紛上司徒狀（稿）》：「如此不割父財、三子憑何立體，伏望司徒鴻（？）造，照察單貧，少失二親，隨姊虛納氣力兼口分，……」（第二輯，頁 299/19～22）

按：此處「立體」猶立足、立身，安身處世也。如《說苑‧建本》：「孔子曰：『行身有六本，本立焉然後爲君子。立體有義矣，而孝爲本；處喪有禮矣，而哀爲本；戰陣有隊矣，而勇爲本；治政有理矣，而農爲本……』」向宗魯校證：「關曰：『《家語》體作身。』」《大正藏》No.381〔西晉〕竺法護譯《等集眾德三昧經》卷一：「譬如眾生受形立體，所周佛土所在世界若干之數，菩薩行慈，使此群萌皆得成就爲轉輪王，具足功德如釋如梵踐祚之數。」

敦煌文書中又作「立身」。如斯 2052《新集天下姓望氏族譜一卷并序》：「夫人立身在世，姓望爲先；若不知之，豈爲人子；雖即博學，姓望疏乖；晚長後生，切須披覽；但看注腳，姓望分明。」（第一輯，頁 93/3）

《大詞典》釋「立體」爲（1）確立體裁、體制。（2）具有長、寬、高三面的物體。比喻全面地（看問題）。（3）即幾何體。當補。

pàn　判命

伯 2222B 唐咸通六年（公元八六五年）前後《僧張智燈狀》：「右智燈叔姪等，先蒙尙書恩造，令將鮑壁渠地迴入玉關鄉趙黑子絕戶地永爲口分，承料役次。先請之時，亦令鄉司尋問實虛，兩重判命。」（第二輯，頁 289/2～4）

按：「判」可指對獄訟的審理和判決。如《宋書‧許昭先傳》：「叔父肇之，坐事繫獄，七年不判。」「判命」可指對獄訟審理的判決、命令。如〔元〕馬端臨《文獻通考‧職官考五》：「宋太平興國中，徙於利仁坊孟昶舊第，頗爲宏麗，中設都堂、左右司、左右丞、郎中員外郎廳，東西廊分設尙書侍郎廳事二，郎中員外廳事六。掌施行判命，舉省內綱紀程式，受付六曹文書，聽內外辭訴，奏御史失職，考百官府之治，以詔廢置、賞罰。」

《大詞典》釋「判命」猶拼命。義項當補。

qián　前緣

斯 0343 10V《放良書（樣式）二件》：「前緣所及爲尊貴。果保不同，充爲下

輩。」（第二輯，頁 160/（一）2～3）

按：此處「前緣」指前世、前生也。如《太平廣記》卷十八《文廣通》：「翁云：『過而知改，是無過矣。此猪前緣，應有其報。君無謝焉。』」又卷一百一《惠原》：「惠原即悟前緣，遂落髮於鹿死之處，而置迦藍，名耆闍窟山寺。」《五燈會元》卷一：「七祖婆須蜜尊者，北天竺國人也。姓頗羅墮，常服淨衣，執酒器，遊行里閈，或吟或嘯，人謂之狂。及遇彌遮迦尊者，宣如來往誌，自省前緣，投器出家，受法行化。」

《大詞典》釋「前緣」爲前定的緣分。當補。

qíng 擎舉

斯 5629《燉煌郡等某乙社條壹道（樣式）》：「若有不親近擎舉者，其人罰醴醵壹筵。」（第一輯，頁 286/20～22）

按：此處「擎舉」爲同義復詞。如《大正藏》No.461〔西晉〕竺法護譯《佛說文殊師利現寶藏經》卷一：「文殊師利告波旬曰：『卿有力勢神通無極，以大神足擎舉此鉢。』」No.190〔隋〕闍那崛多譯《佛本行集經》卷十三：「爾時太子，不急不緩，安詳用心，右手執持提婆達多童子而行，擎舉其身，足不著地，三繞試場，三於空旋，爲欲降伏其貢高故，不生害心，起於慈悲，安徐而撲，臥於地上。」No.1442〔唐〕義淨譯《根本說一切有部毘奈耶》卷二十九：「佛言既出物已，應使人看，時諸苾芻遣強者看守，弱者出物不能擎舉。」No.2052〔唐〕冥詳撰《大唐故三藏玄奘法師行狀》卷一：「明日食後，更有二百餘僧及千餘檀越，擎舉幢蓋、花香來迎，引入那爛陀寺。」

《大詞典》釋「擎舉」爲掌握。義項當補。

sè 色物

斯 6537 3V～5V《立社條件（樣式）》：「色物贈例，勒截分明。」（第一輯，頁 282/24）

斯 5629《燉煌郡等某乙社條壹道（樣式）》：「逐吉追凶，應有所勒條格，同心壹齊稟奉，一春秋二社，每件局席，人各油麨麥粟，主人逐次流行。一，若社人本身及妻二人亡者，贈例人麥粟及色物，准數進（？）要使用，及至

葬送，亦次痛烈，便供親兄弟一般輕舉，不許憎嫌䉛（穢）污。」（第一輯，頁 285/（一）10～286/（一）20）

斯 5520《立社條件》：「□（結）義之後，但有社內身遷故，贈送營辦葬義（儀）車舉□（一）仰社人助成，不德（得）臨事疏遺，忽合乖嘆，仍須社衆改□送至墓所，人各借布一疋，色物一疋。」（第一輯，頁 289/6～8）

斯 5691《付色物餅粟曆》：「付團家色物十九段，又後付色物八段，安□□□五段」（第三輯，頁 230/1～2）

斯 5804 1V《僧智弁弔唁孟闍梨母亡狀》：「白羅壹段、紫綐壹、緋紬壹段色物三事，謹遺堂子□苟奴送赴。」（第五輯，頁 8/3～4）

按：「色物」指種類、名目、物品。如〔宋〕王溥《唐會要・雜處置》：「八年八月，吏部奏請差定文武官告紙軸之色物：『五品已上，用大花異紋綾紙，紫羅標，檀木軸……』」《冊府元龜・帝王部・革獎》：「今後此色物諸處不得進奉，所繇司不得輒通。」又《邦計部・山澤》：「所有隨行色物，除鹽外，一半納官，一半與捉事人充優賞。」

「色物」，敦煌文書中又作「物色」。如伯 3155 背唐天復四年（公元九〇四年）《令狐法性出租土地契（稿）》：「爲要物色用度，逐將前件地捌畝，祖與（旁注：逐共）同鄉鄰近百姓價員子商量，取員子上好生絹壹疋，長捌綜（？）壹疋，長貳仗伍尺。」（第二輯，頁 26/2）斯 5647《分書（樣式）》：「訓誨成人，未申乳哺之恩；今生房分，先報其恩，別無所堪，不忓分數，與叔某物色目。前已結義如同往日一般。已上物色獻上阿叔，更爲阿叔殷勤，成立活計……」（第二輯，頁 167/29～168/37）伯 3449、伯 3864《書儀小冊子》：「吊儀自間冰慈，恆深攀望，值以某縈計不及，頻附懇誠，今則伏蒙眷私，以某家室傾逝，遠垂軍將馳送吊儀物色，收領，不任感創。」（第五輯，頁 384/（二）49～52）

《大詞典》「色物」指表示方位顏色的泥土。義項當補。

shōu 收檢

伯 3774 丑年（公元八二一年）十二月《沙州僧龍藏牒——爲遺產分割糾紛》：「昨齊周與大哥以理商量，分割什物及房室畜生等，所有好者，先進大哥收

檢，齊周亦不諍論。」（第二輯，頁 286/59～62）

　　按：此處「收檢」即收察、收用之義。如《魏書・釋老志十》：「若收利過本，及翻改初券，依律免之，勿復徵責。或有私債，轉施償僧，即以丐民，不聽收檢。」〔宋〕蘇軾《與朱康叔十七首》（之十三）：「疊蒙寄惠酒、醋、麵等，一一收檢，愧荷不可言。不得即時裁謝，想仁明必能恕察。」

　　《大詞典》釋「收檢」猶整理。義項當補。

tí　提綱

伯 4640《翟家碑》：「皇考諱涓，天然俊藝，神假精靈，丹穴鳳雛，生而五色；黃馬英詞，莫比碧豹；雄辯難當，一郡提綱，三端領袖。」（第五輯，頁 87/13～15）

斯 3879《爲釋迦誕大會念經僧尼於報恩寺雲集帖》：「故弟清政，禮樂名家，溫恭素質；一城領袖，六郡提綱。」（第五輯，頁 154/29～30）

　　按：上述「提綱」與「領袖」相對，義同。

　　《大詞典》「提綱」義項爲（1）提舉網的總繩，舉網。（2）比喻抓住大的或主要的。（3）指寫作、發言、學習、研究、討論等的內容要點。（4）唐宋稱總領提運財物至京。當時謂成批運送貨物爲綱。當補。

tiáo　條案

斯 6537 3V～5V《立社條件（樣式）》：「一，立其條案，世伐（代）不移。」（第一輯，頁 282/35～36）

　　按：此處「條案」有條例、條約之義。如《後漢書・孝順帝紀》：「而即位倉卒，典章多缺，請條案禮儀，分別具奏。」《續資治通鑑長編・神宗》「條例司言：權陝西轉運副使陳繹不依條案治部內違法抑配青苗錢官吏，乃擅止環、慶等六州給散青苗錢，且欲留常平倉物，準備緩急支用，壞常平久行之法。詔繹特放罪。」

　　敦煌文書中又作「條件」、「文案」、「條流」。如斯 527 後周顯德六年（公元九五九年）正月三日《女人社再立條件》：「大者若姊，小者若妹，讓語先登，立條件與後。」（第一輯，頁 274/4）斯 6537 3V～5V《立社條件（樣式）》：「因茲衆意一般，乃立文案，結爲邑義，世代追崇。」（第一輯，頁 281/10～

11）斯 6537 3V～5V《立社條件（樣式）》：「上件條流，社內本成，一一衆停穩然乃勒條，更無容易。」（第一輯，頁 282/39～40）斯 6537 6V～7V《立社條件（樣式）》：「三齋本分，應有條流。勒截俱件，壹別漂（標）各（名），取衆人意懷，嚴切丁寧，別列事段。」（第一輯，頁 283/4～6）斯 6005《立社條約》：「今緣或有後入社者，又樂入名兼錄三馱名目，若件件開先條流，實則不便，若不抄錄者，伏恐陋失，互相泥寞（？）。」（第一輯，頁 288/2～4）伯 3167 背乾寧二年（公元八九五年）三月《安國寺道場司常秘等牒》：「一則年小，二乃不依聖教，三違王格條流處分。」（第四輯，頁 67/15～16）斯 3879《爲釋迦誕大會念經僧尼於報恩寺雲集帖》：「若有不稟條流，面掃裝眉，納鞋赴衆，髮長逐件者，施罰不輕。」（第四輯，頁 153/8～10）

　　《大詞典》釋「條案」爲：（1）分條查考。（2）一種狹長的幾桌，一般比桌子高，又叫條几。似當補。

tīng　聽選

伯 4978 唐天寶年代《兵部選格殘卷》：「其中有先立戰功，得上柱國勳，長征（？）軍由分明者，免簡聽選，餘依本條。」（第二輯，頁 576/8～9）

　　按：「聽選」即等候選用也。如《舊唐書・職官志二》「六品已下，秩滿聽選，不在放限。」又《劉祥道傳》：「時選人漸衆，林甫奏請四時聽選，隨到注擬，當時甚以爲便。」「望經四考，就任加階，至八考滿，然後聽選。」《舊五代史・周書・世宗紀》：「丙寅，詔曰：『諸司職員，皆係奏補，當執役之際，悉藉公勤，及聽選之時，尤資幹敏，苟非愼擇，漸致因循。』」

　　《大詞典》釋「聽選」爲明清對已授職而等候選用者之稱。義項當補。

tuī　推斷

伯 3078、斯 4673 拚合唐神龍年代（公元七○五～七○六年）《散頒刑部格卷》：「一，法司斷九品以上官罪，皆錄所犯狀進內。其外推斷罪定，於後雪免者，皆得罪及合雪所由并元斷官同奏。若在外，以狀申省。司亦具出入狀奏聞。若前人失錯，縱去官經赦，亦宜奏。若推斷公坐者，不在奏限。」（第二輯，頁 564/20～24）

　　按：「推斷」即推究判罪也。如《魏書・食貨志六》：「若無大宥，罪合推

斷。」《舊唐書・鄭惟忠傳》：「中宗令推斷，惟忠奏曰：『今大獄始決，人心未寧，若更改推，必遞相驚恐，則反側之子，無由自安。』」又《李峘傳附弟峴》：「御史臺、大理寺重囚有獄，推斷未了，牒追就銀臺，不問輕重，一時釋放，莫敢違者。」又《文苑傳中・李邕傳》：「俄而御史中丞宋璟奏侍臣張昌宗兄弟有不順之言，請付法推斷。」《新唐書・徐有功傳》：「誠令天官銓注有所不平、法司推斷舞法深詆、三司理匭受所上章擁塞不白者皆許臣按驗劾發，奪祿貶勞，不越月逾時，可致刑措。」

《大詞典》釋「推斷」為判斷也。義項當補。

yī　依實

斯 3287 背子年（公元九世紀前期）五月《左二將百姓氾履倩等戶口狀》：「右通午年擎三部落口及已後新生口如前，並皆依實，亦無隱漏不通。」（第二輯，頁 379/（三）9～10）

按：「依實」即依照實情也。如《宋書・范曄傳附孔熙先》：「上重遣問曰：『卿與謝綜、徐湛之、孔熙先謀逆，並已答款，猶尚未死，徵據見存，何不依實。』」又《竟陵王誕傳》：「饒被問，依實啟答。」《南史・沈慶之傳附從子攸之》：「帝問之，攸之依實對，帝大笑。」《大正藏》No.2121 〔南朝梁〕寶唱等集《經律異相》卷四十四：「昔有貧家供養道人，一年便去……方憶道人四出覓見，依實白言。」No.1735〔唐〕澄觀撰《大方廣佛華嚴經疏》卷六十：「千年之鳥不及朝生之鳳，普賢生位互融攝故，依實修者，悉皆能爾。」No.45〔宋〕法賢譯《大正句王經》卷一：「大王：時聚落中一切人眾共往螺處，問彼螺言：爾從何來？可依實答。若不言實，我當破汝。螺知我意，速說其由。」

《大詞典》「依實」（1）猶言著實。（2）猶踏實。義項當補。

醫理

斯 5816 寅年八月十九日《李條順打傷楊謙讓為楊養傷契》：「至二六日，條順師兄及諸親等迎將當家醫理。」（第二輯，頁 198/2～3）

按：此處「醫理」為醫治調理之義。如〔宋〕熊克《中興小紀》卷二十八：「趙鼎事實曰：時鼎連失洙渭，二子與親知書曰：幼子之病，以某謫溫陵失于醫理而死。」〔宋〕歐陽修《與薛少卿（慶曆三年）》：「近以定日必行，一夕，

小兒輒病，遂阻行計。然猶幸僅存其生，至今尙未安，所賴有可醫理。」〔宋〕蔡襄《端明集》卷二十五《移福州乞依舊知泉州狀》：「伏念臣自到泉州，得疾至今，醫理未退，每日只是一兩次粥食，日加羸瘦，氣短心忪，衆所共知。」又「伏乞泉州，已除知州，欲望朝廷對移，許臣依舊知泉州，苟禄養親，醫理羸疾，干瀆天聰，臣實死罪臣。」〔宋〕鄭俠《代李秘校乞侍養》：「今年春，自老母而下至於童稚無不患病，惟老母爲尤困。涉夏方稍平，復秋來，家人及二稚子又臥病，見今醫理未愈。」

　　《大詞典》「醫理」釋爲醫學道理或理論。義項當補。

yuàn　怨屈

　　伯 4040 後唐清太三年（公元九三六年）《洪潤鄉百姓辛章午牒》：「如此公子百姓，被他押良爲賤，理當怨屈。」（第二輯，頁 294/11～12）

　　伯 3608 背《前鄭滑節度兼右丞相賈优直諫表》：「天下百姓怨屈者，訴於州縣。」（第四輯，頁 327/29～30）

　　按：「怨屈」即怨恨委屈也。如《後漢書・陳龜傳》：「時三輔強豪之族，多侵枉小民。龜到，厲威嚴，悉平理其怨屈者，郡內大悅。」《大正藏》No.2142《序聽迷詩所經》〔註46〕卷一：「有人披訴，應事實莫屈斷。有悍獨男女及寡女婦中訴，莫作怨屈，莫遣使有怨，實莫高心莫誇張，莫傳口合舌。」

　　《大詞典》即怨恨訴屈也，例引〔清〕洪昇《長生殿・神訴》：「是唐天子的貴妃楊玉環，磕磕磕黃土坡前怨屈，因此上痛咽咽幽魂不去，靄騰騰黑風在空際吹噓。」義項當補。

zào　造作

　　斯 3877 4V 戊戌年（公元八七八年）《令狐安定雇工契（抄）》：「戊戌年正月二十五日立契，洪潤鄉百姓令狐安定，爲緣家內欠闕人力，遂於龍勒鄉百姓就聰兒……〔面上雇…〕造作一年。」（第二輯，頁 55/1～2）

　　斯 3011 7V 辛酉年（公元九〇一或九六一年）《李繼昌雇工契（抄）》：「辛酉年十二月十五日立契〔神〕沙鄉百姓李繼昌，伏緣家內闕乏人力，遂雇慈惠

〔註46〕失譯人名。

鄉百姓吳再通男住兒，造作一年，斷作月價，每月麥粟衆亭一馱。」（第二輯，頁 57/1～4）

斯 6452 1V 癸未年（公元九二三年或公元九八三年）《樊再昇雇工契（抄）》：「癸未年正月一日立契，龍勒鄉百姓賢者樊再昇，伏緣家中欠少人力，遂於效穀鄉百姓氾再員造作營種。」（第二輯，頁 58/1～2）

斯 1897 龍德四年（公元九二四年）《雇工契（樣式）》：「龍德肆年甲申歲二月一日，燉煌鄉百姓張厶（某）甲，爲家內闕少人力，遂雇同鄉百姓陰厶甲，斷作雇價從正（旁注：二）月至九月末造作，逐月壹馱，見分付多少已訖。」（第二輯，頁 59/1～3）

斯 1897《龍德四年（公元九二四年）雇工契（樣式）》：「入作之後，比至月滿，便須兢心，勿□（得）二意。時向不離，城內城外，一般獲時造作，不得拋滌工夫。」（第二輯，頁 59/5～7）

斯 5578 戊申年（公元九四八年？）《李員昌雇工契（抄）》：「自雇已後，驅驅造作，不得左南直北閑行。」（第二輯，頁 63/9～11）

伯 3105 背年代未詳《衙內漢唐衒雞狀（稿）》：「右衒雞身充莊上造作，經今八載，衣糧並惣不得，今有債負少多，旦暮逼迫，不放存濟。」（第二輯，頁 315/2～4）

　　按：上述「造作」皆爲勞作、耕作之義。

　　《大詞典》「造作」義項爲：（1）製造；製作。（2）指製造、製作之物。（3）僞造。（4）謊言，謠言。（5）做作。義項當補。

zhèng　證知

斯 527 後周顯德六年（公元九五九年）正月三日《女人社再立條件》：「右通前件條流，一一丁寧，如水如魚，不得道說事非。更不於願者，山河爲誓，日月證知。」（第一輯，頁 275/27～29）

斯 6537 2V《家童再宜放書一道（樣式）》：「請山河作誓，日辰證知，日月傾移，誓言莫改。」（第二輯，頁 179/14～15）

　　按：「證知」即證明也。又如《敦煌變文校注・佛說阿彌陀經押座文》：「今欲說經申讚嘆，唯願慈悲來證知。」（頁 1160）《大正藏》No.2040〔南朝梁〕

僧祐撰《釋迦譜》卷一：「魔言：『瞿曇汝道，我昔一日持戒施辟支佛食，信有眞實，我亦自知，汝亦知我，汝自道者誰爲證知。』佛以手指地言：『此地證我。』」No.1933〔陳〕慧思撰《南嶽思大禪師立誓願文》卷一：「諸佛世尊同證知，梵釋四王爲證明。」No.1450〔唐〕義淨譯《根本說一切有部毘奈耶破僧事》卷十八：「我今歸依佛法僧寶，受五學處，始從今日乃至命終，不殺生乃至不飲酒，唯願世尊證知。」No.1893〔唐〕道宣撰《淨心戒觀法》卷一：「唯懼人怪笑，不畏天證知。」

　　《大詞典》「證知」共有兩個義項：（1）參悟。（2）告知，皆不合文意。當補。

zhǔ　主記

伯 3331 丙辰歲（公元八九六年或九五六年）《宋欺忠賣宅舍契》：「中間或有兄弟房從及至姻親忏悋，稱爲主記者，一仰舍主宋欺忠及妻男鄰近穩便買舍充替，更不許異語東西，中間或有恩赦，亦不在論限，人從私契。」（第二輯，頁 4/7～11）

斯 3877 3V 唐天復二年壬戌歲（公元九〇二年）《曹大行迴換屋舍地基契（稿）》：「一定已後，其舍各自永 爲 主記。」（第二輯，頁 7/6～7）

斯 3877 5～6V 唐天復九年（公元九〇九年）《安力子賣地契》：「自賣已後，其地永任進通男子孫息侄，世世爲主記。」（第二輯，頁 8/7～8）

伯 3649 背後周顯德四年（公元九五七年）《吳盈順賣田契（抄）》：「自賣已後，永爲琛家子孫男女稱爲主記爲准，有吳家兄弟及別人侵射此地來者，一仰地主面上並畔覓好地充替。」（第二輯，頁 11/5～6）

　　按：據《唐五代語言詞典》（頁 452），「主記」指主人，財產所有人。又伯 3394 唐大中六年（公元八五二年）《僧張月光、呂智通易地契》：「東至張日興園，西至張達子道，南至張法原園及子渠並智通園道，法原園□□墻下開四尺道，從智通舍至智通園與智通往來出入爲主己。其法原園東墻□□□智通舍西墻，法原不許紇悋。北至何榮。」（第二輯，頁 2/3～4）斯 3877 2V 唐乾寧四年（公元八九七年）《張義全賣宅舍地基契（抄）》：「其舍一買已後，中間若有親姻兄弟兼及別人稱爲主己者，一仰舊舍主張義全及男粉子、支子祇當還替，不忏買舍人之事。」（第二輯，頁 5/9～12）「己」當讀作記也。

《大詞典》釋「主記」爲（1）主管記錄。（2）猶記室。掌管文書的官吏。（3）指擔任財物出納工作的人員。當補。

zhuǎn　轉益

斯5647《分書（樣式）》：「上者更須臨恩，陪（倍）加憂恤；小者更須去（趣）義，轉益功（恭）勤。」（第二輯，頁170/50～53）

按：此處「轉益」爲同義復詞，即更加也。如《舊唐書·韋述傳》：「如是周歲，寫錄皆畢，百氏源流，轉益詳悉。」又《劉悟傳附子從諫》：「自茲議論，轉益沸騰。」《大正藏》No.278〔東晉〕佛馱跋陀羅譯《大方廣佛華嚴經》卷二十三：「此諸功德，皆迴向薩婆若，轉益明顯，隨意所用。」No.1854〔隋〕吉藏撰《二諦義》卷三：「野城寺光大法師，用假空義，開善亦用，用中最不得意者，如醜人學西施嚬，轉益醜拙。」No.997〔唐〕般若、牟尼室利共譯《守護國界主陀羅尼經》卷十：「大王逼奪百姓所有資財賞賜豪貴，遂令富者日益奢侈，貧乏之者轉益貧窮，令諸貧人孤惸困苦，投足無地，皆求出家。」

《大詞典》釋「轉益」爲博取自益也。義項當補。

zhuī　追崇

斯6537 3V～5V《立社條件（樣式）》：「因茲衆意一般，乃立文案，結爲邑義，世代追崇。」（第一輯，頁281/10～11）

按：此處「追崇」有推崇、沿襲之義。如《大正藏》No.2060〔唐〕道宣撰《續高僧傳·習禪二·僧善》：「僧襲本住絳州，結心定業，承習善公不虧其化，住晉州寶嚴寺，充僧直歲，監當稻田，見殺水陸諸蟲不勝其酷，因擲棄公名，追崇故業。」

《大詞典》「追崇」對死者追加封號。義項當補。

第五章　待質錄

　　在研究過程中，由於能力有限，關於《釋錄》的校勘、通讀和新詞、新義尚有疑難條目待考。現收集成篇，以期深入研究。

1・斯 6537 3V〜5V《立社條件（樣式）》：「更揀無朏後德，智有先誠，切齒嚴凝，請爲錄事。」（第一輯，頁 281/14〜15）

　　按：「後德」當讀作厚德。〔註1〕「朏」疑爲朋之誤。「無朋」即無可比擬也。如《詩・唐風・椒聊》：「椒聊之實，蕃衍盈升。彼其之子，碩大無朋。」毛傳：「朋，比也。」〔唐〕楊敬之《華山賦》：「天雨初霽，三峯相差。虹蜺出其中，來飲河湄。特立無朋，似乎賢人守位，北面而爲臣。」「無朋厚德」即厚德無朋也。

　　《敦煌社邑文書輯校》校作「無（英）明後（厚）德」。俟考。

2・斯 6537 3V〜5V《立社條件（樣式）》：「社衆値難逢災，赤（亦）要衆堅。忽有謚衆投告，說苦道貧，便須剖己從他，赤（亦）令滿他心願。」（第一輯，頁 282/26〜28）

　　按：「謚」字，俟考。

3・斯 6537 3V〜5V《立社條件（樣式）》：「忽有扚捩無端，便任逐出社內。」

〔註1〕　王繼如師疑「後」或與「先」相對。

（第一輯，頁 282/34～35）

按：「拘」字當爲构之誤。「构」爲構之俗。「構」本爲架木造屋之義。《說文·木部》：「構，蓋也。」《玉篇·木部》：「構，造屋也。」引申爲「造」、「作」也。「捩」有違逆、不順之義。如《新唐書·張說傳》：「未沃明主之心，已捩貴臣之意。」「構捩」即爲違逆、違背之義。

4·斯 6537 3V～5V《立社條件（樣式）》：「至有閉門無人，不許怵他枝眷。」

（第一輯，頁 282/37）

按：「怵」義不合。「怵」恐爲詘也。「忄」旁和「言」旁似有可通之處。如《龍龕手鏡·言部》：「詘，辛聿反，正作恤。」可參。

「詘」有窮盡義。如《管子·國蓄》：「利出於一孔者，其國無敵；出二孔者，其兵不詘。」尹知章注：「詘，與屈同；屈，窮也。」異文又作「遺」、「遺」。伯 3730 背《某甲等謹立社條（樣式）》：「格例合追□遊，直至絕嗣無人，不許遣他枝眷。」（第一輯，頁 280/14～15）斯 6537 6V～7V《立社條件（樣式）》：「恪（格）例合追遊，直至絕嗣無人，不許遣他枝眷。」（第一輯，頁 283/10～11）「遣」或爲遺之誤。

《敦煌社邑文書輯校》校作「惱」。俟考。

5·斯 5629《燉煌郡等某乙社條壹道（樣式）》：「況一家之內，各各惣是弟兄，便合職（識）大敬少，互相□重。」（第一輯，頁 285/（一）7～9）

按：「□」原卷作「#36」，似爲「照」。

《敦煌社邑文書輯校》校作「慇」。俟考。

6·斯 5629《燉煌郡等某乙社條壹道（樣式）》：「上件立條件端直，行乃衆僉，三官權知勾當。」（第一輯，頁 286/（一）31～33）

按：「僉」原卷作「#37」，俟考。

7·斯 6005《立社條約》：「今緣或有後入社者，又樂入名兼錄三馱名目，若件件開先條流，實則不便，若不抄錄者，伏恐陋失，互相泥寞（？）。」

（第一輯，頁 288/2～4）

按：「泥寞」不見於諸書，疑讀作泥摸。《唐五代語言詞典》（頁 262）釋「泥摸」爲纏磨，引韓偓《早起探春》：「漸因閒暇思量酒，必怨顚狂泥摸人。」據

上文，此處恐爲糾纏、混淆之義。

8‧斯 3877 3V 唐天復二年壬戌歲（公元九〇二年）《曹大行迴換屋舍地基契
　　（稿）》：「若有別人作主，一仰大行忶（另）覓上好舍充替。」（第二輯，
　　頁 7/7～8）

　　按：「忶」原卷作「#38」，疑此字或爲「伴」誤。伯 4017《出賣口分地契
殘片》：「［　　　　　　　　　］當房兄弟及別人［　　　　　　　　　］擾該論來者，
一仰□兒並伴覓上好地充替。」（第二輯，頁 17/4～6）可參。敦煌文書或作「畔」。
如伯 3394 唐大中六年（公元八五二年）《僧張月光、呂智通易地契》：「立契〔已
後〕或有人忓恡園林舍宅田地等稱爲主記者，一仰僧張月光子父知（祇）當，
並畔覓上好地充替，入官措案。」（第二輯，頁 2/13～15）伯 3649 背後周顯德
四年（公元九五七年）《吳盈順賣田契（抄）》：「自賣已後，永爲琛家子孫男女
稱爲主記爲准，有吳家兄弟及別人侵射此地來者，一仰地主面上並畔覓好地充
替。」（第二輯，頁 11/5～6）「伴」、「畔」皆當通讀爲拚。「拚」音 pàn，有豁
出去、舍棄不顧之義，字又作「判」、「潘」等。「伴覓」、「畔覓」皆謂盡力覓取
也。

　　《敦煌契約文書輯校》錄作「一仰大行恡（另）覓上好舍充替」。俟考。

9‧伯 3277 背乙丑年（公元九六五年）二月廿四日《祝骨子合種契》：「乙丑
　　〔年〕二月廿四日立契，龍〔勒〕鄉百姓祝骨子爲緣家中地數窄窄，遂於
　　莫高〔鄉〕百姓徐保子面上，合種地柒拾畝，莫拋直課好生維剝種事濠知
　　澆管收刈，渠河口作，農種家祇當，唱之兩共對面平章，不喜（許）翻悔
　　者，罰上羊壹口，恐人無信，雇（故）立私契，用爲後憑。」（第二輯，
　　頁 32/1～5）

　　按：「維」原卷作堆。此段文字據《釋錄》句讀似難以理解。

　　《敦煌契約文書輯校》錄作：「……莫拋直課，好生堆（推）剝種事，濠知
澆管收刈，渠河口作，農種家祇當，唱之，兩共對面平章……」可參。

10‧斯 6537 2V《家童再宜放書一道（樣式）》：「貴賤不等者，是因中修，廣果
　　善行，慈果中獲，得自在之身，隨心受報。」（第二輯，頁 179/2～3）

　　按：「果」在卷子中最後一橫行，不甚清晰。

《敦煌契約文書輯校》校作「樂」。俟考。

11·斯6452（2）辛巳年（公元九八一年）十二月十三日《周僧正於常住庫
借貸油麵物曆》:「六月一日連麵叁斗,伯毛人喫用。」(第二輯,頁240/27)

按:「伯毛」疑讀作擘毛。如伯2032背後晉時代《淨土寺諸色入破曆祘會
稿》:「麵叁斗,六月六日衆僧擘毛用。」(第三輯,頁501/(十八)748)「擘
毛」可能爲一種加工服務。

12·伯3774丑年（公元八二一年）十二月《沙州僧龍藏牒——爲遺產分割糾
紛》:「昨大哥取外人之言,妄說異端,無種誼競,狀稱欺屈者,此乃虛言,
妄入仁耳。」(第二輯,頁286/62～63)

按:「無種」爲無緣無故之義。敦煌文書中又作「無端」。如斯6537 3V～
5V《立社條件（樣式）》:「忽有拘搣無端,便任逐出社內。」(第一輯,頁282/34
～35)斯6005《立社條約》:「若社人,忽有無端是非行事者,衆斷不得,即須
開條。若小段事,不在開條之限,故立此約,裂(列)名如後」(第一輯,頁
288/7～10)

《大詞典》「無種」(1)沒有種子。(2)猶言絕後代。(3)謂沒有血統相傳
關係。義項似當補。

13·斯6417背年代不祥〔公元十世紀前期〕《孔員信三子爲遺產糾紛上司徒狀
（稿）》:「……其三子自後用得氣力,至今一身隨阿姊效作,如此不割父
財,三子憑何立體……」(第二輯,頁299/18～20)

按:「效作」猶效力、勞作也。

《大詞典》釋「效作」爲仿作。義項似當補。

14·伯2593唐《判集三道》:「從筮從兆,違背不祥。擇日擇時,遷移未偶。」
(第二輯,頁597/24～25)

按:「遷」原卷作「#39」,疑爲「遷」字。

15·伯3347後晉天福三年（公元九三八年）《張員進改補充衙前正十將牒》:「牒
奉處分,前件官英靈晚輩,博覽多奇,六藝久蘊於胸懷,三端每施於㣇內。」
(第四輯,頁297/4～7)

按：「𧾷丂」字原卷不清楚。俟考。

16・斯 4685《致李奴子書》：「又麻羯胡手上發遣碧絹一角，紅豉新（？）兩
　　个，得全不得，並無言語。」（第五輯，頁 40/11～12）

　　按：「新」原卷作亲。俟考。

17・斯 5778《致兄書》：「炫沼葺暎鄴總聯驪，已上八字，在何聲內，總捉不
　　得，忘在師兄，是何字者，好與尋之發遣，不具，一一略𠘧。」（第五輯，
　　頁 51/4～6）

　　按：「𠘧」字原卷作「#40」，俟考。

18・伯 4640《陰處士碑稿》：「然乃堅鐫襲古，遽預營新，約日照而懸柵，捲
　　天門而據樣者，則有故敦煌處士公。」（第五輯，頁 69/7～9）

　　按：「約日照而懸柵」伯 4638《大番故敦煌郡莫高窟陰處士修功德記》異
文作「紉日照而懸柵」（第五輯，頁 221/7～8）。

19・伯 4640《陰處士碑稿》：「臨機辦運轉之功，處下許方圓之術。」（第五輯，
　　頁 70/21～22）

　　按：「運轉」伯 4638《大番故敦煌郡莫高窟陰處士修功德記》異文作「臨
機辦轉運之功」（第五輯，頁 222/19）。疑作「轉運」是。如〔宋〕周應合《景
定建康志》卷四：「汝不聞黍苗之詩乎？我任我輦，我車我牛，謂美召伯能成轉
運之功也。後世以是名官寧無意耶。」

20・伯 4640《陰處士碑稿》：「飲握水之分流，聲添驥響；畎平河之溉濟，輦
　　賦馬鳴。」（第五輯，頁 72/43～44）

　　按：「輦賦馬鳴」伯 4638《大番故敦煌郡莫高窟陰處士修功德記》異文作
「𩨗賦馬鳴」（第五輯，頁 223/36）

21・伯 4640《陰處士碑稿》：「自東未遍，自西忽臨，指掌難前，目覩不遠。」
　　（第五輯，頁 73/58～74/59）

　　按：「難」字原卷左旁涂改不清。伯 4638《大番故敦煌郡莫高窟陰處士修
功德記》異文作「指掌推前」（第五輯，頁 225/51）。

22·伯 4640《陰處士碑稿》：「八十種好，感空落之花圓；方遍應身，散珠星
　　而煥綵。」（第五輯，頁 74/62～63）

　　按：「方遍應身」伯 4638《大番故敦煌郡莫高窟陰處士修功德記》異文作：
「万變應身」（第五輯，頁 225/59）

23·伯 4640《陰處士碑稿》：「指抉懸門，先甲拒臂。」（第五輯，頁 75/77）

　　按：「先甲拒臂」伯 4638《大番故敦煌郡莫高窟陰處士修功德記》異文作
「先申巨臂。」（第五輯，頁 226/74）

24·伯 4640《陰處士碑稿》：「男僧常君及侄等，芳田白壁，孝感一心；膝下
　　黃中，報成三藏。」（第五輯，頁 76/92～77/93）

　　按：「芳田白壁」伯 4638《大番故敦煌郡莫高窟陰處士修功德記》異文作
「方田白壁」（第五輯，頁 227/91）

25·伯 4640《陰處士碑稿》：「依俙聞普級之因，世世信合門之覘。」（第五輯，
　　頁 77/97～98）

　　伯 4638《大番故敦煌郡莫高窟陰處士修功德記》：「依希聞普汲之因，世
　　〔世〕信合門之覘。」（第五輯，頁 227/95～96）

　　按：「聞」原卷均作開。俟考。

26·伯 4660《敦煌都教授兼攝三學法主隴西李教授闍梨寫真讚》：「五乘研
　　㳠，八藏精修。刊定耶正，隔絕傍求。」（第五輯，頁 148/5）

　　按：「㳠」疑爲激誤。俟考。

27·斯 530《索法律和尚義責窟銘》：「嗣隆古叔之願，誓畢殘功。」（第五輯，
　　頁 157/60）

　　按：「古」原卷作故。伯 4640《沙州釋門索法律窟銘》異文作「古」。

28·伯 2568《南陽張延綬別傳》：「長城以北，休聞沓鏾之交；大漠以南，戮
　　斷兩戎之臂。」（第五輯，頁 164/16～17）

　　按：「鏾」字，俟考。

29·伯 3556 後周《敦煌大乘寺法律尼某乙邈真讚並序》：「釋中恨別於高醍，
　　尼衆傷嗟而灑淚。」（第五輯，頁 171/8）

按：「醅」字，俟考。

30・伯 3556 後周《應管內釋門僧正賈清和尚邈影讚並序》：「志性天假而環偉，興**奉**神資而焯絕。」（第五輯，頁 172/7～8）

按：「**奉**」字，俟考。

31・伯 4638《右軍衛十將使孔公浮圖功德銘並序》：「慮以壁月移旬，珠星運歲；人倫終火宅之患，桑田竟蒼海之醜。」（第五輯，頁 220/47～48）

按「醜」或爲翻字之誤。

32・伯 3718 後晉《故歸義軍都頭守常樂縣令薛善通邈真讚並序》：「公乃戰効猲於沙場，納忠勤於柳境。」（第五輯，頁 285/13～286/14）

按：「猲」疑爲勇之增旁字。

33・伯 3502《張敖撰新集諸家九族尊卑書儀一卷》：「節冬寒食，冷飯三晨。爲古人之絕煙，除盛夏之溫氣。空貴淥酺醅，蹄外散煩。伏惟同響先靈，狀至，速垂降赴，謹狀。」（第五輯，頁 305/98～100）

按：「蹄」字原卷作「#41」，疑爲「野」字。

34・斯 1438 吐蕃佔領時期《沙州守官某請求出家狀等稿四十多件》：「未即相見，馳心尙豁。」（第五輯，頁 322/130）

按：「馳心」謂心之嚮往如車馬驅馳。「豁」或爲疑字之誤。

35・伯 4092《新集雜別紙》：「九年之廩既盈，什一之稅可悛。」（第五輯，頁 410/72）

按：「悛」原卷作俊。俟考。

字形表

#1-1	#1-2	#2-1	#2-2	#3-1
#3-2	#4-1	#4-2	#5	#6
#7-1	#7-2	#8-1	#8-2	#9-1
#9-2	#10-1	#10-2	#11	#12
#13	#14	#15	#16	#17
#18	#19-1	#19-2	#20	#21
#22	#23-1	#23-2	#23-3	#24

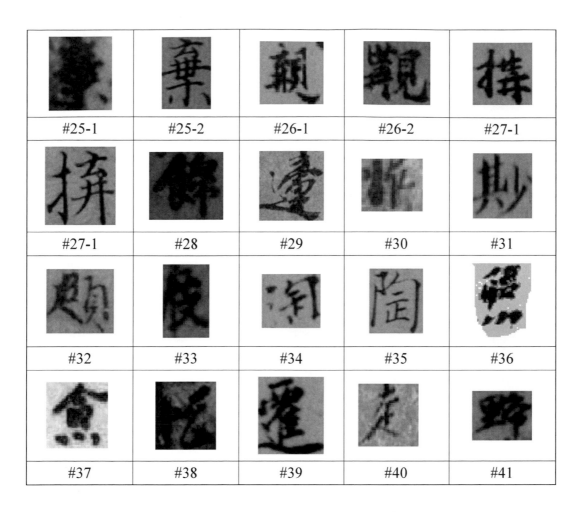

#25-1	#25-2	#26-1	#26-2	#27-1
#27-1	#28	#29	#30	#31
#32	#33	#34	#35	#36
#37	#38	#39	#40	#41

結　語

　　拙著從語言文字學的角度對《釋錄》進行了較爲全面的研究，主要包括校勘、通讀和新詞、新義方面的研究。

　　通過《釋錄》錄文和敦煌文書原卷的比照，共梳理校勘條記 216 條；

　　通過對《釋錄》通讀現象的研究，指出了其「不諳文義，誤說通讀」的現象 7 條；「本該通讀，誤而不用」現象 124 條；「本義自通，不必通讀」現象 13 條。並由此總結出敦煌文獻通讀字的若干特點。

　　通過《釋錄》中語詞與《大辭典》收詞、釋義的參照研究，共發現《釋錄》中新詞 157 條，新義 167 條。

　　此外，尚有部分疑難暫無力解決，收至「待質錄」俟考，期今後發奮讀書繼續研究。

參考文獻

敦煌文獻

1. 唐耕耦、陸宏基,《敦煌社會經濟文獻眞迹釋錄》(第 1 輯)〔M〕,北京:書目文獻出版社,1986 年;《敦煌社會經濟文獻眞迹釋錄》(第 2～5 輯),全國圖書館文獻縮微複製中心,1990 年。

2. 中國社會科學院歷史所、中國敦煌吐魯番學會敦煌古文獻編輯委員會、英國國家圖書館、倫敦大學亞非學院,《英藏敦煌文獻》(1～14)〔M〕,成都:四川人民出版社,1990～1995 年。

3. 上海古籍出版社、法國國家圖書館,《法藏敦煌西域文獻》(1～30)〔M〕,上海:上海古籍出版社,1994～2003 年。

4. 俄羅斯科學院東方研究所聖彼德堡分所、俄羅斯科學出版社東方文學部、上海古籍出版社,《俄藏敦煌文獻》(1～18)〔M〕,上海:上海古籍出版社,俄羅斯科學出版社東方文學部,1992～2002 年。

5. 黃永武,《敦煌寶藏》〔M〕,臺北:新文豐出版公司,1981～1986 年。

6. 蔣禮鴻,《敦煌變文字義通釋》(增補定本)〔M〕,上海:上海古籍出版社,1997 年。

7. 蔣禮鴻,《敦煌文獻語言詞典》〔M〕,杭州:杭州大學出版社,1994 年。

8. 季羨林,《敦煌學大辭典》〔M〕,上海:上海辭書出版社,1998 年。

9. 施萍婷,《敦煌遺書總目索引新編》〔M〕,北京:中華書局,2002 年。

10. 王繼如,《敦煌問學叢稿》〔C〕,蘭州:甘肅文化出版社,1999 年。

11. 黃征、張涌泉,《敦煌變文校注》〔M〕,北京:中華書局,1997 年。

12. 黃征、吳偉,《敦煌願文集》〔M〕,長沙:岳麓書社,1995 年。

13. 項楚，《王梵志詩校注》〔M〕，上海：上海古籍出版社，1991年。

14. 任半塘，《敦煌歌辭總編》〔M〕，上海：上海古籍出版社，1987年。

15. 羅常培，《唐五代西北方音》〔M〕，上海：科學出版社，1961年。

16. 趙和平，《敦煌表狀箋啓書儀輯校》〔M〕，南京：江蘇古籍出版社，1997年。

17. 沙知，《敦煌契約文書輯校》〔M〕，南京：江蘇古籍出版社，1998年。

18. 寧可，《敦煌社邑文書輯校》〔M〕，南京：江蘇古籍出版社，1997年。

19. 曾良，《敦煌文獻字義通釋》〔M〕，廈門：廈門大學出版社，2001年。

20. 董志翹，《〈入唐求法巡禮行記〉詞彙研究》〔M〕，北京：中國社會科學出版社，2000年。

21. 陳秀蘭，《敦煌變文詞彙研究》〔M〕，成都：四川民族出版社，2002年。

22. 徐俊，《敦煌詩集殘卷輯考》〔M〕，北京：中華書局，2000年。

23. 郝春文，《唐後期五代宋初敦煌僧尼的社會生活》〔M〕，北京：中國社會科學出版社，1998年。

24. 郝春文，《英藏敦煌社會歷史文獻釋錄》（第一卷）〔M〕，北京：科學出版社，2001年；《英藏敦煌社會歷史文獻釋錄》（第二、三卷）〔M〕，北京：社會科學出版社，2003年。

25. 伏俊璉，《敦煌文學文獻叢稿》〔M〕，北京：中華書局，2004年。

26. 楊寶玉，《敦煌文獻探析》〔M〕，北京：人民美術出版社，2005年。

其他文獻

二十五史

1. 〔漢〕司馬遷，《史記》〔M〕，北京：中華書局，1962年。

2. 〔漢〕班固，《漢書》〔M〕，北京：中華書局，1962年。

3. 〔南朝宋〕范曄，《後漢書》〔M〕，北京：中華書局，1965年。

4. 〔晉〕陳壽，《三國志》〔M〕，北京：中華書局，1962年。

5. 〔唐〕房玄齡，《晉書》〔M〕，北京：中華書局，1974年。

6. 〔梁〕沈約，《宋書》〔M〕，北京：中華書局，1974年。

7. 〔梁〕蕭子顯，《南齊書》〔M〕，北京：中華書局，1972年。

8. 〔唐〕姚思廉，《梁書》〔M〕，北京：中華書局，1973年。

9. 〔唐〕姚思廉，《陳書》〔M〕，北京：中華書局，1972年。

10. 〔北齊〕魏收，《魏書》〔M〕，北京：中華書局，1974年。

11. 〔唐〕李百藥，《北齊書》〔M〕，北京：中華書局，1972年。

12. 〔唐〕令狐德棻等，《周書》〔M〕，北京：中華書局，1971年。

13. 〔唐〕魏徵等，《隋書》〔M〕，北京：中華書局，1973年。

14. 〔唐〕李延壽，《南史》〔M〕，北京：中華書局，1975年。

15. 〔唐〕李延壽,《北史》〔M〕,北京:中華書局,1974 年。

16. 〔後晉〕劉昫等,《舊唐書》〔M〕,北京:中華書局,1975 年。

17. 〔宋〕歐陽修、宋祁等,《新唐書》〔M〕,北京:中華書局,1975 年。

18. 〔宋〕薛居正等,《舊五代史》〔M〕,北京:中華書局,1976 年。

19. 〔宋〕歐陽修,《新五代史》〔M〕,北京:中華書局,1974 年。

20. 〔元〕托克托等,《宋史》〔M〕,北京:中華書局,1977 年。

21. 〔元〕托克托等,《遼史》〔M〕,北京:中華書局,1974 年。

22. 〔元〕托克托等,《金史》〔M〕,北京:中華書局,1975 年。

23. 〔明〕宋濂、王禕等,《元史》〔M〕,北京:中華書局,1976 年。

24. 〔清〕張廷玉等,《明史》〔M〕,北京:中華書局,1974 年。

25. 趙爾巽,《清史稿》〔M〕,北京:中華書局,1976～1978 年。

其 他

1. 〔梁〕顧野王,《大廣益會玉篇》〔M〕,北京:中華書局,2004 年。

2. 〔梁〕劉勰,《劉子集校》〔M〕,上海:上海古籍出版社,1985 年。

3. 〔唐〕李賀,《李賀詩歌集》〔M〕,上海:上海古籍出版社,1978 年。

4. 〔唐〕柳宗元,《柳宗元全集》〔M〕,上海:上海古籍出版社,1997 年。

5. 〔宋〕宋敏求,《唐大詔令集》〔M〕,北京:商務印書館,1959 年。

6. 〔宋〕李昉,《太平廣記》〔M〕,北京:中華書局,1961 年。

7. 〔宋〕洪興祖,《楚辭補注》〔M〕,北京:中華書局,1983 年。

8. 〔宋〕陳彭年,《廣韻》〔M〕,北京:中國書店,1982 年 6 月（據張氏澤存堂本影印,稱《宋本廣韻》）。

9. 〔宋〕丁度,《集韻》〔M〕,上海:上海古籍出版社,1985 年。

10. 〔宋〕司馬光,《類篇》〔M〕,北京:中華書局,2003 年。

11. 〔宋〕司馬光,《資治通鑒》〔M〕,北京:中華書局,1976 年。

12. 〔南宋〕李燾,《續資治通鑑長編》〔M〕,北京:中華書局,1979～1995 年。

13. 〔明〕梅膺祚,《字彙》〔M〕,上海:上海辭書出版社,1991 年。

14. 〔清〕張玉書,《康熙字典》〔M〕,上海:上海書店,1985 年。

15. 〔清〕董誥,《全唐文》〔M〕,北京:中華書局影印,1985 年。

16. 余迺永,《新校互注宋本廣韻》〔M〕,上海:上海辭書出版社,2002 年。

17. 丁聲樹,《古今字音對照手冊》〔M〕,北京:中華書局,1981 年。

18. 《漢語大詞典》〔M〕,上海:漢語大詞典出版社 1986～1993 年。

19. 《漢語大字典》（縮印本）〔M〕,武漢:湖北辭書出版社、成都:四川辭書出版社,1993 年。

20. 釋行均,《龍龕手鏡》〔M〕,北京:中華書局,1985 年。

21. 秦公,《碑別字新編》〔M〕,北京:文物出版社,1985 年。

22. 張涌泉,《漢語俗字叢考》〔M〕,北京:中華書局,2000 年。

23. 劉堅、江藍生《唐五代語言詞典》〔M〕,上海:上海教育出版社,1998 年。

24. 王繼如,《訓詁問學叢稿》〔C〕,南京:江蘇古籍出版社,2001 年。

25. 〔日本〕釋圓仁原著〔日本〕小野勝年校註〔中國〕白化文、李鼎霞、許德楠修訂校註〔中國〕周一良審閱《入唐求法巡禮行記校註》〔M〕,石家莊:花山文藝出版社,1992 年。

26. 《中國衣冠服飾大辭典》〔M〕,上海:上海辭書出版社,1996 年。

27. 向宗魯,《說苑校證》〔M〕,北京:中華書局,2000 年。

28. 范文瀾、蔡美彪,《中國通史》第三冊〔M〕,北京:人民出版社,1978 年。

29. 胡小石,《胡小石論文集三編》〔C〕,上海:上海古籍出版社,1995 年。

30. 《大辭海引書格式(古籍編)》〔M〕,上海:上海辭書出版社(內部資料)。

論 文

1. 郝春文,《敦煌文獻與歷史研究的回顧與展望》〔J〕,《歷史研究》1998 年第 1 期:第 112 頁～136 頁。

2. 張國剛,《二十世紀隋唐五代史研究的回顧與展望》〔J〕,《歷史研究》2001 年第 2 期:第 148 頁～170 頁。

3. 榮新江,《漢唐中西關係史:對新舊史料的一個概觀》〔A〕,《中外關係史:新史料與新問題》〔C〕,北京:科學出版社 2004 年:第 1 頁～7 頁。

4. 邵榮芬,《敦煌俗文學中的別字異文和唐五代西北方音》〔J〕,《中國語文》1963 年第 3 期:第 193 頁～217 頁。

5. 郝春文,《〈唐末五代宋初敦煌社邑的幾個問題〉商榷》〔J〕,《中國史研究》2003 年第 1 期:第 89 頁～102 頁。

6. 郝春文,《敦煌寫本社邑文書年代匯考(一)》〔J〕,《首都師範大學學報》1993 年第 4 期:第 33 頁～39 頁。

7. 朱悅梅、李並成,《〈沙州都督府圖經〉纂修年代及其相關問題考》〔J〕,《敦煌研究》2003 年第 5 期:第 61 頁～65 頁。

8. 姚衛群,《佛教禪思想的形成發展及主要特點》〔J〕,《中國禪學》第一卷,中華書局 2002 年 6 月:第 69 頁～77 頁。

9. 吳麗娛,《再析 P.2945 書儀的年代與曹氏歸義軍通使中原》〔J〕,《敦煌研究》2002 年第 3 期:第 74 頁～80 頁。

10. 郝春文,《敦煌寫本社邑文書年代匯考(二)》〔J〕,《首都師範大學學報》1993 年第 5 期:第 76 頁～82 頁。

11. 郝春文,《敦煌寫本社邑文書述略》〔J〕,《首都師範大學學報》1994 年第 4 期:第 11 頁～15 頁。

12. 寧可、郝春文,《敦煌社邑的喪葬互助》〔J〕,《首都師範大學學報》1995 年第 6 期:

第 32 頁～40 頁。

13. 郝春文，《關於敦煌寫本齋文的幾個問題》〔J〕，《首都師範大學學報》1996 年第 2 期：第 64 頁～71 頁。

14. 郝春文，《唐後期五代宋初敦煌寺院常住什物的數量及與僧人的關係》〔J〕，《敦煌研究》1998 年第 2 期：第 116 頁～130 頁。

15. 郝春文，《唐後期五代宋初敦煌僧人與寺院常住斛斗的關係（上）》〔J〕，《首都師範大學學報》1998 年第 3 期：第 35 頁～42 頁。

16. 郝春文，《唐後期五代宋初敦煌僧人與寺院常住斛斗的關係（下）》〔J〕，《首都師範大學學報》1998 年第 4 期：第 27 頁～33 頁。

17. 郝春文，《〈敦煌社邑文書輯校〉補遺（一）》〔J〕，《首都師範大學學報》1999 年第 4 期：第 23 頁～28 頁。

18. 郝春文，《〈敦煌社邑文書輯校〉補遺（二）》〔J〕，《首都師範大學學報》2000 年第 2 期：第 6 頁～11 頁。

19. 郝春文，《〈敦煌社邑文書輯校〉補遺（三）》〔J〕，《首都師範大學學報》2001 年第 4 期：第 27 頁～33 頁。

20. 李丹禾，《〈敦煌社邑文書輯校〉補正》〔J〕，《敦煌研究》1999 年第 2 期：第 55 頁～59 頁。

21. 董志翹，《敦煌社會經濟文獻詞語略考》〔J〕，《語文研究》2002 年第 3 期：第 19 頁～23 頁。

22. 董志翹，《敦煌文書詞語考釋》〔J〕，《敦煌研究》1998 年第 1 期：第 131 頁～135 頁。

23. 黃征，《敦煌俗語詞輯釋》〔J〕，《語言研究》1994 年第 1 期：第 170 頁～175 頁。

24. 曾良，《敦煌文獻詞語考釋五則》〔J〕，《語言研究》2000 年第 4 期：第 117 頁～119 頁。

25. 曾良、蔡俊，《〈敦煌碑銘贊輯釋〉補校》〔J〕，《南昌大學學報》1997 年第 4 期：第 122 頁～126 頁。

26. 儲小旵，《敦煌詞語考釋七則》〔J〕，《黔南民族師範學院學報》2001 年第 5 期：第 29 頁～32 頁。

27. 楊森，《談敦煌社邑文書中「三官」及「錄事」「虞侯」的若干問題》〔J〕，《敦煌研究》1999 年第 3 期：第 79 頁～85 頁。

28. 李天石，《敦煌所出賣身、典身契約年代考》〔J〕，《敦煌學輯刊》1998 年第 1 期：第 25 頁～30 頁。

29. 楊際平，《唐末五代宋初敦煌社邑的幾個問題》〔J〕，《中國史研究》2001 年第 4 期：第 77 頁～96 頁。

30. 楊惠玲，《敦煌契約文書中的保人、見人、口承人、同便人、同取人》〔J〕，《敦煌研究》2002 年第 6 期：第 39 頁～46 頁。

光盤網絡資料

1. 文淵閣《四庫全書》〔M/CD〕‧上海：上海人民出版社

2. 《大正藏》〔DB/OL〕‧臺北：中華電子佛教協會 http://tripitaka.cbeta.org/

3. 《佛學電子辭典》〔DB/OL〕‧中華佛典寶庫
   http://www.fodian.net/fodict/index.htm

後 記

　　目前，學術界尚沒有一部系統研究敦煌文獻中通假字的專門著作。因此，最初揣度選題時，受導師王繼如先生啓發，打算彙編一部有關敦煌文獻通讀字方面的辭典。本以爲做些彙集、整理工作算不上太難。然而，對《敦煌變文校注》、《王梵志詩校注》、《敦煌社會經濟文獻眞跡釋錄》中的部分通讀字進行整理後，發現問題層出不窮。若僅僅收羅前人的成果而不加辨析，似顯粗糙；若逐條加以梳理，工程又頗爲浩大。此項工作首先必須核實原卷。由於篇目較散及資源限制，敦煌文獻原卷的收集工作並非一帆風順，除了常常麻煩蘇州大學圖書館古籍部的老師們翻檢大部頭的敦煌文獻影印本外，還經常到蘇州西園寺圖書館求援。檢索到相應篇目的原卷後，校讀是關鍵的步驟。這又涉及到俗字的辨識、俗語詞的理解以及唐五代社會、經濟、佛學、俗文學等衆多方面的背景知識。此時方才感慨自己讀書甚少、爲學不易，方領悟到「板凳需坐十年冷」的道理。

　　師從王繼如先生整整八年。大學二年級時先生就教授我們古代漢語課程。2000 年正式入先生門下攻讀古代漢語碩士研究生；2003 年又繼續攻讀先生的博士研究生。其實畢業后也在陸續跟著先生做些課題，一如既往地受到先生的悉心指導。先生爲學嚴謹、爲人謙恭，學術上是嚴師，一絲不苟；生活上是慈父，無微不至。作爲學生，我可謂愚鈍不才，長進甚微；然恩師踏實謹慎的治學態

度和剛正不阿的做人原則却讓我沒齒難忘！對於恩師多年來孜孜不倦的教誨我無法用言語來表達內心深處的感激、感恩之情！

　　回首走過的點點歲月，我由衷地感謝父母家人對我學業上的支持！感謝諸多關心我、鼓勵我的朋友和同仁！感謝江蘇省「青藍工程」以及花木蘭文化出版社對我的支持和資助。

吳蘊慧

二〇一三年二月二十四日